RAPTADA POR UM CONDE

Stephanie Laurens

RAPTADA POR UM CONDE

Tradução de
Silvia Moreira

HarperCollins

Rio de Janeiro, 2017

HarperCollins
PUBLISHERS
Since 1817

Título original: The Capture of the Earl of Glencrae

Contato:
Rua da Quitanda, 86, sala 218 – Centro – 20091-005
Rio de Janeiro – RJ – Brasil
Tel.: (21) 3175-1030

CIP-Brasil. Catalogação na Publicação
Sindicato Nacional dos Editores de Livros, RJ

L412r

Laurens, Stephanie
Raptada por um conde / Stephanie Laurens; tradução Silvia Moreira. – 1. ed. – Rio de Janeiro : HarperCollins, 2017.
356 p.: il.; 23 cm.

Tradução de: The capture of the earl of glencrae
ISBN 978-85-9508-009-6

1. Romance australiano. I. Moreira, Silvia. II. Título.

17-42325
CDD: 8228.9934
CDU: 821.111(94)-3

CAPÍTULO 1

1º de junho de 1829
Casa dos Cavendish, Londres

— Ah, meu Deus. — Angélica Rosalind Cynster estava numa lateral do salão de bailes de lady Cavendish, de costas para os convidados barulhentos, e fitava as grandes janelas com vista para a varanda apagada e os jardins escuros, que refletiam um cavalheiro que a encarava do outro lado do salão.

Ela sentira aquele olhar perturbador havia uns trinta minutos. Ele a observara dançar a valsa, gargalhando e conversando com os outros; porém, por mais discretamente que ela procurasse por ele no salão, não o encontrava. Irritada, quando os músicos pararam para o intervalo, Angélica deu a volta no salão, e foi de grupo em grupo educadamente, trocando cumprimentos e fazendo comentários, até vislumbrá-lo.

Com os olhos arregalados, mal ousando acreditar, sussurrou:

— É *ele*!

Sua animação atraiu o olhar da prima, Henrietta, que estava a seu lado. Angélica balançou a cabeça, e alguém do grupo onde estavam chamou a atenção de Henrietta, deixando Angélica com o olhar fixo no homem mais atraente que já vira.

Ela se considerava uma especialista na arte de avaliar cavalheiros. Desde a mais tenra idade, ela os enxergava como "diferentes", e anos de observação a tornaram uma profunda conhecedora de suas características e de seus pontos fracos. Por isso, quando se tratava de avaliar os melhores cavalheiros, seus padrões eram bem altos.

Visualmente, o homem do outro lado do salão superava todos os outros.

Ele estava em um grupo com outros seis, todos os quais ela conhecia pelo nome, menos aquele que mais a interessara. Ela nunca o encontrara, nem sequer o vislumbrara em outros lugares. Se já tivesse, ela teria sabido, como sabia agora, que ele era o cavalheiro que vinha esperando encontrar.

Ela sempre tivera certeza de que reconheceria seu herói, o cavalheiro destinado a ser seu marido, no instante em que o visse. Não esperava que essa primeira vez fosse através de um reflexo em um salão lotado, mas o resultado era o mesmo — ela *sabia* que era ele.

O colar de ametistas, amuleto que a Senhora, uma divindade escocesa, dera para as irmãs Cynster para ajudá-las a encontrar o verdadeiro amor passara da irmã mais velha de Angélica, Heather, para sua irmã do meio, Eliza, que, quando voltara para Londres com o noivo, o entregara para Angélica, a próxima na linha. Com elos de ouro antigo, contas de ametista e um pingente de quartzo rosa, o misterioso talismã agora estava por baixo da gola de renda de Angélica, os elos e contas encostados em sua pele, o pingente de cristal aninhado no vale entre seus seios.

Três noites antes, decidindo que sua vez chegara, munida do colar, de sua intuição e de uma determinação inata, ela embarcara em uma campanha intensiva para encontrar seu herói. Viera ao sarau de lady Cavendish, onde uma seleta parte da alta sociedade se reunira para se divertir e conversar, com a intenção de examinar cada um dos homens que lady Cavendish, uma mulher com um extenso círculo de amizades, convidara para participar.

O talismã funcionara para Heather, que agora estava noiva de Breckenridge, e unira Eliza e Jeremy. Angélica esperava que a peça também a ajudasse, mas não tinha expectativas de um resultado tão rápido.

Mas agora que seu herói estava tão perto, ela não tinha a menor intenção de desperdiçar nenhum minuto sequer.

De sua posição do outro lado do salão, era bem provável que ele não conseguisse ver que o analisava e, aproveitando-se dessa vantagem e com o olhar fixo no reflexo, Angélica praticamente o devorava.

Ele era impressionante, bem mais alto do que os homens à sua volta, sendo que nenhum deles era baixo. Vestido de forma elegante em um sobretudo escuro, camisa imaculadamente branca, gravata, e calças pretas, tudo nele, desde a largura dos ombros até o comprimento de suas longas pernas, parecia perfeitamente proporcional à altura.

Seu cabelo era bem escuro, liso, um pouco longo, mas com um estilo elegante em ondas suaves e rebeldes. Ela tentou analisar melhor o rosto dele, mas o reflexo não a ajudava; não conseguia visualizar nenhum detalhe além dos traços austeros e definidos. Entretanto, a testa larga, o nariz fino e o maxilar pronunciado e quadrado mostravam que ele era descendente de alguma casa aristocrática; só eles possuíam esses lindos rostos marcantes, esculpidos e frios.

O coração de Angélica batia fora de compasso, tamanha a ansiedade para conhecê-lo.

Agora que o encontrara, qual seria o próximo passo?

Se possível, ela daria meia-volta, atravessaria o salão e se apresentaria, mas isso seria ousado demais, até para ela. Contudo, se depois de trinta minutos, ou mais, observando-a de longe, ele ainda não fizera nenhum movimento para se aproximar, então estava comprovado que não viria mais, pelo menos não ali, não naquela noite.

No entanto, isso não convinha a ela.

Desviando o olhar, Angélica analisou os cavalheiros que o cercavam. Pelo visto ele só ouvia as conversas e contribuía pouco, apenas usando a interação para disfarçar o interesse nela.

Enquanto ela olhava, um dos homens se despediu do grupo e se afastou.

Angélica sorriu. Sem nenhuma palavra, saiu do lado de Henrietta, atravessou a multidão até o centro do salão e segurou a manga do nobre Theodore Curtis, pouco antes de ele se juntar a um grupo de jovens damas e cavalheiros.

— Angélica! Onde você estava escondida? — perguntou Theodore a ela, sorrindo e olhando ao redor.

— Olhe ali. — Ela apontou para o reflexo nas janelas. — Theo, quem é aquele cavalheiro no grupo em que você estava? Não conheço ninguém tão alto assim.

Theo, amigo de sua família, que a conhecia bem demais para pensar mal dessa atitude, riu.

— Eu disse a ele que não demoraria muito até que as jovens damas o notassem e começassem a se aproximar.

Angélica seguiu a brincadeira e fez um biquinho.

— Não seja bobo. Quem é ele?

Theo sorriu.

— Debenham. Ele é o Visconde Debenham.

— Quem? — Ela fez um gesto de quem queria mais informações.

— Um grande amigo. Eu o conheço há anos... Mesma idade que eu, veio para Londres na mesma época, tem interesses parecidos, você sabe como são as coisas. A propriedade dele fica em algum lugar perto de Peterborough, mas ele está afastado da alta sociedade há uns quatro anos. Foi embora por causa de assuntos da família e da propriedade, e acabou de voltar para os salões de bailes.

— Hmmm. Então não há nenhum motivo para que você não nos apresente.

Ainda sorrindo, Theo deu de ombros.

— Se você quiser.

— Quero sim. — Angélica deu o braço a ele e virou-se na direção de onde seu herói, Debenham, estava. — Prometo retribuir o favor quando você quiser dançar com alguma linda mocinha desconhecida.

— Vou cobrar. — Theo riu e, segurando a mão dela em seu braço, acompanhou-a por entre os convidados.

Enquanto eles passavam por vários grupos, meneando levemente a cabeça e sorrindo, apenas parando quando não podiam evitar, Angélica fez uma rápida análise da própria aparência no grande espelho do salão, verificando se o vestido claro em um tom azul esverdeado lhe servia como o esperado e se a gola de renda, que contornava o decote, estava escondendo apropriadamente o colar. Em determinado momento, ela parou para recolocar o xale prata e azul esverdeado de forma mais elegante, apoiado nos cotovelos. Ela preferira ir sem carteira nem leque, assim não precisava se preocupar com meros detalhes.

Também não ousaria tocar no cabelo. As tranças ruivas com mechas douradas estavam presas em um coque elaborado no alto de sua cabeça, preso por inúmeros grampos e por um pente enfeitado com pérolas; por experiência própria, sabia que mesmo um leve sacolejo poderia fazer com que todo o penteado desmoronasse. Como nenhum cavalheiro nunca a vira se transformar em uma versão ainda vestida de Vênus de Milo saindo das ondas do mar, não era assim que ela gostaria de aparecer pela primeira vez diante de seu herói.

Ele sabia que Angélica se aproximava, pois ela conseguira olhar de soslaio na direção dele mesmo no meio de todos os convidados. O visconde ainda a fitava, porém, embora estivessem mais perto, ela não conseguia interpretar a expressão daquele rosto forte e impassível.

Então Theo abriu caminho por entre mais algumas pessoas, puxou-a para o grupo e apresentou-a com um floreio.

— Olhem quem eu encontrei!

— Senhorita Cynster! — foi a resposta vinda de várias vozes em tons de surpresa agradável.

— Damas lindas e elegantes são sempre bem-vindas, não acham? — Millingham fez uma mesura, assim como todos os outros homens do grupo, exceto um.

Ao lado de Theo e após receber os cumprimentos, Angélica virou-se para Debenham, examinando cada linha de seu rosto, ansiosa para analisar, saber, descobrir...

— Debenham, meu amigo, deixe-me apresentá-lo à nobre Angélica Cynster — disse Theo, iniciando a apresentação com a devida formalidade: — Senhorita Cynster... Visconde Debenham.

Angélica mal registrou as palavras, de tão envolvida que estava, presa pelos olhos claros e de um tempestuoso tom de cinza esverdeado. Aqueles olhos a encantaram. O brilho denotava astúcia, perspicácia e um cinismo frio e ardiloso.

Debenham ainda a fitava, estudando, examinando, avaliando-a com frieza. Era difícil saber se estava impressionado com o que via ou não.

Isso fez com que ela voltasse do breve devaneio. Apenas esboçando um sorriso, os olhos ainda estavam fixos nos dele, inclinou a cabeça de leve.

— Acredito que ainda não nos conhecemos, senhor — ela estendeu a mão.

Com os lábios contraídos numa linha, ele estendeu a mão que não estava segurando a bengala de ponta prateada... Algo que ela não notara do outro lado do salão... E pegou nos dedos dela.

O toque foi frio, mas não impessoal; muito preciso, firme demais para ser desconsiderado. Ela vacilou e sentiu as pernas fraquejarem, mas não desviou o olhar enquanto absorvia a sensação inesperada e a impressão sutil, mas inegável, de que ele estava na dúvida se deveria soltar a mão dela ou não. Com a respiração suspensa, Angélica fez uma breve reverência.

Aqueles olhos desconcertantes continuaram fixos nos dela, enquanto ele se curvava numa mesura fluida sem que a bengala atrapalhasse.

— Senhorita Cynster, é um prazer conhecê-la.

A voz era tão intensa que o timbre profundo e sensual parecia envolvê-la como se fosse um manto. O contraste dos dedos frios ainda unidos aos dela e da voz misteriosa era simplesmente avassalador, aquecendo-a até a alma. Ao examiná-lo de perto, Angélica concluiu que ele era a tradução perfeita de uma força sensual que exercia um poder primitivo e tentador direcionado apenas à ela...

Santo Deus. Angélica reprimiu o impulso de se abanar. Sua vontade era agradecer à Senhora ali mesmo, mas se controlou e puxou a mão de volta. Debenham permitiu, mas deixou claro que a atitude tinha sido dele. Algo a deixava alarmada em relação a ele, mas de forma alguma Angélica admitiria que ele talvez estivesse acima de suas possibilidades; Debenham era seu herói, afinal, e por isso ela se sentia confiante para continuar a investida.

— Soube que o senhor voltou recentemente para Londres — disse ela, virando-se para se afastar um pouco do grupo e indicando que ele fizesse o mesmo.

Ainda estavam perto, mas de uma forma que podiam conversar com mais privacidade, enquanto os outros divertiam-se de com alguma outra coisa. Theo entendeu a dica e puxou assunto com Millinghan sobre as terras recém-compradas. Enquanto isso, Debenham continuava a fitá-la com aqueles belos olhos emoldurados por longos cílios escuros, que velavam seu olhar.

— Voltei na semana passada — respondeu ele depois de uma pausa breve. — Debenham Hall não é mais longe do que Cambridgeshire, mas os negócios me mantiveram afastado da sociedade por alguns anos.

Inclinando a cabeça para o lado, Angélica estudou o rosto dele deliberadamente, permitindo que as perguntas que estavam na ponta de sua língua, impertinentes e impossíveis de serem ditas, transparecessem em seus olhos...

Os cantos da boca dele se curvaram para cima. Não chegava a ser um sorriso, mas era um sinal inequívoco de entendimento.

— Estive administrando minhas terras. Levo muito a sério minhas responsabilidades.

Apesar da forma leve que falou e do tom de voz arrastado, ela tinha certeza de que ouvia a verdade.

— Imagino que suas propriedades estejam mais prósperas. Assim, o senhor não precisa monitorá-las de perto e por isso voltou para se distrair na cidade, estou certa?

Debenham voltou a estudá-la, como se aqueles seus olhos desconhecidos pudessem enxergar através da máscara social que a deixava tão confiante.

Devil Cynster, primo de Angélica, e sua mãe, Helena, tinham olhos verdes claros e penetrantes. Já os olhos de Debenham eram mais claros, inconstantes, mais acinzentados e incisivos.

— Podemos dizer que sim — ele acabou concordando —, mas a verdade nua e crua é que voltei a Londres com o mesmo propósito que motiva a maioria dos cavalheiros da minha idade e classe a frequentarem os bailes da alta sociedade.

— O senhor está procurando uma esposa? — Ela arregalou os olhos.

Aquela era uma pergunta impulsiva e inapropriada, mas ela simplesmente precisava saber.

— Estou sim — disse ele, sorrindo abertamente com o olhar fixo no dela. — Como eu já tinha dito, esse é o motivo pelo qual voltamos para a capital e para a sociedade.

O salão estava cheio e por isso os dois estavam a poucos centímetros um do outro. Por ser muito alto, ele precisava inclinar a cabeça para baixo e ela para cima a fim de se encararem. E mesmo estando muito próximos dos outros convidados, havia um clima sensual, quase íntimo, que os envolvia.

A altura e o corpo musculoso, apesar de disfarçado com elegantes roupas de baile, afetavam todos os sentidos dela; era como se uma onda de calor a tivesse engolfado de maneira insidiosa, aproximando-os mais um pouco.

Quanto mais tempo o encarava...

— Angélica... Achei mesmo que a tinha visto no meio de tanta gente.

Ela piscou, virando-se para se deparar com Millicent Attenwell ao mesmo tempo que a irmã dela, Claire, insinuava-se para Debenham pelo outro lado.

— Apesar de ainda estarmos em junho, tenho a impressão de que os salões estão cheios demais, você não acha? — Claire perguntou a Debenham e emendou com um sorriso coquete: — Acho que ainda não nos conhecemos, sir.

Theo olhou rapidamente para Angélica e aproveitou a chance para apresentar Millicent e Claire. Em seguida, fez o mesmo com Julia Quigley e Serena Mills. Todas haviam visto que as irmãs Attenwell estavam acompanhadas por um cavalheiro lindo e correram para se juntar ao círculo.

Angélica não ficou muito feliz com a interrupção, mas aproveitou o momento para se recompor e recuperar o bom senso, que esteve rendido ao lindo rosto de Debenham, aos seus olhos hipnotizadores e ao corpo musculoso... Uma coisa rara para ela. Era a primeira vez que sentia tal *encantamento*, e também nunca se embriagara por um olhar masculino. Bem, não era de se admirar que o seu herói tivesse tanto poder sobre ela, embora o fato de ele ser capaz de roubar-lhe o bom senso com tanta facilidade a preocupasse.

Millicent, Claire, Julia e Serena interrompiam a conversa, animadas, lançando olhares reluzentes para chamar a atenção de Debenham, que por sua vez meneava a cabeça educadamente para uma e para outra, sem responder nada.

Angélica lançou um olhar para o rosto dele e seus olhares se cruzaram e se prenderam por um longo instante. Ela respirou fundo e olhou para Julia, que contava uma história emocionante.

Debenham continuou olhando para ela por mais alguns instantes para depois desviar a atenção para Julia também — embora tivesse se aproximado um pouco mais de Angélica.

O coração dela deu um salto e passou a bater mais rápido.

Ele sentiu a mesma coisa. Devia estar tão intrigado quanto ela com a conexão que se formara.

Muito bem. Mas como tirar proveito daquilo e conseguir uma oportunidade para desenvolver melhor a conexão?

Ouviu-se de repente um violinista testar as cordas.

— Até que enfim! A dança vai recomeçar! — Millicent exclamou, saltitando e implorando com o olhar para que Debenham a tirasse para dançar.

Antes que Angélica reagisse, ele colocou a bengala para a frente e se apoiou pesadamente.

Millicent viu, percebeu que não deveria forçá-lo a explicar uma lesão que o impediria de dançar. Sem deixar o entusiasmo se esvair, ela lançou um olhar encorajador para Millingham, que aproveitou a deixa e convidou-a para dançar.

Os outros cavalheiros convidaram as outras damas para dançar. Ficou claro que Debenham não sairia girando pelo centro do salão que agora se abria. Felizes, Claire, Julia, Serena e seus pares foram para a pista, e o grupo se dispersou.

Angélica ficou entre Debenham e Theo, e de frente para Giles Ribbenthorpe. Theo cruzou o olhar com ela, sorriu e saudou-a, em seguida meneou a cabeça na direção de Debenham e Ribbenthorpe, e se afastou.

Ribbenthorpe, embora soubesse ler os sinais como qualquer outro homem, arqueou a sobrancelha e, sorrindo, perguntou:

— Senhorita Cynster, me concederia essa dança?

— Obrigada pelo convite, Ribbenthorpe, mas acho que vou ficar de fora por enquanto. Entretanto, lady Cavendish ficaria encantada em vê-lo dançando, e aposto que Jennifer Selkirk — disse Angélica, inclinando a cabeça na direção na jovem morena de pé ao lado da megera da mãe. — ficaria feliz em ser resgatada.

Ribbenthorpe virou-se para olhar para mãe e filha, fez uma mesura e se afastou, sorrindo. Angélica ficou satisfeita ao ver que ele decidiu seguir a sua sugestão, tirando Jennifer para dançar.

Finalmente a sós com Debenham, Angélica se despiu da máscara de encenação social e olhou diretamente para a bengala dele.

Ele hesitou, mas acabou dizendo:

— Um velho ferimento de antes de eu vir para a capital pela primeira vez. Posso andar, mas não me arrisco a dançar... Meu joelho poderia falhar.

Levantando a cabeça, ela analisou o rosto dele.

— Então o senhor nunca dançou uma valsa? — ela amava dançar, mas se ele fosse seu herói...

— Nunca não. Eu já tinha idade suficiente antes do acidente para aprender e me aventurar em alguns bailes na minha cidade, mas não danço valsa desde então.

— Entendo. — Deixando a decepção de lado, Angélica se concentrou em assuntos mais imediatos. — Então, se o senhor não tem circulado pelos salões de Almacks ou qualquer outro lugar, por onde vem procurando uma noiva? O senhor não é o tipo de homem que passa despercebido. Ainda assim, eu, Millicent e companhia não sabíamos da sua existência até esta noite. Eu ficaria muito surpresa se o senhor dissesse que foi a algum dos principais eventos dessa última semana.

Mais uma vez, ele fixou os olhos nos dela, como se avaliando o que seria prudente dizer.

Angélica levantou o queixo.

— Não me diga que... O senhor andava frequentando salões de jogos ou se embebedando com amigos.

Ele esboçou um sorriso.

— Infelizmente não. Se a senhorita quer saber, passei vários dias organizando minha casa em Londres para poder redecorar alguns cômodos. Depois disso, meus primeiros eventos sociais em Londres foram em clubes. Como eu estava afastado da cidade havia tanto tempo, fiquei... surpreso, mas feliz, ao ver que muitos ainda se lembravam de mim... — ele fez uma pausa, então acrescentou: — Até que chegou o convite de lady Cavendish e eu achei que era hora de me reapresentar na sociedade.

— Então, eu o conheci no seu primeiro evento.

— Isso mesmo. — Ele percebeu a satisfação na voz dela e estudou seu semblante. — Por que isso a agrada?

— Porque, na linguagem da sociedade, isso quer dizer que eu passei à frente de todas as outras jovens damas, e também das nem tão jovens assim.

Debenham olhou para ela como se, por dentro, estivesse reprovando-a.

— Por mais que eu admire a sua franqueza, a senhorita é sempre assim tão direta?

— Geralmente sim. Sempre achei que criar complicações desnecessárias para seguir à risca regras sociais de excesso de educação fosse uma perda de tempo.

— É mesmo? Então talvez a senhorita possa me dizer, com toda a franqueza e sem nenhum excesso de educação, por que pediu que Curtis nos apresentasse?

Ela arregalou os olhos.

— O *senhor* estava atrás de *mim*!

Ele correspondeu ao olhar dela.

— E daí?

Angélica esperava que ele fosse negar; a expressão do olhar de Debenham, a fazia lembrar de um predador, e a deixou com o fôlego preso na garganta, mas mesmo assim respondeu com serenidade:

— Então agora eu estou perseguindo você.

— Ah, entendo... Isso deve ser uma novidade na forma tradicional de um homem e uma mulher se aproximarem. — Ele olhou rapidamente ao redor e voltou a fitá-la. — Embora eu confesse que não tenha visto nenhuma outra jovem dama tão ousada.

Angélica arqueou as sobrancelhas.

— Somos pessoas diferentes.

— Isso está claro. — Ele a encarou nos olhos mais uma vez e pediu: — Me conte um pouco sobre Angélica Cynster.

O tom de voz dele estava mais baixo, e o olhar desafiador e hipnotizante a estimulavam a falar, como se estivesse dando corda. Angélica decidiu que não faria mal deixar que ele pensasse que estava conseguindo.

— Qualquer um que me conheça diria que tenho 21 anos, mas com mentalidade mais madura, e geralmente sou vista como a irmã Cynster mais autoconfiante, teimosa e obstinada. Se bem que nenhuma de nós pode ser definida como uma flor murcha.

— Você não me parece fácil.

Ela levantou a sobrancelha de forma desafiadora e não negou.

Os músicos começaram a tocar uma segunda valsa.

— Se a senhorita quiser dançar, por favor não se sinta obrigada a... — disse ele com certa hesitação.

— Não quero dançar. — Ela olhou ao redor. A atenção de todos que não estavam dançando estava voltada para a pista de dança, nos casais que agora giravam. — Na verdade... — Angélica levantou o rosto para fitar nos olhos dele. — Estou achando um pouco quente aqui. Talvez possamos ir até a varanda tomar um pouco de ar.

Debenham hesitou; mais uma vez ela teve a impressão de que ele estava, por dentro, reprovando-a, porém...

— Se é o que a senhorita deseja — de forma educada, ofereceu o braço a ela.

Ela apoiou a mão sobre a manga do paletó, sentiu o músculo forte por baixo do tecido e sorriu, encantada, para si mesma. A busca pelo seu herói estava em ação.

Com a bengala na outra mão, Debenham a acompanhou até as portas duplas que davam acesso à varanda e aos jardins. Ao pisar na parte externa da casa, ela inspirou fundo, saboreando a noite amena. Uma brisa acariciou sua nuca, seu pescoço...

Os jardins da casa dos Cavendish eram antigos, com árvores grandes e maduras, os galhos espessos cobriam as escadas nas duas extremidades da longa varanda e intensificavam ainda mais a escuridão da noite. Angélica olhou ao redor e viu vários outros casais passeando sob a luz fraca da lua crescente, e levou Debenham na direção oposta.

Ele percebeu, mas não deixou de obedecer. Quando Angélica olhou para o lado viu que ele torcia os lábios como quem não tivesse aprovado sua atitude.

— O quê? — Ela arregalou os olhos.

— A senhorita é sempre assim... Como eu diria, avançada?

Angélica tentou parecer ofendida, mas seus lábios não obedeceram. Apesar da reprovação inicial, Debenham aceitou a sugestão e começaram a caminhar lentamente pela longa varanda que acompanhava todo o salão.

— Eu compreendo que os cavalheiros gostam de tomar a iniciativa, mas sou impaciente por natureza, e direta também. Quero conhecê-lo melhor, e o senhor também, e para isso precisamos conseguir conversar longamente e em particular, então... — acenou para a extensa varanda deserta à frente deles — ...aqui estamos nós.

— Nós acabamos de nos conhecer e a senhorita já planejou uma conversa a sós. — O tom de voz dele revelava mais resignação do que reclamação.

— Não vejo razão em perder tempo, acredite em mim, não estou fazendo nada de ilícito. — Ela olhou na direção das enormes janelas do salão. — As pessoas que estão no salão conseguem nos ver.

—Todos estão virados para a pista de dança. — Ele balançou a cabeça. — A senhorita é ousada como o fogo, assim como os cachos do seu cabelo. — Debenham observou o cabelo dela. — Tenho pena dos seus irmãos. Creio que a senhorita tenha dois, não é?

— Isso mesmo. Rupert e Alasdair... Ou Gabriel e Lúcifer, dependendo do caso, se estiver ouvindo minha mãe ou minhas tias.

— Me espanta saber que nenhum deles está aqui, espreitando pelas sombras, prontos para avançar e colocar um cabresto na senhorita.

— Posso garantir ao senhor que eles tentariam se estivessem aqui. Ainda bem que os dois têm coisas melhores para fazer... Esposas para agradar, filhos para criar.

— Contudo, a senhorita me parece o tipo de mulher audaciosa que necessita de um guardião permanente.

— O senhor pode achar estranho, mas poucos concordariam com isso. As pessoas costumam me ver como uma pessoa muito consciente e totalmente prática... Não o tipo de mulher de que algum cavalheiro tentaria tirar proveito.

— Ah... Então é por isso que, pelo visto, não há ninguém flertando com a senhorita.

— Exatamente, essa é a consequência de ser vista como uma mulher madura, e não de 21.

Ele olhou por cima dos ombros, pela varanda; ela fez o mesmo, percebendo outros dois casais ainda caminhando perto da porta.

— A senhorita disse que queria conversar. Sobre o quê? — indagou Debenham ao fitá-la novamente.

Ela analisou aquele rosto forte, assimilando os traços reveladores, as linhas marcantes que, sem a menor dúvida, mostravam que eles pertenciam à mesma classe.

— Fico surpresa por não conseguir associá-lo a ninguém, por não me lembrar nem mesmo de ter visto o senhor. Quando foi a última vez que veio a Londres? Theo acha que faz quatro anos.

— Cinco, na verdade. A primeira vez que vim foi em 1820, e a última vez que fui a um baile em Londres foi em junho de 1824. Durante esses anos, eu visitei a cidade a negócios, mas não tive tempo de socializar.

— Bem, isso explica... Só fui apresentada à sociedade em 1825. Mas talvez o senhor se lembre das minhas irmãs.

— Sim, eu me lembro delas, mas naquela época, eu não estava interessado em *jovens* damas — assentiu. — Eu passava mais tempo evitando-as do que conversando. Acredito nunca ter conversado com as suas irmãs; pelo menos nunca fomos apresentados.

— Humm... Então a sua volta para os bailes em busca de jovens damas é uma novidade para o senhor.

— Podemos dizer que sim. Mas me fale, e a senhorita?

Eles chegaram à ponta da varanda, parando no alto das escadas que desciam para um caminho de cascalho. A luz que vinha das janelas do salão acabava vários metros antes; o lugar onde estavam parados estava envolvido por sombras densas criadas pelas árvores próximas.

Angélica tirou a mão do braço dele e virou-se para fitá-lo, ficando de costas para o jardim. Quando os olhares se cruzaram, ela arqueou uma das sobrancelhas.

— O que o senhor deseja saber?

— Pelo que vejo, a senhorita sente-se à vontade neste ambiente. Passa o tempo todo em Londres?

Olhando para aquele rosto sombreado, ela sorriu.

— Pertenço à família Cynster, frequento a alta sociedade desde que nasci, por isso não seria de se estranhar que eu me sentisse à vontade em um baile. Mesmo assim, costumo passar apenas os meses da temporada na cidade, e talvez um mês na baixa temporada. Costumo ficar o resto do tempo no campo, em Somerset, onde nasci, ou visitando família e amigos.

— A senhorita prefere a cidade ou o campo?

Enquanto ela pensava para responder, Debenham perscrutou o terraço. Angélica seguiu o olhar dele, e viu o último dos casais voltando para dentro.

Quando os olhares voltaram a se encontrar, ela respondeu:

— Se eu prefiro o campo ou a cidade não é uma pergunta fácil de responder. Gosto de aproveitar o que a cidade oferece, com todas as diversões e entretenimentos. Se eu tivesse outras coisas para me ocupar no campo e pudesse gastar minhas energias com outros desafios, acho que ficaria muito contente em ficar longe de Londres.

O olhar dele se intensificou durante um longo momento, então baixou o olhar e escorou a bengala na balaustrada.

— Tenho de admitir que é um alívio — disse ele, endireitando o corpo.

— Um alívio? — Achando estranho, ela não pode deixar de perguntar. — Por quê?

Os dois se enfrentaram com o olhar. De repente, num instante inesperado, parecia que o tempo tinha parado. Então, lenta e gradualmente, Angélica deixou transparecer a perplexidade que crescia dentro de si.

— Peço desculpas — as palavras saíram dos lábios dele em um tom muito baixo e intenso, quase como se fosse uma carícia.

— Por quê? — insistiu ela, franzindo a testa.

— Por isso.

Cobrindo os lábios dela com uma das mãos e passando o outro braço em volta do corpo miúdo, Debenham a levantou. Segurando-a contra o próprio corpo, desceu rapidamente os degraus que levavam ao jardim escuro.

Angélica estava tão chocada que ficou imóvel, enquanto ele a carregava. Quando se recuperou do susto, começou a gritar de qualquer jeito e espernear, mas Debenham era muito mais forte, as mãos que a prendiam pareciam ser de ferro. Ao perceber que não conseguiria se libertar, Angélica amoleceu o corpo nos braços dele.

Debenham parou em uma pequena clareira no caminho, protegida da casa por árvores pesadas, e abaixou-a até que os pés tocassem o cascalho. Ela continuou fingindo estar desmaiada, esperando o momento certo.

De repente, a soltou, tirando a mão do rosto dela, girando-a ao mesmo tempo para que ela cambaleasse e caísse. Angélica arregalou os olhos, estendendo os braços no desespero de voltar a se equilibrar. Ao se recuperar um pouco, vasculhou a escuridão e não o viu mais. Aonde ele teria ido?

Sem perder mais muito tempo, ela voltou a se equilibrar, endireitou o corpo e puxou o ar para gritar. Quase que imediatamente, um lenço de seda foi comprimido sobre os seus lábios, transformando o grito num murmúrio inaudível. Em seguida, Debenham amarrou o lenço atrás da cabeça dela. Angélica esperneou e conseguiu se virar de frente para ele, ao mesmo tempo que tentava tirar a mordaça com uma das mãos. Todo o esforço foi inútil porque Debenham a alcançou por trás e segurou-lhe as mãos. Em seguida, prendeu os punhos dela com uma só mão e puxou-a para bem perto. Angélica perdeu o equilíbrio de novo e teria caído se ele não a tivesse segurado.

— Não caia, você vai deslocar seus braços se fizer isso.

Ela se preparou para lutar de novo.

— Acalme-se. Apesar das aparências, não vou machucá-la.

Angélica respondeu com um insulto que ficou preso na mordaça; furiosa, se torceu e retorceu, tentando se soltar, mas o esforço era inútil. Tentou chutá-lo, mas eles estavam próximos demais. E como se não bastasse, ela estava usando sapatilhas de dança. E não podia nem o atingir no rosto com a cabeça porque não tinha altura suficiente para tanto.

Enquanto Angélica se esforçava tanto para se soltar, Debenham permanecia como uma rocha, prendendo bem as mãos dela. Apesar de ofegante, com os músculos dos braços doloridos e seu cabelo caindo em torno de seu rosto e pescoço, ela se acalmou.

— Vou repetir: não vou machucá-la — a voz rompeu na escuridão. — Vou explicar o que está acontecendo, mas não aqui, nem agora. Fique tranquila porque preciso da senhorita sã, salva e inteira. Sou a última pessoa que a machucaria, ou que deixaria que alguém a ferisse.

Ele deveria ser o seu herói! Angélica respirou fundo, sentindo os seios se movendo para cima e para baixo no decote. Enquanto que em parte se sentia furiosa, traída, pronta para matar ou pelo menos arrancar os olhos dele, também não estava preparada para acreditar em nenhuma palavra do que ele dizia. Mas seu lado mais pragmático e prático ouvia o tom de voz dele, mais enfático do que as palavras, que sugeria que ela ao menos o escutasse.

Parecia que, de fato, Debenham acreditava no que estava dizendo.

Angélica se aquietou e esperou até ele continuar no mesmo tom de voz claro e levemente ditatorial.

— Precisamos ter uma longa conversa. Vou tirá-la deste jardim e levá-la até a minha carruagem. Não, não a soltarei. A levarei para a minha casa. Podemos conversar lá.

Angélica tentou perguntar como seria a situação, mas a mordaça deixava suas frases incompreensíveis. Ela esperava que Debenham entendesse, e esperou a resposta.

— Vou deixar você ir depois disso?

Angélica assentiu com a cabeça.

Ele hesitou, então disse:

— Na verdade, vai depender da senhorita.

Ela olhou para trás para fitá-lo e franziu a testa.

— O qu i sso?

— Logo a senhorita saberá.

O silêncio se estendeu. Ela tentou olhar para trás para fitar o rosto dele e franziu a testa.

— Du qu sss iss? — ela insistiu em perguntar com a voz engrolada.

— Logo a senhorita saberá — Debenham deu um passo para trás e puxou o xale dela.

No instante seguinte, Angélica sentiu o tecido macio sendo amarrado em volta de seus pulsos. Aquele monstro estava amarrando as suas mãos com seu próprio xale! O pior era que não havia nada que pudesse fazer para evitar que ele amarrasse bem apertado.

Antes que Angélica pudesse sequer pensar em se soltar e correr de volta para a casa, Debenham se abaixou e levantou-a no colo.

Ela parou de balbuciar, se retorceu, e se resignou a ficar quieta. Os dedos de uma das mãos dele estavam muito próximos à lateral do seu seio. A outra mão queimava-lhe a coxa através das saias de seda. Angélica se conformou com a situação e tentou reunir forças para, pelo menos, pensar com clareza.

O caminho atravessava uma área aberta; sob a fraca luz, Angélica percebeu que ele a fitava.

Estreitou os olhos e esperou que Debenham sentisse seu olhar fulminante em resposta.

Bem, se percebeu, não demonstrou.

— Minha carruagem está numa viela próxima — informou ele, abaixando-se para passar sob um galho mais baixo.

Ele a carregava sem fazer muito esforço, tanto que Angélica se sentia como uma criança pequena.

— E só para deixar claro, eu não tinha intenção de sequestrá-la esta noite. Estava ali apenas para reconhecer o ambiente — a fitou de novo. — Mas a senhorita armou o cenário tão perfeito. O que mais eu podia fazer? Não aproveitar, deixá-la ir, e rezar para que o destino me desse outra chance, em algum outro momento?

Então o sequestro era culpa *dela*?

Quando saíram do meio das árvores, a fraca luz da lua iluminou o rosto de Debenham.

Ela murmurou algo meio ininteligível, apertando bem os olhos até que parecessem uma linha. Debenham baixou o rosto para fitá-la, arqueou as sobrancelhas e voltou a olhar para a frente sem ter entendido o que Angélica dissera.

O caminho terminava em um portão de madeira que ficava no meio do muro dos jardins. Debenham fez um malabarismo para tirar a trava do portão, abri-lo com os ombros e passar com ela nos braços, até uma viela ao lado da casa.

Uma carruagem os aguardava no escuro. Angélica viu um cocheiro de prontidão, e um cavalariço que desceu na mesma hora em que eles se aproximaram e correu para abrir a porta da carruagem.

Amarrada e amordaçada, na presença de três homens grandes, Angélica nem se deu ao trabalho de lutar ou resistir enquanto Debenham, aquele monstro, a colocava dentro do coche. Ele falou brevemente com o cavalariço e subiu atrás dela, deixando-a sem espaço para tentar alguma coisa.

Colocando a mão no ombro dela, Debenham a fez se sentar no banco de couro. Angélica resmungou alguma coisa. A carruagem cheirava a mofo. Seria alugada? Ela olhou para Debenham quando ele se sentou. As pernas dele eram tão compridas que os joelhos flanqueavam as dela.

Sem nenhuma cerimônia, Debenham se inclinou para pegar os pés femininos, levantando-os até que ela se encostasse no assento. Ignorando o grito de ultraje, ele rapidamente amarrou os tornozelos com... o lenço do cavalariço?

— Humm! — ela tentou chutá-lo, mas foi em vão.

— Espere — abaixando as saias dela, Debenham se levantou e deixou os pés deslizarem até o chão. — Se você me permitir, posso amarrar seus pulsos na frente. Senão ficará muito desconfortável até chegarmos na minha casa.

Ela o fitou com raiva, mas assim como antes, não teve o menor efeito nele. Ela ainda tentava entender o que estava acontecendo, sem entender a lógica dos eventos. Ela não conseguia nem imaginar o que estava acontecendo; ele devia ser seu *herói*.

Quando ele simplesmente levantou e encarou-a resmungando uma punição que prometia o inferno, ela se virou no assento, exibindo as mãos amarradas.

Ele se inclinou, deixando-a tensa à espera de uma chance de poder soltar as mãos e tirar a mordaça. Mas não houve qualquer chance. Ele era muito maior e com braços longos e fortes; assim com extrema habilidade ele trouxe as mãos dela para a frente e as amarrou, prendendo até os dedos com as dobras do xale.

Droga! Como ela iria se soltar daquilo? Se é que queria se soltar mesmo.

Supondo que ela quisesse. A ideia a deixou confusa, distraindo-a por alguns instantes. Tempo suficiente para que o monstro tirasse uma manta da prateleira da carruagem e gentilmente colocasse sobre os ombros dela... De repente ele segurou-lhe as pernas e as colocou sobre o banco.

Angélica gritou e esperneou inutilmente enquanto ele a embrulhava na manta, imobilizando os braços ao longo do corpo e as pernas esticadas.

— Qu cee ssa faz? — perguntou ela com a voz abafada pela mordaça.

Apesar de estar em uma posição totalmente indefesa e desonrosa, ela fez uma careta feia em protesto.

Debenham se levantou, a cabeça abaixada porque era alto demais para a carruagem e fitou-a por um momento.

— Se a senhorita tiver o mínimo de bom senso, ficará como está — disse com um timbre de voz profundo e em um tom malicioso. — A carruagem vai começar a se movimentar, e se tentar se mexer vai acabar caindo no chão.

O cocheiro seguirá até a ruela onde fica o estábulo atrás da minha casa. Não é longe. Eu a encontrarei assim que for possível.

Como ele podia deixá-la daquele jeito?

— Nde ssa do? — perguntou ela com a voz sufocada.

— Vou voltar para o baile e ficarei até notarem sua ausência. Minha presença irá confirmar que não sou culpado de nada. — Ele olhou para ela por mais um momento e virou-se para sair. — Confie em mim. A senhorita estará em segurança.

Assim dizendo, saiu da carruagem e fechou a porta.

Angélica aguçou os ouvidos, mas não conseguiu entender as orientações que ele deu ao cocheiro, o timbre de voz dele era suavemente profundo, porém ouviu a resposta do cocheiro.

— *Aye*, senhor.

Ela estremeceu inteira ao perceber o sotaque diferente do cocheiro. Ele devia ser escocês e não de um lugar como Edimburgo, mas das áreas selvagens da Escócia.

Seria coincidência? Só em pensar, Angélica sentiu um friozinho correr-lhe a espinha.

A carruagem balançou e começou a se mover devagar. Angélica estava com a mente num enorme turbilhão que quase não percebeu quando a carruagem saiu da rua estreita e pegou uma mais larga.

Cabelo preto, alto, forte, nobre... *Um rosto rígido como se tivesse sido talhado em mármore e olhos frios como gelo.*

Mas não podia ser ele. O aristocrata de que havia lembrado estava *morto*. Ele despencara de um precipício e mergulhara para a morte. O corpo dele não foi encontrado, mas...

E Debenham era conhecido na alta sociedade e não era escocês... Ainda assim, ela conhecia muitos escoceses que falavam inglês perfeito, sem nenhum sotaque.

Todos sabiam que Debenham tinha machucado o joelho, mas ninguém havia mencionado o fato de ele mancar e usar uma bengala... Pensando melhor, Debenham deixara a bengala na varanda, e não percebera ele mancando enquanto a prendia e a carregava para a carruagem.

E os olhos dele... Ela não teria pensado que eram frios, não era essa a forma como ela os vira, mas podia imaginar que, se quisesse, ele podia mudar o semblante para conter uma expressão ameaçadora...

Angélica arrastou um suspiro estrangulado. Mal podia acreditar no que seus pensamentos estavam gritando. Ela tinha sido sequestrada, possivelmente pelo aristocrata.

E por seu herói.

CAPÍTULO 2

A CARRUAGEM BALANÇAVA AO PASSAR pelos cascalhos do caminho. Angélica continuava deitada no assento, tentando entender o que havia acontecido. Respirou fundo, segurou o ar e lutou furiosamente para se livrar da manta, o que não adiantou muito. Aquele monstro tinha prendido as pontas muito bem. E, de fato, quase caíra no chão.

Desistindo de fugir por enquanto, ela soltou o ar e tentou raciocinar, analisando cada coisa em seu lugar para assim decidir o que fazer.

Havia sido raptada por um homem que era muito parecido com o suposto aristocrata morto, o homem misterioso que estava por trás dos raptos de suas irmãs mais velhas. Heather fora raptada primeiro e escapara. Eliza fora tirada de dentro de St. Ives House. Como será que Heather e Eliza se sentiram ao perceberem que haviam sido raptadas? Seria uma combinação de choque, horror, terror e medo?

Ao estudar as próprias emoções, Angélica só conseguiu identificar a raiva em vários níveis, a maior parte dirigida a si mesma, e, bem lá no fundo do coração, sentiu-se traída. Afinal Debenham era seu herói, e mesmo assim embrulhara-a como um pacote e a roubara. Só em pensar, a raiva começava a corroê-la novamente. Se ele fosse mesmo o aristocrata que retornara à vida, então teria de pagar, conforme ela já lhe avisara.

A carruagem virou novamente. Conforme andavam, as luzes dos postes das ruas foram ficando raras e logo a escuridão prevaleceu. Levantando a cabeça e inclinando-a para trás a fim de afastar o cabelo, ela conseguiu olhar pela janela. A carruagem diminuiu o ritmo até parar e frear.

Os olhos de Angélica ainda se ajustavam à escuridão, mas mesmo assim ela vislumbrou sombras de um antigo muro de pedra.

Debenham havia dito que sua casa não era longe. A carruagem havia percorrido uma distância pequena até ali; então, ele havia de fato dito a verdade ao dizer que a casa era perto da casa dos Cavendish, que por sua vez ficava na esquina da Dover Street. Ela só podia estar a poucos minutos de sua própria casa.

O cocheiro e o cavalariço continuavam em seus lugares na carruagem, conversando baixinho. Ela tentou ouvir, mas não entendeu o que diziam.

Debenham havia dito que a carruagem a levaria para uma ruela onde ficavam as portas do estábulo, atrás da casa, e que voltaria para buscá-la depois que seu desaparecimento do salão fosse percebido.

Ela havia ido ao sarau de lady Cavendish com a mãe, Célia, a tia Louise e a prima Henrietta. Havia muita gente no baile, e, dada a natureza do evento, seria difícil que qualquer uma das três notasse sua falta antes da hora de ir embora. Só então é que começariam a procurá-la. Isso significava que ela teria pelo menos uma hora para decidir o que fazer quando Debenham voltasse.

Será que devia parecer amedrontada?

Por mais que pensasse no assunto, não conseguia ficar com medo. Não tivera nem receio enquanto havia lutado no caminho entre as árvores até a carruagem. Talvez chocada e furiosa, mas não amedrontada. Até aquela noite sua intenção era plenamente confiável e a alertavam contra homens com intenções escusas, e ela não sentira nenhuma ameaça vindo de Debenham; ao contrário, sentira desejo.

Angélica relembrou o instante em que o vira pela primeira vez, quando ele havia flertado abertamente com ela... E estremeceu. Tinha interpretado o olhar como se fosse um flerte, enquanto ele a estudava como um alvo. *Ai.* Apesar da mordaça, fez uma careta e sentiu o rosto corar. *Que vergonha.*

Agora fazia sentido porque Debenham reprovara a franqueza dela. Ele a havia achado uma senhorita briguenta, inconsequente e que se arriscava inutilmente. E pensar que havia se atirado nos braços dele e ainda o convidara para sair do salão.

Mas isso não significava que ele podia me raptar. Contudo, era exatamente o que Debenham fizera, ou seja, tinha alguma coisa errada em algum lugar. Angélica fora muito corajosa e atrevida porque estava convencida de que ele era seu herói. Mas ele não podia ser um herói e um raptor ao mesmo tempo. *Isso é impossível, me recuso a aceitar que meu destino seja me apaixonar por um raptor.* Não. Um dos dois cometeu um engano. *Antes decida se ficará com medo.* Relembrou tudo o que Debenham disse e comparou com o que soubera dos raptos de Heather e Eliza. Nas duas circunstâncias, o aristocrata raptor recomendou aos criados que tratassem suas reféns muito bem. Debenham havia garantido repetidas vezes que não pretendia feri-la de jeito nenhum.

Fechando os olhos, ela repassou as palavras dele, estudando o tom com que foram ditas. Ele fora absolutamente sincero. Apesar de ter sido dominada, amordaçada e carregada até aquela carruagem, ela duvidava que tivesse uma mancha roxa sequer. Naquele momento não estava confortável, mas não tinha nenhuma dor ou grande desconforto, pelo menos não fisicamente. Já mentalmente... Estava em um *estado*, de um jeito que, raramente, ou talvez nunca enfrentara antes.

Estava brava, confusa e curiosa. Ser brava e curiosa fazia parte de sua sina, mas não era sempre que ficava confusa. Confusões não faziam parte da vida organizada que ela administrava com tanto rigor. Estar confusa significava não saber, e ela sempre sabia o que queria, e como sua vida deveria ser.

A confusão em que estava era totalmente por culpa de Debenham. Ele não podia ser um herói. Angélica tentou se convencer de que sua intuição estava errada, que o feitiço da Senhora havia fracassado e que os sinais, de alguma forma, foram retorcidos e corrompidos. Além disso, em nenhum momento ele havia incentivado seus avanços, por mais que ela tentasse se convencer do contrário. Ele estivera apenas conduzindo a situação discretamente...

Os minutos se arrastaram enquanto continuava ali deitada no escuro e brigando consigo mesma. Seria difícil precisar quanto tempo se passara quando ela desistiu e deu a causa como perdida. Sua intuição permanecia inalterada, assim como a confiança na Senhora e em seu talismã.

Ela *sabia* exatamente o que estava fazendo quando pedira para ser apresentada a Debenham. Nada do que acontecera desde então havia alterado aquela certeza ou abalado a inatacável convicção.

Ele *era* um herói, o que significava que todo o resto estava errado.

Tudo bem. Ela comprimiu os lábios por baixo da mordaça e apertou os olhos, meneando a cabeça. É melhor esperar até descobrir *do que se trata e depois vou mudar tudo*. Mudar a situação, mudar Debenham. Se fosse preciso refaria a cabeça dele. *Não importa o que terei de passar, ele* será *meu herói*.

Angélica sempre soubera que seria um desafio garantir que o herói ficasse ao seu lado, agora que o destino realizara seu desejo.

Então... Ela expirou com força. *Nada de medo, a menos que eu descubra alguma razão para ficar com medo. Descobrirei o que está acontecendo e parto daí. Como nem a Senhora nem eu estamos erradas, deve haver um caminho para resolver, e o assunto cabe a mim e tenho todo o interesse em descobrir o que aconteceu.*

Debenham disse que explicaria tudo na hora apropriada. Assim que ele revelasse tudo, Angélica assumiria o comando. Mas por enquanto só lhe restava esperar.

Esperar.

Onde raios ele estava?

Angélica já estava prestes a dizer uma série de imprecações quando o cocheiro e o cavalariço ficaram quietos. A carruagem balançou quando eles pularam para o chão. Angélica ficou quieta, limitando-se a ouvir, mas só soube que

Debenham estava de fato ali quando ele abriu a porta da carruagem. Para um homem daquele tamanho, até que ele se movia em silêncio.

Ela fixou o olhar na silhueta escura que quase preenchia todo o vão da porta.

— At qu fim — disse ela com a voz abafada.

Ele ficou olhando por alguns minutos antes de entrar na carruagem.

— As coisas demoraram mais do que o previsto. Sua família só saiu quando o baile estava quase no final, depois fui interpelado por um amigo na saída. — Debenham passou um dos braços por baixo das pernas dela, outro nas costas e a levantou no colo.

Ainda enrolada como uma múmia, Angélica mordeu a língua e ficou imóvel, enquanto ele manobrava para sair da carruagem. Depois de saírem, a colocou sobre os ombros.

— *Humpf!* — Mexendo-se como podia, ficou olhando para as costas dele até as pernas.

Debenham a segurou com mais força, pressionando-a sobre o peito.

— Tenha paciência, vou levar você até dentro de casa e lá a desamarro.

Já conhecia aquele tom de voz profundo e resignado, poderia até ser um de seus irmãos falando com alguma mulher que tinham de proteger.

Resignado?

A raiva começou a ferver novamente.

Uma ponta da manta se desprendeu e cobriu a cabeça dela, mas Angélica conseguiu olhar para os lados. Quando Debenham começou a andar, ela viu o cocheiro e o cavalariço com o canto dos olhos, mas eram apenas sombras no escuro.

Debenham a carregou para fora do estábulo, e passou por um muro alto de pedra que parecia ladear um extenso jardim atrás da casa. Ela procurou olhar ao redor para talvez reconhecer onde seria a casa. O que viu não ajudou muito: um jardim da cozinha, um pequeno pomar, várias construções externas, pátio pavimentado nos fundos da casa, com um jardim de pequenos arbustos ao redor. Tratava-se de uma mansão antiga, provavelmente em uma das melhores ruas de Londres.

Mesmo com a visão restrita, ela viu provas de relance que confirmavam: as janelas tinham uma guarnição de pedra e tinha mais de três andares acima dos jardins. Era uma construção enorme que parecia chegar perto do céu.

Isso significava que ela ainda estava no coração da cidade.

Tanto Heather como Eliza foram levadas diretamente para fora de Londres, mas nenhuma fora raptada pelo próprio aristocrata misterioso. Cada vez mais Angélica tinha certeza de que aquelas costas largas pertenciam àquele aristocrata esquivo. Não via a hora de ele tirar logo sua mordaça.

Debenham entrou na casa pela porta dos fundos. A imensa sala estava aquecida, confortável e bem-iluminada. Ouviu-se barulho de cadeiras sendo arrastadas. Assim que Debenham se aproximou da luz, várias pessoas exclamaram praticamente ao mesmo tempo.

— Deus do Céu! É ela? — perguntou uma mulher com sotaque escocês.

— Pensei que você estava planejando apenas sondar o ambiente — disse um homem mais velho, escocês também.

— O aposento da Condessa está pronto, senhor. — Angélica reconheceu uma voz mais refinada, outra escocesa. — O candelabro está aceso. Achei que o senhor gostaria de ver os móveis polidos.

— Ótimo. A senhorita Cynster e eu vamos conversar lá em cima.

O raptor estendeu alguma coisa para a moça, talvez a bengala, e continuou a atravessar a sala. Angélica identificou os três empregados: uma criada bem-vestida, um homem mais velho, que pelas vestes devia ser o mordomo, e um homem baixo e rotundo que parecia ser o valete, que agora segurava a bengala. Todos os três ficaram surpresos, mas não menos *felizes*, que seu patrão voltava de um baile com uma dama enrolada numa manta e jogada sobre o ombro.

Debenham passou por outra porta e seguiu por um corredor. Angélica franziu o rosto quando deixaram a sala dos criados. Para onde estariam indo agora? Ele havia raptado uma mulher e os criados achavam bonito? Mesmo que conseguisse fugir, não contaria com a ajuda de nenhum deles.

Os dois passaram por uma porta vai e vem e continuaram até o salão da frente. Ali Angélica viu os ricos painéis de madeira que revestiam as paredes, as portas em arco com molduras rebuscadas e janelas de vitrais, mas estava tudo coberto de poeira e teias de aranha, prova de que a casa estava fechada havia anos.

Debenham começou a subir uma escadaria, sem se importar com o peso extra enrolado como se fosse um tapete sobre seu ombros. Chegou a um grande patamar, virou à esquerda e subiu mais um lance de escadas. A balaustrada da escadaria era de madeira pesada e muito entalhada. Aliás, o que ela vira até então, a mesa no patamar e o tocheiro ornamentado, eram de boa qualidade, mas desatualizados, fora de moda havia muito tempo.

Ao chegar a uma galeria no primeiro andar, ele seguiu mais um pouco e parou diante de uma porta e entrou. Quando Debenham se virou para fechar a porta, Angélica teve um vislumbre da sala. Se o que vira até aquele momento a impressionara, a elegância e o mobiliário daquele quarto deixaram-na sem fôlego. Não havia dúvida que Debenham era dono de uma fortuna e de um título.

Angélica concluiu que ali era a sala de estar das damas, iluminada por dois candelabros de prata. Havia uma bela poltrona, estofada de seda dourada e marfim, diante de uma lareira. Acima da lareira havia um imenso espelho com uma moldura dourada, que refletia o papel de parede marfim estampado com pequenas flores-de-lis douradas. Uma mesa de mogno ficava diante da janela com uma cadeira de espaldar alto logo atrás. O piso era coberto por um gigantesco tapete oriental estampado em dourado, vários tons de marrom e creme. Num dos lados da sala havia uma porta aberta. Ela viu o quarto e a cama de dossel e lembrou-se das palavras do valete. Ali era o quarto da *Condessa*. Isso significava que havia ou houvera uma Condessa e a casa provavelmente era de um Conde.

Nas laterais da lareira havia duas grandes poltronas forradas de veludo dourado. Debenham seguiu para uma outra cadeira perto da porta, parou, tirou-a do ombro e a colocou sentada.

Angélica balançou a cabeça até que a manta caísse, ignorando os cabelos que saíram do penteado e agora ladeavam seu rosto, e o *fulminou* com o olhar.

Ele apertou os lábios até formarem uma linha fina.

— Sim, eu sei. Peço encarecidamente que perdoe os meus métodos e me tolere.

Uma expressão de ira foi a resposta dela, mesmo porque não tinha opção.

Depois de um momento de hesitação, ele se aproximou e afastou as mechas de cabelo que cobriam o rosto dela, deslizando os dedos pelo rosto delicado. Ela tentou conter uma onda de arrepio súbito que levantou a pele em doces arrepios.

Com uma expressão consternada, ele começou a soltar a manta e desenrolá-la. Ela obedeceu aos movimentos para facilitar o trabalho. Depois de finalmente soltá-la, Debenham jogou a manta atrás da cadeira.

Angélica permaneceu impassível, olhando para a frente e as mãos presas apoiadas no colo, esperando que ele tirasse a mordaça de sua boca.

Debenham postou-se em frente à lareira e a estudou. Angélica ergueu a cabeça e apertou o olhar como se o ameaçasse.

Mais inabalável do que nunca, ele a estudou com bastante critério.

— Esta casa é muito grande e fica no meio da propriedade. Ninguém além de mim e meus criados ouvirá se você gritar. Repito que não tenho intenção de machucar você de forma alguma. Eu a trouxe aqui porque queria conversar longamente e em particular. Preciso explicar o que está acontecendo — ele a prendeu pelo olhar. — E dizer por que preciso da sua ajuda.

A última frase mudou tudo. O poder tinha passado para ela. Com aquelas oito palavras, ele se transformou de raptor para alguém que lhe pedia um favor. Angélica procurou confirmar pelo olhar dele se aquelas palavras não haviam sido impulsivas e se ele sabia o que significavam. A curiosidade voltou com mais força, principalmente porque Debenham esperava algum sinal.

Angélica movimentou a cabeça como sinal que estava disposta a ouvi-lo. Acreditando nisso, ele começou a desfazer o nó do lenço. No minuto seguinte, a livrava da mordaça. Ela tentou falar, mas estava com os lábios e a boca secos demais.

— Espere um pouco.

Colocando o lenço no bolso, desatou o nó que prendia as mãos dela. Depois deixou que Angélica se livrasse do restante da manta, enquanto seguia para um pequeno quarto de vestir, luxuosamente decorado, para servir um copo de água que trouxe para ela.

— Aqui está.

Angélica deixou o xale sobre o braço da cadeira e pegou o copo de água com as duas mãos, ergueu e... Parou. Olhou bem para o líquido no copo e para ele. Debenham torceu a boca contrariado, pegou o copo e deu um gole antes de estendê-lo novamente.

— Satisfeita?

O tom de voz dele deixou-a com vontade de rir, mas ela não perdeu a compostura. Aceitou o copo e tomou um golinho.

— Meus pés. — Ela os estendeu, lembrando-o de que ainda estavam amarrados.

Debenham se agachou para desamarrar os nós.

"Meus pés" não era exatamente as primeiras palavras que ela gostaria de ter dito, mas pelo menos, teria um tempinho a mais para ordenar os pensamentos. Debenham precisava de ajuda... Era difícil imaginar que alguém como ele precisasse de ajuda, mas parecia ser este o motivo do rapto. Então, talvez Debenham não estivesse tão longe de ser o herói que ela imaginara.

Por ela ter esperneado tanto, os nós haviam se apertado mais. Enquanto ele se concentrava em livrá-la do lenço que lhe prendia os pés, Angélica estudou o rosto dele bem mais iluminado do que antes. Mas estava olhando para uma máscara rígida, uniforme e que não deixava transparecer nenhuma emoção. Quem quer que fosse Debenham, ele escondia suas emoções até de si mesmo, trancafiado por trás daquela bela máscara.

Os pés se soltaram e ela melhorou de humor.

— Obrigada.

Angélica se manteve graciosa e civilizada, percebendo que assim o provocava. E sabia que demoraria muito para perdoar a maneira como a tratara.

Com o copo em uma das mãos, ela se recostou na cadeira luxuosa.

Debenham aguardou alguns minutos, depois seguiu para a outra cadeira com braços, se sentou e sem nenhum esforço ficou numa elegante postura masculina.

Por cima da borda do copo, enquanto bebia a água, ela o fitou. Havia crescido rodeada por homens grandes, educados e fisicamente poderosos, contudo Debenham superava todos eles. Ele era inegavelmente o homem mais bonito que ela já vira. E não era apenas o rosto de uma beleza rústica, emoldurado por uma vasta cabeleira preta que lhe conferia um ar selvagem, e nem as linhas do rosto tão simetricamente perfeitas, ou os lábios fartos e olhos fascinantes, mas o conjunto do rosto com o corpo proporcional de pernas longas, próprias de quem cavalgava bastante, os ombros extremamente largos, o tórax e os braços com músculos bem definidos. As mãos eram largas, dedos curtos e grossos, mas sabia que ele era capaz de usá-los com gentileza. A impressão era de que Debenham era bem consciente da força que tinha e usava-a com cuidado.

O importante era que mesmo que Angélica tivesse desenhado como seria seu herói não teria conseguido chegar nem perto do homem que tinha a sua frente. Ali estava ele, sentado na poltrona, com o olhar fixo nela e a expressão impossível de ser interpretada... um Adonis moreno com olhos mutáveis, e pertencia a ela.

Decidida a começar logo a conversa e ser a primeira a falar, indagou:

— Quem exatamente você é?

— Sou Dominic Lachlan Guisachan, oitavo Conde de Glencrae — disse ele, franzindo o cenho. — Você reconhece o título?

— Não. — Uma ruga surgiu entre as sobrancelhas. — Eu deveria?

Ele balançou a cabeça devagar.

— Eu só queria saber se você conhecia.

— E Debenham?

— É um dos meus títulos menos nobres.

— Por que ser um visconde em vez de um conde?

— Porque o conde vem das terras altas e o visconde não. — Ele fez uma pausa antes de continuar. — Eu achei que teria de observar discretamente os eventos da sociedade para rastrear você, mas quando voltei para Londres, há uma semana, descobri que a sociedade ainda pensa que sou Debenham. Faz quarenta anos que meu pai saiu de Londres. A sociedade esqueceu dele e do título também. Sua morte passou despercebida por aqui. Durante os anos que passei em Londres, eu *era* Debenham, um título inglês com uma propriedade fora de Peterborough. Não vi motivo para propagar meu passado escocês ou que eu era herdeiro de um condado. Eu já tinha problemas suficientes para desviar dos casamenteiros. Talvez por causa disso minha sucessão ao condado não tenha sido registrada, então posso circular na sociedade como Debenham, pelo menos até conseguir evitar os amigos escoceses como Perth, Dumbries e todos aqueles que me reconheceriam como Glencrae, ninguém vai pensar em me relacionar com as tentativas de rapto de suas irmãs.

— Só para deixar claro: você é o aristocrata suspeito? O nobre escocês que está por trás desses raptos cansativos?

— Por meus pecados, sim.

Ele não parecia feliz com a admissão, mas arriscava-se demais para se aproximar dela.

— Evitando todos os nobres escoceses... Se um deles tivesse visto você e comentado com alguém e a informação chegasse aos ouvidos da minha família? É comum esse tipo de coisa acontecer. Um nobre escocês com seu tipo físico, mesma altura, mesma coloração, mesma idade. É exatamente o que minha família tem procurado nas camadas da sociedade.

— Para minha sorte, a maioria dos amigos escoceses preferem frequentar as rodas sociais de Edimburgo. Se estiverem por aqui, não circulariam pelos mesmos eventos que os Cynster. Acima de tudo, a maioria dos escoceses já deve ter voltado para suas terras, para o início da temporada de verão. Todos me deixaram aqui e em relativa segurança para caçar você.

— E quanto a Breckenridge, Eliza e Jeremy? Todos viram você, apesar da distância.

— Como noivos recentes, sua irmã Heather e Breckenridge, e Eliza e Jeremy não estão comparecendo aos salões de baile. Assumi o risco de talvez encontrá-los enquanto estivesse procurando você.

— Mas todos na família ouviram descrições... — ela parou de falar de repente.

— Exatamente. Ser alto, robusto e moreno não é o suficiente para levantar suspeitas, ainda mais porque falo inglês sem sotaque escocês e sou bem conhecido com um visconde inglês.

— E a bengala — ela relanceou a perna esquerda dele. — Você está realmente ferido, ou a bengala é para aprimorar o disfarce?

Ela teve a impressão de que ele suspirou.

— Tudo o que disse essa noite foi a verdade literal. Meu ferimento foi sério e vem de longa data. Usei bengala durante minha prévia estadia em Londres, embora não a estivesse usando nos últimos quatro anos até machucar meu joelho, e decidi voltar a usá-la pelo menos enquanto estiver circulando pelos eventos sociais. Isso justifica eu não dançar valsa. Por sorte, estar de bengala comprovou que sou Debenham e que estou de volta. — fez uma pausa e emendou. — Nem mesmo você suspeitou num primeiro momento. Quando desconfiou?

— Quando ouvi o sotaque do seu cocheiro. — Ela avaliou o rosto dele e prosseguiu. — Tenho uma única pergunta bem pertinente, aliás. Por que você não está morto?

Ele estranhou a pergunta e franziu o cenho antes de responder:

— Por que alguém imaginaria que eu estaria morto?

— Talvez porque você tenha caído de um precipício muito alto quando resgatou Eliza e Jeremy de Scrope.

A ruga no meio das sobrancelhas dele se esvaiu.

— Caí num patamar seis metros abaixo, mas Scrope não parou e continuou na direção da morte. — Instintivamente ele passou a mão na coxa esquerda, mas parou ao perceber o que fazia. — A queda piorou meu ferimento antigo. — As sobrancelhas escuras se uniram de novo. — Mas quando encontraram apenas um corpo na base do penhasco... Os corpos, digo, o corpo foi encontrado por vaqueiros, mas ainda não entraram em contato com ninguém. Ninguém da família ou demais conhecidos sabe se havia um corpo ou dois. Ou seja, sua família pensa que estou morto. Por isso não havia ninguém vigiando você. — finalizou o raciocínio entendendo melhor a situação.

— Os mortos não são ameaça. Mas o meu desaparecimento deixará todos em polvorosa. — Ela fez uma pequena pausa e acrescentou: — Cedo ou tarde esses vaqueiros serão encontrados e minha família descobrirá que você está vivo e entre nós.

— E eles vão colocar minha cabeça a prêmio.

— No mínimo. Mas eles ainda não sabem quem é você. — Ela ficou quieta por um instante e olhou para ele, arqueando a sobrancelha. — Então, por que estou aqui? — Ela abriu o braço abrangendo os arredores. — Estou aguardando suas explicações.

Debenham a encarou, provavelmente ordenando os pensamentos antes de responder:

— Eu poderia contar a história inteira, mas isso levaria horas, e o que você precisa saber esta noite, tudo o que precisa aceitar...

— Não.

— Como? — ele piscou os olhos várias vezes.

— *Não* — com o maxilar contraído, o enfrentou com o olhar. — Não quero ouvir a metade de uma explicação, ou menos. — Ela balançou os braços, indignada. — Você acabou de me *raptar de um baile* para poder falar comigo "longamente e em particular". Sugiro que comece logo e nem pense em resumir.

A expressão do rosto dele mudou. Angélica teve a impressão que Debenham corou ligeiramente. Prendendo-o pelo olhar e mantendo um semblante de poder, um antigo dom aristocrático, lembrou de que ele era um homem de estirpe, assim como ela, alguém que ditava regras como seus ancestrais faziam.

— Para uma atrevida garota de 21 anos, você é bem mandona.

— É verdade — ela sorriu, fingindo-se delicada. — Creio que você disse que precisava da minha ajuda.

Silêncio. Angélica sabia que ele poderia se mexer numa velocidade fantástica, assim como fizera no terraço de lady Cavendish. Contudo, assim como outros homens grandes, fortes e muito inteligentes que ela conhecia, Debenham tinha a habilidade de permanecer totalmente imóvel e até agora era o que costumava fazer.

Tratava-se de um estratagema, mas não ia funcionar com ela. A identidade dele fora revelada, mas nem por isso Angélica se deixaria intimidar. Protegida pela poltrona, ela prendeu o olhar dele e, com muita audácia, rompeu o silêncio.

— Eu diria que, meu caro conde, essa conversa seria muito mais proveitosa se começássemos do princípio.

Depois de longos minutos, ele respirou fundo.

— O começo? Sendo assim... O que você sabe da vida de sua mãe antes de se casar?

— O começo da história é *nessa* época? — indagou ela, piscando seguidas vezes.

Mantendo-se firme, Dominic Guisachan, oitavo conde de Glencrae, meneou a cabeça. Desde o princípio não estava muito ansioso com aquela conversa. Além do mais sua refém não era bem a princesa mimada da sociedade que ele esperava e isso só o fazia antever o suplício que seria essa conversa. Angélica Cynster era mimada, mas também tinha a língua afiada, era inteligente, observadora e estava mais à vontade do que o esperado. Já havia ficado claro que ela também tinha uma determinação férrea. Angélica dissera não. A última pessoa que disse não para ele... Havia sido sua mãe.

Ela continuava encarando-o, esperando por uma resposta que não veio. Ele cerrou os dentes e repetiu a pergunta de um jeito diferente:

— O que você sabe das circunstâncias do casamento de seus pais?

Uma linha de preocupação surgiu na testa dela.

— Eles fugiram e se casaram em Gretna Green — ela piscou. — Foi por isso que você levou Heather para lá?

— Sim e não. — deixaria a resposta para depois. — Isso foi bem mais tarde. Achei que você queria ouvir a história desde o princípio.

— Bem, sim... — ela gesticulou imperiosa na direção dele. — Ande logo, caso contrário ficaremos aqui a noite inteira.

Eles ficariam ali a noite toda de qualquer maneira...

— Você sabe por que seus pais fugiram juntos?

— Sim. Os pais da minha mãe queriam que ela se casasse com um nobre, um conde com mais idade, mas ela se apaixonou pelo meu pai. Mas os pais dela preferiram um conde em vez do quarto filho de um duque e continuaram a pressionar minha mãe a se casar com o conde e, por isso, os dois fugiram e se casaram na igreja de Gretna Green.

— Você sabe o nome do conde com quem sua mãe se recusou a casar?

As linhas na testa dela reapareceram ao estudar o rosto dele.

— Você vai me dizer que era o conde de Glencrae, seu pai?

Ele assentiu.

— E...?

A impaciência dela o irritou.

— Eu me lembro de ter dito que não tinha intenção de raptar você essa noite, por isso não preparei uma dissertação. — Como ela não respondeu, apenas o enfrentou com o olhar, Dominic engoliu o orgulho e continuou: — Mortimer Guisachan, sétimo conde de Glencrae, tinha quarenta e poucos anos quando conheceu Célia Hammond, uma bela inglesa. Ela mal tinha 19 anos quando o cativou inadvertidamente. Mortimer a adorou e só queria se casar com Célia. Ele conversou com os pais dela e eles entraram num acordo nupcial que ia bem, ou pelo menos foi isso que Mortimer achava. Sendo um homem muito convencional, ele não falou com Célia pessoalmente, deixando a incumbência de contar a ela sobre a boa sorte para seus pais, como era comum naquela época. Uma semana depois, Mortimer recebeu um recado dos Hammond avisando que Célia fugira com o lorde Martin Cynster e se casara com o quarto filho de St. Ives em Gretna Green.

Angélica estava com os olhos arregalados. Ele chegou a fazer uma pausa, mas ela sinalizou para que continuasse.

— Você precisa entender que Mortimer não era um homem passional. Não estou dizendo que não amava Célia. O que ele sentia era paternal, por isso entendeu que ela amava Martin Cynster. Quando o casal voltou para a capital, Mortimer aceitou o fato de Célia estar muito feliz e se afastou, não apenas da vida dela, mas da sociedade e até de Londres. Ele fechou sua casa... *Esta casa...* E se retirou para seu castelo na Escócia.

— Nas terras altas?

Ele consentiu com a cabeça.

— A propriedade pertencia a família do pai de Mortimer por muito tempo, era próspera e o clã ia bem. Mortimer foi para casa e deixou Célia e Martin viverem em paz. Mas a fixação dele em Célia não terminou. Ele descobriu que não podia viver sem saber quem ela era de verdade e o que estava fazendo. Ele induziu a amigos antigos a escreverem para ele sobre a vida de Célia e durante anos pagou para observadores de todos os cantos da cidade que regularmente, pelo menos uma vez por semana, mandavam cartas para o norte descrevendo detalhes da vida dela. A obsessão de Mortimer por Célia e depois pelos filhos dela passou para seus seguidores também.

Ele fez mais uma pausa, mas Angélica não se moveu e continuava com os olhos fixos, aguardando o restante da história.

— Mortimer era o chefe de um clã e precisava se casar para gerar um herdeiro. O irmão mais novo dele nunca foi treinado para ser o senhor das terras, o conde, assim Mortimer aceitou a tarefa, foi passar uma temporada em Edimburgo e acabou encontrando uma esposa. Mirabelle Pevensey vinha de uma família das terras baixas, tinha berço, mas pouca fortuna, era muito mimada e muito enaltecida por sua beleza estonteante. Mesmo mais velho, Mortimer ainda era um homem bonito. Naquela época, em Edimburgo, todos sabiam da obsessão dele por um amor perdido, mas Mirabelle viu nele um desafio, um degrau para ganhar posição na sociedade. Ela estava determinada a conquistar Mortimer, acabar com a fixação dele em uma dama inglesa longínqua e transformá-lo em seu escravo devoto. Ela se dedicou a conseguir a atenção total dele, o que não foi difícil por sua indiscutível beleza, e tinha certeza de que teria sucesso. Eles se casaram e Mirabelle foi feliz para as terras altas, esperando poder mantê-lo envolto em sua teia. Mas em vez disso, descobriu que não podia competir nem com Célia nem com os filhos dela. — Ele fixou o olhar no de Angélica. — Mortimer sabia dos mínimos detalhes da vidas dos seus irmãos... Sabia as notas que tiravam na escola em Eton, quais os esportes que gostavam, e quais eram seus interesses quando adultos. Ele sabia de todas as doenças que eles contraíram. Se Mirabelle não o lembrasse, ele era capaz de esquecer o aniversário dela, mas jamais se esqueceria do aniversário de Célia, Rupert ou Alasdair. Mirabelle não se conformava por Mortimer ser devotado a uma outra mulher, quando ela estava ali ao lado dele em carne e osso. Percebendo que Mortimer estava obcecado com os filhos de Célia também, ela decidiu fazer o seu papel e deu a ele um herdeiro.

— Você — disse Angélica num fio de voz.

Ele assentiu com a cabeça.

— Eu mesmo. Mortimer era um pai carinhoso e me dedicava toda a atenção que eu queria, mas infelizmente para Mirabelle não. O meu nascimento não mudou a obsessão dele por Célia e sua prole. — Ele baixou a cabeça para olhar a mão espalmada sobre o joelho. — Imagino que o meu parto tenha sido difícil. Mas com isso Mirabelle achou que tinha cumprido com sua obrigação, não apenas com meu pai, mas também com o clã. Ela esperou por uma recompensa que não veio. Estou supondo, mas acredito que ela achou que se esperasse, a afeição de Mortimer por mim cresceria com o tempo e incluiria ela também. Pensando assim, Mirabelle encontrou paciência e esperou. Mortimer não tinha interesse nenhum em voltar a frequentar a sociedade, pois Célia e sua família eram a sociedade que ele precisava. Então, ficou feliz quando Mirabelle começou a usar a casa em Edimburgo para receber a sociedade. Mas ela nunca fez isso de verdade, o que confundiu todo o mundo. Tempos depois, quando eu comecei a circular pela sociedade em Edimburgo, descobri que ela tinha se correspondido com os conhecidos desde a época do casamento, dizendo que havia conseguido acabar com a obsessão de Mortimer por Célia e que agora ele a adorava. As cartas eram a descrição da vida que ela queria e gostaria de ter tido e não a realidade. Por isso também ela dizia que apesar de poder visitar Edimburgo, não ficaria à vontade com Mortimer bajulando-a toda hora. Ela, então, ficou presa nas terras altas, esperando, esperando e ficando cada vez mais amarga. No final das contas, ela percebeu que a estratégia nunca daria certo. Nessa época, você e suas irmãs já tinham nascido. Mortimer ficou encantado e vivia tagarelando sobre as aventuras. Claro, se ele adorava Célia, também se encantara pelas filhas.

Ao olhar para Angélica, ele percebeu que ela estava preocupada.

— Você devia odiar todos nós...

— Não. De jeito nenhum. — Ele fez uma pausa, pensando que tinha de esclarecer tudo e enfrentar a situação, e prosseguiu: — A verdade é que eu estava feliz por meu pai estar distraído com a família Cynster, porque assim pude fazer o que queria. Todo o clã estava a minha volta, não me faltou companhia ou apoio. Meus primos e tios me ensinaram a cavalgar, caçar, pescar, atirar... Todas as atividades que um garoto precisava. Tive tias verdadeiras e por adoção para me alimentarem e cuidarem dos meus rabiscos. Por causa de Célia e seus filhos, eu tive uma infância muito mais... colorida e feliz do que muitos teriam. — Ele inclinou a cabeça e emendou: — Agradeço a você e sua família.

— Mas sua mãe... — Angélica estava perplexa. — Deve ter sido muito difícil.

Ele a fitou e disse depois de alguns instantes:

— Mirabelle não era muito maternal. Ela não me via como um filho, mas como uma peça no jogo dela. Você sabe como as crianças percebem essas coisas. Eu era um garoto e não confiava nela, mas não precisa ter pena de mim por isso, pois eu tinha todo o clã ao meu redor e não podia ter tido mais cuidado do que tive. — Ele fez uma pausa e prosseguiu. — Fui bem cuidado, mas não mimado. Eu era apenas mais um da dezena de crianças que se divertiam a valer no verão, mas sempre com uma meia dúzia de adultos tomando conta. Esse é o verdadeiro significado de um clã. Somos uma família. — Ele soltou o ar ruidosamente. — Isso foi o prefácio da história de Mirabelle. Quando desistiu de esperar atenção do meu pai, ela tentou me reivindicar, mais ou menos, do clã. Eu tinha 12 anos na época. Ela pretendia que eu fosse uma marionete para quando Mortimer morresse, o que era mais provável por ele ser mais velho, assim, ela poderia controlar o clã e principalmente a fortuna. Mirabelle tentou me puxar para debaixo de suas asas e descobriu que era impossível. Ela pertencia aos clãs das terras baixas, por isso não entendia, e também nunca procurou compreender, que os clãs das terras altas tinham costumes diferentes. Quando tentou me recuperar, o clã fechou o círculo a meu redor e não permitiu. Ninguém nunca a enfrentou diretamente, mas ela não me encontrava em casa depois que eu voltava da escola. Eu estava sempre em algum lugar que ela desconhecia e, por isso, não conseguia me arrastar para a sala de estar, me sentar e tentar me controlar. Depois de muitas tentativas, ela desistiu. O clã e eu assumimos que Mirabelle aceitou sua sina. Ela nunca se esforçou para fazer parte do clã e ser a esposa do senhor de terras no sentido real da posição. Ela olhava para todos com superioridade e não tinha nenhum amigo para ajudá-la. Com o tempo ela foi ficando cada vez mais amarga, ressentida e reclusa. — Ele parou para respirar antes de continuar. — Eu tinha uns 20 anos quando terminei a faculdade e voltei para casa. Caí e machuquei muito meu joelho. Fiquei de cama durante semanas, como um refém, e Mirabelle tentou novamente se aproximar, só que dessa vez, queria que eu me voltasse contra meu pai.

Enquanto ele respirava antes de continuar, Angélica percebeu que os olhos dele não estavam apenas distantes, mas justificavam a descrição de "olhos frios como o gelo".

— Não sei até onde ela teria ido, mas eu percebi a intenção e tratei de acabar com qualquer impressão errônea de que eu tivesse ambição de tomar o lugar do meu pai antes de ele morrer de causas naturais. A primeira reação dela foi de incredulidade, depois ficou furiosa, mas não havia nada que pudesse fazer. Alertei meu pai e aqueles que eram próximos. Depois de me recuperar, e assim que pude, vim para Londres e passei a maior parte dos cinco anos seguintes aqui. Quando fui para casa, passei um bom tempo com meu pai e com o clã tratando de assuntos da propriedade. Fiquei por lá tempo suficiente para me inteirar sobre os negócios do clã para quando chegasse minha vez de gerenciá-lo e voltei para Londres.

Ele fez uma pausa, inclinou-se para a frente, apoiando os antebraços nas coxas e fixou o olhar em Angélica.

— O histórico foi esse, mas os eventos que levam à minha dificuldade atual, e a razão pela qual preciso de sua ajuda, começa agora. Enquanto fiquei muito tempo em Londres, as colheitas não foram boas e o clã passava dificuldades. Em 1823, meu pai veio à Londres, pela primeira vez em mais de trinta anos, para pedir meu apoio em uma negociação que ele havia conseguido para salvar o clã. Eu o ouvi e concordei com o plano.

Ele olhou para as mãos, agora pressionadas entre os joelhos.

— O plano foi articulado baseando-se numa taça que era da minha família a gerações. A fábula dessa taça não está relacionada com a situação atual, e em vez de satisfazer sua curiosidade esperada, explicarei apenas a razão de a peça ser tão valiosa para um grupo de banqueiros londrinos. — Ele entrelaçou os dedos das mãos, olhou para o relógio acima da lareira e voltou a fitar Angélica. — Se você aceitar que essa taça é extremamente valiosa, podemos continuar a história sem mais explicações.

— Está certo, mais tarde você me conta sobre a taça — disse ela, meneando a cabeça.

Ele se endireitou e recostou-se na poltrona antes de olhar para ela de novo.

— Muito bem... Estamos no final do ano de 1823 e temos a taça de um lado e, do outro, meu pai desesperado para manter os negócios do clã. O conde, o cabeça do clã, detém a posse e gerencia as terras e os negócios, mas o costume é que todos os membros do clã retirem sua renda desses negócios. Então, se as coisas não vão muito bem, todo o clã vai mal. Não era apenas a vida da nossa família que estava em jogo. — Ele fez uma pausa e continuou: — O negócio, que ele vislumbrou e para o qual queria minha aprovação, era junto com um grupo de banqueiros londrinos. Os banqueiros aceitaram dar o empréstimo e ficar com a taça como garantia. Tratava-se de uma quantia significativa e o suficiente para reestabelecer as finanças do clã. No entanto, como eu já disse, meu pai era um homem ultraconvencional. Como a taça já estava com a família havia muitas gerações, ele não concordou em dá-la naquele momento. Eu já não tinha tantos escrúpulos assim. O acordo foi firmado, assinado e o dinheiro transferido. Minha parte no acordo era entregar a taça para os banqueiros no quinto aniversário da morte do meu pai.

Depois de estudar o semblante dela, ele se levantou de repente e seguiu até onde estavam as bebidas e se serviu de uma taça de vinho. Angélica aproveitou a pausa para tomar um golinho de água. A história a havia hipnotizado e lhe deixado com a garganta seca. Dominic também devia estar com sede.

— Meu pai não foi um senhor de terras bom, nem ruim — disse ele ainda de costas. — Ele era um homem relativamente gentil, não era nenhum santo, mas fazia o que podia pelo clã. Durante o período em que ele foi o administrador, ninguém teve nada a reclamar, mas ele também não fez nada para melhorar as edificações do clã nem os negócios. Se ele não tivesse feito o acordo com os banqueiros, o clã teria empobrecido. Passei os últimos cinco anos preparando tudo para que o clã nunca mais ficasse tão vulnerável, mas basicamente trabalhei sobre o legado que meu avô construiu.

Depois de beber a taça inteira, ele se serviu de mais vinho e voltou.

— Qual é o prazo para entregar a taça? — Angélica perguntou, olhando para cima.

Ele se deixou cair na poltrona.

— No quinto aniversário de morte do meu pai, ou seja, no primeiro dia de julho deste ano.

— E...?

Os olhares se cruzaram e se prenderam. Os olhos dele estavam novamente enevoados.

— Em janeiro deste ano, a taça sumiu. Eu checava se a peça estava em segurança todo mês. Só o mordomo e eu sabíamos a combinação do cofre e não contamos a ninguém e nem tiramos a taça de lá. — Ele fez uma pausa para dar um gole de vinho e deixou o olhar perdido em algum ponto distante antes de continuar. — No dia seguinte, minha mãe disse que tinha levado a taça e escondido. Não faço ideia de como ela abriu o cofre, mas as joias da família também estavam lá. O mais provável é que meu pai tenha aberto o cofre na frente dela e Mirabelle tenha anotado a combinação.

Angélica não invejava a mãe dele. O tom de voz dele era gélido, como se cada palavra carregasse uma ameaça velada.

— Mirabelle tinha seus próprios planos. Ela me disse que devolveria a taça para que eu cumprisse o acordo com o banco e salvasse o clã, contanto que eu fizesse o que ela queria.

Quando ele encostou a cabeça no espaldar da cadeira e ficou em silêncio, Angélica perguntou:

— O que ela quer?

Ele baixou a cabeça e a encarou.

— Ela quer se vingar de sua mãe.

— Minha mãe? — Angélica franziu o cenho. — Por quê? Como?

— Ora, ela culpa Célia por tudo que deu errado em sua vida miserável. Além do que Célia ganhou, apesar dos esforços de Mirabelle, sua mãe ainda era dona do coração do meu pai até o dia em que ele morreu, mesmo sem nunca ter sabido sobre a obsessão dele. — Ele fez uma pausa. — Como? — Ele levantou a taça, deu um gole, e a prendeu pelo olhar. — Tudo o que tenho de fazer é raptar uma das filhas de Célia e arruiná-la.

Angélica procurou sinais no rosto dele que indicassem qualquer perturbação mental, mas não encontrou nada.

— Arruinar como exatamente?

— Fiz a mesma pergunta a ela — disse ele meneando a cabeça. — Eu tinha que raptar qualquer uma de vocês, Mirabelle não ligava para quem fosse. Depois teria de levá-la para o norte, até o castelo. Quando a notícia se espalhasse você estaria socialmente arruinada. A vingança de Mirabelle estaria completa, pois Célia, a responsável pela vida miserável que ela levara, ficaria arrasada por sua filha.

Angélica estudou o rosto dele minuciosamente, os olhos, a expressão e perguntou por fim:

— Sua mãe é louca?

— Em relação a esse assunto, creio que sim. Nas outras áreas da vida, é plenamente lúcida e muito inteligente. Ela escondeu muito bem a taça, tanto que ninguém encontrou até agora. Procuramos pelo castelo de alto a baixo inúmeras vezes. Mas o castelo é imenso, antigo e... Estamos ficando sem tempo.

— O que vai acontecer se ela não devolver a taça e você não conseguir dar aos banqueiros no primeiro dia de julho?

Ele hesitou um pouco e respondeu com a voz baixa.

— O contrato foi firmado tendo a taça como única garantia, nenhuma quantidade em dinheiro pode ser oferecida. Se eu não entregar a taça no primeiro dia de julho, o clã e eu perdemos o castelo, todas os vales, lagos e florestas da propriedade e o os negócios que o clã tiver. O clã será destituído e expulso. Caso a taça não seja entregue, o clã perde todos os seus bens.

— Nossa Senhora... *Tudo*?

— Tudo. — A expressão do rosto dele ficou mais severa. — Na época não achei um acordo tão arriscado, já que tínhamos a taça para pagar. — Ele voltou a olhar para ela. — Agora não tenho mais tanta confiança e é por isso que preciso da sua ajuda.

Angélica sentiu a cabeça girar, era muita informação para entender.

— Supondo que eu acredite em tudo isso... — Ela acreditava, era uma história fantástica demais para ser inventada e o homem a sua frente estava disposto a qualquer coisa. — Como exatamente quer que eu o ajude?

— Eu nunca tive a menor intenção, e ainda não tenho, de ceder às condições de minha mãe. Já imaginei todas as alternativas possíveis para resolver o assunto, mas infelizmente não há outra maneira de salvar o clã a não ser entregando a taça... Assim dei um jeito para que ela achasse que tinha conseguido o que queria.

— Ah, uma armadilha. Muito bom. Como?

Ele a estudou por alguns momentos com um semblante mais leve que não durou muito tempo.

— A única ideia que tive foi capturar uma das filhas de Célia e fazer um acordo com ela, que seria basicamente colocar a mim e o clã aos pés dela. — Ele a encarou sem piscar. — Eu estava preparado para lutar com as armas disponíveis. Então montei uma trama para barganhar com uma de vocês, mas que estivesse a meu favor. Pedi que uma de vocês fosse sequestrada e levada até mim na Escócia. O rapto tinha de parecer real porque não havia outra maneira de conversar com uma de vocês sozinho, longe da sua família e com tempo suficiente para persuadir. Seria difícil me apresentar em Dover Street, implorar por uma audiência e contar meu caso. Sua família jamais permitiria que uma de vocês fosse para o norte comigo desacompanhada. E tinha de ser desacompanhada. Mirabelle fica ensandecida com a história de Célia, mas para o resto, é muito esperta. Se ela visse algum parente ou mesmo uma criada na casa, desconfiaria que seu plano não deu certo. O rapto tinha que ser perfeito. — Ele parou para estudar a reação dela. — Os primeiros que contratei foram Fletcher e Cobins, você os conhece, não?

— Sim, eles raptaram Heather.

— E levaram-na para Gretna Green. Sim, escolhi aquele lugar porque estava relacionado com a história dos seus pais e porque poderia ser o cenário perfeito para que qualquer uma das irmãs Cynster aceitasse a oferta que eu pretendia fazer. Mas Heather escapou, então mandei Scrope buscar Eliza, mas ela escapou também. Pensei que o plano só daria certo se eu pessoalmente raptasse você, assim pelo menos você me ouviria e talvez considerasse em aceitar minha oferta.

Apesar de não ter gostado da maneira como ele a havia tratado, mesmo que tivesse sido por pouco tempo, ela concordava com a lógica do plano.

— Tenho uma dúvida. Por que você recuou quando Breckenridge resgatou Heather e por que foi mais além arriscando a vida para ajudar Eliza e Jeremy a fugirem de Scrope?

Ele oscilou até que ela arqueou as sobrancelhas e aguardou.

— Quando suas irmãs foram raptadas, eu sabia que elas *não* estavam se relacionando com nenhum cavalheiro. Eu tinha fontes que me confirmaram. O plano não daria certo se elas estivessem comprometidas com outros homens. Se houvesse alguma ligação... Minha maior preocupação era salvar a outra pessoa. Como você veio atrás de mim essa noite, presumi que não estivesse envolvida com nenhum cavalheiro ainda.

Na realidade ela estava, mas ele não precisava saber.

— Pelo que soube sobre os noivados recentes de suas irmãs, razão de elas terem sido excluídas dos meus planos, nenhuma se prejudicou pelas minhas atitudes, por terem sido raptadas pelos meus homens.

Angélica parou de menear a cabeça e considerou o que tinha ouvido.

— Não acredito que elas culpariam você pelas aventuras e pelos noivados, se é isso que está pensando.

Ele ficou visivelmente aliviado e voltou a focar a atenção no rosto dela.

— O que nos traz à presente situação.

— De fato. — Ela o enfrentou com o olhar. — O que você pretendia oferecer à irmã Cynster que conseguisse capturar?

O que ela pretendia em princípio não valia mais. Os olhares se cruzaram e o silêncio reinou por alguns minutos.

— Meu clã significa tudo para mim, eu daria minha vida por eles e creio que cada um deles faria o mesmo por mim. Mas há algo que está acima do clã, uma linha que não pretendo cruzar. O lema da minha família é: "Honra acima de tudo." — Ele fez uma pausa de uma fração de segundo e emendou. — Pretendo pedir sua ajuda e que viaje comigo para as terras altas e para o meu castelo. Chegando lá gostaria que você convencesse minha mãe que está desolada com sua situação. Tem de ser uma encenação muito bem-feita para convencê-la a entregar a taça. Não sei aonde isso pode levar, mas como eu disse, ela acredita que raptar você e levá-la para o norte será suficiente para o propósito dela.

— Para a maioria das jovens damas isso seria suficiente. Mas no meu caso, minha família irá investigar meu desaparecimento até descobrir o que aconteceu comigo... Depois eles inventarão outra história para que eu não seja banida da sociedade.

— Você e eu sabemos disso, mas ainda bem que minha mãe não faz ideia. Ela não conhece muito bem a sociedade inglesa e muito menos as artimanhas que uma família como a sua pode utilizar.

— Qual é a sua parte nessa barganha? — indagou ela, estudando o rosto severo. — O que eu ganho para ajudar?

Os olhares se cruzaram.

— Você terá a garantia de que de fato não terá nenhum prejuízo se me ajudar. Eu a farei minha condessa, protegerei você com o meu nome quando nos casarmos e concordarei com o que você quiser propor para nossa vida juntos.

Ele havia falado devagar e claramente numa voz comedida. Angélica tinha entendido cada palavra.

Dominic tinha se oferecido a ela.

Quando ele olhou para Angélica de novo, contraiu o maxilar antes de dizer:

— Tentei raptar suas irmãs mais velhas primeiro porque sei que você só tem 21 anos e provavelmente sonha com um cavaleiro num cavalo branco que virá buscá-la. Como você ainda não tem compromisso com outro homem, pode considerar as vantagens que oferecerei como minha futura esposa — ele terminou de falar, fixou os olhos no rosto dela e aguardou.

Angélica se recostou na cadeira sem demonstrar nenhuma reação, embora estivesse se sentindo um caos sem precedentes. Sua parte ousada e confiante a impulsionava a ficar exultante e agarrar a oferta com as duas mãos, mas havia um lado menos conhecido que a freava, gritando para que esperasse um pouco e *pensasse*.

Pela primeira vez, ela optou por ouvir a voz da razão. Ela o fitou com a esperança de que, assim como ele, não estivesse demonstrando nenhuma emoção. Dominic permanecia impassível e confiante, apesar de sua vida inteira depender da resposta dela. Afinal, ela era a última das irmãs Cynster disponível para que o plano desse certo.

O plano era um ultraje, mas poderia, já que estava nas mãos dela, dar certo. Não precisava de mais argumentos para confirmar.

Ele era um conde rico e já contara bastante de sua vida para responder às dúvidas pertinentes. A sociedade o veria como um bom pretendente para ela. Não seriam necessárias mais informações.

Angélica sentiu o coração bater em total descompasso, mas não se tratava apenas de animação. Ele *era* seu herói. Nada do que ele dissesse alteraria essa convicção; ao contrário, enfatizaria. Sem contar que ele havia acabado de pedi-la em casamento e permitiria que ela estabelecesse como seria a vida deles no futuro... Aparentemente, a oferta era inegável e ela devia agarrá-la de imediato e mais tarde usar para exigir... O quê?

Talvez pedir que ele a amasse.

Ele havia oferecido o nome, o título, os bens, além do próprio corpo e uma certa consideração, mas isso era tudo.

Angélica tinha consciência de que homens como ele sabiam que o amor não era uma coisa que qualquer dama podia exigir. Além disso, o amor não costumava atingi-los logo num primeiro momento; até mesmo se seguisse sua intuição, ele se resguardaria, resistiria caso se apaixonasse inesperadamente e se protegeria o máximo que pudesse. Mas ele *era* o herói. Ela ainda não estava apaixonada, mas acreditava em sua intuição e nas orientações da Senhora; com o tempo acabaria se apaixonando.

Por outro lado, ela não era ingênua o bastante para fechar os olhos para o fato de ele ter proposto casamento a sangue frio, do mesmo jeito que o pai dele tinha casado com a mãe. Será que Dominic percebia que a situação se repetia? O que ele oferecia, na realidade, era um casamento dinástico, que para ele era uma necessidade, mas para ela era uma opção.

Angélica estava diante de uma situação muito mais difícil do que qualquer outra mulher da família Cynster de sua geração teria enfrentado, ou até de épocas mais antigas.

Se ela aceitasse a oferta, não demoraria para se apaixonar por ele, mas será que a recíproca seria verdadeira? E se, depois de aceitar e se apaixonar, descobrir que ele não poderia amá-la? Seria o fim do sonho de felicidade e amor que ela sempre almejara. Mas ela podia também recusar a barganha. Recursar-se a ajudá-lo, não podia?

— E se eu recusar? — perguntou ela, sem afastar os olhos dos dele.

As feições do rosto masculino não se alteraram, mas a tristeza tirou o brilho do olhar. A voz, no entanto, manteve o mesmo tom controlado ao responder:

— Se achar que não pode me ajudar, então eu a devolverei para sua casa na próxima meia hora. Sua família já terá notado sua falta, mas você pode inventar uma história qualquer quando chegar, dizendo que não sofreu nada com a minha interferência em sua noite.

Ele dizia a verdade, como vinha fazendo desde o início. Se a levasse de volta para casa, não se veriam novamente. E se por acaso ela dissesse alguma coisa sem querer sobre o que havia acontecido para a família, os homens, pelo menos, descobririam tudo e forçariam um casamento, o que seria muito pior.

Angélica o queria como seu herói, queria que a amasse, ou aprendesse a gostar dela, e a única maneira de atingir seu objetivo era arriscar tudo, inclusive o coração e confiar que o amor, com o qual sempre sonhara, se consolidasse. Era como se estivesse cega, confiando cegamente... Na existência do amor verdadeiro.

Mas será que teria coragem suficiente para aceitar o desafio? Conseguiria mesmo lutar pelo amor dele e vencer? Enquanto as dúvidas pairavam em sua mente, ela não havia desviado a atenção dos olhos dele.

— Eu tenho algumas perguntas — disse por fim.

Ele arqueou uma das sobrancelhas, incentivando-a a falar.

— Se eu não aceitar, o que você fará depois de me mandar para casa?

Ele estranhou a pergunta e pensou um pouco antes de responder:

— Não sei. Não pensei nessa possibilidade. — Não havia pensado porque sabia que aquela era a última vez que ele atirava os dados numa aposta definitiva.

Angélica ergueu o copo, terminou de tomar a água e colocou-o na mesinha lateral da cadeira.

— Em primeiro lugar, quero que me prometa que antes de chegarmos ao seu castelo, você me contará todos os detalhes que por acaso tenha omitido, assim como tudo o que eu quiser saber sobre sua mãe, o castelo e o clã. — Ela levantou o olhar para encontrar com o dele. — Não quero ficar numa situação delicada como essa sem saber alguma informação que você tenha omitido por achar que não preciso saber, ou porque macularia meus ouvidos, ou qualquer outra desculpa semelhante.

Ele apertou os lábios, mas concordou.

— Aceito os seus termos.

— Eu gostaria também de refazer o acordo. Você está preparado para considerar os meus termos?

Ele a encarou com uma intensidade maior, cortante até.

— Você deve saber que tem maior facilidade com as palavras do que eu. Se o que pedir estiver ao meu alcance, eu farei.

Angélica ergueu o queixo e começou a falar:

— Nesse caso, concordo em ajudar a salvar o seu clã. Sendo mais específica, viajarei em sua companhia até o castelo e encenarei uma farsa que convença sua mãe a devolver a taça para que você possa honrar o acordo do seu pai com os banqueiros e salvar a propriedade e o clã.

Angélica percebeu que ele ficou um pouco confuso, mas achou que ela estava concordando. Depois de respirar fundo, ela prosseguiu:

— Quanto a me casar com você, eu me reservo o direito de decidir apenas depois que você recuperar a taça.

Ele franziu o cenho, desaprovando e desconfiando da ideia. Depois de alguns minutos disse:

— Se viajarmos juntos para o norte, ou se ficarmos aqui durante a noite toda, sua família exigirá que nos casemos obrigatoriamente.

— Sim, é verdade, pelo menos será essa a atitude dos homens. Mas já concordamos que no círculo social daqui famílias influentes como a minha podem contornar uma situação como essa. — Angélica manteve a pose, confiante de que tomava a atitude certa naquele ponto. — Esses são os meus termos. É pegar ou largar. Vou ajudá-lo a recuperar a taça e salvar seu clã, mas a oferta de casamento continuará em pauta até eu decidir se aceito ou não.

CAPÍTULO 3

Dominic Guisachan, conde de Glencrae, um senhor de terras acostumado a governar e a ter controle absoluto, encarou a figura frágil sentada numa poltrona em frente a dele e procurou se controlar ao máximo para não reagir. Ele não tinha a menor ideia do que Angélica iria aprontar. Concentrou-se em estudar a mudança no semblante dela, mas não viu nada além da determinação naquele queixo arrebitado, e não deixou também de notar a curva daquela boca tão bem desenhada... Mesmo sem nenhuma prova contundente, ele sabia por intuição que estava caindo numa armadilha.

Mas que tipo de armadilha? Ele tinha sido o autor do plano. E como a *recusa* de se casar podia ser uma cilada?

Ele afastou o pensamento, acreditando que a sensação estranha fosse apenas um sintoma de alívio. O relógio da lareira marcava quase três horas. Faziam horas que eles estavam conversando. Angélica não parecia muito cansada, mas focada e ciente do que estava acontecendo ali. Engajada, alerta e desafiadora numa mistura que o encantava profundamente...

Dominic percebeu o estado de excitação em que estava e ficou preocupado, pois não precisava daquele tipo de preocupação.

— Muito bem, aceito os seus termos. — Ele parou e inclinou a cabeça na direção de uma mesa diante da janela no outro canto da sala. — Se quiser escrever uma mensagem para sua família, posso mandar em seguida. Como você já deve ter percebido, a casa não é longe.

— Humm... — Ela contraiu os lábios rosados e fartos, pensativa, e relaxou em seguida. — Agradeço o favor, eu gostaria de tranquilizá-los, mas não tenho certeza de onde estarão... Em casa, ou se já terão ido para a St. Ives House, ou quem sabe para a casa de Horatia e George. — Ela curvou as sobrancelhas. — Se concordar, eu gostaria que a mensagem fosse enviada amanhã de manhã depois do café da manhã. Será mais fácil. Assim terei tempo para decidir o que escrever.

Dominic ficou avaliando o rosto dela, pensativo...

— Não, fique tranquilo, não vou mudar de ideia. — Ela o mediu de cima a baixo. — Imagino que saiba que não pode mandar nada em meu nome.

A mensagem tem de ser escrita com a minha letra. Qualquer outra forma de comunicação pode aumentar a ansiedade de todos, exatamente o que precisamos evitar. — Ela franziu o nariz. — É o melhor a fazer.

Ele havia pensado em mandar um recado de qualquer jeito, mas ela estava certa...

— Bem, está tarde. — Dominic se levantou, colocou a taça vazia na mesinha lateral, e ao baixar a cabeça, cruzou o olhar com o dela. Ele estava hesitante, receando que ela pudesse mudar de ideia, mas... — Pense no assunto durante a noite. Se não tiver mudado de ideia amanhã de manhã, podemos tratar dos detalhes necessários.

— Não mudarei de ideia.

— Mesmo assim. — Ele se virou na direção da porta com urgência em sair dali... Distrair-se com alguma coisa para poder pensar. Ao colocar a mão na maçaneta, ele olhou para trás. — Vou mandar uma criada para ajudar. Temos tudo o que precisar ali — disse ele, inclinando a cabeça e indicando a porta do quarto.

— Obrigada. — Ela fez uma pausa e meneou a cabeça. — Boa noite.

Dominic baixou a cabeça ligeiramente, saiu da sala e fechou a porta atrás de si. Depois de soltar a maçaneta, ainda ficou ali parado e, por fim, balançou a cabeça. Ainda não tinha entendido porque estava tão abalado quando deveria estar feliz.

Ao exalar o ar ruidosamente, lembrou que não se podia confiar em algo que vinha com tanta facilidade, principalmente se o destino o tivesse ajudado.

Tudo naquela noite havia dado certo, fácil e rápido demais como se uma espécie de magia o houvesse ajudado... Toda a armação fora resumida por ela em poucas palavras.

Sorrindo para si mesmo, seguiu para as escadas. Não havia nada que pudesse fazer além de aceitar a contraoferta e seguir em frente. Havia muita coisa em jogo para titubear agora.

Chegando ao salão da frente, andou até a ala dos empregados. Não estranhou quando encontrou as lamparinas acesas e todos sentados ao redor da mesa esperando para saber o resultado do encontro com a senhorita Cynster, a provável salvadora. Entre eles estavam Griswold, o valete, Mulley, o mordomo, Brenda, a governanta, Jessup, o cocheiro e Thomas, o cavalariço particular.

— Ela concordou — anunciou, apaziguando a expectativa geral.

— Graças a Deus! — exclamaram todos em uníssono.

— Brenda, suba e ajude-a a se deitar. Por favor, durma na cama do quarto de vestir. Não acho que ela tentará fugir, mas não quero correr nenhum risco.

— *Aye*, senhor — Brenda se levantou, pegou um castiçal e saiu.

— Não precisaremos da carruagem de novo essa noite — Dominic disse a Jessup. — Mas ao amanhecer, imagino que os Cynster tenham mandado isolar a cidade inteira como um cordão. Quero que você e Thomas saiam com os primeiros raios de sol e verifiquem como está o cerco. Teremos de encontrar uma maneira de atravessar, mas antes quero saber o que está acontecendo e que providências eles tomaram... Se estão vigiando, onde estão e se procuram alguém em particular.

— *Aye*, senhor — Jessup concordou com a cabeça e o jovem Thomas fez o mesmo. — Vamos colocar a carruagem na estrada e descobrir.

Dominic fez um sinal com a mão para dispensá-los. Quando Jessup e Thomas se levantaram e saíram pela porta da cozinha, ele transferiu a atenção para Griswold e Mulley.

— Apesar de ela ter concordado em ficar, devemos vigiar as portas da frente e de trás durante a noite inteira, só para garantir.

— Eu fico com as da frente — ofereceu Griswold.

Mulley meneou a cabeça.

— E eu fico com a parte de trás, então.

— Obrigado.

Assim dizendo, Dominic virou-se e seguiu para a parte de trás da casa, pensando nos preparativos, procurando alguma coisa que pudesse ter esquecido de fazer. O fato de Angélica ter concordado com o plano era importante demais... para que ele arriscasse deixar alguma ponta solta ou que existisse algum ponto fraco no plano que não tivesse previsto.

Sim, Angélica concordou em ajudar, mas Dominic não estava inteiramente convencido. Não estava pronto para aceitar que, depois de tanto drama, contratempos e calamidades imprevisíveis dos últimos cinco meses, as coisas estivessem se encaixando perfeitamente para garantir a sobrevivência dele e do clã.

Depois de tudo, finalmente conseguiria levar uma das irmãs Cynster para o castelo para que o ajudasse. Das três irmãs Cynster, Angélica era aquela com quem ele menos gostaria de lidar, mas isso não vinha ao caso. Ela era muito mais assertiva e imprevisível do que ele imaginara e, consequentemente, a que daria mais trabalho.

Uma hora mais tarde, Angélica se deitou na cama da condessa sobre os lençóis macios e cobriu-se com uma manta de penas. Vestida na camisola branca simples, mas bonita, que a governanta tirou de uma gaveta da cômoda, ela caminhou na penumbra do quarto até a janela. Aquele quarto também fora polido, prova de que Glencrae sabia como planejar as coisas.

Cuidando para não fazer nenhum barulho a fim de não acordar Brenda, que dormia tranquilamente na cama do quarto de vestir, Angélica afastou as cortinas de veludo bem devagar para que os elos que a prendiam não se chocassem uns contra os outros.

Aproveitando da língua solta de Brenda, Angélica garantiu que estava mesmo comprometida em ajudar Glencrae a recuperar a taça e soube que ele contou toda a verdade, embora houvesse subestimado a gravidade do problema, pois a ruína não atingiria somente o clã, mas também a ele como senhor das terras. De fato, ela não entendera como ele também estava ameaçado, talvez por não compreender até que ponto o clã e Dominic eram uma espécie de grande família, com uma dependência mútua muito intrincada, bem diferente da família dela.

Se o clã tivesse um significado mais exacerbado do que o de uma família, então a posição de Dominic era equivalente à de Devil ao extremo... E ela sabia bem como Devil reagiria se a alguma coisa afetasse a fortuna de toda a família Cynster.

Para a sorte de Dominic, o destino e a Senhora conspiraram para que ela o ajudasse. Depois de tirar a trava da janela, Angélica a abriu vagarosamente e respirou o ar puro. *Ainda bem que estou aqui e não Heather ou Eliza*. A razão pela qual Heather ou Eliza não aceitariam ajudá-lo era bem simples, ele não era o herói delas. Além do mais, elas não eram qualificadas para o papel, visto que não eram ousadas, aventureiras e criativas, além de não serem dramáticas. Uma qualidade importante para a missão era ser inabalável, outro quesito só seu, tanto para recuperar a taça quanto em seu plano pessoal de conquistar o conde de Glencrae. Ela voltou a sentir a confiança de sempre. Mesmo assim, ali parada diante da janela aberta, ainda não sabia explicar o impulso que a levara a chegar tão longe.

Sem se preocupar com nada, debruçou-se na janela, olhou para baixo e para os lados. O luar fraco refletia nas folhas dos galhos grossos de uma antiga trepadeira que cobria a parede de cima a baixo. Havia sinais de ter sido podada recentemente ao redor da janela. Alguém com o mínimo de coragem saberia que os galhos da planta podiam servir de escada até o chão. Olhando mais adiante, via-se um caminho que atravessava o jardim de relva alta até uma parte do muro de pedra que, pela posição oposta aos jardins do fundo, devia margear a rua principal. O muro também era coberto por uma trepadeira. Se ela quisesse fugir o caminho já estava traçado. Se quisesse desistir do acordo impulsivo que fizera com Dominic Guisachan, poderia escapar facilmente dali, correr para casa e preservar o coração intacto. A fuga não seria difícil.

Angélica se debruçou mais e esperou. Aquele era o momento de dar a chance ao coração para escolher e repensar no assunto. Ela estava bem consciente do risco em que estava colocando seu coração, sua vida e o futuro. Depois de Dominic, ela achou que fosse entrar em pânico, ou no mínimo, se afogar numa crise de insegurança, mas nada disso acontecera.

Tirando o colar antigo do pescoço, ela o ergueu para que o luar iluminasse o pendente cintilante.

— Ele é meu herói — as palavras saíram num sussurro enquanto ela passava o cristal de um dedo para o outro. — Ele precisa de auxílio... E só eu posso ajudar. Independentemente de como Dominic encara o nosso enlace, eu me casarei com a fé de que da mesma forma que aprenderei a amá-lo, ele também me amará.

Angélica ficou ali por mais alguns minutos, depois recolocou a corrente, fechou as duas folhas de madeira da janela, fechou as cortinas e voltou para a cama.

Ela fizera a escolha. Por bem, ou por mal, havia dado o primeiro passo ao deixar o conforto e a segurança de sua casa para embarcar numa aventura, em uma expedição em busca do amor. Não deixaria de aceitar o desafio que o destino lhe impusera.

O lençol farfalhou quando ela o ergueu e deitou-se olhando para o teto na escuridão. A ousadia, a confiança e a fé a colocaram num dos maiores desafios de sua vida e a ajudariam a triunfar.

As melhores coisas da vida não chegam de graça, mas...

— Não é à toa que sou conhecida como a irmã Cynster mais teimosa, determinada, e poderosa.

Aconchegando-se melhor entre os lençóis, ela fechou os olhos.

O único arrependimento era não ter mandado avisar os pais. Eles deviam estar desesperados, apesar de a história de fuga deles estar se repetindo; mesmo assim ela só escreveria quando tivesse certeza do que estava fazendo, assim não precisaria ser resgatada. Uma missiva talvez fosse a única chance de alertá-los sobre seu paradeiro. Se bem que àquela altura, estava convencida de que havia escolhido o caminho certo, então mandaria avisá-los pela manhã.

Pensando em como e o quê poderia escrever, acabou adormecendo.

— Eu não entendo. — lady Célia Cynster segurou firme na mão do marido, lorde Martin e olhou para Devil Cynster, duque de St. Ives. — Como isso pode ter acontecido? O aristocrata está morto. Quem pode ter levado Angélica?

Devil balançou a cabeça, parado diante da lareira da sala de estar da casa de Martin e Célia.

— Nós havíamos previsto que o responsável pelo rapto das meninas era um aristocrata proprietário de terras, mas talvez ele também fosse apenas uma peça. De qualquer forma, mandei homens para todas as estalagens das estradas principais que saem da cidade. Se Angélica foi levada de Londres, assim como Heather e Eliza, teremos notícias antes de o dia raiar.

Ainda era de madrugada quando, ao lado de Devil, Honoria, a duquesa, segurou-lhe o braço.

— Pode parecer improvável, mas acho que precisamos pensar que ela não foi raptada, mas que saiu do baile por outra razão — disse quando todos olharam na sua direção. — Não imagino qual seria essa razão, mas conhecemos bem Angélica... É possível.

Silêncio. O irmão mais velho de Angélica, Rupert, e a esposa, Alathea, consideraram a possibilidade levantada por Honoria. Heather, a irmã mais velha de Angélica, sentou-se ao lado do noivo, Breckenridge, com um semblante de preocupação.

— Se o desaparecimento tivesse acontecido antes do rapto de Eliza e eu, será que concluiríamos que Angélica também foi raptada? — Heather olhou para os rostos preocupados dos presentes. — Ou devemos pensar como Honoria, que ela saiu por vontade própria do baile e por alguma razão ainda não conseguiu mandar um recado.

Alathea suspirou.

— É verdade. Angélica é a última jovem dama que eu imaginaria sendo raptada e levada por alguém hábil o suficiente para tirá-la de dentro de casa. Se fosse o caso, ela teria lutado com unhas e dentes, não se deixaria levar sem fazer barulho.

— Bem, ela é bem mais... Eu diria *dramática* do que Heather e eu.

Eliza se instalou numa poltrona, e Jeremy Carling sentou-se junto, com o braço ao redor dos ombros dela. Devil os observou e em seguida passou o olhar por Rupert e Martin.

— Vamos ser discretos na busca, caso ela apareça de uma hora para a outra com uma desculpa boa e razoável.

— Enquanto isso nós, as damas — disse Honoria, olhando para Célia —, vamos pensar numa boa história para justificar a ausência dela, caso ela já não tenha uma.

Devil olhou para a esposa e cobriu a mão dela com a dele.

— Se for mesmo um sequestro, de um jeito ou de outro, descobriremos até o meio da manhã.

— Humm... — Mirabelle Guisachan, condessa de Glencrae, rolou para o lado, exausta e satisfeita pelo amante.

Claro que ele era alguns anos mais novo, mas ela mantinha um bom corpo e a pele ainda era bem firme, especialmente vista sob a luz tremeluzente da lareira. Só assim ela permitia que a vissem nua. E geralmente o amante só a visitava depois da meia-noite, favorecendo o cenário perfeito para o encontro.

Ele estava deitado, recuperando o fôlego e acariciando languidamente a coxa dela.

— Você soube alguma coisa sobre Glencrae?

Quando ela não respondeu, pois pensar no filho certamente destruiria seu humor, o amante se virou de lado, apoiando-se num dos cotovelos e pressionou os lábios no ombro dela num demorado beijo sedutor, enquanto deslizava a mão sobre as curvas voluptuosas das nádegas de Mirabelle.

— Ele fez algum progresso no seu plano de vingança?

— Não... Bem, talvez sim. Eu não sei. Eu já disse que ele foi para Londres há duas semanas.

— Quais são as chances dele, sendo que só resta uma irmã disponível?

— Na verdade, o fato de ela *ser* a última chance instigou-o a encarar o assunto como pessoal e a meu favor.

Os homens gostam que seus egos sejam afagados; pensando assim, ela virou a cabeça para trás e murmurou:

— Nunca esquecerei que foi você que me lembrou da taça. Se não fosse por isso, duvido que tivesse convencido Dominic a fazer o que eu quero e, meu querido... — Ela fez uma pausa para erguer a mão e deslizar delicadamente a ponta dos dedos pelo rosto dele e esticou-se para beijar-lhe o queixo. — Gosto *muito* de forçar meu filho intratável a se submeter às minhas vontades. — E com um sorriso lascivo, ronronou. — Fique tranquilo que jamais esquecerei sua ajuda para minha vingança tão merecida. Acho que ficarei em dívida para sempre.

O amante sorriu. Graças à penumbra, seu rosto estava encoberto pelas sombras e ele não disfarçou o desprezo. De fato, tinha falado a Mirabelle sobre a taça preciosa, que o filho tinha sob sua custódia, e induziu-a a pegá-la, mas queria o objeto para si... Ele tirou a mão do quadril dela e se forçou a acariciar a pele envelhecida do rosto. Havia sido fácil seduzi-la e convencê-la a pegar a taça para exigir que Dominic aceitasse participar da vingança tola, mas Mirabelle guardara bem demais a peça.

— Você ainda não me disse onde escondeu a taça — sussurrou ele ao abaixar a cabeça, e beijar o meio da curva entre o pescoço e o ombro dela. — Você acha que os homens dele não a encontrarão?

— Confie em mim, a taça está escondida onde ninguém nem pensaria em procurar — disse ela com um sorriso malicioso. — Os criados dele já vasculharam o castelo de cima a baixo e não chegaram nem perto.

Ele apertou os lábios, descontente por ela estar tão resistente em contar, e já tinham sido muitas as tentativas frustradas. Ele tinha pouco tempo para ficar no castelo e ainda corria o risco da exposição se montasse uma equipe própria de busca; além de não poder pagar ninguém do clã, que era leal a Dominic, para abrir os portões do castelo.

— Se ele não me ajudar na vingança... — ela divagou. — Se não trouxer a última filha de Célia e desonrá-la... Eu mesma o arruinarei. — A voz dela era puro veneno. — Arruinarei ele e seu precioso clã. Vou *rir* quando eles acabarem com esse lugar.

O amante percebeu que aquele seria o melhor cenário para ele. Diante dos dois raptos anteriores, seria difícil que os Cynster não estivessem protegendo as filhas muito bem. Havia chances inclusive de eles flagrarem Dominic na tentativa de rapto e o prendessem, levando o clã Guisachan à desgraça. Aquela era uma possibilidade bem promissora. Quem sabe? O plano de vingança absurdo de Mirabelle podia ser um desastre para Dominic e seu clã em proporções bem mais sérias do que ele havia planejado.

De qualquer forma, quando Dominic falhasse em sua tentativa de raptar a última das filhas de Célia Cynster, o que era o mais provável, então, graças ao espírito vingativo de Mirabelle, ele alcançaria o objetivo que sempre almejara ao tentar seduzi-la.

Ele teria a oportunidade de testemunhar o clã sendo expulso daquele lugar e deixar as terras férteis que possuíam, o lago produtivo e o grande número de árvores da floresta da propriedade. E quando isso acontecesse, ele estaria ali, pronto para se apossar de tudo.

Sem contar que também teria a chance de ver Dominic Lachlan Guisachan arruinado, ridicularizado e quebrado.

Virando-se na cama, o amante de Mirabelle colocou um braço sobre o corpo dela e relaxou. Com o sucesso de seu objetivo garantido, ele podia se dar ao luxo de ser paciente e deixar a vagabunda tola usar a taça para conseguir sua vingança ridícula.

CAPÍTULO 4

No salão de refeições na manhã seguinte, Dominic se fartou do lauto café da manhã, tentando entender porque não estava feliz, ou pelo menos contente.

Para todos os efeitos, a noite anterior fora um sucesso. Ele tinha ido ao baile com a intenção de apenas observar Angélica, e agora, ela estava ali, sob o mesmo teto e havia concordado com a proposta, pelo menos com a parte mais crítica. E quando ela descesse do alto de sua arrogância entenderia a razão da outra parte do plano e concordaria também.

Ele devia estar empolgado, ou pelo menos aliviado, mas estava inquieto e um tanto insatisfeito.

— Bom dia.

Dominic olhou para cima e encontrou a causa de sua inquietação chegar à sala. Ela havia prendido o cabelo avermelhado e sedoso num coque simples, mas alguns cachos haviam se desprendido e emolduravam o rosto e o pescoço. Sem outra opção, ela estava com o vestido de seda que usara no baile. O azul esverdeado combinava perfeitamente com o tom marfim de pele, um pouco mais à mostra naquela manhã já que ela tirou a gola de renda triangular que cobria o decote na noite anterior. A beleza da pele alva o distraiu da mesma forma quando ele a viu do outro lado do salão da casa dos Cavendish. Mas não era só isso, e sim a maneira de ela andar que o imobilizava.

Depois de fitá-lo, ela olhou ao redor da sala. Sorriu para Mulley, que correu para puxar a cadeira da cabeceira oposta da mesa. Sem qualquer esforço e com uma graça natural, as curvas do corpo longilíneo sutilmente evidenciadas pela seda, ela ergueu um pouco a saia sem alterar a postura impecável que o hipnotizava e se sentou.

Dominic era um caçador natural, nascido e criado para espreitar, circular e estudar a presa com uma frieza calculada até decidir como abatê-la. Mas aquele não era o único jogo em que ele agia com a mesma frieza. A maneira de ela caminhar despertou o instinto caçador dele, que não tirou os olhos dela até que Angélica pegasse o guardanapo, e pousasse-o sobre o colo.

Ele respirou fundo e aproveitou o momento para reafirmar a primeira impressão que tivera. Qualquer outro homem a qualificaria como *bela*, usando a palavra com sua conotação mais romântica. A pele cor de alabastro era imaculada e as bochechas levemente rosadas. Os traços delicados do rosto, desde a testa marcada pela curva delicada das sobrancelhas castanhas, descendo para os olhos grandes esverdeados com nuances de amarelo, o nariz delicado, o lábio superior farto, completando o desenho da boca perfeita, podiam fazer parte da paleta de cores de um artista, que completaria uma obra de arte, retratando a beleza feminina. Sem contar que ela exalava por todos os poros a elegância e a graça de uma feminilidade exuberante.

Angélica era um pouco mais baixa que as irmãs, mas devido à sua beleza ruiva única e vivaz, que projetava a determinação de sua personalidade, aquele era apenas um mero detalhe. Qualquer pessoa que a visse não a classificaria como uma mulher doce. A obediência não fazia parte de suas características marcantes assim como a paixão e a teimosia. Também era uma mulher cara, mas isso não o preocupava.

— Imagino que normalmente não haja criados por aqui — comentou ela, arqueando uma das sobrancelhas.

A voz dela era grave para uma mulher, ligeiramente rouca, quase ardente, outro aspecto dela que o provocava mesmo que não intencionalmente.

— É verdade. A casa está fechada desde que meu pai fugiu para Londres e não foi reaberta desde então.

— Você não ficou aqui enquanto estava na cidade?

— É um espaço grande demais para um homem solteiro — e antes que ela perguntasse, ele continuou. — Eu ficava na Duke Street nesses anos. — Ele a estudou e focou a atenção nos olhos dela, que pareciam mais brilhantes, como se demonstrassem uma certeza maior do que na noite anterior. — Presumo que não tenha mudado de ideia.

— Não mudei. Eu disse que não mudaria.

Dominic aproveitou a saída de Mulley da sala para perguntar:

— Você pensou melhor sobre minha proposta de casamento?

— Continuo pensando da mesma forma.

Mulley voltou. Dominic se calou, observando o mordomo servi-la com uma travessa de prata com torradas frescas.

— Conforme seu pedido, senhorita. Acabaram de sair do forno, por isso estão um pouco quentes.

Angélica sorriu.

— Obrigada, Mulley. Agradeça e elogie Brenda também, por favor.

Mulley piscou, surpreso e contente por ela ter lembrado seu nome. Ela já havia encontrado Brenda naquela manhã, e tinha elogiado a organização da casa, quando a criada lhe perguntou o que queria para o café da manhã.

— O bule de chá virá daqui a pouco, senhorita — Mulley informou, após se certificar que a manteiga e a geleia de morango estavam bem posicionadas.

— Ótimo.

Angélica se serviu de uma torrada da travessa de prata, que precisava ser polida. Aliás a sala toda merecia mais atenção. Era um cômodo de tamanho adequado para o café da manhã, iluminado pelo sol, que atravessava os janelões com vista para um jardim malcuidado. Apesar do esforço de alguém em limpá-lo, ainda havia teias de aranhas nos cantos das paredes e poeira acumulada sobre os enfeites e entalhes das janelas. Por sua vez, a mesa tinha sido muito bem limpa, polida e coberta por uma toalha levemente amarrotada, porém a porcelana de Sèvres era impecável.

Enquanto passava geleia na torrada, Angélica pensou no que havia planejado. Em vez de escrever um bilhete para os pais aquele seria um dia de investigação dos fatos. Ela pretendia descobrir tudo o que podia sobre Glencrae-Debenham-Dominic, e ambos precisavam traçar os próximos passos do plano.

Brenda chegou com o bule de chá, enquanto Mulley postava-se ao lado da mesa.

Angélica esboçou um sorriso de boca cheia para agradecer e pegar o bule de chá das mãos de Brenda. Enquanto ela despejava o conteúdo na xícara, de canto de olho viu Dominic dirigir um olhar para Mulley que, um pouco relutantemente, saiu da sala, levando Brenda com ele.

Dominic prestou a atenção na mulher desconcertante na outra extremidade da mesa, aquela com quem estava convencido a se casar, embora ela tivesse recusado a proposta. Angélica tomou um golinho de chá, colocou a xícara no pires e mordeu a torrada. Um pouquinho de geleia ficou preso no canto daqueles lábios viçosos, que ela tirou com a ponta do dedo e lambeu demoradamente, apreciando o sabor de morango. Depois o fitou com aqueles olhos esverdeados e arqueou a sobrancelha.

Dominic controlou a expressão do rosto, mas não teve tanta facilidade com o resto do corpo. Resistindo à urgência de se mexer na cadeira, ele se forçou a ficar imóvel, pois não queria entrar em nenhum joguinho de sedução, pelo menos não enquanto ela não aceitasse se casar, e talvez nem assim. Damas como ela não hesitavam em usar de artimanhas. Não havia dúvidas de que ela pretendia, com ou sem experiência, fazer sua vontade prevalecer. Seria difícil conseguir, mas ela não deixaria de tentar. A conquista devia correr junto com o sangue dela, da mesma forma que outras intenções corriam nas veias dele.

Ele não havia esquecido que ela admitira, mas ainda não explicara a *razão* que a levara a tentar caçá-lo na noite anterior. Por alguma razão ela ficou encantada, e, como um homem experiente, ele iria reverter esse interesse inesperado a seu favor.

No final das contas, ela se casaria com ele. Nem a honra dela nem a dele admitiria outro resultado. O único detalhe que faltava era quando ela se dignaria a concordar.

Sem tirar os olhos dela, ele levantou a xícara de café, deu um golinho e colocou a xícara de volta. Antes que pudesse dizer alguma coisa, ela se antecipou:

— Tem uma coisa me confundindo... Você disse que não pretendia me raptar na noite passada, mas por que então sua carruagem estava esperando numa viela?

Dominic levou alguns instantes para pensar e percebeu que ela queria pegá-lo desprevenido e quase conseguira. Ele suspirou discretamente e concluiu que não seria fácil lidar com ela.

— Porque não sou tão descuidado quanto você imagina. Eu não sabia se guardas ou seus irmãos e primos compareceriam ao evento. Se eles estivessem ali, eu me esquivaria antes de ser visto... Minha carruagem naquela viela seria uma rota de fuga alternativa. Mas como Debenham eu estaria livre dos olhares de esgueira da sociedade. Não fazia parte do meu plano levantar suspeitas de que eu poderia ser *parecido* com o aristocrata que eles procuravam.

Ela engoliu o que estava comendo e meneou a cabeça.

— Foi muita astúcia de sua parte. Se eles tivessem visto você, iriam fazer perguntas perspicazes e diretas e não descansariam enquanto não descobrissem tudo a seu respeito.

— É verdade, mas já que consegui evitar a atenção deles enquanto tentava recrutá-la para me ajudar, não seria melhor tratarmos de questões mais relevantes? Tais como... — Ele a prendeu com o olhar. — A viagem daqui até o castelo leva no mínimo sete dias. Mandei meu cocheiro e o cavalariço vigiar onde sua família está procurando por você... Como estou certo de que eles estarão vigiando as estradas do norte, não conseguiremos partir imediatamente, pelo menos não hoje. Sendo assim você ficará em minha companhia, sob a minha proteção pelas próximas semanas até que eu consiga recuperar a taça. Antes, porém, vamos revisar nosso acordo, e você decidirá se aceitará minha proposta de casamento ou não. — Ele fez uma pausa para estudar as feições dela, mas como não conseguiu interpretar a postura educada, prosseguiu: — Quando você mudar de ideia, saiba que a escolha de onde e quando nos casaremos é sua. — Sem deixar de encará-la, perguntou: — Vamos ficar um bom tempo juntos e você não terá a proteção do meu nome, arriscando-se a ser descoberta e se expor. Talvez sua família pode não conseguir abafar os rumores da sua ausência. Você tem certeza de que não quer reconsiderar sua decisão?

Ela franziu o cenho, mas não teve chance de retrucar quando ele prosseguiu:

— Por exemplo, se você mudar de ideia hoje, ou amanhã, poderíamos nos casar aqui e não arriscar sua reputação, antes de viajarmos para o norte.

Angélica arregalou os olhos, assustada.

— Não. Ah, não. — Com os lábios comprimidos numa linha, ela balançou a cabeça com veemência. — Absolutamente não. — Os olhos dela faiscavam, quando ela recolocou a xícara no pires e o fulminou com o olhar.

— *Se* eu decidir ser sua condessa, nosso casamento acontecerá depois que esse assunto estiver resolvido, quando você houver devolvido a taça aos banqueiros e recuperado o controle de tudo o que é seu, o castelo e a propriedade. De fato, a cerimônia se dará aqui em Londres. Prometo que será um acontecimento social grandioso e dispendioso... — Ela esboçou um sorriso sarcástico. — Será visto como o casamento do ano.

Dominic se negou a reagir ao comentário e a falar qualquer coisa quando ela arqueou a sobrancelha. Ela sabia, claro, que acabara de descrever o pior pesadelo para ele... E ele não tinha como negar.

Angélica não estava blefando, mas o havia provocado com a novidade como uma espécie de represália, por ele a ter enrolado naquela manta. Obviamente ela não iria permitir que ele saísse daquela empreitada sem reconhecer a derrota. Os olhares se prenderam, enquanto ela continuava esperando...

— Como quiser — disse ele, inclinando um pouco a cabeça. — Apenas lembre-se da sugestão.

Ela se limitou a sorrir e voltou a beber seu chá.

Dominic continuou estudando-a como fazia com a maioria das pessoas que conhecia, desvendando seus pensamentos e como controlá-las. De um jeito ou de outro, ele agia da mesma forma com todos os que o rodeavam, descobrindo as características mais enraizadas de cada um. Mas com Angélica era diferente. Ele esperava lidar com uma moça caprichosa, temperamental e mimada, mas ela era diferente de todas que já conhecera e ele ainda precisava descobrir como controlá-la. Era impossível saber o que passava na cabeça dela, o que a motivava e o que pretendia com aquela negociação. O que ela queria dele?

Mal tinham se conhecido e ela já torcera toda a proposta clara e objetiva, fazendo exigências, tirando o controle das mãos dele. E ele não aprovava. Se ela fosse qualquer outra mulher, ele provavelmente a acharia difícil demais e muito resistente às rédeas indefectíveis e acabaria se distanciando.

Entretanto, ele não podia desistir de Angélica.

O olhar dele desceu do rosto dela para o colo exposto.

— O que aconteceu com o resto do seu vestido?

Ela olhou para o colo, agora parcialmente exposto pelo decote do vestido.

— Ah, meu xale estava muito amassado... Pedi a Brenda que levasse e depois passasse.

Os seios dela eram os mesmos da noite anterior, mas sem o xale e a gola de renda pareciam mais evidentes. Ele também notou a corrente de aros de ouro fino intercalados com pequenas ametistas e um pingente de cristal cor-de-rosa. A ponta do pingente estava aninhado no vale entre os seios, atraindo o olhar dele. Ele procurou desviar a atenção e finalmente trocou para uma posição mais confortável na cadeira.

Depois de colocar na boca o último pedaço de torrada, Angélica pegou a xícara de chá, parabenizando-se por ter ouvido sua intuição de alterar a proposta dele. Quanto mais conhecia Dominic Guisachan, maior era a certeza de que fazê-lo se curvar às suas vontades não seria uma tarefa simples. A resistência dele chegava a ser palpável e evidente em cada linha de seu belo rosto. A determinação de fazê-lo se apaixonar só aumentou, mas não podia deixar que o amor acontecesse *depois* do casamento. Quanto mais resistisse a aceitar o casamento, mais ele se esforçaria para conquistá-la, como já vinha demonstrando. A recusa proporcionava mais tempo que ela teria de usar com sabedoria.

— Então... — Ela recolocou a xícara no pires. — Preciso escrever um bilhete para os meus pais. Há alguma escrivaninha aqui? — Ela deixou de acrescentar que provavelmente a mesa estaria suja.

Dominic empurrou a cadeira para trás e se levantou.

— Estou usando a biblioteca como escritório. Você pode escrever sua carta lá.

Angélica aguardou que ele puxasse sua cadeira, levantou-se e seguiu andando ao lado dele para fora da sala e por um longo corredor. Ela prestou atenção em tudo enquanto andavam. A casa era realmente muito grande. Os segredos dos nichos eram expostos pela luz do dia e, se a mansão tivesse uma decoração mais apropriada, seria bem bonita.

Dominic abriu a porta no final do corredor, revelando uma sala com duas paredes com prateleiras repletas de livros do piso até o teto. No centro da parede maior havia uma lareira enorme de frente para janelões envidraçados com vista para o jardim malcuidado, cercado por árvores altas. O canto onde estava a mesa era o único lugar da sala que não estava repleto de pó e teias de aranhas. A mesa era de madeira pesada, entalhada com uma cadeira de espaldar alto atrás e duas poltronas na frente. O restante da mobília da sala estava coberto por lençóis brancos.

Angélica reprimiu a vontade de levantar a ponta dos lençóis, talvez mais tarde, e deu a volta na mesa. Havia vários papéis espalhados. Dominic passou por ela e afastou todos os papéis para um lado da mesa.

— São documentos da propriedade. Tenho trabalhado no que posso enquanto estou aqui.

Abrindo a gaveta central, ele tirou uma folha de papel em branco e colocou ao lado do mata-borrão.

— Obrigada. — Ela se sentou na cadeira magnífica e pegou uma das penas de um suporte de ônix com bordas douradas.

O tinteiro era uma peça que entusiasmaria seu irmão Alasdair. Pensando melhor, ele se encantaria com a maioria dos objetos da casa. Sorrindo com a lembrança, ela tirou a tampa do tinteiro, mergulhou a pena e a pousou sobre o papel.

Em vez de escrever um cabeçalho formal, ela escreveu como se estivesse falando, certa de que a carta teria muito mais impacto assim.

Enquanto escrevia, Dominic, ela não podia pensar nele como Glencrae, foi até a janela mais próxima e ficou ali, olhando para fora com a intenção de dar um pouco de privacidade a ela; mas, sem dúvida, iria ler a carta depois.

Depois de escrever tudo o que achava coerente com a situação, ela releu, assinou e passou o mata-borrão. Em seguida, devolveu a pena ao suporte e fechou o tinteiro. Os sons chamaram a atenção dele.

— Aqui está — disse ela, estendendo a carta a ele.

Os olhares se cruzaram antes de ele se aproximar e pegar a folha de papel.

Angélica se recostou na cadeira, enquanto ele lia a carta.

Ela havia começado a missiva desculpando-se por não ter procurado a família antes, dizia que havia sido forçada a sair às pressas para ajudar um amigo em desespero, pediu para que tramassem alguma desculpa para sua ausência, que seria temporária, mas talvez se alongasse por algumas semanas e terminou garantindo que estava bem, em segurança e não corria perigo algum.

— "Forçada a sair"? — Dominic perguntou, franzindo o cenho.

— Achei que a descrição era bem próxima da realidade. — Quando ele arqueou a sobrancelha escura, ela continuou. — Espero que tenha notado que eu não escrevi nada sobre *onde* estou. Em princípio, eles devem ter desconfiado que fui raptada como minhas irmãs e bloquearam as estradas para o norte, mas certamente irão repensar o assunto com a possibilidade de eu ainda estar na cidade sem a intenção de sair e começarão a procurar em outro lugar. Já que teremos de viajar para as terras altas, seria melhor que meus irmãos e primos não estivessem em nosso encalço.

Dominic não tinha argumentos para contestar e preferiu reler a carta, para ter certeza de que tranquilizaria a família e os dissuadiria a procurá-la pelas estradas; prova de que a mulher que estava a seu lado era muito mais talentosa do que ele esperava. Ele já havia notado quando a conhecera que ela tinha talento para manipular as pessoas.

— Você tem 21 anos, não é? — indagou ele, fitando aqueles grandes olhos esverdeados.

— Farei 22 em agosto — ela respondeu, sorrindo. — Terei de pensar em qual presente você deve me dar. — Ela ergueu as sobrancelhas. — Talvez haja tempo para procurar alguma coisa em Aspreys antes de sairmos da cidade.

Pela expressão do rosto dela, ele percebeu que era brincadeira e nem se lembrava quando fora a última vez que alguém zombara dele.

— Coloque o endereço. Pedirei para Mulley entregar — disse ele, devolvendo a carta.

Em seguida, atravessou a sala e puxou a cordinha da sineta.

Angélica dobrou a folha e pegou a pena de novo.

— Como pretende entregar essa carta? Imagino que haverá alguém vigiando a porta da casa em Dover Street.

— Eu também acho. Vou pedir para Mulley passar a tarefa para um dos varredores de rua em Picadilly, ficar observando a entrega nas mãos do mordomo dos seus pais e sumir em seguida. Não haverá nenhuma pista de que estamos aqui.

— Excelente.

Revirando os olhos mentalmente, ele pegou a carta e foi para a porta. Quando Mulley chegou, ele explicou como queria que a carta fosse entregue e entregou-a a ele. Ao se virar, deparou-se com Angélica sentada numa das poltronas de frente para a mesa, com um dos cotovelos apoiado no braço da poltrona e o queixo sobre a mão, com o olhar perdido através da janela.

Ele deu a volta na mesa, sem tirar os olhos dela e sentou-se do outro lado. Ela virou a cabeça e fitou-o.

— Bem, depois dessa providência, devemos pensar em como chegaremos ao seu castelo. Onde fica exatamente?

— À oeste e um pouco ao sul de Inverness. — Dominic hesitou um pouco e abriu a gaveta, tirando um mapa. — Aqui. — Ele apontou. — Mas não podemos planejar nada de definitivo antes de os meus homens voltarem com notícias sobre um possível cerco que sua família pode ter montado pela cidade.

Angélica se afundou na poltrona e comprimiu os lábios, gesto que ele já notara que ela fazia sempre que estava pensando. Em seguida, levantou o rosto e olhou para ele.

— Concordo que precisamos esperar até que a vigilância em cada coche termine, mas, mesmo depois disso, haverá sempre alguém nas estalagens me procurando. Não importa a estrada que decidirmos tomar, precisamos contornar esse problema.

Angélica tinha razão, e, para surpresa dele, os dois começaram a estudar o mapa, avaliando todas as rotas e meios de transportes possíveis entre Londres e Inverness. Claro que ela dominava a conversa, mas antes que ele percebesse, os dois já haviam trocado ideias e pensado em diferentes possibilidades. Ele nunca imaginou que teria uma conversa daquelas com uma mulher, especialmente ela — sua angelical noiva raptada. Como um homem que valorizava estar no controle, ele não gostava de surpresas, mas com Angélica era impossível evitá-las.

Lady Célia Cynster se dirigiu até a biblioteca da St. Ives House em Grosvenor Square balançando a carta de Angélica na mão.

— Ela escreveu, graças a Deus!

Atrás dela entraram na biblioteca o marido, Martin, as filhas, Heather e Eliza, e os noivos Breckenridge e Jeremy Carling. O filho mais velho de Célia, Rupert, mais conhecido como Gabriel e sua esposa, Alathea, que moravam em Dover Street, entraram por último. Eles haviam avisado que chegariam e não ficaram surpresos com a reunião na biblioteca. Além de Devil e Honoria, Vane Cynster e a esposa, Patience, também estavam ali os irmãos mais velhos de Martin, Arthur e George e as respectivas esposas, Louise e Horatia, junto com Helena, a duquesa matriarca de St. Ives.

Célia circulou por todos, cumprimentando todos e recebendo abraços de apoio, e por fim entregou a carta dobrada a Devil.

— Isto chegou quando estávamos terminando o café da manhã.

Devil olhou de lado para Gabriel.

— Quem entregou?

— Um moleque de rua. Quando Abercrombie percebeu que era a letra de Angélica, o garoto já estava longe daqui.

— Sem dúvida alguém o pagou para entregar — Devil fez uma careta.

— Sim, sem dúvida... Mas vamos ao que interessa — disse Helena. — Por favor, leia a carta em voz alta.

Depois de convocado, Devil abril a carta, passou os olhos por cima e obedeceu ao pedido lendo o conteúdo.

— Esta assinatura é dela — comentou.

Gabriel meneou a cabeça.

— E é mesmo. A letra é dela na carta inteira.

Devil colocou a carta sobre a mesa. Depois de estudá-la por alguns minutos, ele se dirigiu a Heather e Eliza, que estavam sentadas no sofá ao lado de Célia.

— Alguma de vocês sabe quem seria esse "amigo em desespero"?

As duas balançaram a cabeça negativamente.

— Mas você sabe como ela é — disse Heather. — Ela é gregária, amiga de muitas moças e muitos cavalheiros jovens também. Pode ser qualquer um deles, mas... — Heather parou de falar de repente e trocou olhares com Eliza, que fez uma careta e deu de ombros. Em seguida, respondeu a Devil: — Para ser bem honesta, parece que ela saiu numa aventura.

— Desaparecer de um baile da sociedade sem deixar rastros não me parece uma aventura — Vane opinou. — Não parece que ela tenha planejado nada.

Devil concordou ainda com uma expressão grave no rosto.

— Ela pode ter sido forçada a escrever isto.

— Você acha mesmo? — considerou Helena, inclinando ligeiramente a cabeça para o lado e perguntou a Célia. — Eu não acho, e você?

— Bem... — Como mãe, Célia estava muito preocupada.

Mas Heather balançou a cabeça.

— É possível que ela tenha sido forçada a escrever, mas se fosse assim, ela estaria furiosa e teria deixado algum borrão, ou escreveria uma palavra errada, ou até faria um rabisco, qualquer coisa que denotasse que estava sendo coagida. — Ela apontou para a carta. — Mas em vez disso, ela escreveu com a letra bonita de costume, sem nenhum erro e nenhum pingo de tinta fora do lugar.

— Acho que é o que parece... — Eliza concordou. — Ela escreveu por vontade própria e exatamente o que queria informar, quase que literalmente.

— Isso quer dizer que ela está de fato envolvida com alguma coisa — Horatia disse.

— É o que parece, pelo menos por enquanto — Helena meneou a cabeça e cruzou as mãos no colo.

Nenhuma dama discordou e viraram quase que ao mesmo tempo para a mesa onde os homens estavam reunidos.

— Vamos continuar a procurá-la — afirmou Devil, discordando das senhoras. — Ou, mais precisamente, esperar sentados. Ninguém viu uma moça parecida com Angélica nas estalagens próximas da capital. É quase certo que ela ainda esteja dentro do nosso cordão... Ainda em Londres.

Os outros homens concordaram meneando a cabeça.

— Mas quem a teria levado? Por quê? — Jeremy Carling questionou os outros. — Será que podemos admitir que o desaparecimento de Angélica esteja ligado às tentativas de rapto de Heather e Eliza? Ou não?

— Bem, isso todos nós podemos descobrir — disse Honoria, levantando-se da cadeira. — Com muita discrição, é claro.

— Sugiro que usemos o que ela disse sobre ajudar um amigo como justificativa para a ausência dela — disse Alathea, levantando-se também e arrumando o xale sobe os ombros. — Podemos dizer que o tal "amigo" é do interior e, como bem disse Heather, ela tem muitos amigos.

Usando a bengala nova, Helena também ficou em pé.

— Isso mesmo. Agora, cada um de nós, do seu jeito, tentará identificar esse tal amigo tão desesperado.

Deixando os homens e seus planos, as senhoras se retiraram para a sala de estar a fim de desenvolver suas estratégias.

Enquanto estavam no corredor, Eliza deu o braço para Heather e disse:

— Fiquei pensando... Será que Angélica estava usando a corrente com o pingente no sarau dos Cavendish?

— Você deu a ela, não foi? — indagou Heather, erguendo as sobrancelhas.

— Sim, eu dei quando Jeremy e eu voltamos para Londres. Ela o usou no nosso baile de noivado.

— Humm... Não adianta perguntar para a mamãe. Ela está muito preocupada e nem deve se lembrar. Você sabe quem mais da família estava lá?

— Não tenho certeza, mas acho que Henrietta estava.

— Acho que estava sim. Podemos perguntar para Louise. Se há alguém que teria reparado se Angélica estava usando o colar-amuleto da Senhora, essa pessoa é Henrietta...

— Porque ela está esperando que o colar seja passado para ela.

Eliza consentiu com a cabeça.

— Devemos procurá-la e perguntar.

As irmãs de Angélica pararam à porta aberta da sala de estar. Separaram-se e se entreolharam.

— Coisas estranhas e dramáticas acontecem àquela que usa esse colar, não é? — indagou Heather, arqueando as sobrancelhas.

— É verdade — respondeu Eliza. — Mas até agora os resultados valeram o drama.

— Talvez Angélica tenha embarcado numa aventura.

— Tomara que sim e que seu herói esteja por perto para resgatá-la.

— Enquanto isso, vamos dar um jeito de inventar desculpas para a ausência dela.

* * *

Dominic e Angélica estavam discutindo os méritos de cavalgar a viagem toda até o castelo quando um barulho na porta os interrompeu. Dominic ficou irritado demais com tão pouco e acabou se surpreendendo.

— Entre.

A porta se abriu devagar e Jessup e Thomas entraram.

Dominic recostou-se na cadeira, e sinalizou para que eles se aproximassem.

— O que vocês descobriram?

Jessup olhou desconfiado para Angélica ao se postar ao lado da mesa, enquanto Thomas, de cabeça baixa, não desviava o olhar dela.

— Podem falar abertamente na presença da senhorita Cynster — Dominic os incentivou, fazendo um gesto com a mão. — Ela concordou em nos ajudar e precisa ouvir o que vocês têm a declarar tanto quanto eu.

Jessup inclinou a cabeça na direção dela, olhou para Dominic e sorriu de lado.

— Eles estão por toda parte. Há vigias em todas as estalagens, sem se preocupar em disfarçar, revistando todas as carruagens e passageiros. Conversamos com alguns cavalariços por aí... Parece que alguns homens, alguns nobres até, estão perguntando por toda parte fazendo perguntas sobre uma moça ruiva com mechas douradas.

Dominic olhou para o lado e viu Angélica fazer um trejeito com a boca.

— Qual foi o resultado?

— Bem, é claro que não encontraram nada, mas deixaram vigias em pontos estratégicos. Um dos cavalariços me contou que ouviu de um dos oficiais do correio, que tinham pessoas procurando pelas estradas até Buntingford. Há três estalagens até lá. Nenhuma carruagem chegaria a uma distância dessas sem parar para trocar de cavalos.

— As estradas do leste e oeste também estão com essa vigilância? — perguntou Dominic.

— Sim, a mesma coisa. Eles estão por toda parte — disse Jessup, e se dirigiu a Angélica: — Sua família está determinada em encontrá-la.

Ela ergueu a palma da mão.

— Não se surpreenderia se os conhecesse melhor. — E virando-se para Dominic, ela emendou: — Será que não poderíamos ir para o sul e dar a volta?

Dominic olhou rápido para Jessup, que respondeu balançando negativamente a cabeça.

— Pensamos nisso também, mas lá também há vigias. Pensei se seria possível viajar a cavalo e atravessar o continente, mas mesmo assim, vocês passariam por várias estalagens até chegar em campo aberto, onde também há vigias; ainda mais à noite, eles ouviriam os cascos dos cavalos nos cascalhos. É muito arriscado de qualquer jeito. — Jessup contraiu a boca para o lado. — Eles cercaram Londres e as cercanias, ninguém consegue sair.

Angélica piscou.

— Não há como sair... Não se você for uma jovem ruiva com mechas douradas.

Jessup franziu o cenho e meneou a cabeça.

— *Aye*... É verdade.

Ela abriu um sorriso astuto e falou para Dominic:

— Acho que sei como podemos sair de Londres.

Uma hora mais tarde, depois de ter dispensado Jessup e Thomas que acabaram entusiasmados demais com certo par de olhos esverdeados, e tinham deixado Dominic lutando contra o ciúme súbito, ele ainda não tinha aceitado o plano..

— Não estou gostando. Mesmo com o disfarce, é perigoso demais. Não podemos arriscar que alguém veja você.

Ele não podia arriscar que a família dela a visse e a levasse.

Dominic andava de um lado para o outro atrás da mesa, hábito que não era seu, mas Angélica o tirava do sério. Ele até fez uma careta de reprovação. Qualquer outra pessoa estaria apavorada, mas ela parecia imune.

Angélica também andava de um lado para o outro na frente da mesa, a energia feminina e vibrante o afetava mais do que ele queria admitir. Sua parte não tão racional gostaria de esquecer a discussão e embarcar num tipo bem diferente de troca.

Ela balançou a mão no ar, desprezando o comentário dele.

— Você não pode simplesmente dizer que não gosta... Pelo menos não antes de apresentar um plano melhor.

Aí estava o problema, ele não tinha um plano melhor. A ideia dela, aquela que ele tinha incentivado num primeiro momento, era tão absurda que talvez desse certo.

— Acho que temos de esperar até que sua família tire os vigias das estalagens... Caso contrário, seria perigoso demais. Como viajo bastante, no campo e na cidade, duvido que haja um único cavalariço, estalajadeiro ou mesmo um jardineiro de qualquer uma dessas mansões que não me reconheça de vista.

Dominic já estava fazendo concessões, tanto que ela começou a pensar em partir no dia seguinte. Ele parou de andar e a encarou. Se não a fizesse sentar, aquilo não iria terminar do jeito que ela havia pensado. Na realidade, era melhor que terminasse do jeito que Angélica esperava e não acontecesse nada diferente.

Quando o viu encarando-a com o cenho franzido, ela também parou.

— O que foi?

— Sente-se. — Ele apontou para a poltrona. — Vamos trabalhar nos detalhes desse plano.

O sorriso de triunfo era uma beleza que não devia terminar nunca. Ela puxou a poltrona para mais perto da mesa e com as saias farfalhando com o movimento, sentou-se bem na ponta, com as costas eretas, contendo o olhar, mas deixando o entusiasmo brilhar em seus olhos.

— Era isso que eu estava pensando, ainda mais porque nós precisamos voltar com a taça no primeiro dia do mês que vem. Talvez fosse melhor nós decidirmos quanto tempo podemos perder esperando aqui na cidade antes de dar o primeiro passo.

Convencendo-se que ela usara o "nós" apenas pela retórica, ele se sentou em sua cadeira, diante dela.

— Mesmo se viajarmos na carruagem do correio, levaremos sete dias para chegar até o castelo.

— E depois para voltar.

Ele concordou, meneando a cabeça.

— Temos mais ou menos quatro semanas, contando com as duas de viagem. Além disso... — ele relanceou os papéis sobre a mesa e balançou a cabeça. — Não posso passar por Edimburgo sem lidar com alguns desses... Eles não vão esperar. Isso vai levar... Pelo menos um dia, talvez até dois.

— Teremos de parar em Edimburgo de qualquer jeito — disse ela como se fosse óbvio. — Preciso de vestidos para viajar até o castelo e para depois. Não posso chegar ao castelo sem um número apropriado de vestidos.

Dominic franziu o cenho.

— Já que precisamos ficar alguns dias aqui até sua família relaxar a guarda, você pode comprar os vestidos.

— Não posso. Qualquer roupa decente precisa ser ajustada. Não existe uma única modista em Londres, que valorize seus alfinetes, que não me reconheça e depois mande a conta pra meu pai. Além disso, se eu decidir ser a sua condessa, vou precisar de uma modista em Edimburgo... Posso aproveitar a oportunidade para experimentar alguma coisa, e não há razão para não esperar até lá para comprar vestidos novos... Na verdade, até prefiro. Acho que não seria apropriado viajarmos na carruagem cheios de bagagem. — Ela arregalou os olhos. — Tenho certeza que você sabe os endereços de várias modistas de Edimburgo.

— Há várias em Edimburgo que são muito bem-recomendadas — disse ele, impassível.

— É mesmo?

Apesar de ela não ter dito mais nada, Dominic percebeu a curiosidade brotar naqueles olhos esverdeados. Como ele sabia quais seriam as boas modistas de Edimburgo? Mas preferiu não perguntar e sorriu.

— Sendo assim, quantos dias teremos no total?

— Vamos deixar um dia de folga entre as viagens, mais dois dias em Edimburgo. Teremos dez dias no total.

— Podemos dividir esses dez dias entre ficar aqui esperando que os homens da minha família recuem com a vigilância e os dias no castelo, convencendo sua mãe de que estou arruinada e recuperando a taça. — Angélica apoiou o cotovelo na mesa e apoiou o queixo na mão, batendo com o dedo levemente sobre os lábios, chamando a atenção dele para aquela boca sensual. — Quanto tempo você acha que levaremos na última fase?

Dominic piscou confuso, tentando se lembrar qual seria a "última" fase.

— Não faço a menor ideia. Existe uma chance de Mirabelle olhar para você, convencer-se e correr para buscar a taça. Eu prefiro acreditar que ela vai levar alguns dias para absorver a novidade de você ser real e que eu de fato cumpri com o combinado. — Ele fez uma pausa antes de continuar. — Talvez seja melhor pensar em quanto tempo sua família vai manter seus homens nas hospedarias das estradas. Você conhece os criados deles. Quanto tempo levaria para eles chamarem de volta a maioria dos homens? Quanto tempo levarão até desistirem de procurar você?

— Isso não depende muito dos homens e dos criados, mas do tempo que as esposas da família vão levar para dissuadi-los a ouvir a voz da razão e acreditar que, conforme escrevi na carta, estou em segurança, mas... — Sem desviar o olhar dele, ela ponderou e acabou concluindo: — Acho que em algum momento preciso escrever outra carta... Não amanhã, seria cedo demais, mas quem sabe depois de amanhã. Para facilitar as coisas, mas levaria talvez uns três ou quatro dias, não acha?

— Como você disse, mesmo depois que os vigias retornarem, devemos ficar de sobreaviso com todos os donos das estalagens e criados que devem estar de olho na recompensa por sua localização.

— De fato, mas posso me disfarçar. Se esperarmos quatro dias e partirmos com a carruagem do correio, ainda teremos seis dias para convencer sua mãe de que estou arruinada.

Ele a encarou no fundo dos olhos, percebendo o quanto ela estava ansiosa.

— Não quero arriscar sair antes do tempo e descobrir que sua família ainda está procurando por você. Vamos esperar cinco dias aqui. Hoje é o segundo dia do mês. Partiremos com a carruagem do correio para Edimburgo na tarde do sexto dia. — Se ele não conseguisse tirá-la a salvo de Londres, estaria tudo perdido. — Teremos cinco dias para convencer minha mãe e recuperar a taça.

Angélica o estudou por alguns minutos e meneou a cabeça.

— Cinco dias deve dar.

Dominic percebeu que ela estava pensando, tramando alguma coisa, mas antes que pudesse investigar, o semblante dela se iluminou.

— Agora... Para o meu disfarce. — Ela balançou a mão com pressa. — Por favor, preciso de duas folhas de papel, tenho de fazer duas listas.

Divertindo-se, ele obedeceu e observou-a escrever "Roupas de rapaz" no alto de uma das folhas.

— Então... Se serei um jovem respeitável viajando para o norte com o meu tutor, vou precisar de uma camisa, calças, casaco e cachecol. E talvez um sobretudo, já que vamos até Edimburgo. — Ela escreveu todos os itens cuidadosamente. — Agora... — Estudando a lista, ela bateu de leve a pena no lábio de baixo, distraindo Dominic de novo, e olhou para os sapatos. — Talvez seja difícil conseguir botas para pés tão pequenos. Não seria melhor usar sapatos e meias?

Ele piscou.

— Botas. Nada de meias. — Dominic achou que não precisaria explicar a diferença visual entre os tornozelos expostos dela e as canelas de um rapaz, ele acrescentou: — Vou comprar com Griswold. Acharemos um par de botas para você em algum lugar.

Ela consentiu com a cabeça e curvou-se para fazer uma anotação na lista, enquanto ele se encantava com os cabelos ruivos como se fossem um halo reluzente ao redor da cabeça dela. Como se tivesse percebido que era observada, ela disse:

— E, claro, um chapéu. Griswold deve saber o tipo, mas precisa cobrir meu cabelo todo.

Além de sombrear o rosto dela o máximo possível, inclusive aqueles lábios tão femininos. Nenhum rapaz teria uma boca como a dela, outro detalhe que achou melhor não explicar.

— Está bem. — Ela colocou um pontinho ao lado de cada item e deu a lista a ele. — Veja se esqueci alguma coisa. — Mergulhando a pena no tinteiro novamente, ela começou uma nova lista intitulada "Coisas que preciso agora". Quando viu que ele prestava atenção, acrescentou: — Esta é uma lista de itens pessoais que vou precisar além do meu disfarce. Se Brenda sair para comprar esta tarde, conseguirei me aprontar em tempo.

Dominic preferiu não prestar muita atenção naquela lista e olhou a outra de novo. Ela havia acrescentado uma faixa de tecido bem larga e uma gravata.

Antes de perguntar a razão dos itens extras, ele olhou para os seios dela e entendeu, mas balançou a cabeça, recusando-se a imaginar como ficaria e voltou a prestar atenção na lista. Havia também um par de calçolas de seda. Ao fechar os olhos, ele tentou imaginar como ficaria uma moça vestida de rapaz e acabou pensando em como a despiria... Abriu os olhos de imediato quando ela se recostou na poltrona, aparentemente satisfeita com a lista.

Ele jogou a lista das "Roupas de rapaz" sobre a mesa.

— Faltou colocar um cinto e luvas. Você precisará esconder as mãos.

— Ah! Obrigada. — Ela puxou a lista e adicionou os dois itens.

Quando ela terminou, ele puxou o papel de volta.

— Amanhã eu e Griswold vamos ver o que podemos encontrar para você. As botas serão difíceis de encontrar, mas daremos um jeito. — Ele já sabia que os pés, assim como as mãos, eram pequenos e delicados, tanto que poderia circundar um dos tornozelos com apenas uma de suas mãos.

— Excelente. — Com os olhos brilhando, ela apoiou os dois cotovelos sobre a mesa, entrelaçou os dedos das mãos e apoiou o queixo. — Como vamos comprar uma passagem noturna na carruagem do correio para Edimburgo?

Dominic pensou em desconversar, mas não sabia como. Visto que estava perto da hora do almoço, não havia tempo para voltar a trabalhar antes de ser interrompido de novo. Assim, ele permitiu que ela o questionasse. Conforme havia previsto, ela aproveitou a pergunta e fez uma série de sugestões sensatas, para o caso de sua família investigar as listas de passageiros dos coches do correio, que ele aceitou sem argumentar.

— Bem... — Finalmente ela estava satisfeita e sorriu ao cruzar o olhar com o dele. — Agora precisamos decidir como vamos passar o tempo até a tarde do sexto dia do mês.

Ele a observou atentamente, mas não podia dizer se ela estava provocando ou não.

CAPÍTULO 5

Era como aprender um novo tipo de jogo de caça, pensou Dominic. Há que se conhecer os hábitos da presa, as nuances de comportamento e perceber os sinais. Podia ser muito mais difícil se o caçador descobrisse ser a presa em algum momento. Naquela tarde, enquanto puxava a cadeira para Angélica na sala do café da manhã — ele não vira motivos para abrir a grande sala de jantar —, Dominic se pegou com o olhar fixo nos cachos do cabelo vermelho, no pescoço e colo de pele alva à mostra por causa da ausência da gola de renda. Foi então que descobriu que seu instinto de caçador não estava errado ao deixá-lo de sobreaviso com Angélica e suas razões.

Depois de ela se sentar, Dominic foi até a outra cabeceira da mesa e se sentou também, enquanto Mulley e Brenda traziam a sopa. Quando os dois foram servi-lo, ele sinalizou para que Angélica fosse a primeira.

Ele ficou apenas observando enquanto ela os encantava com seus trejeitos e sorrisos. Mulley e Brenda não eram fáceis de se conquistar, mas acabaram se rendendo aos encantos daquela dama que, apesar de sua atual intransigência, iria ser a patroa de ambos. Dominic ainda não havia descoberto por que ela não aceitara aquela parte do acordo, mas sabia que no final ela captularia. Era difícil saber qual o jogo que Angélica fazia, mas ele tinha certeza de que, cedo ou tarde, ficaria sabendo. Com o tempo e a astúcia dela, os criados não teriam dificuldades em obedecê-la.

Assim que Mulley e Brenda o serviram, ele os dispensou com um gesto de mão e ergueu a colher. Os dois comeram em silêncio por alguns minutos até que ela levantasse a cabeça.

— Você disse que o castelo é enorme. Há muitos criados?

Ele tomou mais uma colherada da sopa cremosa e respondeu:

— Imagine a casa de campo de seu primo, St. Ives, e no número de criados que são necessários para administrá-la. Agora duplique esse número.

— Tanta gente assim?

— Claro que não precisamos de tantos criados assim, mas dessa forma ninguém fica sobrecarregado, além de ser um jeito de... — Dominic ficou sem saber como escolher as palavras certas para continuar.

— Assim você mantém os criados ocupados e com a sensação de estarem contribuindo para o clã?

— Isso mesmo. — Depois de alguns minutos, continuou. — Brenda, por exemplo, perdeu o marido num acidente há mais ou menos cinco anos. A governanta do castelo, sra. Mack, achou que precisava de outra criada para o andar de cima e assim Brenda veio morar e trabalhar no castelo.

— Então ela não é apenas uma aposentada que seria uma despesa para o clã.

Ele confirmou com a cabeça. Ao terminar a sopa, se recostou na cadeira e a observou.

Eles haviam almoçado naquela sala, e, ao final da refeição, ele disse que precisava trabalhar na biblioteca, e se surpreendeu por ela o ter deixado escapar. Mas foi o que aconteceu e Dominic suspeitava que Angélica havia passado a tarde com os criados.

Como se quisesse confirmar onde estivera durante a tarde, Angélica elogiou o peixe. Brenda estava acumulando a função de cozinheira também. Depois de limpar a mesa, ela se retirou. Mulley sorria ao servir o prato. Dominic percebeu que seu mordomo estava feliz em executar uma simples tarefa. Ele próprio sabia como ganhar respeito, mas não tinha o dom da simpatia que Angélica possuía.

Em princípio imaginou que uma moça bonita da sociedade como ela era mimada e tratava os criados com certa arrogância... Mas depois soube que as jovens irmãs Cynster tinham qualidades indubitáveis para administrar grandes mansões.

— Mulley me contou que é seu mordomo principal. Você tem outro mordomo no castelo? — perguntou ela, quebrando o silêncio.

— Não, Mulley executa todas as funções necessárias.

Angélica baixou a cabeça para começar a comer o peixe, pensando na próxima pergunta que faria. Passara a tarde inteira na cozinha, ajudando Griswold, o valete, a polir os talheres de prata que estavam usando. Ela havia optado em conhecer melhor os criados em vez de ficar provocando Dominic. Uma decisão sábia, ao que tudo indicava.

Pensando no que havia descoberto, ela olhou para Dominic.

— A criadagem de um clã não é igual... Bem, não se parece com aquela de casas inglesas, não é?

— Eu não saberia dizer. Diga-me o que você acha — respondeu ele, arqueando uma das sobrancelhas.

— A interação do mestre da casa com os criados é diferente. — Ela franziu o cenho. — As pessoas do seu clã não o tratam como um igual, mas também nenhum deles é... Creio que a palavra adequada para descrevê-los seria subserviente, assim como a criadagem inglesa. — Ela fez uma pausa e emendou: — A hierarquia é muito menos evidente.

Dominic meneou a cabeça.

— O equivalente para a palavra *mestre* para nós seria "líder", nunca "dono".

— Resumindo, concluí que era isso mesmo. — Ela voltou a atenção para o prato e se concentrou em apreciar o filé de peixe delicioso, satisfeita com as confirmações de suas observações e deduções.

Apesar de ainda não ter concordado com o casamento, não era tola para deixar passar a oportunidade de obter mais informações dos poucos criados que ele trouxera a Londres, antes de ser engolida pela multidão que trabalhava num castelo muito maior. A hierarquia mais liberal a ajudaria na convivência durante aqueles dias que teriam de ficar na capital.

Brenda entrou na sala para tirar os pratos. Assim que Mulley cortou, serviu a carne e se retirou, ela se dirigiu a Dominic.

— Contei aos criados nosso plano para chegar em Edimburgo... Eles gostaram da ideia. Griswold está pensando no estilo de roupa que melhor me disfarçaria como um rapaz. Aliás, você pensou em mudar de ideia sobre partirmos no sexto dia do mês?

— Não, e você?

— Não... Eu só queria confirmar a data. — Ela apontou para os pratos sobre a mesa e prosseguiu: — Brenda precisa saber para providenciar as compras necessárias para nossa estadia aqui.

O fato de ela estar pensando na logística da casa e ter conversado com os criados afastou as últimas desconfianças de Dominic. Ficou claro que Angélica não iria mudar de ideia no meio do caminho e pedir para voltar para casa. Ao contrário, sabia exatamente o que estava fazendo e seguia conforme o planejado com uma confiança que Dominic descobrira ser uma de suas características mais fortes. Ele mastigou e engoliu, antes de voltar a falar:

— A carruagem do correio para Edimburgo sai de Bull and Mouth, perto de Aldersgate, às oito da noite. Podemos jantar na estalagem, assim Brenda e os outros não precisam se preocupar com isso, tendo mais tempo para fazer as malas e atravessar Londres.

— Isso seria o melhor mesmo.

— Vou pedir a Jessup e Thomas para irem a Aldersgate amanhã de manhã para reservar nossos lugares. Thomas pode comprar as passagens para nós dois como se fosse mensageiro de um lorde qualquer e depois Jessup pode reservar os outros cinco lugares para eles, dois dentro e três no alto do coche. Se não fosse o cocheiro e o guarda, teríamos o coche só para nós. — Pensando um pouco mais, ele acrescentou: — Devemos chegar em Bull and Mouth separados também. — Os olhares se cruzaram. — Pretendo fazer o que for preciso para afastar sua família de nós.

Ela sorriu, concordando.

— Estou me sentindo num verdadeiro jogo de esconde-esconde.

— Espero que até lá sua família esteja procurando em outro lugar.

— Griswold disse que estará pronto para acompanhá-lo amanhã cedo. — Sem fazer ideia da temeridade em programar o dia dele, ela continuou: — Se você conseguir juntar tudo o que preciso para o meu disfarce, e Jessup e Thomas conseguirem completar a tarefa deles, até a hora do almoço de amanhã teremos todo o necessário para despistar meus irmãos e primos e chegar em Edimburgo.

A confiança de Angélica, que reluzia em seus olhos e semblante, era contagiante.

— Com sorte, estaremos prontos.

Enquanto Mulley limpava a mesa e Brenda trazia o mingau para servi-los, Angélica dizia alegremente sua preferência de cores, tipo de tecido e outros detalhes de que ele deveria se lembrar quando fosse fazer as compras para a confecção do disfarce. Dominic chegou a pensar em dizer que não se lembraria de nada e que era melhor informar Griswold, mas preferiu ficar quieto.

Normalmente a memória dele era melhor do que a de seu valete, e... o fato que mais o intrigava era como que ela — e aparentemente Griswold também — imaginava que conseguiria disfarçar uma mulher tão esfuziante em um rapaz. Bem, era melhor acreditar que eles sabiam o que estavam fazendo e que iriam conseguir disfarçá-la, pelo menos para conseguir despistar a família Cynster, mas conforme ela falava, cheia de trejeitos e balançando as mãos em gestos tão femininos, era certo que ele e sua libido não se deixariam enganar nem um pouquinho. Sem contar que, tanto ele quanto sua libido, teriam de viajar ao lado de Angélica até Edimburgo. A contrariedade devia estar evidente no seu olhar, tanto que ela parou de falar e o encarou sem entender.

Dominic afastou a cadeira depois que ambos tinham acabado a sobremesa.

— Eu... — em pé, ele a fitou. — Preciso lidar com alguns documentos na biblioteca.

Deixando o guardanapo ao lado do prato, Angélica sorriu e se levantou também.

— Sim, claro.

Dominic achou que ela repetiria o que havia feito depois do almoço e iria para algum outro lugar, talvez na sala de estar no andar de cima. Ledo engano.

Conversando animadamente sobre a Escócia em geral, informando que nunca tinha ido além de Edimburgo, Angélica o conduziu pelo corredor, abriu a porta da biblioteca e entrou na frente.

Ele parou, comprimiu os lábios numa linha, mas acabou entrando e fechando a porta. Angélica parou no meio da sala e olhou ao redor, munida de um castiçal, que pegara na mesinha do lado de fora da sala, e começou a olhar os livros das prateleiras.

— O que você está procurando? — indagou Dominic com um suspiro de resignação, disposto a ajudá-la a encontrar algum livro para que o deixasse sozinho.

— Estou apenas olhando. — Sem se virar, ela fez um gesto de mão, dispensando-o. — Não se preocupe comigo. Não vou atrapalhar você.

Dominic não acreditou no que acabara de ouvir, mas acabou dirigindo-se para a escrivaninha. Os contratos e pedidos em que ele estivera trabalhando durante a tarde o aguardavam. Ajustou as chamas das lamparinas da mesa, que Mulley acendera mais cedo, e se sentou para focar a atenção nas intrincadas maneiras de se administrar a propriedade Guisachan e os vários negócios associados. E, para seu espanto, conseguiu. Mas não por muito tempo.

Quando ouviu o relógio badalar, percebeu que já havia se passado meia hora e ergueu a cabeça. Angélica estava encolhida numa das poltronas laterais com os pés apoiados num banquinho, que devia ter tirado de baixo de algum lençol. Ela tinha no colo um volume espesso com capa de couro e estava tão absorta na leitura que não reparou que ele a olhava.

Dominic aproveitou a chance para observá-la mais atentamente, algo que vinha relutando. O olhar pousou no cabelo ruivo com mechas finas e douradas, que emoldurava o rosto angelical e perfeito. Angélica era uma moça bem bonita no conjunto. As sobrancelhas arqueadas e castanhas emolduravam os olhos, naquele momento voltados para a leitura. Os cílios longos faziam uma sombra delicada no alto das bochechas. O nariz era pequeno e afilado, ao contrário dos lábios fartos e luxuriantes da boca bem-desenhada; lábios tentadores que provocavam a imaginação de Dominic.

O formato do rosto era oval, o queixo, naquele momento bem abaixado, tinha uma curvatura perfeita e ele já a vira empiná-lo com toda sua petulância. A viagem continuou pelo pescoço longo, passando pela corrente no pescoço e para o vale entre os seios...

Dominic já havia se prevenido para olha-la sem qualquer paixão, assim estaria desculpado por compará-la com as outras mulheres das terras baixas e altas e da sociedade com quem se deitara... Contudo, todas as outras desapareceram da memória dele, era impossível se lembrar de qualquer uma para comparar àquele anjo curvado na poltrona.

Mas observá-la imune a qualquer sensação era praticamente impossível. Precisou se ajeitar melhor na cadeira para dissipar o desconforto que sentiu quando seu olhar desceu do colo dos seios para as curvas da cintura e do quadril, insinuadas pelas pregas do vestido de seda, que também emoldurava uma das pernas bem-torneadas. Ele se lembrou de que ela se comprometera a ajudá-lo e que embarcara naquela aventura... E que no final, independentemente do tempo que ela levasse para aceitar, seria sua esposa. Pela primeira vez, imaginou como seria a realização daquela fantasia e se embreou pelos seus encantos. Mas ao sentir que estava enfeitiçado por aquela mulher, se conteve, voltando a observá-la apenas. Talvez ele fosse mais parecido com o pai do que sempre achou.

Angélica o fascinara de um jeito que nenhuma outra conseguira. Ela era um verdadeiro anjo luminoso, que o divertia e o intrigava ao mesmo tempo. Em momento algum ele imaginara que gostaria de adivinhar o que uma mulher estava pensando.

Isso o deixou pensando que o velho ditado "Tal pai, tal filho; tal mãe, tal filha" estava certo. Mas não podia negar a atração que sentia pela filha de Célia, que podia mantê-lo preso; mas ele não pretendia ficar como o pai por mais que admitisse que havia uma propensão.

Sábio é aquele que reconhece suas fraquezas pelo menos para si mesmo, lembrou Dominic.

Ele estava prestes a deixar de admirar sua fraqueza mais recente quando se viu curioso para descobrir que tipo de livro teria prendido tanto a atenção dela e fixou o olhar nas letras douradas da capa.

A História da Escócia, de William Robertson.

Dominic ficou surpreso, e, certificando-se que ela ainda estava bem-concentrada, voltou a atenção para os papéis em cima da mesa, pegou um e fingiu estar lendo.

Das centenas de livros que havia naquela biblioteca ela escolhera a obra de Robertson. Sem fazer nenhum alarde, Angélica se dispôs a aprender um pouco da cultura para onde ele a estava levando — um mundo que Dominic suspeitava acabaria por ser o dela também.

Mais uma característica dela que Dominic não devia esquecer. Aquela mulher danada era inteligente. Portanto, perigosa, especialmente para ele.

* * *

No final da manhã seguinte, Dominic voltou das compras com Griswold, trazendo um par de botas masculinas debaixo do braço. Griswold trazia vários pacotes embrulhados em papel pardo. A expedição durara três horas, circulando pelas ruas de Londres, visitando alfaiates e vendedores de roupas para rapazes da sociedade, mas eles conseguiram comprar todos os itens da lista de "Roupas de rapaz" que Angélica fizera.

Dominic segurou o portão do jardim, a única entrada da casa que estavam usando, para Griswold, que estava equilibrando todos os pacotes, e depois seguiu-o para a porta dos fundos, correndo na frente para abri-la também, e entrou depois do valete na sala dos criados...

Assustado, parou e olhou ao redor. A sala estava limpíssima. As panelas acima do fogareiro brilhavam. A mesa fora polida e estava reluzente, e o guarda-louças, anteriormente vazio, agora mantinha pilhas de pratos limpos e travessas nas prateleiras.

Não havia pó em lugar nenhum, muito menos teias de aranha.

Griswold colocou os pacotes sobre a mesa e olhou ao redor, aprovando as mudanças.

De repente, eles ouviram passos vindos da cozinha. Dali surgiu uma figura feminina, batendo as mãos para tirar a sujeira.

Angélica sorriu ao vê-los.

— Ah, que bom que vocês chegaram. Encontraram tudo o que pedi?

Dominic ainda estava estupefato.

— Sim, mas onde você conseguiu essas roupas?

— São de Brenda. — Ela olhou para a saia comprida e a blusa folgada de cambraia. As duas peças estavam grandes. O decote da blusa, de tão largo, expunha um dos ombros, e a saia fora enrolada várias vezes na cintura para não arrastar no chão e amarrada com um cordão. Um lenço amarrado na cabeça completava o figurino. — Ela tinha uma roupa extra e serviu para o propósito que eu queria... — Quando ela ergueu a cabeça e viu os embrulhos sobre a mesa, seu rosto inteiro se iluminou.

Dominic ficou olhando ela abrir os pacotes, puxando os cordões, jogando os papéis de lado e, ansiosa, cravando Griswold de perguntas. Ela se parecia com uma atendente de uma taverna perto das docas, só que estava limpa demais para tanto. E muito mais bonita.

Ele balançou a cabeça na tentativa de mudar o foco de seus pensamentos. O encantamento momentâneo só podia ser por causa do contraste entre as roupas e quem as vestia. Dominic continuava parado no mesmo lugar desde que chegara, perto da extremidade da mesa.

Angélica ergueu uma camisa e colocou na frente do corpo para confirmar o tamanho, ao mesmo tempo em que conversava com Griswold sobre gravatas. Depois de alguns minutos, Dominic se lembrou do pacote que trouxera e deu a ela.

— Aqui estão suas botas. Você vai precisar colocar alguns panos na ponta, mas pelo menos vão servir.

Ainda com os olhos brilhando com as novidades, ela pegou o pacote.

— Obrigada. — Ela ergueu uma das botas e estudou o tamanho ao colocá-la ao lado do pé. — É quase do meu tamanho.

Sentando-se sem demora numa das cadeiras, experimentou as botas. Griswold a ajudou e Dominic se forçou para ficar onde estava e não ver os tornozelos dela de novo.

Assim que colocou as duas botas, ela se levantou e, com um sorriso largo, começou a dançar.

— Estão perfeitas! — exclamou, ergueu a barra da saia e foi mostrar para Dominic. Depois abriu outro sorriso encantador e completou: — Obrigada, você deve ter tido muito trabalho para encontrar. Mas valeu a pena. Posso até correr, se precisar.

Dominic deu uma tossidela para clarear a garganta antes de responder:

— Bom.

Um barulho do lado de fora os silenciou. A porta se abriu e Jessup entrou, seguido por Thomas. Os dois cumprimentaram Dominic e também se surpreenderam com a limpeza, mas não disseram nada e menearam a cabeça para Angélica.

Dominic entendeu por que eles estavam receosos.

— Vocês conseguiram reservar os lugares?

— *Aye* — Jessup respondeu. — Foi em cima da hora. Havia um cavalheiro atrás de nós muito bravo por precisar mudar seus planos de viagem. Ele me ofereceu um bom dinheiro pelos dois lugares. Eu disse que éramos marinheiros e precisávamos chegar a Edimburgo para pegar o navio e não podíamos ajudá-los.

— A história foi muito boa — elogiou Dominic.

Ouviram-se mais alguns passos e Brenda surgiu, enxugando as mãos, e sorriu quando viu Jessup e Thomas.

— Vocês chegaram bem na hora... O almoço está pronto.

Mulley, usando um avental longo de mordomo sobre suas roupas habituais, surgiu com uma bandeja cheia de pratos e talheres e seguiu Brenda para o hall.

— Se quiser que eu a ajude a se trocar, senhorita — Brenda ofereceu a Angélica. — Mulley vai colocar a mesa enquanto isso.

Angélica olhou para as roupas de rapaz e depois para Brenda e Mulley.

— Trabalhamos duro a manhã inteira, limpando aqui. Você tem razão, não posso me sentar à mesa neste estado. Mas o almoço é apenas uma refeição leve... Há algum problema sentarmos todos juntos aqui mesmo e comermos nesta mesa limpa? Imagino que seja bem mais fácil para todos.

Mulley, Brenda e Griswold se entreolharam antes de fitarem Dominic.

— Isso nos ajudará a começar logo as tarefas que planejamos para essa tarde... O senhor concorda, senhor?

— Sem dúvida — Dominic respondeu, apontando para a mesa.

Mulley perguntou apenas porque estava diante de Angélica. Antes de ela chegar, Dominic sempre dividia as refeições no salão dos criados, junto com sua gente, da mesma forma como fazia no salão nobre do castelo. Ele se postou atrás da cadeira na cabeceira da mesa. Angélica juntou as roupas novas e as empilhou sobre uma cômoda, enquanto Griswold tirava os papéis e os cordões descartados.

Angélica gravitava ao redor da mesa durante o tumulto da movimentação de talheres, louça e canecos, tentando ajudar, mas Brenda a dispensou. Mulley a resgatou e a conduziu até a cadeira ao lado direito de Dominic. Ele imaginou o que estaria passando na cabeça dela, enquanto Mulley puxava a cadeira para que se sentasse. Dominic esperou ela se acomodar e tomou o seu assento também.

Ele sabia que um senhor de terras na Inglaterra jamais se sentaria à mesa com seus empregados. Isso era impensável na sociedade inglesa. Talvez ela tivesse lido no livro de Robertson que os membros dos clãs compartilhavam juntos a refeição, o lorde e seus criados partiam o pão e por isso sugerira, ou talvez tivesse sido uma atitude sua mesmo.

Brenda e Mulley serviram as travessas com carnes frias, molhos, frutas, pães e nozes. Todos se sentaram e começaram a se servir.

As conversas fluíram durante a refeição. Brenda e Mulley contaram histórias sobre o que haviam descoberto enquanto limpavam aquela ala, a cozinha e a despensa. Os próximos cômodos da lista eram a sala da governanta, a lavanderia, e a copa.

Jessup quis saber o que havia causado aquele surto de limpeza e Dominic acabou sabendo que a sugestão viera de Angélica. Ele arqueou a sobrancelha e ela se limitou a encolher os ombros.

— Pensei que, se vamos voltar para cá no final do mês, precisávamos limpar outras áreas da casa. A sala de jantar e a biblioteca estão habitáveis, mas precisamos limpar as áreas mais usadas e necessárias para o bom funcionamento da casa, principalmente as daqui de baixo, atrás da porta revestida de tecido verde, que divide a parte social da ala dos empregados. Já que teremos de esperar alguns dias para sair de Londres, podíamos começar com a limpeza e a arrumação para quando voltarmos com a taça.

Quando os olhares se cruzaram, Dominic percebeu que ela não queria que suas atitudes fossem muito questionadas. Angélica não percebeu que os outros pararam de falar para ouvi-la também e digerir a confiança dela que de fato eles estariam de volta a Londres no final do mês, de posse da taça.

O jovem Thomas se entusiasmou com a ideia e perguntou a Jessup se eles também não podiam ajudar na limpeza. Dominic deixou que Jessup decidisse, mas observou discretamente a postura de Angélica. Até então, não havia descoberto quais eram as verdadeiras intenções dela, seus motivos imediatos ou futuros para ter aceitado participar do plano. Sem dúvida ela possuía algum objetivo, sua personalidade era forte, eles eram bem parecidos. Nenhum dos dois era do tipo que deixava a vida levá-los para onde quisesse, pois sabiam o que queriam e procuravam sempre o caminho mais curto para chegar ao destino. Mas olhando para ela naquele momento, não conseguia adivinhar qual caminho ela decidira tomar.

Ao final da refeição, Angélica decidiu que queria provar o disfarce e convocou Brenda e Griswold para ajudá-la. Mulley, Thomas e Jessup ficaram responsáveis por tirar e limpar a mesa. Dominic escapou para a biblioteca.

Uma hora mais tarde, Angélica desceu as escadas pisando com as botas nos degraus cuidadosamente, um de cada vez. Ela gostou de como as calças de veludo e as botas de couro haviam caído bem. Depois de algumas piruetas diante do espelho de corpo inteiro do quarto da condessa, ela começou a se acostumar com as roupas masculinas. Não fazia ideia de que suas pernas eram tão longas e os quadris tão arredondados. Ainda bem que ficavam disfarçados sob as roupas e o casaco que Griswold havia escolhido. Ela e o valete de Dominic estavam se dando bem. No começo ele era frio e reservado, mas passou a encará-la como uma aliada, pelo menos para alcançar o objetivo de seu senhor.

Brenda chegara à mesma conclusão, só que mais rápido, e tornara-se uma valiosa fonte de informações sobre Dominic, o castelo, o clã e tudo o mais que Angélica queria saber. A informação era a chave para se administrar qualquer coisa, mas precisava descobrir muito mais sobre Dominic, incluindo os pontos particulares que só ela percebia.

Chegando ao salão, ela caminhou ruidosamente com as botas sobre o piso e seguiu na direção do corredor que levava à biblioteca. Afinal, Dominic comprara o disfarce e nada mais justo do que mostrar o resultado e saber sua opinião.

Dominic se surpreendeu, mas lutou para distrair-se e não reagir enquanto ela, aquele encanto de moça, entrava graciosamente.

Angélica girou para fechar a porta e as abas do casaco abriram, permitindo que ele vislumbrasse o corpo dela e as nádegas redondas marcadas nas calças de veludo. A boca de Dominic secou e ele ficou imóvel, seguindo o instinto de um caçador que fica paralisado enquanto analisa sua presa, mas procurou se convencer de que ela não era uma presa, apesar de despertar seus outros instintos.

Angélica caminhou, distraindo-o com o gingado dos quadris, e parou diante da mesa. Em seguida, fez uma pose e esperou ser avaliada. Dominic avaliou bem devagar a silhueta esguia, passando pela camisa, que transparecia a faixa que comprimia os seios, o lenço vermelho amarrado no pescoço, o rosto de traços delicados, chegando ao chapéu de abas largas.

— E, então, passei no teste?

Teste do quê? Só se for de anjo para os meus sonhos mais libidinosos!

Quando ela contraiu o cenho e os lábios, Dominic se levantou impaciente.

— Você precisa aprender a andar como um homem. — O balanço sensual dos quadris despertaria a atenção até de um marinheiro bêbado. — E o que você fez com o seu cabelo?

Por um momento assustador ele pensou que ela cortara os cabelos.

— Ah, está preso aqui embaixo. — Angélica deu um tapinha no topo do chapéu de abas largas que Griswold havia insistido em comprar com o argumento que faria sombra no rosto, se ela ficasse de cabeça baixa. — Griswold teve a ideia de prender meu cabelo numa redinha, que prendemos no chapéu para não voar.

Ela não desviou o olhar. Na realidade, fora até ali flertar com ele, para confirmar que, sendo mesmo seu herói, Dominic também poderia gostar dela em outro tipo de roupa. Mas a maneira como a fitava... Sugeria que continuar flertando seria o mesmo que ficar vulnerável demais.

Outros homens poderiam fitá-la como se a estivessem despindo com o olhar. Mas não Dominic. Ele a estava avaliando em detalhes minuciosos e quando os olhares se prenderam, ela teve a sensação de estar diante de um enorme felino, que se contentava em apenas observá-la, mas que podia devorá-la a qualquer instante. Angélica não se achava fantástica, mas a maneira como Dominic a fitava... Talvez estivesse enganada. Sem desviar a atenção daqueles olhos acinzentados, respirou fundo, com certa dificuldade por causa da faixa, e decidiu que por um dia já havia aprendido bastante sobre o homem a sua frente. Por mais cabeça dura e voluntariosa que fosse, jamais se precipitava numa situação em que não pudesse controlar.

— Então, preciso aprender a andar — disse ela, esboçando um sorriso tímido e olhando para as botas. — Preciso me acostumar com a liberdade de não estar de saias.

— Observe Thomas andar, tente copiá-lo. — Dominic percebeu que sua voz estava rouca, e grave... Se ela não saísse logo da biblioteca, era capaz de cometer uma insanidade de que ambos se arrependeriam mais tarde.

— Excelente ideia! — exclamou ela com os olhos brilhantes.

Eles se entreolharam novamente... Dominic imaginou se ela fazia a mais remota ideia de como estava perto de...

Ele parou de pensar e meneou a cabeça.

— Creio que ele e Jessup estão ajudando os outros.

Bem longe dali...

Angélica inclinou levemente a cabeça, examinando-o com um olhar cauteloso, e começou a se virar.

— Vou procurá-lo.

Nunca dê as costas a um predador...

Rangendo os dentes ele se segurou para ficar sentado. Angélica abriu a porta, lançou um último olhar e saiu fechando a porta.

Ele tentou exalar o ar para relaxar, mas não conseguiu.

— Mulher maldita! — olhou para a carta que estava escrevendo e notou que a tinta da pena secara.

Enquanto mergulhava a pena no tinteiro, releu a frase que escrevera. Ele ainda levou alguns minutos para conseguir se concentrar de novo. Fora bom que Angélica houvesse tido o bom senso de sair da biblioteca, e ter conseguido evitar que a relação deles passasse para outro nível difícil de administrar. Não havia motivo para jogar todas as cartas de uma vez e assustá-la. Não importava também quando Angélica resolveria se casar, aquele aspecto podia esperar mais um pouco, até recuperarem a taça e ela decidir como esperava que fosse sua vida de casada.

Mais tarde.

Mas não havia dúvidas que aquela bruxinha fora até a biblioteca para provocá-lo, mas pelo menos tivera o bom senso de se retirar no momento certo.

Por enquanto... Mas ele ainda teria de ir sentado ao lado dela naquele disfarce maldito durante a longa viagem até Edimburgo.

Com a pena parada sobre o papel, percebeu que, mesmo pressentindo o perigo, ela arriscou a chegar tão perto, como do outro lado da mesa... E imaginou se Griswold conhecia um bom perfume de homem.

* * *

Angélica encontrou Thomas ajudando Brenda a limpar a lavandeira, tirando as teias de aranha do teto com uma vassoura longa. Ele era um rapaz magro e ficaria muito sem jeito se a flagrasse ali olhando. Então, pegou um espanador e tentou tirar as teias de aranha a seu alcance, olhando para Thomas com o canto do olho e tentando imitar os movimentos... mas sem muita certeza se estava conseguindo. Talvez fosse melhor praticar um pouco mais diante do espelho.

Passados alguns minutos, Brenda mandou Thomas limpar outro lugar. Angélica pensou em ir atrás, mas mudou de ideia.

— O senhor me disse que há outra governanta no castelo, a senhora Mack, se não me engano. Como ela é?

— Ela é uma boa pessoa, apesar de dura e ríspida, mas tem um coração de ouro e não há ninguém melhor para se procurar numa crise. Ela mantém todos nós na linha, mas também nos apoia — Brenda respondeu prontamente, sem deixar de limpar a janela —; ela gosta muito do nosso senhor...

Angélica pensou que não podia se esquecer de conquistar a senhora Mack quando chegasse ao castelo. Antes de perguntar quem mais dos empregados do castelo merecia atenção em especial, Griswold surgiu pedindo a opinião dela sobre um faqueiro de prata que haviam encontrado — aquele era o terceiro que tinham achado até então.

Ela o seguiu até a despensa onde estava o faqueiro de 48 peças, geralmente usado para jantares formais.

— O jogo de 24 talheres é para ser usado no jantar, aquele com dezesseis peças que estamos usando na cozinha deve ser usado na copa também.

— Devemos deixar guardados aqui os dois faqueiros mais formais, senhorita? — perguntou Griswold.

— Por enquanto sim, não há necessidade de polir neste momento. Vamos trazer mais criadas e contratar outras quando voltarmos daqui a um mês. — Angélica reparou nas travessas de prata, jarros, vasos e outras peças embaladas que estavam nas prateleiras. — Parece que essas peças estão aqui há décadas, podem esperar mais um mês para serem limpas.

— Creio que seja necessário polir mais uma bandeja ou duas, senhorita. Estamos sem muitas opções e Mulley quase terminou de limpar o que precisava, a não ser que a senhorita queira que eu faça outra coisa.

— Não, não, de jeito nenhum. — Angélica hesitou antes de emendar: — Se você me der um paninho, posso ajudá-lo.

— Ah, não, a senhorita não precisa se dar ao trabalho.

— Eu sei, mas não sei ficar ociosa, e, já que Glencrae está ocupado com a correspondência, posso ajudar aqui. — Olhando para trás dele, viu alguns paninhos de polir e pegou um. — Me dê aquela bandeja, por favor.

Ela se sentou ao lado dele para trabalhar com mais facilidade. Enquanto estavam polindo, Griswold não se opôs em responder às inúmeras perguntas, dentre elas como viera trabalhar para um proprietário de terras escocês, que se passava por inglês, a não ser quando...

Ela o encarou.

— A não ser quando?

Griswold comprimiu os lábios, pensou um pouco, mas acabou contando:

— Quando ele perde a cabeça, senhorita... O que não acontece com muita frequência, mas quando perde, ele deixa bem claro de onde vem.

— Os insultos são na língua nativa? — perguntou ela com uma careta.

Griswold debruçou-se sobre a bandeja que estava polindo para falar mais baixo:

— Eu sempre soube que as pessoas quando chegam ao extremo, voltam a falar a língua mãe.

— É verdade. — Mudando de assunto, ela continuou com o inquérito: — Ele me contou que machucou muito a perna alguns meses antes de vir para Londres pela primeira vez.

— Oh, puxa, foi sim. No começo achei que ele fosse mancar pelo resto da vida, mas o joelho vem melhorando gradativamente com o tempo. Mas foi só quando voltamos para as terras altas, quando ele andava muito pelas montanhas, que o joelho melhorou bastante e ele pôde deixar a bengala — Griswold suspirou. — Mas ele machucou o joelho há pouco tempo e precisa da bengala de novo.

Angélica se lembrou que Dominic estava usando a bengala quando entrou no ala dos empregados, mas acabou deixando-a encostada na parede.

— Ele não usa a bengala dentro de casa.

— Ele diz que não usar ajuda a fortalecer as juntas, e que se cair aqui, ninguém verá.

Ninguém o ajudará também, homem tolo. Ela preferiu não dizer nada. Os homens são sempre iguais e, se refletir na dignidade deles, chegam a ser insuportavelmente tolos.

Mais algumas perguntas e ela acabou descobrindo como Dominic passava o tempo livre nas terras altas. Claro que teve cuidado para não ultrapassar os limites. Griswold não revelaria nada mais íntimo, mas também considerava apropriado o interesse dela em seu senhor.

Angélica refletira sobre não se envolver com a rotina doméstica, ressaltando sua recusa em permitir que a considerassem como a futura condessa; pelo menos não ainda. Porém, como pretendia ser a futura condessa, decidira que, com relação aos empregados e à administração do castelo e seus moradores, ela não ganharia nada comportando-se de outra forma que não aquela que lhe era devida. Ou seja, como a futura condessa. Não assumir o comando, não dar ordens, não tentar aprender como lidar com os empregados, controlar-se para não pôr ordem naquela casa negligenciada e transformá-la num lugar habitável teria sido, em vários aspectos, muito mais difícil para ela do que para ele.

As pessoas e os criados eram importantes tanto para ele quanto para sua futura esposa. Isso era fácil entender. Aprender sobre as pessoas do clã e dividir a carga de cuidar e administrá-los fazia parte das responsabilidades da condessa, algo que ela faria por ser de sua natureza, independente de qualquer coisa, além de que o deixaria mais predisposto a se apaixonar por ela, que era seu objetivo maior. E se o seu comportamento o deixasse confuso, conforme previa, tanto melhor.

Angélica deixou Griswold polindo uma bandeja e voltou para a cozinha e encontrou Brenda secando a mesa.

— Quer que eu ajude? — se sentiu compelida a oferecer, embora infelizmente não tivesse muita aptidão na cozinha.

Brenda sorriu.

— Não, obrigada. Eu dou conta sozinha. Mulley virá me ajudar daqui a pouco. Além do mais... — Brenda inclinou a cabeça na direção das mãos de Angélica — ...imagino que o senhor prefira que suas mãos permaneçam como estão agora.

Angélica abriu as duas mãos para estudá-las.

— Acho que você tem razão. — E olhando mais fixamente para Brenda, perguntou: — Será que o mundo vai acabar se eu passar do portão do jardim e ir até o estábulo?

— Não vejo por quê — Brenda a estudou. — Você não está pretendendo fugir, está?

— Não... — Angélica sorriu. — Prometo que não. Palavra de uma Cynster.

— Bem, não posso duvidar, não é? Mas o que você quer no estábulo?

Angélica já se dirigia para a ala dos criados.

— Quero conversar com Jessup sobre os cavalos.

Ela chegou ao estábulo sem muito drama e encontrou Jessup escovando os dois cavalos que provavelmente puxaram a carroça na qual chegara.

Jessup olhou por cima do ombro e voltou a escovar o cavalo.

— Estou aprontando os dois para levá-los de volta ao vendedor. Não há necessidade de eles ficarem comendo por aqui.

Angélica se debruçou na portinhola da baia.

— Soube que Glencrae costuma andar num alazão castanho. Fiquei pensando se ele tinha trazido o cavalo, mas já vi que não. — As únicas baias ocupadas eram as dos dois cavalos da carruagem.

— *Aye*. Se Hércules estivesse aqui não estaríamos nessa calma...

— Hércules? — Ela sorriu. — Ah, posso imaginar a razão do nome.

Jessup resmungou.

— O senhor não é leve... Tem sido difícil encontrar um cavalo que aguente o peso dele por muito tempo desde que completou 15 anos.

— Onde ele encontrou Hércules?

— Em Londres. Me parece que ele comprou de um outro cavalheiro que não conseguia domar o animal. Acredite, o cavalo era difícil de lidar, mas acabou se acalmando com o tempo. — Jessup, o empregado de Dominic mais taciturno, na opinião de Angélica, e menos amigável, acabara de lhe lançar um olhar avaliador. — A senhorita também cavalga... ou limita-se a um passeio no parque e a meio galope?

— Ah, não... Eu ando bastante. Amo galopar e apostar corrida, eu diria que está no meu sangue.

— Oh? Como assim?

— Meu primo, Demon Cynster, é um dos melhores treinadores de cavalos puro-sangue de corrida. Ele possui um haras e estábulos em Newmarket.

Jessup corrigiu a postura e piscou. Nesse instante, Angélica soube que o havia conquistado.

— Pensando melhor, acho que já ouvi falar no nome mesmo — disse ele, meneando a cabeça devagar e fitando Angélica com muito respeito. — Então a senhorita conhece um pouco sobre cavalos.

— Não só na teoria como na prática também. Demos providência aos cavalos da família inteira. E pelo tamanho de nossa família é o equivalente a dizer que ele fornece animais para o clã inteiro. São cavalos para carruagem, para passeio, para caçar. Ele procura pelo melhor e escolhe para cada pessoa determinada. Além do clã, aqueles que o conhecem também pedem informações na hora de comprar animais... Bem, por que não deixamos que ele faça isso, já que sabemos que ele só compra os melhores?

Jessup concordou com um sinal de cabeça, avaliou-a com mais critério e voltou a escovar o cavalo antes de dizer:

— A senhorita é muito miúda, mas se está dizendo que consegue dominar um cavalo com firmeza...

— Posso sim.

— Preciso ver o que encontro para a senhorita. O terreno é acidentado, muitas subidas e planícies para galopar. É preciso ter pernas longas e muita resistência. Pensei em arrumar um pônei, mas imagino que queira cavalgar com o senhor...

— Isso mesmo.

— Então um pônei não dará certo — Jessup sorriu de lado. — Mas serve muito bem aos malandrinhos... Eles estão de olho no animal faz meses. Devo começar a treiná-los quando voltarmos ao castelo.

— Malandrinhos?

— Gavin e Bryce... Os meninos do senhor.

Ele tem filhos? Angélica engoliu as palavras, limitando-se a menear a cabeça como quem tivesse compreendido e que estivesse cansada de saber que Dominic tinha filhos. Deviam ser rapazotes, que Jessup rotulara como malandros.

Angélica ficou muito surpresa com a novidade. Mesmo porque filhos não faziam parte do acordo com Dominic. Os homens não costumavam esquecer esses inconvenientes. Na certa Brenda saberia informá-la.

Ainda debruçada na portinhola da baia, Angélica perguntou a Jessup sobre os passeios ao redor do castelo, o tamanho dos estábulos e quais as carruagens que ele mantinha lá. Depois de atravessar os jardins e voltar para a casa, ela já havia conquistado mais um, Jessup, pelo menos em parte, mas que fizera a tarde valer a pena.

Entrou na casa e foi direto para a suíte da condessa. Já estava quase na hora de se vestir para o jantar. Não que tivesse muita escolha de vestidos. Ela chegou a pensar em vestir o disfarce, mas ao se lembrar *exatamente* da reação de Dominic quando a vira na biblioteca, acabou optando por não usar. Melhor não.

Ele a tinha deixado muito sem graça e a atiçara mesmo que inadvertidamente. Seria mais prudente lembrar daquela reação quando tentasse provocá-lo de novo. Afinal, não tinha pressa, ainda havia bastante tempo para domá-lo. E ele era bem diferente do que havia sonhado na noite anterior.

No final das contas, pensou enquanto tirava as peças do disfarce, ela estava diante de um desafio do destino, e ela estava bem ansiosa na expectativa do que viria a seguir.

Dominic usou todas as suas forças para resistir, ou pelo menos não se deixar afetar pelos joguinhos de Angélica. Ou então seu interesse por ela estava crescendo descontrolavelmente naquela noite.

Durante o jantar, passou a maior parte do tempo pensativo. As conversas foram bem leves e inócuas. Angélica perguntara qual a frequência dos espetáculos em Edimburgo. E ele respondeu o que sabia e também falou das companhias de teatro itinerantes que passavam por Perth e Edimburgo.

Mas quando chegou na hora da sobremesa ela ficou mais introvertida. De repente, Dominic se viu enciumado de qualquer outro assunto que desviara a atenção dela da mesa e dele. Sim, uma atitude totalmente irracional, mas inegável.

— O que foi? — perguntou a contragosto.

Quando ela levantou o rosto, Dominic teve a impressão de que caíra em outra artimanha, mas percebeu que se enganara quando ela disse:

— Acho que deveria escrever uma segunda carta para minha família.

— Agora?

Griswold estava ajudando Mulley e os dois apareceram naquele instante para destampar os pratos. Dominic teria esperado que os criados saíssem para continuar a conversa, mas Angélica arrastou a cadeira para trás e o chamou.

— Venha.

Griswold se antecipou para terminar de puxar a cadeira e ela levantou.

— Vou escrever agora. Não vai demorar muito — disse ela, virando-se na direção da porta.

Dominic a alcançou no corredor que levava à biblioteca.

— O que você vai escrever?

— Você lerá na carta.

Com o maxilar contraído, ele passou na frente e abriu a porta da biblioteca, entrando logo em seguida.

Dez minutos mais tarde, ele estava ao lado da mesa lendo em voz alta a nota resumida que ela lhe entregara.

"Eu já disse que não estou em perigo, por isso não há motivos para procurarem por mim, apesar de que presumo que não tenham se dado a esse trabalho. Mas se for esse o caso, permitam-me repetir: estou muito bem. Estou, de fato, ajudando alguém e por enquanto não posso dar mais explicações sem quebrar a confiança dele. Prometo escrever de novo e revelar tudo assim que puder. Até lá, peço que tenham paciência. Angélica."

Dominic desviou o olhar da carta para ela.

— Não está muito conciso?

Ela deu uma risadinha e puxou a folha de papel da mão dele.

— Você não conhece meus irmãos e primos... E nem isso dará certo.

Ele franziu o cenho.

— Então, por que mandar?

— Assim não podem dizer depois que não avisei. Óbvio.

Dominic não achou nada óbvio, concluindo que a perspectiva era exclusivamente feminina.

— Além disso, receber uma segunda carta minha provará que ainda estou em Londres e eu não disse, ou deixei subentendido, que pretendia sair. — Depois de dobrar o papel com cuidado, ela pegou a pena de novo e molhou a ponta no tinteiro. — Como se não bastasse, estou mandando esse bilhete direto para o dono do poder. Devil. Assim Honoria também lerá e poderá exercer um pouco de seu poder para controlar o marido. — Ela molhou a ponta da caneta e fez uma pausa. — Possivelmente.

Ela escreveu o título do primo e o endereço, passou o mata-borrão, recostou-se na cadeira e estendeu o bilhete para Dominic.

— Se Thomas for até a Grosvenor Square agora, encontrará vários garotos esperando para ganhar um níquel para segurar os cavalos, será fácil arrumar um para entregar o bilhete.

Dominic pegou o pedaço de papel, pensou um pouco e puxou a cordinha da sineta.

Enquanto esperavam Mulley aparecer, Angélica empurrou a cadeira para trás, levantou-se e foi até a poltrona onde havia deixado o livro de Robertson. Depois de pegá-lo, sentou-se, ajustou o banquinho dos pés, abriu o livro e se preparou para ler. Para continuar a descobrir mais sobre a história da Escócia.

Em um primeiro momento, Dominic achou que ela escolhera aquele livro apenas para se mostrar interessada, mas agora percebeu que Angélica estava lendo mesmo, apesar de o enredo não ser nem divertido, nem instigante.

Ele olhou para o bilhete. O conteúdo era claramente manipulador. As palavras deixaram claro que a família sabia que ela era contundente e franca. Assim como ela, Dominic não imaginava St. Ives ou os irmãos e outros primos dela prestando atenção ao bilhete, mas e as esposas? A expectativa de Angélica de que a duquesa de St. Ives pudesse influenciar o poderoso marido num assunto daquele era uma revelação. Por sua vez, a esperança do poder da duquesa sobre o marido explicava muita coisa. A começar pela evidente expectativa dela de que Dominic a consultasse a respeito de tudo e ouvir as sugestões que ela pudesse ter.

Ao ouvir passos de alguém se aproximando, ele caminhou até a porta. Para falar a verdade, se as sugestões dela fossem pertinentes e ajudasse na causa dele — deles —, Dominic não seria bobo de não ouvi-la e aceitaria o conselho. Isso já havia acontecido algumas vezes... levando-o a perceber que estava ficando cada vez mais parecido com os Cynster, mais parecido com o primo dela, Devil, do que esperava.

Mulley bateu na porta e entrou. Dominic lhe deu o bilhete.

— Para ser entregue em Grosvenor Square. É melhor mandar Thomas, mas fale para ele tomar cuidado para não ser visto ou reconhecido. — Ele olhou com o canto dos olhos para Angélica, mas ela continuava entretida com o livro. — Acredito que haverá vários moleques na praça a essa hora.

— Tem razão, senhor. Vou pedir a Thomas que vá até lá imediatamente. — Mulley saiu e fechou a porta.

Dominic virou-se na direção de Angélica, hesitou um pouco e voltou devagar para a escrivaninha. Estava acostumado a ser o detentor do poder, nesse caso mais ou menos o poder absoluto. Fazia cinco anos que ele era o líder de seu clã, e ninguém nunca ameaçou ou tentou impor sua vontade contra a dele. Porém, Angélica...

Afundando-se na cadeira mais uma vez, ele arrumou os papéis que ela afastou para poder escrever o bilhete.

Angélica não fazia exigências, mas *esperava* que ele não só percebesse a lógica do que ela havia dito, mas também que fosse inteligente o suficiente para adaptar seus planos, modificar sua postura para acomodar o que ela achava seu de direito. Dominic considerou o que achava daquilo. As rédeas de sua vida não estavam apenas escapando de seu controle, mas havia outras mãos, mais leves e não tão poderosas, que as seguravam também e que ocasionalmente as movimentaria.

O tique-taque do relógio rompia o silêncio da biblioteca, enquanto ele fingia ler uma carta. Na realidade, não podia reclamar. Angélica era inteligente, observadora, tinha o raciocínio rápido e forças que ele não possuía. O mais importante, porém, era que ela havia mergulhado de cabeça para salvar o clã. Apesar de o deixar desconfortável por exercer seus poderes femininos a toda hora, pelo menos eram a favor dele e do clã. E para ser bem sincero, os dois juntos eram muito mais fortes, e mais eficientes, do que sozinhos. Embora fosse uma verdade difícil de engolir, ainda mais por ser algo difícil para seu ego aceitar, sabia no fundo do coração que era o correto a fazer e aceitava que era melhor com do que sem ela. Os dois juntos com suas respectivas habilidades tinham uma chance maior de ter sucesso.

Só isso já era motivo para ficar agradecido.

Isso resolvido, se empenharia dali a elaborar contratos de consumo para a produção da destilaria do clã para o próximo ano. Apesar de estar com a atenção nos documentos e contratos, comparando cláusulas, inserindo adendos, não conseguia se desprender do fato que na poltrona bem ali perto estava ela, imersa na leitura do povo escocês, virando lenta, mas constantemente as páginas. Volta e meia desviava o olhar, perguntando-se se aquela calmaria não precedia uma tempestade.

Lorde Martin Cynster conduziu a esposa até a biblioteca da St. Ives House. A sala estava lotada, mas seu olhar cruzou com o de Devil, seu sobrinho.

— O que você descobriu?

Devil acenou para que eles se aproximassem por cima das cabeças das pessoas. Quando o casal se aproximou, deu um bilhete para Célia.

— Ela escreveu de novo, mas não sei o que fazer agora.

Célia abriu a folha de papel e leu em voz alta.

Todos os presentes, aqueles que estavam na reunião no dia anterior, mais Demon Cynster e a esposa, Felicity, que tinham vindo de Newmarket assim que souberam da notícia, ficaram em silêncio para ouvir.

Ao terminar a leitura, Célia franziu o cenho.

— Ela está tramando alguma coisa.

— Exatamente! — Da poltrona onde estava sentada, Helena bateu a bengala no chão para dar mais ênfase ao que dissera. — É perfeitamente óbvio que ela pretende... Como posso dizer? Ah, claro, seus próprios planos.

— Não, dessa vez deve haver mais alguma coisa — disse Devil. — Sligo atendeu a porta e foi rápido para segurar o colarinho do moleque que trouxe o bilhete. O menino jurou que um homem jovem, um cavalariço talvez, pediu que ele entregasse o bilhete, mas quando ele e Sligo procuraram, o rapaz tinha desaparecido. Mas o menino tinha certeza de um detalhe interessante. O cavalariço, ou quem quer que tenha sido, tinha sotaque escocês.

— Escoceses — disse Vane. — Então isto também está relacionado com o aristocrata dos raptos anteriores, mas não pode ser, ele está morto.

— Royce não descobriu nada ainda? — perguntou Demon.

Devil torceu a boca e meneou a cabeça.

— Hamish e ele ainda estão procurando os tropeiros que retiraram os corpos. Mas em vista desse último rapto, temos de considerar que a ameaça ainda existe.

— Talvez seja alguma vingança familiar — Gabriel disse. — E como a morte do aristocrata, a espada teria passado para o herdeiro.

— Como saber? — Lúcifer correu os dedos pelos cabelos. — Diabos, isso é tão frustrante. O que podemos fazer? O que *devemos* fazer?

— Pela minha fortuna — Honoria disse em voz alta, interrompendo as conversas paralelas —, vocês deviam fazer exatamente o que Angélica disse e esperar. Ou, conforme ela mesma costuma dizer... Conhecendo vocês como conhece... Termos muita paciência.

Devil fixou o olhar nos da duquesa.

— Podemos fazer isso. — Patience, esposa de Vane, postou-se ao lado de Honoria.

— A maneira como a nota foi escrita deixa bem claro que Angélica acha que tem a situação sob controle, pelo menos no que diz respeito a ela. É bem possível que a última coisa que espera de nós... Estou me referindo a todos vocês... É que atrapalhemos seus planos. Angélica já nos pediu para desculpar a ausência dela perante a sociedade, mas esse movimento todo que vocês estão fazendo, causando tanto tumulto, pode atrapalhar mais do que ajudar.

— Por maior que seja minha vontade de sacudi-la — disse Alathea, esposa de Gabriel —, sei que Angélica jamais causaria um problema intencionalmente... E não imagino que esteja aprontando alguma coisa agora sem ter uma *razão muito boa.*

— Ou seja, por mais que incomode, vocês terão de aceitar que não há nada o que se fazer de imediato — Felicity, mais conhecida como Flick, concluiu.

Depois de uma pausa longa, os homens se juntaram ao redor da mesa de Devil, atentos e solícitos. As senhoras formaram um círculo ao redor de Célia, que estava sentada numa poltrona ao lado de Helena e das duas filhas, Heather e Eliza. As mulheres estavam todas de acordo e por isso calmas, até mesmo Célia que estava mais relutante.

Os homens, por sua vez, conforme as senhoras também concordaram, estavam sem razão e teriam de se contentar, mesmo que resmungando, a não tomar nenhuma atitude antes de terem mais informações.

— Pelo menos de uma coisa podemos ter certeza — disse Heather —, não há razão para procurarmos Angélica se ela não quer ser encontrada.

CAPÍTULO 6

— Acho que devemos começar pelo salão da frente.

Vestida de novo com suas roupas para faxinar, Angélica, Mulley e Brenda atravessaram a porta verde vai e vem. Griswold estava na lavanderia, e Jessup e Thomas estavam organizando o estábulo para quando voltassem no final do mês.

Angélica parou no meio da escada ao notar as teias de aranha presas no teto. Seria melhor estar com Dominic, mas as circunstâncias, especificamente os papéis em sua mesa, forçaram-na a encontrar outra coisa para fazer.

A única razão pela qual Angélica não aceitara o pedido de casamento de imediato era para dar uma chance ao destino e tempo para que a magia da Senhora induzisse Dominic a se apaixonar por ela. A esperança era que com a recusa ele se esforçasse mais para obter o consentimento dela, e o empenho provavelmente o levaria a se apaixonar. O sucesso da estratégia era certo. No entanto, se não passassem mais tempo juntos, Dominic não teria como se envolver mais.

Precisava ficar a sós com ele, longe da mesa de jantar, longe da pilha de papéis e sem nenhum criado por perto. Contudo, na noite anterior quando afastara os papéis da escrivaninha para poder escrever o bilhete, percebera que eram documentos legais, contratos e acordos de todos os tipos. Ela nunca lidou com esses tipos de documentos, mas os irmãos e primos sim; tanto que ela reconheceu a linguagem e percebeu também que "os negócios" do clã de Dominic eram substanciais.

Apesar de querer recuperar a taça, ele havia trazido aqueles contratos junto, ou seja, eram assuntos urgentes que pediam a atenção dele. A pilha de papéis havia diminuído, tanto que Angélica concluiu que se o deixasse trabalhar bastante, talvez pudessem passar mais tempo juntos no dia seguinte. Precisando ocupar a mente e as energias, decidiu liderar o time de limpeza do hall de entrada.

— A casa é bem sólida apesar de estar fechada por mais de quarenta anos.

Mulley encostou na parede a escada que trazia.

— Havia um casal de caseiros que morava aqui até o começo do ano. Mas eles ficaram velhos e preferiram se aposentar. O senhor pagou pela aposentadoria dos dois. Ele ainda não teve tempo para encontrar outros.

— E agora não vai precisar mais — disse ela, estudando a parede. — Não há nada muito difícil de se limpar por aqui. Até as tapeçarias estão inteiras. Mas antes de começarmos, vamos avaliar as salas de recepção. Quero ter uma ideia geral do quanto precisamos trabalhar para que a casa fique apresentável.

Angélica seguiu até uma porta dupla de madeira maciça ao lado da porta da frente, girou a maçaneta ornamentada e abriu as duas folhas de uma vez.

— Imagino que esta seja a sala de estar.

A sala estava na penumbra e a mobília toda coberta por lençóis brancos. Brenda passou por ela e seguiu direto para as janelas.

— Precisamos de um pouco de luz para avaliar melhor. — Segurando as cortinas pesadas de veludo e seda, Brenda as afastou com força.

Os raios de sol atravessaram os vitrais com formato de losangos. As janelas eram mais largas do que altas e o peitoril ficava na altura da cintura. Havia duas janelas iguais. Quando Brenda abriu as outras cortinas, Angélica viu uma alcova com uma *bay window* com vista para o jardim lateral.

Ao perscrutar a sala, Angélica se lembrou de Elveden Grange, a mansão do duque e da duquesa de Wolverstone em Suffolk, que também era do estilo jacobiano. Mas aquela era muito maior, uma mansão tipicamente londrina e não do campo.

Mulley se adiantou para verificar a lareira e Angélica o seguiu. Enquanto ele examinava a parte de dentro e a chaminé, ela ficou com a cornija de madeira pesada e ornamentada, lindamente entalhada. Ela não teria escolhido uma peça daquelas, mas combinava perfeitamente com a sala.

— Parece tudo em ordem — disse Mulley, endireitando o corpo. — Só precisamos limpar para funcionar.

— Infelizmente não posso dizer a mesma coisa sobre essas cadeiras. — Brenda tinha levantado e olhado embaixo do lençol que cobria uma delas. — É uma pena... Devem ter sido muito bonitas.

Angélica se aproximou para olhar. A cadeira era sólida e de madeira entalhada, mas os estofados estavam destruídos, o revestimento tinha quase virado pó.

— Veja isso. — Brenda apontou para onde a ponta do estofado se encontrava com a madeira. — É possível se ter uma ideia de como era. Uma cor tão bonita.

— Turquesa. — Angélica conhecia bem e sentiu um friozinho nas costas.

Em seguida foi até as paredes e tocou uma tapeçaria de seda, que também tinha sido destruída com a passagem dos anos. Pelo que ela percebeu, a armação era de marfim com pequenas flores-de-lis turquesas em relevo.

Uma sensação estranha lhe trouxe uma memória... Quando ainda era bebê e mal conseguia andar, a sala de estar de Célia em Dover Street tinha a mesma tapeçaria na parede.

Afastando a lembrança, ela seguiu até onde Brenda e Mulley estavam inspecionando a mobília mais detalhadamente, cada cadeira, poltrona, mesas laterais e banquinhos de colocar o pé, anotando mentalmente o que precisaria ser feito para devolver a glória àquela sala.

Mulley encontrou dois candelabros elegantes meio escondidos e os colocou sobre a mesa. Angélica teve o mesmo mal-estar estranho. Os candelabros tinham hastes de turquesa sólida. Seu pai havia dado um par igual de presente de casamento para Célia. Turquesa daquela qualidade não era tão facilmente encontrada.

Ela olhou para as cadeiras mais uma vez. O estofamento não estava gasto por ter sido muito usado, mas sim por ser antigo demais.

— Quem decorou esta sala? — ela perguntou a Mulley. Ele tinha quase 60 anos e provavelmente sabia.

— Soube que foi o pai do senhor... Não pode ter sido outra pessoa. Pelo que sei, ele decorou todos os cômodos para uma dama com quem achou que iria se casar, mas alguma coisa aconteceu e ele precisou fechar a casa e nunca mais voltou.

Angélica andou até a *bay window* para disfarçar a emoção que sentiu. Aquela sala foi decorada para ser um templo para sua mãe, que nunca entrara ali. E agora, anos mais tarde, ela estava ali, com planos de se casar com o filho de Mortimer e prestes a ganhar aquela casa.

Era como se depois de uma geração, ela estivesse vivendo o que a mãe devia ter passado... A não ser por uma diferença básica. Mortimer nunca fora o herói de Célia, mas Dominic era o herói dela.

Ao olhar por um dos vitrais, Angélica se distraiu com o que viu do lado de fora.

— Precisamos arrumar alguns jardineiros assim que voltarmos a Londres. Vai levar meses para acabar com a selva lá fora.

Virando-se para a sala, ela acenou para que Mulley colocasse os candelabros dentro do armário.

— Por enquanto é melhor que eles fiquem escondidos.

Depois de ajudar Brenda a recolocar os lençóis sobre os móveis, ela seguiu Mulley por uma porta que fazia conexão com uma passagem coberta que percorria a lateral da casa.

Dominic podia ter contado aos criados a razão por tê-la raptado, mas não devia ter contado a história inteira, o que ela achou melhor, principalmente depois das coligações que fizera, vivenciando a experiência como se fosse sua mãe.

Angélica esperou terminar o jantar e chegarem à biblioteca para enfrentar o futuro provável marido. Mas depois de se acomodar na poltrona e ordenar as perguntas que queria fazer, ele parecia imerso naquela montanha de papéis. Mesmo que as pilhas tenham diminuído consideravelmente, achou melhor esperar mais um pouco. Então, pegou o livro de Robertson, abriu na página em que havia parado e recomeçou a ler. Entre um parágrafo e outro olhava para Dominic de relance, observando o reflexo da lamparina no cabelo escuro e aguardando uma chance para interrompê-lo.

Dominic percebeu cada um daqueles olhares. Quando terminou de revisar um contrato mais urgente, suspirou, colocou a pena no suporte e ergueu a cabeça.

— O que foi?

Ela ergueu a cabeça e respondeu:

— Você sabia que seu pai decorou esta casa para minha mãe, tudo do gosto dela?

Dominic franziu a testa.

— Como você concluiu isso?

Ela contou sobre o que vira e disse:

— A cor já significa muita coisa, mas os candelabros selam a questão.

— Eu não sabia que ele tinha feito isso, mas não posso dizer que estou surpreso.

— Você me disse que ele não a amava romanticamente. Geralmente decorar uma casa no gosto de uma dama em particular é uma atitude de amor.

Ele pensou no que ouviu e balançou a cabeça.

— Creio que nesse caso é adoração, adulação, paixão... Pode chamar do que quiser, mas não é amor.

— Você diz isso por ser um conhecedor? — indagou ela, fitando-o nos olhos.

A pergunta o remeteu a Mitchell e Krista.

— Eu reconheço o amor. — Depois de alguns minutos ele completou: — Meu pai era um sonhador e nunca agiu. Já seu pai tomou uma atitude.

— Isso tem lógica. — Ela ergueu uma das sobrancelhas e inclinou a cabeça. — Mas minhas dúvidas permanecem. Sua mãe sabe sobre a decoração desta casa?

— Duvido. Pelo menos ela nunca disse nada e não teria ficado quieta se soubesse. Houve um intervalo entre ele deixar Londres e começar a cortejá-la.

— E a casa de Edimburgo? — indagou ela, tamborilando no braço da cadeira.

— Ele não a redecorou. Minha avó deixou a casa... Mirabelle nunca morou lá, não como condessa de Glencrae, por isso não mexeu também. — Como ainda havia uma pequena ruga entre as sobrancelhas de Angélica, ele exigiu: — Por que está me perguntando isso?

— Estou tentando entender as razões específicas pelas quais sua mãe quer se vingar da minha. Saber que uma casa foi decorada por causa de outra mulher podia ter sido um golpe muito forte em uma noiva que estivesse se empenhando para conquistar o coração do marido, mas se ela não sabia, não seria este o motivo.

Dominic não poderia culpá-la de querer saber por que a mãe dele enlouquecera, mas o impulso de contar mais chocava-se com a vontade de manter os segredos da família intocados e não macular os ouvidos dela. Mas ele havia prometido que contaria tudo, e ela o compreendera o suficiente para confrontá-lo sabiamente.

— Para entender Mirabelle, há um aspecto que você precisa aceitar como verdade absoluta. — Os olhares se prenderam. — Ela não amava meu pai, assim como ele também não a amava. Não houve um "coração" envolvido em nenhum dos lados. — Ele fez uma pausa e prosseguiu: — E o que a leva a querer vingança, de todos, do mundo e do próprio destino, por meio de sua mãe, e uma vingança pura e simples, não tem nada relacionado a um amor pomposo e não correspondido. — Outra pausa e ainda encarando-a, acrescentou: — Confie em mim... Tive a vida inteira para estudar o comportamento dela e não há nada nem remotamente ligado ao amor, nem pelo meu pai, nem por qualquer outro, nem por ela mesma.

Angélica pensou um pouco e desviou o olhar. Dominic aguardou um pouco e perguntou:

— Só isso?

— Não. — ela olhou para ele de novo com a testa franzida. — Quando perguntei a Mulley sobre a decoração da casa, ele sabia que seu pai esperava se casar com uma dama, mas não sabia quem ela era. Ele e os outros não sabem que sou filha de Célia, não é?

Dominic respondeu balançando a cabeça.

— Não achei que precisasse contar. Todos os membros vivos do clã, tirando Mirabelle e eu, sabem que meu pai devotou a vida para uma dama inglesa que se casou com outro homem. Mesmo que o tivessem ouvido fazer alguma referência, não era pelo nome dela, mas geralmente ele não falava sobre isso para outras pessoas. Mas manteve parte da história para si mesmo... literalmente trancada em seu coração. Ele teria me contado tudo e Mirabelle iria investigar e acabar descobrindo mais do que queria, mas ninguém mais no castelo soube dos detalhes dessa obsessão.

Uma pausa antes de prosseguir:

— Na época do casamento de Mirabelle e meu pai, toda a sociedade, tanto na Escócia quanto na Inglaterra, sabiam que meu pai era obcecado por Célia e sabiam quem ela era, mas isso foi há mais de trinta anos e a lembrança foi se esvaindo. Que eu saiba quase ninguém sabe sobre o caso, que hoje só é importante para Mirabelle. — Dominic respirou fundo antes de continuar.

— Ninguém no clã sabe os detalhes do esquema de vingança de Mirabelle, mesmo porque ela se mantém distante de todos. Tudo o que eles sabem é que ela exige que eu rapte uma moça de uma família em particular e leve-a para o castelo para me devolver a taça. Ninguém do clã participou do rapto de suas irmãs, e não sabe nada além de que foram tentativas frustradas. — Ele procurou fitá-la nos olhos. — O clã não faz ideia dos motivos de Mirabelle e quem mais da sociedade está envolvido nessa vingança. Mesmo se soubessem, acabariam decidindo que o assunto era específico demais e, como não os afetava, era melhor que nem soubessem dos detalhes.

— O que exatamente eles sabem a meu respeito?

— Sabem que preciso persuadir você a me ajudar e que você é fundamental para cumprir com as exigências de Mirabelle, mas além disso... Francamente, acho que não pensam mais longe do que isso. Para eles, essa é uma razão suficiente para o que eu tenho pedido, ou possa pedir.

Dominic hesitou, estudando o rosto dela, e disse:

— Não tive intenção de propagar sua conexão com a dama alvo da obsessão do meu pai há tantos anos, ou por que, dentre todas as outras damas da sociedade, é você que Mirabelle quer que vá ao castelo. — Capturando o olhar dela, ele perguntou: — Você quer que eu conte?

Angélica demorou a responder até finalmente balançar a cabeça.

— Não. Além do mais, já será estranho demais quando minha mãe e meu pai vierem visitar.

Dominic não tinha pensado naquilo.

— De fato. — Ele esperou um pouco e indagou: — Mais alguma coisa que você queira saber?

— Sim. — Angélica aguardou que ele a fitasse novamente. — Você contou que para ganhar meu apoio você me pediu em casamento e tem intenção de me tornar sua condessa?

— Não — ele confessou, apertando os lábios numa linha. — Eu não disse nada do que planejei para conseguir seu apoio.

— Então os criados daqui chegaram a essa conclusão sozinhos?

— Não é muito difícil. — A voz dele ficou mais fria e distante. — Essas pessoas estão comigo há anos e não são burras. Eles sabem que tipo de homem eu sou e Griswold pelo menos gosta do tipo de dama que você é. Além de tudo, você tem se comportado como a futura condessa, investigando sobre eles, o clã e esta casa. Eles não têm razão para questionar que a decisão do casamento ainda não tenha sido tomada. — Ele apertou os olhos. — Não, pedir o apoio deles não foi uma estratégia para forçar você a aceitar meu pedido.

Apesar de estar sendo fulminada por aqueles olhos acinzentados, ela gostou da sinceridade dele e meneou a cabeça.

— Muito bem. Agora conte-me sobre seus meninos. Gavin e Bryce.

Dominic piscou seguidas vezes, surpreso.

— Jessup falou deles — ela explicou.

A mudança de atitude foi quase que palpável, evidente e real. Antes, ele estava sentindo-se pressionado, mas agora, a tensão sobre os ombros dele se esvaiu; o rosto impassível e ininteligível relaxou de uma maneira inesperada.

— Eles são filhos do meu primo falecido — ele sorriu.

Aquele sorriso inflou o coração dela. Ficou claro como ele gostava e era devotado, protetor daqueles meninos... *Amando-os* incondicionalmente. Aquele sentimento tão intenso estava refletido no rosto dele.

Meu Deus. O misto de orgulho e amor que iluminava o semblante dele, afastando o olhar sombrio, era o mesmo que ela via nos rostos de seus irmãos e primos quando se referiam aos filhos.

Angélica não precisou provocar muito para que Dominic, como se estivesse num transe, contasse tudo sobre os meninos — como eles ficaram órfãos, por que ele tinha ficado com a guarda e como fizera o papel de pai desde que os meninos tinham 2 ou 3 anos de idade. Por causa dele os meninos corriam à vontade pelo castelo. Jessup os descrevera bem como malandrinhos.

— O mais velho é o Gavin... Ele é o mestre do castelo e meu herdeiro. — Dominic olhou de relance para ela. — Pelo menos agora.

Ela deixou o comentário passar, mas não resistiu provocá-lo:

— Qual a cor dos olhos deles?

— Azuis... O tom de azul dos olhos de Bryce é mais pálido.

— O cabelo?

— Um tem cabelo castanho mais claro e o outro mais escuro.

Angélica nunca conhecera um homem que respondesse aquelas perguntas sem nem parar para pensar.

— Jessup mencionou que eles o intimaram a treiná-los no primeiro pônei. Ele está pensando em começar assim que voltar ao castelo.

— Há um ponto nevrálgico... Até agora eles só podem ficar com os burros. Quando você vir o terreno ao redor do castelo, vai entender melhor. Não é o melhor lugar para dois meninos ansiosos, e com pouco aprendizado, apostarem corrida. E é exatamente isso que os dois fariam. Mas... — Dominic se recostou na cadeira, revirando o anel de sinete no dedo. — Jessup tem razão... Uma hora precisaremos encarar este assunto.

Angélica pensou em oferecer ajuda, mas ficou em dúvida se ele a aceitaria num assunto tão próximo de seu coração, a não ser quando fosse mais íntima e ele aprendesse a confiar nela, e acabou recuando. Haveria bastante tempo, depois que a taça fosse recuperada, para conhecer os dois meninos terríveis. Sentindo a perna amortecida, ela se remexeu na cadeira.

— Como Jessup e Mulley estão aqui, quem está cuidando deles? Imagino que não estejam aninhados sob as asas da sua mãe.

Ele murmurou algo que parecia uma blasfêmia em escocês e balançou a cabeça.

— Provavelmente não. — hesitou um pouco e comprimiu os lábios antes de dizer: — Mirabelle não os tolera. Eles são muito barulhentos, gritam, correm e entram em casa com os pés sujos de lama. — Ele balançou as mãos apontando para o piso da biblioteca e parou de repente tentando descobrir o que Angélica estava achando.

Ela sorriu.

— Puxa vida... Eles são *meninos*. Sua mãe deve saber como são as crianças. Afinal, ela teve você, e imagino que você e Mitchell foram bem piores.

Dominic abriu um sorriso matreiro que iluminou o rosto por um instante, deixando-a ver como ele tinha sido quando pequeno.

— É verdade, mas naquela época eu era o menino dourado dela, figurativamente falando, e não fazia nada de errado. Mitchell sempre se escondia atrás de mim. — O sorriso se esvaiu do rosto dele e o olhar parecia estar focado no norte. — A senhora Mack e Gillian, a babá, vão mantê-los dentro do castelo e Scanlon, o encarregado da caça e seus homens os manterão por perto do lado de fora da fortaleza.

Ela piscou, surpresa.

— Você tem uma fortaleza?

Ele a prendeu pelo olhar.

— Tenho um castelo.

— Sim, eu sei, mas... — A maioria dos castelos que ela conhecia não tinham mais fortalezas, ou se tinham, haviam sido incorporadas à construção principal, mas ela não achava que era a isso que ele se referia.

O gongo do relógio sobre a cornija da lareira bateu onze vezes.

Angélica olhou para os papéis sobre a escrivaninha antes de perguntar:

— Você ainda não acabou? — perguntou ela, olhando para os papéis sobre a escrivaninha.

— Não — disse ele fazendo uma careta.

— Vou deixar você continuar o trabalho — anunciou, fechando o livro.

Dominic ficou olhando ela se levantar sem entender direito.

— Minhas dúvidas sobre o castelo e a fortaleza podem esperar. Temos uma longa viagem pela frente e muito tempo para você me contar tudo o que preciso saber.

— Boa noite — disse ele, meneando a cabeça.

Angélica sorriu e dirigiu-se para a porta.

— Boa noite.

Depois de sair da biblioteca, ela seguiu até a sala da frente e subiu devagar as escadas. Nos últimos minutos da conversa, quando falavam dos meninos, Dominic havia baixado a guarda e não se mostrara tão impassível como de costume. Percebeu que havia um homem diferente por trás do escudo invisível com o qual ele se protegia. Angélica também percebeu que aguardava um momento como aquele, quando Dominic deixasse de encará-la como uma pessoa distante e a aceitasse em seu círculo restrito, permitindo inclusive que ela visse o coração enorme mantido por trás da máscara rígida. Reconhecendo o quanto estava ansiosa por uma aproximação maior, sentiu uma tentação enorme de tocá-lo também... Mas ainda era muito cedo.

Não. Ela, acima de todas as damas, sabia que para perseguir e capturar seu conde esquivo teria de ter muita paciência. Hoje se retirara, feliz por ter feito progresso e esperando o que o amanhã poderia trazer.

Meia hora mais tarde, Dominic assinou o último dos acordos que o gerente da destilaria mandou para aprovação. Depois de guardar a pena, esticou os braços para cima se espreguiçando... E soltou um longo suspiro.

Em seguida, se recostou na cadeira. Olhando para a poltrona diante de sua mesa, viu o livro de Robertson fechado sobre o braço e finalmente deixou os negócios de lado para pensar em sua parceira de conspiração. Só cogitar nela como tal já provava o quanto tinha mudado de opinião. Por causa de Angélica, seu lado lógico e friamente racional tinha se mesclado com o lado intuitivo. Em tudo o que estava por vir, não apenas no futuro imediato, ela seria um bem valioso.

Em vez do desastre a longo prazo que o plano de Mirabelle causaria, forçando-o a se casar com uma tolinha doce totalmente incompatível com as necessidades do clã, ou dele próprio, conhecera Angélica. Difícil ou não, geniosa ou não, ela era um achado, uma surpresa que ele não esperava.

Dominic não sabia se confiava no destino, ou se nada aconteceria, ou se tudo desse errado, mas por enquanto precisava encarar o sucesso até então e seguir em frente, o que significava que teria de aprender a lidar com ela e decidir qual seria o melhor jeito de... Talvez o melhor termo a ser empregado era negociar.

Esticando as pernas, cruzou os tornozelos, entrelaçou os dedos das mãos atrás da cabeça e olhou para o teto. Quanto mais tempo passava na companhia de Angélica, mais se sentia atraído, preso pela teia da sedução. O efeito era como se estivesse sendo acariciado. Bem, este era outro assunto que teria de ser negociado em algum momento, por sorte, bem depois.

Naquela noite ela se mostrou de um jeito diferente. O interesse pelos meninos fora verdadeiro. Se ele fosse um juiz, teria sido convencido: não restava dúvidas de que Angélica ficaria ao seu lado, ajudando a criar os meninos, dando o amor e o apoio que eles haviam perdido com a morte de Mitchell e Krista.

E este era um ponto decisivo para Dominic.

Sendo bem sincero, não havia nada mais que pudesse exigir. Ela havia feito todo o possível para despistar a família, ajudar a formular uma estratégia para enganá-los e chegar até o castelo e estava se empenhado nos preparativos. Além do mais, estava interagindo bem com os empregados, interessando-se pela casa, aprendendo tudo o que podia para desempenhar bem seu papel. Depois da conversa daquela noite, ficou claro que ela já estava se preparando para o desafio que seria lidar com Mirabelle e seu plano maluco.

Bem, Angélica se recusou a aceitar o casamento, mas aquilo era apenas uma fuga temporária. Não conseguia sequer imaginar os motivos dela, talvez fosse algum capricho feminino, mas naquela noite, Angélica tinha tacitamente insinuado que talvez concordasse. Isso significava que Dominic teria de se entregar mais do que ela eventualmente pedisse. Durante todos os anos de negociações de trabalho, havia aprendido que uma negociação de sucesso exigia dar tanto quanto receber. Se bem que suspeitava que tinha de definir o que estava preparado para dar, antes de ela decidir o que queria levar.

CAPÍTULO 7

— Vou dar uma volta nas ruas para praticar como é ser um rapaz.

Dominic ergueu a cabeça e olhou para Angélica, sentada na outra cabeceira da mesa como de costume.

Aquela certamente não era a resposta que ele esperava quando perguntara sobre os planos dela para o dia. Se bem que a pergunta fora porque ela estava disfarçada.

De imediato pensou em proibir, mas ao cruzar o olhar com o dela, mudou de ideia.

— Você não pode se arriscar que sua família a veja.

— É verdade. Mas eles não são muitos e sei onde costumam passar os dias. Há uma parte de Londres a que eles nunca vão. — Ela colocou mais uma vez a colher no mingau que estava tomando. — E é para lá que eu vou.

— Os lugares a que sua família nunca vai... — Ele não terminou a frase, sabendo que não adiantaria nada dizer que tais áreas não eram apropriadas para uma dama. Ele tomou uma colherada cheia de mingau para ter tempo de pensar. — Seu disfarce já está bom demais... Durante a viagem não passaremos por situações em que você será examinada de perto, pelo menos não enquanto estiver comigo.

— Talvez eu não me encontre com mulheres, mas já falamos da possibilidade de minha família ter alertado e até pagado para pessoas procurarem bem em todos os coches de passageiros. Mas eles estarão procurando por uma jovem dama. Posso me revelar através de algum trejeito mais feminino e o disfarce não adiantará nada.

Angélica já havia previsto aquela discussão, por isso tinha ensaiado o que diria para ganhá-la. Dominic percebeu que franzia a testa e que havia abandonado a expressão de insensibilidade, mas não se importou.

— Não posso crer que você acredite realmente que estará segura vagando pelas ruas de Londres, olhando para desconhecidos.

Além de tudo, ela tinha se transformado num jovem muito atraente.

— Claro que não. — Ela colocou a colher ao lado do prato, pegou o guardanapo e limpou a boca.

Ah, aquelas curvas femininas ultrajantes e a reação do corpo dele era um alerta de que ela não deveria sair.

— Thomas vai comigo e me protegerá.

Da outra extremidade da mesa, ele a encarou e percebeu como estava determinada.

— Está bem — murmurou ele. — Vou com você. Nós dois sabemos que Thomas não é uma companhia para um jovem disfarçado, especialmente não onde rapazes costumam se encontrar, e é ali justamente que você precisa observá-los.

O sorriso exuberante deixou claro o triunfo, a aprovação e o puro prazer que ela sentiu.

— Excelente! Eu sabia que você entenderia.

Mais uma vez, ele fora obrigado a admitir que fora conscientemente manipulado.

— E, então? Quando saímos? — perguntou ela, atuando como um rapaz.

Dominic havia pedido para Jessup providenciar um coche de aluguel para que ele pudesse passar pelas ruas de Londres sem que ninguém visse o que seria a primeira aula de Angélica. A primeira coisa que ela percebeu foi que a casa de Dominic ficava na Bury Street.

— Santo Deus! — ela o fitou, incrédula. — Estamos do lado da minha casa!

Ele não disse nada, apenas a observou.

— Não é à toa que você não queria que eu saísse sozinha — disse ela, e examinou o interior do coche. — Todos os coches de aluguel são assim?

— Você nunca andou em um desses?

Ela respondeu balançando a cabeça.

Depois de disfarçar um suspiro, ele respondeu.

— Mais ou menos. Alguns são maiores, outros menores, mas todos funcionam com o mesmo sistema, que você obviamente não precisa saber.

— Um rapaz bem-nascido saberia sobre coches de aluguel.

Ela estava brincando de novo. Em vez de uma resposta direta, Dominic lançou um olhar crítico e endireitou as costas.

— Primeira lição. — Inclinando-se para a frente, ele colocou uma mão sobre cada joelho dela e afastou-lhe as pernas, e viu como Angélica ficou surpresa. — Nenhum rapaz se senta com as pernas tão juntas, a menos que sejam forçados.

— Ah... — Sem jeito, ela umedeceu o lábio com a ponta da língua e meneou a cabeça. — Entendi.

Dominic agira sem pensar e só alguns segundos depois se deu conta de que estava com as mãos sobre os joelhos dela, bem marcados pelas calças e com o olhar fixo nos quadris arredondados... Ele precisou fechar os olhos para resistir à tentação. Ora, o que estava fazendo afinal? A resposta veio de pronto: retribuindo o que Angélica estava fazendo.

Ao perceber que involuntariamente já acariciava o joelho com os dedos, Dominic voltou para trás e recostou-se no assento. Como não havia desviado a atenção do rosto dela, viu o ligeiro rubor, o que não a impediu de enfrentar o olhar dele.

— Está certo. — Ela ergueu o nariz. — O que mais?

Já que ela queria competir...

— Suas mãos. — Ela estava com os dedos entrelaçados sobre o colo. Ele olhou para baixo. — Você deve deixá-las uma de cada lado sobre o assento, ou apoiá-las nas coxas, mas nunca no colo como está fazendo.

Angélica escolheu a segunda alternativa e espalmou as mãos sobre as coxas, movimentando-as para cima e para baixo e percebeu que o deixava nervoso.

— O que mais?

— Por enquanto nada. — A voz dele ficou mais grave. O olhar, nada frio naquele momento, fixo no rosto dela. — É o suficiente por enquanto.

Angélica inclinou a cabeça para o lado e olhou pela janela do coche, começando a arquitetar a queda dele.

Vinte minutos mais tarde, o coche parou à sombra da Torre de Londres. Dominic pisou na calçada primeiro. Ela mordiscou o lábio quando o viu parado ali, bloqueando a saída, enquanto escrutinava os arredores. Demorou, mas ele acabou saindo da frente. Enquanto pagava o condutor, ela desceu as escadas sozinhas, lembrando-se de fechar a porta, não havia cavalariço, e aguardou na calçada, perto do muro.

Ela se sentiu estranhamente exposta sem as saias que lhe escondiam as pernas. Engraçado que não sentira o mesmo efeito em casa, mas estar numa rua pública a leste da Torre era bem diferente.

Determinada a esconder o ataque súbito de insegurança, abriu um sorriso reluzente quando Dominic se aproximou. Ele parou a uma certa distância, encobrindo-a dos outros transeuntes com sua altura e largura. Assim como ela, Dominic também estava de calças justas e botas de cavalgar, mas estava com uma jaqueta bem cortada. Pelo menos nas roupas ele podia se passar por um tutor endinheirado.

Dominic a estudou e disse:

— Você precisa ficar de cabeça baixa, com a aba do chapéu escondendo o rosto. Se ficar assim ninguém conseguirá vê-la direito e dirá que você é um rapaz. Ah, não sorria. Nenhum rapaz sai por aí distribuindo sorrisos como você.

Ela começou a sorrir, mas se reprimiu na mesma hora, meneando a cabeça.

— Está certo — disse ela, baixando a cabeça e sinalizando para a rua. — Vamos?

Quando Dominic hesitou, ela se lembrou de que homens nobres não gostavam de receber ordens diretas. Mesmo assim, ele saiu andando, mais devagar para que ela pudesse acompanhá-lo.

A primeira tarefa era aprender a andar ou pelo menos conseguir acompanhá-lo. Depois de ter estudado os modos de Thomas e praticado em frente ao espelho, Angélica sabia bem que seu andar normal — que mudou no instante em que começara a treinar — a identificaria como uma mulher, disfarçada ou não.

Não que ela não quisesse passar o dia com Dominic, mas precisava sair na rua para observar e praticar. Se fingisse ser um rapaz durante um dia inteiro, vestida como tal, dificilmente se esqueceria de como se portar quando estivesse em público.

E eles tinham o dia inteiro para o treinamento.

Depois de ter sua vontade satisfeita, andar na rua ao lado de Dominic, focou a atenção em atingir o mais urgente de seus objetivos.

Quando chegaram a Custom House, Dominic estava duvidando seriamente de sua sanidade em ter permitido, até concordado em andar numa rua lotada. Alguns minutos depois de Dominic ter diminuído as passadas, Angélica conseguiu acompanhá-lo com suas pernas mais curtas. Mas o lauto esforço requeria que ela prestasse uma atenção constante dos quadris dele para baixo, o que não era muito confortável para Dominic. Por sua vez, ela não deixou de observá-lo de maneira acintosa.

— Sabe de uma coisa? — disse a carrasca dele. — Você precisa fazer alguns ajustes no seu caminhar também, se quiser que as pessoas acreditem que você é um tutor.

Como ela mantinha a cabeça baixa, Dominic não conseguiu fitá-la direito.

— Por quê?

— Você anda como um nobre e com certeza irradia arrogância.

— Tenho descendência nobre, mas vim ao mundo para ser forçado a ganhar o meu sustento.

— E a arrogância?

Dominic não respondeu. A arrogância, no significado do termo ao qual ela se referia, era uma característica iminente nele. Não dava para simplesmente deixar de ser... Mas talvez pudesse reprimir um pouco. Então, decidiu pensar naquilo quando estivesse perto de outras pessoas em seu papel de tutor e continuou andando. Contudo, estava cada vez mais ciente da presença tentadora ao seu lado naquele disfarce.

Talvez tivesse sido melhor mandá-la dar uma volta com Mulley ou Jessup... Não, não teria sido. Nenhum dos dois saberia prever o perigo... Falando nisso, parando numa esquina antes do Custom Hall, ele viu o que os aguardava. Angélica também parou, escondendo-se na sombra dele.

— O mercado. — À esquerda de onde estavam ficava o mercado de peixes Billingsgate, que lotava a rua e o rio. — Talvez seus irmãos, primos e esposas não estejam aqui, mas e os empregados?

Por baixo da aba do chapéu, Angélica observou a multidão que lotava o mercado e se espalhava pela rua. Ali era um daqueles lugares bem conhecidos de Londres, onde nenhuma moça deveria se aventurar, razão pela qual ela queria ir.

— Que horas são? — ela indagou sem olhar para Dominic, pois já havia observado que era muito raro que rapazes se entreolhassem quando estavam conversando. Ao contrário de mulheres, que sempre se encaravam ao conversar.

— São quase onze horas — Dominic respondeu, depois de consultar seu relógio de bolso.

— Então, não há perigo, os empregados que poderiam estar ali já foram embora a essa altura. Mas a maioria das casas recebe o peixe em casa, na porta dos fundos.

— Está certo. — Ele hesitou, mas acabou meneando a cabeça. — Mas vamos atravessar do começo ao fim e seguir para a Ponte de Londres.

Assim dizendo, Angélica saiu andando na frente, balançando os braços. E ela estava com a razão, a prática a ajudara bastante.

Eles haviam concordado em seguir por ruas que os manteriam afastados de lugares com a mínima chance de que os irmãos, muito menos as esposas, pudessem passar a pé ou de coche.

Angélica esperava que o mercado estivesse cheio e barulhento, mas o lugar estava mais apinhado do que a sala de estar de uma duquesa, com pessoas sujas que se acotovelavam, praguejavam alto e gritavam acima de qualquer ruído. Eles não tinham nem passado pela metade do caminho, mas Angélica já estava muito agradecida pela presença marcante de Dominic a seu lado, apoiando-a e protegendo-a do empurra-empurra.

Ele estava bem tenso quando a segurou pelo braço e literalmente a rebocou até uma área mais calma, perto da igreja na extremidade oeste do mercado.

Ali, parou de repente e a segurou pelos ombros. Em seguida arrumou o casaco dela e o chapéu, verificando se o cabelo estava bem preso.

— Satisfeita? — Para sua grande surpresa, ela não o fitou com um sorriso maroto, apenas respondeu que sim meneando a cabeça.

— Pelo menos agora eu entendi o que quer dizer "gritar a plenos pulmões". Eles gritam *mesmo* — ela comentou e continuou andando lado a lado, então deram a volta na igreja e voltaram para a Ponte de Londres.

Dominic e Angélica pararam para almoçar numa taverna ao sul do rio e não muito longe das docas. Ele agradeceu aos céus por ter conseguido desviá-la da parte mais assombrosa e pesada das docas. Mesmo assim, ficou com todos os sentidos em alerta ao entrarem no salão principal da taverna. Se ela estivesse vestida de dama, Dominic poderia mostrar os dentes para os homens que ali estavam bebendo cerveja e sentados às mesas. Mas com Angélica disfarçada, ele não podia nem lançar um olhar ameaçador na direção de ninguém. Angélica estava certa quando dissera que ele precisava se ajustar à nova realidade, mas não se tratava de arrogância apenas.

Os dois chegaram a uma mesa ao lado da parede. Dominic precisou se forçar para não puxar uma cadeira e a ajudar a se sentar primeiro. Seria bem mais fácil tratá-la como um rapaz se ele a encarasse como tal, mas a imaginação não permitia.

Uma garçonete bem desleixada encostou-se à mesa.

— E, então, o que querem beber?

— Dois pedaços da sua torta salgada, uma caneca de cerveja para mim e — ele relanceou para o lado e respondeu — cerveja aguada para o meu pupilo.

A garçonete resmungou alguma coisa e saiu.

O "pupilo" olhou sorrateiramente ao redor e, imitando alguns homens, colocou os dois cotovelos na mesa, unindo as mãos.

A sugestão de ir passear nas docas tinha sido dela. Conforme havia previsto, não houvera nenhum problema na travessia pela Ponte de Londres. Apesar de que Dominic estivera tenso e alerta o tempo todo, tentando antecipar algum perigo e ao mesmo tempo fingindo ser um tutor entediado acompanhando seu pupilo num passeio.

Angélica parara no meio da ponte, debruçara-se no parapeito e vislumbrava a paisagem do leste do rio. Dominic estava perto o suficiente para presenciar a alegria no rosto delicado, enquanto ela se encantava com a cena diante de seus olhos. Depois de tantas provações as quais ela o submetera, a cena o acalentara. Conforme havia dito, durante o passeio Angélica observou os homens o tempo todo, os barcos, os mensageiros, os trabalhadores e como eles se movimentavam, transportando caixas de um lado para o outro e tentando imitá-los, incorporando novas características a seu novo personagem. Ela tinha melhorado bastante a atuação, razão pela qual Dominic havia concordado em levá-la até a taverna.

Debruçando-se sobre a mesa, ela murmurou:

— O que os homens costumam conversar num lugar como este? — Além de ter baixado o tom, ela também estava rouca, o que contribuiu para a voz de um rapaz.

Dominic pensou no que ele e Mitchell estariam conversando num cenário daqueles... Em qualquer lugar.

— Mulheres.

Ela o fitou nos olhos antes de dizer:

— Os homens devem se interessar por outros assuntos também.

— Cavalos. Jogos. Nada do que um tutor conversaria com seu pupilo.

A garçonete chegou trazendo os pratos e as canecas de cerveja. Os dois apreciaram a torta e a cerveja em silêncio e gostaram.

— Eu sei... — disse Angélica, inspirada. — Você podia me falar um pouco sobre a taça, e por que é tão valiosa para os banqueiros.

— Você conhece sir Walter Scott, o escritor? — indagou depois de uma breve hesitação e esperou ela consentir para prosseguir: — Scott é um compatriota escocês e em 1818 era um grande amigo de Prinny, que naquela época precisava muito de uma coisa, qualquer coisa para apaziguar o público. Assim como meu pai, Scott tinha uma obsessão, focada nas joias da coroa escocesa também conhecidas como as Honras da Escócia. As joias são da época de James IV, mas foram perdidas no começo do século XVII, mais ou menos há cem anos. Ninguém as levou embora, mas foram simplesmente guardadas em algum lugar diferente e ninguém sabia onde estava. A história das joias chamou a atenção de Prinny... Na época em que Cromwell governava, ele mandou destruir todas as joias, símbolos da monarquia. Mandou derreter todas as joias da coroa inglesa, e todas as outras coroas reais que encontrasse. Depois veio para o norte para pegar as Honras da Escócia, mas nunca as encontrou. As joias estavam escondidas... Ressurgiram depois da Restauração e foram usadas em várias ocasiões em Sconce e Edimburgo, mas depois disso, não se soube de mais nada.

Dominic parou de falar para comer o último pedaço de torta, mastigou, engoliu e continuou:

— Scott estava convencido de que as joias estavam no castelo de Edimburgo, mas todos aqueles que sabiam onde poderiam estar já tinham morrido. Ele convenceu Prinny a organizar uma busca por todo o castelo. Reviraram tudo, e as joias foram encontradas num baú antigo num dos vestíbulos reais. Prinny ficou em êxtase... Ele estava de posse da joia inglesa mais antiga, que havia sido retornada à Coroa. Falou-se muito a respeito na época, que ajudou a equilibrar a opinião pública sobre seu regente, pelo menos por um tempo.

— Lembro de alguma coisa similar. — Angélica esperou ele tomar um gole de cerveja e perguntou: — Como isso está relacionado com a taça?

— As joias encontradas pela Escócia eram a coroa, o cetro e a espada. Estava faltando a Taça da Coroação.

— A taça — disse ela, lembrando-se de que deveria ter falado mais baixo.

Ele a reprimiu com o olhar e meneou a cabeça.

— Trata-se de uma taça de ouro maciço com joias incrustradas com cerca de vinte centímetros de altura. Há alguns séculos a taça foi confiada ao Priorado Beauly, que ficava perto das terras de Guisachan, e durante o levante dentro da Igreja no final do século XVI, a taça foi passada aos meus antecessores para ser guardada em segurança. A taça permaneceu com a minha família durante o tumulto subsequente. Mais tarde, depois da Restauração, volta e meia a solicitavam para completar as joias da coroa sempre que havia alguma ocasião condizente, mas sempre voltava para a minha família. Nós nos tornamos uma espécie de guardiões, e nossa obrigação era devolvê-la sempre que fosse preciso para completar as joias da coroa. Com o passar dos anos, a outras joias foram perdidas e nós ficamos com a taça. Mas apesar disso, nós a esquecemos mais ou menos porque não foi solicitada por mais de cem anos. Quando as outras joias foram recuperadas, ninguém reivindicou a taça. Eu sabia da existência da peça, mas assim como meu pai, não vi necessidade de devolvê-la para apoiar um príncipe regente saxão impopular.

— Naturalmente que não.

— A estratégia do meu pai foi boa de certa forma. Em algum momento nós teríamos devolvido a taça, mas ele descobriu que podíamos usá-la a nosso favor. Os banqueiros que ele procurou ficaram muito interessados na taça para usarem-na para cair nas graças do ex-regente, agora George IV e concordaram em emprestar uma quantia razoável para ficar com ela e ter a oportunidade de presentear o rei com a Taça da Coroação escocesa, uma peça de cuja existência poucos sabem, mas que completaria as joias da coroa, que George preza tanto.

— Que história incrível — disse ela, encarando-o.

Ele deu um gole de cerveja e acabou virando a caneca inteira.

— Uma ideia... — Os olhares se cruzaram quando ele colocou a caneca na mesa.

— Se precisarmos de mais tempo para reivindicar a original, seria possível fazer uma réplica e dar aos banqueiros para contê-los?

— Se tivéssemos a original para copiar, talvez pudéssemos fazer uma duplicata, mas as joias foram feitas na mesma época e com a mesma partida de ouro. Tentar que o ouro fique tão envelhecido, e além do mais... — ele comprimiu os lábios numa linha fina — não importa, não temos a taça original e quando a tivermos, não precisaremos de uma cópia — ele sinalizou a caneca que ela mal tocara. — Devemos ir embora, você já terminou?

Angélica confirmou com a cabeça e ele jogou algumas moedas sobre a mesa e se levantou. Ela se lembrou do disfarce e levantou em seguida e o seguiu até a porta.

Eles andaram para o leste ao longo do rio na direção da Tower Bridge. Lá Dominic cedeu aos apelos de Angélica e pegaram um barco debaixo da extremidade sudoeste da ponte até Greenwich. O parque ao redor do observatório estava repleto de enfermeiras, governantas e tutores escoltando seus pupilos num passeio ao ar livre, mas nenhum deles pertencia à elite da sociedade. Conforme andavam pelos caminhos, Dominic foi relaxando... Mas não muito. Tanto que olhou para prestar a atenção no suposto pupilo.

— Você está melhorando — murmurou depois de observá-la por alguns minutos.

Andando ao lado dele, com as mãos cruzadas nas costas, ela respondeu apenas inclinando a cabeça para a frente.

Eles andaram por quase uma hora. Depois de alguns comentários e observações corteses, ele descobriu que, apesar das aparências, Angélica era uma menina sapeca que sabia fazer um pedregulho pular na água mais vezes do que a maioria dos homens. Também sabia empinar pipas. Depois de ajudar alguns garotos a desembaraçar os fios das pipas, ela mostrou a eles como fazer a pipa voar alto, dar piruetas e algumas outras manobras. De longe, Dominic viu a alegria dos meninos, ouviu os risos altos e sentiu o coração pulsar mais forte ao olhar para Angélica. A habilidade de aproveitar prazeres simples era uma arte. Algo que ele havia perdido, mas sabia o quanto era valioso. Um sentimento mais profundo tomou conta de seu coração e ali se estabeleceu.

Cuidar de uma princesa Cynster, que conhecia suas forças, seu valor e que era teimosa, destemida, voluntariosa e moleque... E protegê-la de todo o mal jamais seria uma tarefa fácil.

Depois de deixar os três meninos, ela voltou para o lado dele.

— Bem, e agora? — O rosto por baixo do chapéu estava corado e os olhos brilhantes.

Enquanto caminhavam, Dominic considerou alguns pontos: ela não tinha cometido nenhum erro bobo até então. Era certo que estava ciente que ele a protegia e do quanto ficava tenso sempre que se arriscava mais. Angélica não o provocara acintosamente em nenhum momento, mas ameaçava cruzar qualquer limite que ele estabelecesse. Contudo, aceitava as restrições, pelo menos aquelas que considerava razoáveis. E apesar daquele momento de desejo chamejante que o acometera no coche de aluguel, ela não havia revidado mais nada. Ele até que esperava algo do gênero, mas Angélica não fizera nada até então. Talvez porque também estivesse suscetível àquele descompasso inesperado do coração, àquele friozinho desconcertante na espinha. O fato era que não conseguiria distraí-lo sem se distrair também. E nem tinha tentado, permanecendo focada em aprender a como se passar por um rapaz.

Dominic ainda estava aprendendo a lidar com ela. Não era sempre que precisava lidar com alguém em condições iguais, ainda mais diariamente. Depois de todas as considerações, concluiu que estava na hora de ceder um pouco.

— Já que seu disfarce melhorou tanto, existe algum lugar a que gostaria de ir, mas só poderia se estivesse vestida de rapaz?

Sob a aba do chapéu, ele relanceou o brilho dos olhos dela.

— Ah, sim... Há sim.

O salão octogonal do Theatre Royal no final daquela tarde estava fervendo com uma grande quantidade de homens e rapazes, uma meretriz aqui e ali. A ovação veio de todos os lados quando a heroína e o herói entraram no palco; quando o vilão apareceu, foram vaias e assovios abundantes.

Dominic ficou mais ou menos no meio da multidão que se acotovelava para assistir à apresentação da *matiné* daquele final de tarde. Angélica, com o chapéu enterrado até as sobrancelhas, estava na frente dele e bem protegida, mas podia ser vista pelos outros três lados. O bom era que todos os olhares estavam fixos no palco. A não ser o de Dominic. Ele escrutinava a multidão a toda hora, atento a qualquer sinal de alguém que pudesse ter notado a pele fina do jovem a sua frente, ou mesmo os cílios do "rapaz" que eram tão compridos e curvados... Não eram apenas afeminados, mas femininos... Para não falar da boca delicada que era um indicativo de feminilidade.

Até aquele momento, o espetáculo estava levando vantagem.

Ele não fazia a menor ideia do tema da peça. O risco de serem descobertos, caso alguém percebesse que havia uma moça disfarçada de rapaz no meio da plateia, era sua única preocupação. Assim, permaneceu em alerta com todos os músculos retesados, concentrado em reagir a qualquer sinal de perigo. E nem poderia culpá-la por nada do que estava acontecendo, pois concordara com aquela ideia maluca. Ao travar o maxilar, prometeu a si mesmo que jamais cairia em uma armadilha semelhante. Da próxima vez, discutiria melhor antes de ceder a uma ideia. Tinha sido uma surpresa visitar o salão em Drury Lane.

Ela havia aproveitado os elogios pela eficiência do disfarce e fez o pedido sem que ele tivesse tempo de reagir. E agora, ali estava ele, como se fosse um poste, com todos os sentidos em alerta.

Em um dado momento a peça atingiu algum ponto crítico, pois a multidão ovacionou e foram se empurrando para mais perto do palco. Dominic ficou estático como uma rocha, forçando todos a passarem ao redor, protegendo Angélica da maré descontrolada de pessoas. Mas a medida que a frente do palco lotava, as pessoas começavam a se empurrar para trás. Ela tentou dar pequenos passos, até que foi impulsionada de uma vez... E jogada de costas contra o corpo dele.

Dominic tentou se afastar, mas havia muita gente atrás também acotovelando-se na tentativa de abrir passagem por todos os lados até que os dois ficaram literalmente presos.

Angélica procurou controlar a respiração e se afastar o mínimo que fosse do corpo másculo que pressionava suas costas. Tentou também dar um passo para o lado...

— *Não se mexa* — ordenou ele por entre os dentes com uma voz gutural que chegou a assustá-la.

Ela respirou mais rápido para manter pelo menos a calma aparente e ficou ali parada com os nervos à flor da pele.

O corpo de Dominic era tão sólido quanto um monólito. Quando a raptara, Angélica sentira os músculos firmes do tórax dele, os ombros largos e fortes, mas... Aquela rigidez que sentia naquele momento era bem diferente.

As coxas dele pareciam pilares de granito, ladeando os quadris dela, a ereção sólida a pressionava pouco acima das nádegas. Os dois estavam praticamente colados desde os ombros até os pés, talvez por isso que Dominic não queria que ela se mexesse. Angélica sabia o que estava acontecendo, ciente também que caso se movesse poderia piorar a situação. Sendo assim, continuou imóvel, mas sabendo que a posição também a afetara. Dominic estava quente demais e transferia aquele calor para ela. Angélica sentiu como se estivesse sendo varrida por labaredas que se espalhavam por dentro de seu corpo. A sensibilidade de ambos foi aumentando até o ponto que um movimento mínimo ocasionava uma reação sensual e exacerbada. Ela sentia seus seios tão inchados que chegavam a doer por baixo da faixa que os comprimia... A um dado momento, começou a se preocupar de verdade com quanto tempo conseguiria não se mexer...

De repente, a multidão suspirou em uníssono e um segundo depois explodiu com risos e aplausos.

Por fim, depois de mais alguns minutos intermináveis, a cortina do palco se fechou, encerrando o espetáculo.

— Fique onde está.

Mais uma ordem enfática, mas em pouco tempo as portas enormes das laterais do salão se abriram e a multidão começou a fluir para os lados. Assim que pôde, Dominic deu um passo para trás, aliviando a tortura da proximidade dos corpos. Quando já não havia mais muita gente no salão, foi cutucada, e, de cabeça baixa, ela o acompanhou para fora do salão.

Estava escurecendo quando saíram. Dominic olhou para o rosto dela e, apesar da pouca luz, viu que o rosto e o pescoço ainda estavam vermelhos... Ela também fora engolfada pelo mesmo turbilhão de sensações que ele.

Procurando se distrair do momento constrangedor, Dominic estudou os arredores e parou. Ela também olhou em volta como se estivesse encantada com a quantidade de coches de aluguel, com o barulho e a confusão.

— Nossa! Foi uma aventura e tanto.

Ele a olhou de soslaio e respondeu:

— A próxima vez que formos ao teatro, vou alugar um camarote.

Os olhares se prenderam por alguns instantes, até ele desviar a atenção, procurando um coche para alugar.

— Venha — Dominic começou a andar pela calçada na direção do Covent Garden, onde seria mais fácil arrumar um coche. — Os outros vão estar imaginando onde estivemos.

Ele se perguntava a mesma coisa.

Não foi fácil encontrar um coche, mas eles acabaram voltando para a Bury Street. Dominic segurou o portão aberto e depois seguiu Angélica pelo caminho até a casa.

Já passava das oito horas quando entraram na ala dos empregados. Brenda e Mulley estavam sentados à mesa e se levantaram quando viram Dominic e Angélica.

— Até que enfim vocês chegaram. — Brenda sorriu e franziu o cenho, preocupada antes de perguntar. — A senhorita comeu alguma coisa? Senhor?

Dominic balançou a cabeça, negando.

— Fomos ao teatro.

Angélica olhou para ele como se quisesse lembrá-lo de que Brenda e Mulley estariam de pé de madrugada.

— Podemos comer qualquer coisa — disse ele, esperando ter interpretado o recado de Angélica direito.

— Isso, qualquer coisa. — Angélica sorriu para Brenda. — Nós almoçamos uma bela torta, então qualquer coisa que você fizer está bom.

— Devo colocar a mesa na sala de jantar? — perguntou Mulley, pegando uma bandeja.

Angélica hesitou, mas acabou respondendo:

— Sim, é melhor.

Os dois se sentariam às cabeceiras, bem distante um do outro, o que seria uma boa ideia. Dominic a observava com mais critério desde aqueles momentos intensos no salão do teatro... Momentos que ela não conseguia tirar da cabeça... E agora se sentia como se fosse um animal sendo caçado.

Apesar da vontade de investigar mais sobre aquele aspecto do relacionamento dos dois, algo que Dominic devia estar curioso também, decidiu que ainda estava abalada demais para lidar com possíveis revelações naquela noite. Na realidade, Angélica não sabia por que estava tão nervosa, e seu estado era perceptível. Talvez pela primeira vez na vida... Sua intuição praticamente suplicava para que ela agisse com cautela e recusasse.

Ela seguiu Mulley para a sala de café da manhã, que vinham usando como sala de jantar, ciente de que Dominic vinha logo atrás. Mulley colocou o prato no lugar dela e seguiu para a outra cabeceira da mesa. Quando Angélica se aproximou da cadeira, Dominic se agigantou a seu lado. Ele era tão grande, tão forte e emanava um calor que a envolvia e a deixava sem ação. Movimentando-se bem devagar, reconheceu a sensação inebriante que a invadia sempre que estavam muito perto. E quando ele parecia estar prestes a dar o bote, limitou-se a puxar a cadeira.

Angélica se sentou e permitiu que ele empurrasse a cadeira um pouco mais para frente. Aguardou que Dominic alcançasse o outro lado da mesa com passos fluidos e lentos como os de um felino e se sentasse para soltar a respiração.

Angélica achou que tivera uma reação sem sentido, mas depois de se sentarem, os dois se entreolharam com muita intensidade, e ela concluiu que não tinha interpretado de forma errada o que ele estava pensando.

Parecia que já estava escrito nas linhas do destino que em algum momento eles se tornariam marido e esposa.

Brenda entrou na sala com uma sopeira. Mulley vinha logo atrás trazendo dois pratos com pão, rosbife, ovos, tiras de bacon, alho poró e pudim de queijo.

— Que delícia... Obrigada. — Angélica sorriu, enquanto Brenda a servia de sopa. — Está ótimo assim.

— *Aye*, bem, amanhã teremos apenas o café da manhã e o almoço, depois vamos partir. Eu queria usar tudo para não deixar estragar. — Depois de servir Dominic, Brenda saiu da sala, seguida por Mulley, deixando Angélica sozinha com seu provável marido.

Angélica manteve a atenção fixa na cumbuca de sopa enquanto comia, mas sentia que estava sendo observada. O silêncio se aprofundava a cada segundo e até parecia palpável. Os dois estavam bem conscientes da presença de um e de outro e do que acontecera no salão do teatro.

— Gostei do passeio. Preciso agradecer. Você estava certo... Não seria a mesma coisa se eu tivesse ido com Thomas. O mercado de peixe foi uma experiência incrível... Não que eu quisesse repetir, mas ficaria aborrecida se não tivesse ido, sem falar do barulho. Por que...

Dominic observava e ouvia enquanto comia. Sempre que ela fazia uma pausa, por um segundo que fosse, como se estivesse esperando um comentário, ele murmurava alguma coisa ou emitia algum som e, aparentemente satisfeita, Angélica continava a comentar dos fatos do dia.

Dominic chegou a pensar se ela sabia que estava falando sem parar e se tinha consciência do quanto era revelador. Angélica não parecia do tipo que falava aos borbotões sempre, mas a intensidade do desejo que os acometera quando ficaram tão próximos no teatro a tirara do prumo. Sendo assim, ficou provado que aquele turbilhão de emoções não atingira apenas a ele, porém a reação dela o fez pensar.

E ele reconheceu a reação... Lembrava muito a de uma menina inocente tímida, curiosa para prosseguir e saber o que poderia acontecer, mas ao mesmo tempo cautelosa, ciente de que poderia se arrepender se aceitasse. Até que ela havia tido bom senso. Quando se tornasse sua esposa de fato, sua vida mudaria irreversivelmente.

Se bem que recuar agora não mudaria o que fatalmente iria acontecer depois que consumassem o casamento. Mas tinha de admitir que ela fora inteligente, característica que tinha de agradecer, ao retroceder. Ela optara por estudar a situação antes de se jogar e pensar muito antes de agir. Ele não podia culpá-la por isso.

A vontade dele era de se levantar, ir até a outra ponta da mesa, erguê-la da cadeira e beijá-la até que Angélica derretesse de paixão, mas somente se sua carícia não fosse apenas bem-vinda, mas ansiada. Enquanto ela não demonstrasse uma vontade genuína e espontânea de ser possuída, Dominic se conteria, refrearia o desejo, mesmo que fosse preciso um esforço hercúleo para se controlar. Normalmente seu desejo era plenamente controlável. Naquela noite, contudo, depois dos acontecimentos emocionantes do dia, aquele controle era muito... tênue. Ele a desejava mais do que a qualquer outra mulher que conhecera, talvez porque em algum momento ela aceitaria se casar.

A não ser que...

Ao terminar de comer, ele olhou para o outro lado da mesa. Angélica terminou a refeição também e colocou os talheres de lado. Com as mãos no colo, ela estava com o olhar fixo num ponto distante enquanto balbuciava alguma coisa. De repente respirou fundo, atraindo o olhar dele para os seios apertados. Mais uma vez, ele precisou conter a vontade de livrá-la daquela faixa *imediatamente*.

— ...Claro que eu sempre tive vontade de visitar o salão do Theatre Royal — terminou de falar em voz alta.

A carência pontuava a voz dela, a maneira de se mexer indefesa na cadeira despertaram o instinto de caçador, tinha de capturá-la *agora*... O controle estava se esvaindo...

— Pare — a voz dele era profunda, rouca, sufocada por uma paixão que não podia apaziguar.

Angélica se assustou e o fitou. Dominic prendeu o olhar dela até quando conseguiu antes de dizer:

— Já é tarde, sugiro que você se recolha. Teremos um longo dia amanhã.

Ainda encarando-o e pensando no que havia sentido, ela arregalou os olhos. Meneou a cabeça e segurando-se na mesa levantou, empurrando a cadeira para trás.

— Sim, você tem razão. Claro. Eu... Ah... Vou subir.

Ela se afastou sem desviar o olhar dele, depois se virou e abriu a porta, mas antes de passar disse sem se virar:

— Boa noite.

E saiu.

Ele ficou olhando para a porta fechada.

— *Boa noite?* — Dominic tinha certeza que Angélica não entendeu a palavra que ele disse em seguida.

Ele esperou enquanto ouvia-a subir a escada e fechar a porta do quarto da condessa. Só então se levantou. Com a fisionomia fechada, seguiu até o armário e procurou uma garrafa de uísque. Pegou um copo, voltou para a mesa e se afundou na cadeira, antes de abrir a garrafa e se servir de uma dose. Ou duas. Ao tomar o primeiro gole, sentiu a bebida descer queimando pela garganta. Depois de um suspiro, recostou-se reconsiderou as opções que tinha.

Se quisesse, podia possuí-la a qualquer momento... Até mesmo naquela noite. Angélica estava visivelmente interessada em ser levada para a cama, bastaria apenas insistir um pouco para que ela cedesse.

Mas considerando tudo e pensando bem, será que aquela seria a melhor forma de conduzir a situação? Ou seria melhor aguardar que ela o procurasse, concordasse em se casar, desse o primeiro passo e o convidasse para a cama?

Depois de mais alguns goles e considerações, acabou concluindo que aguardar que Angélica tomasse a iniciativa era a opção mais interessante.

Considerando a personalidade dela, incrivelmente parecida consigo, Dominic pensou em como ela reagiria se a procurasse primeiro, principalmente para tirar a decisão das mãos dela.

O mais importante era que ele não se esquecesse nunca de como eram iguais. Decidir como seria o futuro juntos, como conviveriam um com o outro, envolveria uma negociação bem complexa. A última coisa que ele queria era deixá-la com a vantagem de não ter declarado suas vontades abertamente, pelo menos no que se referia ao lado físico da união.

De qualquer maneira, a decisão mais sensata e inquestionável era esperar que Angélica tomasse a iniciativa. O que deixava óbvio que procurá-la naquela noite seria um erro crasso. E provavelmente não apenas na questão física.

Recuperar a taça era importante demais para que ele se distraísse e enquanto isso teria tempo para admitir que, apesar de nunca antes ter desviado a atenção de um objetivo por uma mulher, com Angélica era diferente.

E não apenas porque ela seria a esposa dele.

— E isso será algo problemático — disse em voz alta, servindo-se de mais uma dose de uísque e virando de uma vez.

Colocou o copo vazio sobre a mesa, empurrou a cadeira para trás e se levantou. Angélica saiu da sala obedecendo a uma sugestão dele, e agira com bom senso, dando a Dominic a oportunidade de pensar com sabedoria também.

Enquanto não recuperassem a taça, os dois teriam que conviver com a atração física que surgira e os afligia. Mesmo depois, ele continuaria a ser cauteloso, esperando que Angélica declarasse abertamente que queria que se deitassem juntos.

Muito cauteloso em todos os sentidos.

Dominic subiu as escadas, passou pela porta do quarto da condessa e seguiu para o dele, embora soubesse que não haveria a menor possibilidade de ter uma noite tranquila.

CAPÍTULO 8

Eles chegaram à hospedaria Bull and Mouth em Aldersgate quando as cores do crepúsculo tingiam o céu. O pátio estava repleto de pessoas andando apressadas em todas as direções, algumas chegando, outras saindo, todos carregando malas e valises. O pátio quadrado estava todo pontilhado de coches e cavalos. Os cavalariços carregavam ou descarregavam as bagagens, contribuindo para a confusão.

O pátio ladeava três lados da hospedaria, uma construção de quatro andares com corredores externos nos andares de cima, de onde se via o caos e se ouvia a barulheira.

Com uma mala em cada mão, Angélica parou assim que desceu e, com olhos arregalados, virou-se para todos os lados, tentando absorver tudo o que via. A hospedaria Bull and Mouth era uma parte barulhenta e colorida de Londres de cuja existênicia ela nem sequer sabia.

— Venha por aqui. — Dominic a segurou pelo braço e a guiou... Era a primeira vez que ele a tocava desce a tarde no teatro.

Angélica quase tropeçou, mas conseguiu recuperar o equilíbrio enquanto Dominic a segurava.

— Vá até a porta ao lado do escritório.

Com os lábios apertados, ela evitou a longa fila formada diante do escritório. Ainda bem que compraram as passagens antes. Dominic foi abrindo caminho e eles passaram pela multidão.

Os dois tinham se evitado durante o dia inteiro, conversando apenas o estritamente necessário. Mas quando ele a tocou, falando com aquela voz grave e tão próxima, Angélica sentiu a pele levantar em arrepios e a sensação de calor subir-lhe às faces.

Bastou um olhar ligeiro para confirmar que ele permanecia com a mesma máscara da impassibilidade. Determinada a não permitir que ele percebesse a ligeira insegurança que a acometeu, abaixou a cabeça e seguiu em frente. Chegando à porta, a abriu e entrou no salão da hospedaria.

Ali havia um burburinho de vozes muito mais alto. O salão estava cheio, pessoas comendo, conversando, rindo e gritando. Os cheiros eram os mais variados, mas ela não podia parar e ficar observando. Sabendo que Dominic vinha logo atrás, entrou no meio da confusão, mas ele a puxou. Angélica se virou e o seguiu, enquanto ele abria caminho até um funcionário de cara amarrada sentado atrás de um balcão diante da janela, encostado em uma parede que dividia com o escritório adjacente.

Dominic colocou as passagens no balcão.

— Duas passagens na carruagem do correio para Edimburgo.

O funcionário examinou os papéis, marcou dois lugares numa lista e devolveu-os.

— A reserva está feita. Fiquem atentos, chamaremos os passageiros às oito horas. Se vocês não responderem em dez minutos, os lugares vão para os primeiros da lista de espera.

Dominic pegou os papéis e inclinou a cabeça na direção da sala.

— Vamos ver se conseguimos uma mesa.

Ela se afastou para deixá-lo ir na frente. Afinal ele era o tutor. Usando um sobretudo por cima das roupas masculinas e o chapéu de abas largas enterrado na cabeça, Angélica se sentiu confiante de que enganaria até os observadores mais criteriosos.

Um guarda entrou na sala, levantou um megafone e chamou os passageiros dos coches do correio para Norwich, Newcastle e Leeds. Vários grupos se levantaram e pegaram suas bagagens.

— Ali. — Dominic apontou para uma mesa de canto de uma alcova longa e larga na parede dos fundos.

Ela o seguiu e também aguardou que os antigos ocupantes se levantassem e saíssem na direção da porta. A mesa tinha bancos para quatro pessoas dos dois lados. Ele sinalizou para que ela entrasse.

— Sente-se no canto.

Angélica deslizou ao longo do banco, enquanto Dominic olhava para a porta. Depois se sentou ao lado dela. Como estavam evitando se tocar, Angélica imaginou o que aconteceria em seguida. Mas agora estavam em público, e talvez o instinto protetor permitisse que Dominic ficasse mais perto. Homens protetores ficavam praticamente em cima, os possessivos... Eram muito pior.

Griswold, Brenda e Mulley surgiram do meio da multidão e depois de perguntarem por assentos vazios, vieram se sentar na mesma mesa. Jessup e Thomas chegaram pouco depois.

Ao sair da casa, eles tinham se dividido em três grupos e tomaram coches de aluguel diferentes para Aldersgate como se não estivessem juntos. Se a ideia era que ela estava viajando com seu tutor, não poderia ter uma comitiva.

Assim que estavam acomodados, uma jovem garçonete surgiu para pegar os pedidos. Como era preciso que os passageiros chegassem cedo para garantir os lugares, a hospedaria aproveitava para servi-los enquanto aguardavam a partida. Angélica pediu carne de carneiro. Depois de anotar todos os pedidos, a garçonete saiu e o grupo começou a conversar para passar o tempo.

O primeiro assunto foi sobre a Escócia, as terras altas e o castelo. Angélica absorveu todos os detalhes, mas logo depois a conversa mudou e eles começaram a falar de pessoas e lugares que ela não conhecia. Então, Angélica mudou a atenção para a sala e para a miríade de pessoas ali presentes.

Dominic percebeu que ela estava distante, buscou o seu olhar, hesitou e acabou dizendo:

— A experiência está de acordo com suas expectativas?

— Eu não tinha muita informação, por isso minhas expectativas eram poucas e não condizentes com a realidade. Acontece tanta coisa ao mesmo tempo e é tudo tão intenso, tão cheio de energia. — Depois de alguns minutos, ela olhou-o. — Eu nunca viajei na carruagem do correio e é pouco provável que vá de novo, então... — Ela olhou para o salão — ...Estou ansiosa para irmos logo e aproveitar toda a experiência.

— Eu também nunca viajei assim.

Quando Angélica demonstrou surpresa, ele acrescentou:

— Lembre-se de que sou um conde.

— Não esqueci, mas nem mesmo em sua juventude desperdiçada?

— Não sei se desperdicei minha juventude, não no sentido a que você se refere.

Angélica colocou um cotovelo na mesa, apoiou a cabeça na mão e olhou para ele, focando toda a atenção. Em parte, Dominic achou que podia ser daquele jeito sempre, apesar da vontade de manter uma distância segura entre eles.

Depois de um minuto estudando-o, ela franziu o cenho.

— Não consigo imaginar que você *não* tenha tido uma juventude transviada.

Pelo menos estavam conversando de novo.

— Eu tinha um clã, lembra? Eu não precisava viajar para encontrar parceiros de diversão. A diferença entre a juventude transviada de seus irmãos e primos da minha é que passei nas terras altas, ou na escola, ou na universidade de Edimburgo. Haviam poucos coches de correio que pudéssemos sequestrar e tentar confiscar as rédeas. Costumávamos andar ou dirigir carroças.

— Mas você veio a Londres. Você deve ter ido e voltado várias vezes.

— É verdade, mas isso foi depois do acidente. Eu estava com 21 anos e já havia passado a fase de loucuras inconsequentes. Como Debenham, eu tive um coche particular por causa do meu joelho. Por isso sempre viajei em coches particulares, nunca com o correio.

Ela voltou a franzir o cenho.

— Eu tinha me esquecido do seu joelho... Você não tem usado a bengala. — ela piscou. — E também não usou ontem o dia inteiro.

A desaprovação dela o fez se sentir bem de certa forma.

— Dessa vez está sarando mais rápido — disse ele, dando de ombros. — Eu machuquei em cima de um ferimento antigo, mas não foi tão ruim quanto da primeira vez.

— Você não trouxe a bengala — ela falou, olhando para as bagagens e para os pés deles.

— É muito marcante... Eu seria facilmente reconhecido se sua família começar a procurar por Debenham.

Angélica tinha acabado de abrir a boca para falar...

— Aqui está o pedido de vocês.

Dominic olhou para trás e viu a garçonete se aproximando com uma bandeja de pratos.

— Trago as bebidas em alguns instantes — disse ela depois de servir a todos.

Eles começaram a comer e a conversa terminou. Dominic concluiu primeiro e pensou num assunto seguro para falar enquanto Angélica ainda comia.

— Falamos de minha juventude transviada... Como foi a sua?

— Jovens damas não têm esse tipo de juventude... elas têm as estações.

— E como foi a sua?

Com a atenção no prato vazio, ela pensou um pouco e respondeu:

— Por mais incrível que possa parecer, pensando agora, não foi muito emocionante. Há muito pouco a relatar. Foi exatamente o que você possa imaginar... Bailes, festas, tardes agradáveis e coisas do gênero. Nada muito significativo. — Ela olhou para trás dele.

Dominic virou para trás e viu Jessup abrindo um mapa.

— Vamos ver...

Logo começaram a conversar sobre a rota a ser tomada, das cidades em que a carruagem do correio pararia e quanto tempo a viagem levaria.

— Correio para Edimburgo! — uma voz alta e forte ecoou pelo salão. — Saindo em dez minutos, do lado oeste do pátio. Entreguem as passagens para o guarda ao lado do coche.

— É a nossa vez. — Thomas levantou-se rápido.

Todos se levantaram e pegaram as bagagens. Dominic deixou um punhado de moedas sobre a mesa e saiu rápido para que Angélica pudesse deixar o assento do canto. Esperou que ela escorregasse e se levantasse para pegar a mala; por fim, inclinou a cabeça para o lado, indicando a porta.

Os outros foram na frente, reportando-se ao guarda em grupos diferentes. Os bilhetes de Dominic e Angélica davam direito a dois assentos internos. Junto com eles embarcaram Brenda e Griswold. Mulley e Thomas foram nos assentos do lado de fora do coche, enquanto Jessup sentou-se ao lado do cocheiro.

Depois que todos embarcaram, o cocheiro subiu, seguido pelo guarda que assumiu sua posição em cima do coche junto com os sacos de correspondências a serem entregues durante a viagem. Angélica espiou pela janela, contendo a alegria de criança em início da viagem. Como ela mesmo havia dito, seria muito difícil ter a mesma experiência outra vez.

Ao olhar de soslaio para o seu lado, viu que Dominic observava a outra janela, avaliando e verificando algum sinal de alguém que os tivesse reconhecido, ou de perseguição... Mas ele também estava apreciando a paisagem. De certa forma, aquela seria a primeira viagem para ele também, a primeira em que eles estariam compartilhando a aventura, que aumentava a ansiedade dela. Afinal, ela e seu herói estavam iniciando uma jornada para conquistar um dragão metafórico e recuperar um tesouro vital para ele e para o povo dele... O que mais faltaria para uma jovem inclinada a se apaixonar, com gosto pela aventura e desafio?

Claridade e *certeza* surgiram na mente dela.

Angélica esperava ter mais certeza e mais determinação a fazer com que ele se apaixonasse, sabendo qual caminho seguir para conquistar o tão desejado objetivo.

O megafone do guarda soou mais uma vez, anunciando a partida do coche. Deixando de lado a insegurança, Angélica mergulhou na emoção e na alegria do momento, sem se preocupar com os planos desordenados em todos os sentidos. Aquele momento era único e o começo do resto de sua vida.

A carruagem balançou quando as rodas giraram sobre os cascalhos do pátio e alcançaram a rua.

No auge da emoção, ela não se conteve e se inclinou na direção de Dominic.

— Conseguimos!

Dominic reconheceu o grande entusiasmo no brilho dos olhos dela, mas limitou-se apenas a menear a cabeça e voltar a prestar a atenção na rua. Continuava tenso e alerta, como se esperasse que alguém da família Cynster fosse surgir a qualquer instante. Contudo, a carruagem atravessou Londres sem nenhum problema e entrou na Great North Road.

Os sol se pôs e logo veio a noite. Estava bem escuro quando chegaram a Enfield. A troca de cavalos foi rápida, mas o cocheiro alertou os passageiros a não descerem, pois logo os arreios estariam colocados e eles seguiriam viagem.

Durante a troca, Dominic observou vários moleques olhando para os ocupantes das carruagens que estavam no pátio, mas prestavam mais atenção em duas carruagens particulares, esperando atrás deles para trocar de cavalos também.

Alguns minutos mais tarde eles estavam de volta à estrada, seguindo em velocidade para o norte. Dominic relaxou, recostando-se no assento, observando os outros tentarem dormir como podiam.

Conforme os quilômetros iam passando, e com a cadência da carruagem, ele também cochilou. Angélica se mexia a toda hora, tentando arrumar uma posição mais confortável sem encostar nele. Cada vez que isso acontecia, Dominic acordava e tentava reprimir a vontade de passar os braços pelos ombros dela, e aninhá-la em seu peito para relaxar. Era uma vontade irracional e irritante. Ele já havia se convencido que não seria muito inteligente de sua parte tocá-la, pois Angélica estava se passando por um rapaz e ainda estavam perto demais de Londres para arriscar que alguém por acaso a visse e a reconhecesse apesar do disfarce.

Quando ela finalmente conseguiu entrar num sono profundo, Dominic a fitou. O luar atravessava a janela da carruagem e, apesar do chapéu, iluminava o perfil delicado, delineava a boca bem-desenhada que jamais poderia pertencer a um rapaz. Adormecida, e de olhos fechados... Ela fazia jus ao nome.

Voltando a olhar para frente, ele encostou a cabeça no assento e fechou os olhos.

O restante da noite passou sem grandes acontecimentos, mas não muito confortavelmente. Dominic acordou Angélica quando a carruagem chegou a Huntingdon.

— Café da manhã... Precisamos comer rápido.

Ela estava dormindo aninhada no canto, com o rosto apoiado numa das mãos. Abriu os olhos, mas demorou um pouco para focar o rosto dele e logo em seguida esticou as pernas e se sentou, murmurando.

— Pensei que fosse apenas mais uma troca de cavalos.

Além de Enfield, também pararam para trocar os cavalos da carruagem em Ware e Buntingford, mas assim como em Enfield, foram trocas rápidas e sem atraso. Em Ware e Buntingford, Dominic havia visto alguns moleques olhando dentro dos coches, mas nenhum mostrou grande interesse quando passaram pela janela deles. Buntingford era a terceira parada ao norte da capital, o que indicava que eles haviam ultrapassado a rede de proteção que os Cynster colocaram ao redor de Londres, mas não significava que não haveria mais olheiros nas próximas paradas.

Angélica bocejou e deu uma olhada pela janela.

— Oh... Que horas são?

Ainda não havia nenhum sinal de que o sol estava para surgir no céu escuro.

— Pouco antes das quatro. Estamos no horário.

Brenda se mexeu e acordou. Griswold já estava em estado de alerta.

— Vou trocar de lugar com Mulley, senhor... Assim ele poderá dormir um pouco.

Dominic assentiu com a cabeça.

— Teremos chance de esticar as pernas, pelo menos, mas vamos comer primeiro... Teremos de viajar algumas horas até a próxima parada.

Todos entenderam o recado. Assim que a carruagem parou, desceram e, junto com os outros três, seguiram até a hospedaria. Depois de fazerem os pedidos, Angélica, seguida por Brenda para vigiá-la, se esgueirou pelo corredor até a porta do toalete.

Quando voltaram, o estalajadeiro e a esposa serviam os pratos fartos de presunto, ovos e salsichas, além de pão fresco e geleia, um bule de café e outro de chá.

Angélica se serviu, mas nunca fora uma pessoa de comer muito, principalmente no café da manhã. Para validar o disfarce de rapaz, teria de comer uma quantidade maior, mas era simplesmente impossível. Satisfeita, pensou em andar um pouco... Mas lembrou que se saísse, Dominic se sentiria obrigado a acompanhá-la, e ele, os outros, inclusive Brenda tinham um apetite ávido e ainda estavam se fartando.

Resignada, bebericou mais um pouco de chá e esperou.

Pouco depois, o cocheiro e o guarda se aproximaram da mesa, provavelmente para pedir a gorjeta habitual. Dominic devia estar prevenido, pois já estava com as moedas na mão e, quando as colocou sobre a mesa, o cocheiro pegou e saiu, como se tivesse o suficiente pela mesa inteira.

Logo em seguida o guarda chamou para o embarque. Thomas ainda não tinha ido ao toalete, e se levantou rápido, mas só foi na direção do corredor depois de implorar para não ser deixado para trás. Eles fizeram hora o máximo que puderam até Thomas voltar em tempo de subir na carruagem no último minuto.

O cocheiro estalou o chicote no ar, gritou com os cavalos, enquanto o guarda soou o megafone, e a carruagem começou a andar de novo.

A carruagem parou em Stamford para o almoço, uma parada um pouco mais longa do que a do café da manhã. Angélica, Dominic, Mulley e Jessup arriscaram caminhar um pouco, mas voltaram logo com medo de o cocheiro partir sem aguardá-los. Pelo menos tinham conseguido esticar um pouco as pernas.

Na estrada novamente, a carruagem passou por Grantham, depois seguiram para Newark, onde os passageiros tiveram meia hora para um jantar corrido. De volta à estrada, a carruagem seguiu para o norte passando por Doncaster e seguindo para York.

Era praticamente impossível conversar com o tilintar dos arreios, o gingado da carruagem, e o megafone do guarda, soando volta e meia pedindo passagem para outras carruagens, junto com o rufar dos cascos do cavalo. Não demorou muito para que os quatro passageiros ficassem sonolentos, observando a paisagem passar pelas janelas.

Angélica pensou em usar o tempo para tirar mais informações de Dominic, mas a disposição e a mente sempre alerta entraram num estado de torpor, e tudo o que conseguiu foi prestar atenção nas árvores e nos campos que passavam pelas janelas. Ela estava acostumava a viagens longas com a família, porém nunca num coche tão rudimentar. As carruagens dos Cynster eram mais bem-feitas, com melhor molejo e o interior estofado, o que diminuía bastante os ruídos externos. Quando finalmente chegaram a York, Angélica decidiu que nunca mais viajaria num coche do correio.

O ambiente alegre que encontraram na taverna de York a animou bastante. Ela se sentiu melhor ainda depois do excelente jantar, que a ajudou a se restabelecer. Meia hora mais tarde veio o chamado para o embarque. Ela se levantou do banco mais animada.

— Mal posso acreditar que ainda levaremos um dia inteiro para chegar a Berwick.

— As estradas não são tão boas e não tão diretas. — Dominic tinha se levantado e saído do banco também, depois estendeu a mão para ajudá-la... E retraiu-a quase no mesmo instante para não cometer uma gafe.

Ela ergueu uma das sobrancelhas e saiu do banco sozinha. Angélica disfarçou um sorriso de satisfação, pois, enquanto parecia um rapaz para quem a visse, continuava a ser uma dama para ele.

Vinham mantendo o acordo mútuo, embora não verbalizado, de manter distância um do outro. Quando Angélica se sentou ao lado dele na carruagem, lembrou-se claramente da razão. Aqueles momentos de uma intimidade forçada no teatro e os minutos intensos à mesa do jantar, ainda em Londres, estavam gravados em sua mente. Mesmo que ainda não tivesse tido uma boa hora para conversar com ele durante a viagem, continuava pensando e repensando nos fatos, nas ideias, reexaminando e reavaliando tudo o que aconteceu até então, e o tempo que passaram na taverna em York levaram-na a conclusões, que agora sobrepunham todas as anteriores.

Em parte, Angélica recuperou a clareza de raciocínio, apesar de ainda estar ligeiramente insegura, mas isso não seria problema, uma vez que concluíra que era impossível que não existissem incertezas àquela altura. E isso significava que estava na hora de fazer Dominic se apaixonar por ela.

O maior problema, no entanto, era que tinha apenas 21 anos de idade e sua experiência com o sexo oposto era condizente com sua idade e não com uma moça mais madura. Heather, por exemplo, não teria reagido ao fato de ele ter estendido a mão para ajudá-la a se levantar com a mesma animação que ela.

Angélica era uma moça inteligente e observadora, e em muitos aspectos compreendia os homens, entendia como pensavam, mas não tinha experiência nenhuma e nem fora exposta ao desejo antes. No entanto, soubera identificar a energia eletrizante que sentira à mesa como sendo o poder da sedução de ambos os lados. O sentimento reluzira nos olhos dele, ao mesmo tempo em que fizera a temperatura do corpo dela subir.

Mesmo não sendo uma conhecedora do assunto, sabia que aquilo era bom, mas não tinha a menor ideia de como transformar a luxúria em amor. Pelo que observara, o processo era mais ou menos este: a luxúria embriagava os casais e, depois de se entregarem à paixão, o amor nascia e florescia. O que precisava aprender ainda era como acontecia tal transição, conexão, ou qualquer outro nome que tivesse.

Que fique claro que o desconhecimento em algum assunto nunca foi motivo para detê-la. Se a situação fosse diferente, teria agido com sua confiança de costume e se lançado ao desconhecido, começaria a aprender, acreditando que se sairia bem.

Entretanto a força da paixão que brotou entre eles a desequilibrara totalmente.

E foi por *isso* que ela entrara em pânico.

A pequena faísca da paixão estava ganhando forças de uma labareda com o passar do tempo. E chegava a um ponto que ela, e provavelmente Dominic também, não conseguiriam conter.

As pessoas sempre julgaram Angélica como uma pessoa impulsiva, mas ela jamais se atirara a uma situação que não pudesse controlar. Será que Dominic, que supostamente era mais forte e estava mais acostumado a exercer o controle, seria capaz de conter algo semelhante? Já estava provado que ele tinha controle suficiente para permitir que ela escapasse, mas e se a abraçasse e beijasse? Será que teria forças para conter uma avalanche de sensações?

Independentemente disso, a situação crítica que ela enfrentava agora era se poderia se arriscar a não estar no controle, já que seu objetivo era converter paixão em amor. Como seria possível canalizar aquela forte atração, ou influenciar, se nem sequer conseguia se controlar direito? Bem, a incerteza a fez concluir que teria de aceitar o risco; ou ficaria sem tempo para conquistá-lo.

Angélica prometeu que responderia ao pedido de casamento depois que ele estivesse de posse da taça e salvasse o clã, e isso aconteceria depois do primeiro dia de julho. Agora que o conhecia melhor, sabia que Dominic reivindicaria uma resposta até o segundo dia de julho no máximo, e nem ele nem a família dela concederia um adiamento. Isso indicava que Angélica teria um espaço de tempo daquele dia até no máximo o segundo dia de julho para conseguir que ele se apaixonasse por ela. Mas em uma semana os dois teriam chegado ao castelo e precisariam lidar com o que quer que os estivesse esperando. Ela não era tola para acreditar que seria fácil convencer a mãe de Dominic a devolver a taça. Quando chegassem ao castelo precisariam se preocupar com outros assuntos mais relevantes que tomaria tempo e concentração. Sendo assim, o tempo que ela teria para transformar o desejo em amor se resumia aos dias de viagem até o castelo. Naqueles dias, não teriam grandes distrações e nenhuma urgência que os prendesse. Em Edimburgo, se hospedariam na casa dele e de lá até o castelo iriam a cavalo, parando em hospedarias todas as noites. Tudo isso confirmava que ela estava certa em considerar que a viagem era uma oportunidade mágica de se aproximar mais de Dominic. O erro foi assumir que chegar mais perto significava apenas conversar mais.

Pensando no geral, ela tomou uma decisão. Sabia que, desde a noite em que concordara em ajudá-lo, teria de confiar incondicionalmente no amor. Portanto, chegara a hora de parar de pensar em se controlar e assumir o risco, já que o queria como marido. O futuro juntos e a natureza do casamento estavam nas mãos dela. Havia chegado a hora de dar um passo adiante.

Fazia tempo que a carruagem deixara York para trás. A cabine estava escura, a não ser pelo brilho fraco do candeeiro. Mulley e Brenda já tinham se ajeitado, cada um enrolado em seu canto e de olhos fechados. Mulley já estava roncando, inclusive.

Dominic ainda estava acordado. Ela não precisava olhar para o lado para saber, pois sentia o estado de atenção dele, mas só em caso de necessidade.

Devia ser meia-noite, a hora das bruxas.

Angélica ainda estava sentada, esperando o sono chegar. Até que decidiu dobrar as pernas e colocá-las sobre o banco. Depois aproximou-se mais de Dominic e apoiou a cabeça no braço dele.

— Você se importa? — indagou ela, e abriu outro bocejo, desta vez verdadeiro.

O dia havia sido longo e cansativo.

Ela sentiu o olhar indagador, percebeu que o surpreendera, mas, conforme suspeitara, ele não objetou.

— Não. — E emendou depois de um minuto: — Durma...

Com os cantos dos lábios curvados para cima, ela relaxou e dormiu.

Eles chegaram a Berwick às dez horas da noite seguinte.

Depois de descer da carruagem e seguir para a porta da hospedaria, Dominic precisou se forçar para não dar passagem para Angélica e entrou primeiro. O impulso de escoltá-la da maneira correta, mantê-la a uma distância em que pudesse vê-la e alcançá-la, aumentara depois da noite anterior. Durante a madrugada, ele finalmente cedera à tentação e a puxara para mais perto, para que ela apoiasse a cabeça em seu tórax. Angélica não acordou com o movimento, mas aconchegou-se melhor. Sentindo-se mais à vontade, Dominic passara o braço pelos ombros dela, fechara os olhos, e, para sua surpresa, adormecera por algumas horas.

Agora restava decidir como reagir à brecha que ela abriu no muro invisível que os separava, ou mesmo se precisava reagir. O fato de ela demonstrar vontade de se aproximar era bom, mas será que também era um convite à intimidade? Ele achou que não. Mesmo porque a hora não era apropriada.

Todos se sentaram à mesa para jantar uma sopa, pão, presunto, carne fria e alguns condimentos. Ele fingiu não ter notado que a coxa de Angélica estava colada à sua e, por isso, não se afastou, embora desconfiasse que ela sabia que ele não ficaria indiferente à proximidade.

Como de costume, Angélica comeu menos que os outros, mas ficou conversando para cobrir o vazio.

— Para mim já chega de viajar com o correio. Não vejo a hora de me esticar numa cama.

Dominic a encarou, enquanto os outros meneavam a cabeça, concordando.

— Infelizmente ainda temos de aguentar mais uma noite — disse ele, depois de engolir.

— Humm... — Ela o estudou. — Não posso reclamar, já que sou a menor do grupo... Pelo menos não tomo tanto espaço. — Depois de correr os olhos pelos outros, voltou a fitá-lo. — Não sei como vocês aguentam, pois são bem maiores.

— Ah, não é tão ruim assim — falou Brenda, alheia à opinião daqueles do outro lado da mesa.

— Eu fico sempre pensando que é "só mais uma noite" — disse Mulley. — Imagino minha cama em Edimburgo, e penso que basta aguentar apenas mais uma noite.

Os outros concordaram.

— Passageiros da carruagem do correio para Edimburgo, embarquem, por favor. Corram... Precisamos obedecer o horário. — o cocheiro avisou no meio do salão.

Com um suspiro, todos se levantaram com resignação. Dominic foi o primeiro a pagar pela refeição, seguido pelos outros. Depois saíram e entraram na cabine ou subiram para os assentos externos. Àquela altura já não simulavam mais serem desconhecidos viajando em grupos diferentes, como fizeram ao partir de York.

Dominic entrou depois de Angélica e se sentou ao lado dela.

Até Bull and Mouth, Dominic estava nervoso demais, depois ficou na expectativa que alguém os reconhecessem até Newark, mas quando chegaram à York, ele começou a relaxar e a ter esperanças. A Escócia estava a apenas alguns quilômetros à frente, e ele já não reclamava mais se o chapéu de Angélica não estivesse enterrado na cabeça, enquanto ela avaliava os arredores.

Conforme foram se aproximando da Escócia, Dominic notou que, durante as paradas, ninguém mais prestava atenção em Angélica. Ele não entendia como até agora ninguém tinha notado as pequenas diferenças que revelavam que Angélica era uma dama e não um rapazote. Para ele, esses pequenos trejeitos eram tão evidentes.

Com sorte, eles chegariam a Edimburgo sem deixar nenhuma pista.

Depois que a carruagem recomeçou a andar, cada um se ajeitou da melhor maneira possível para dormir. Dominic esperou que Brenda e Griswold começassem a balançar a cabeça, indicando que já tinham pego no sonos, para erguer o braço e colocá-lo sobre os ombros de Angélica, que estava de olhos bem abertos, esperando pelo gesto, e puxá-la para mais perto. Ela não se opôs, ao contrário, aninhou-se junto ao tórax largo. Dominic inclinou a cabeça para trás, apoiando-a no encosto do banco e fechou os olhos.

Mais tarde, seria difícil precisar, ele a ouviu sussurrar:

— Você também está imaginando sua cama em Edimburgo como um alento para passar mais uma noite na estrada?

Sem ter acordado totalmente, Dominic tentou pensar, mas acabou respondendo a verdade:

— Sim.

Ela murmurou alguma coisa e deu uns tapinhas de leve no peito dele. Dominic percebeu que ela estava sorrindo ao confessar:

— Eu também.

Foram necessários alguns minutos entre a pergunta e as respostas para que ele entendesse o significado daquelas palavras. Assim que o significado penetrou seu cérebro, ele abriu os olhos de repente, mas a única coisa que viu foi o chapéu... Será que ela dissera aquilo mesmo?

Voltando a apoiar a cabeça no banco, ele ficou pensando no assunto... Será que ela se referira à cama *dela* na casa *dele* em Edimburgo, ou se pensava em dividir a cama *dele* sob o mesmo teto... Embalado pelos pensamentos e pelo calor do corpo feminino a seu lado, acabou adormecendo de novo.

Os sinos de Londres soavam doze badaladas quando Célia e Martin Cynster saíram de um baile às pressas e chegaram, depois de alguns minutos, em St. Ives House. Sligo, mordomo de Devil, abriu a porta antes mesmo do casal terminar de subir as escadas. Martin apressou Célia para entrar logo e fixou o olhar em Sligo.

— O que aconteceu?

Sligo forçou um sorriso educado.

— Novidades, mas não são da senhorita Angélica, não especificamente. — Ele sinalizou para um corredor, que saía do hall de entrada. — Sua Graça e os outros estão esperando na biblioteca.

Ao entrarem na grande sala, Martin e Célia descobriram que o que Sligo se referira como "outros" significava a maior parte da família que estava em Londres, com exceção apenas dos netos. Até mesmo tia Clara e Therese, lady Osbaldestone, estavam presente.

— O que houve? — Célia perguntou, não suportando mais o silêncio. Em seguida, sentou-se no espaço entre Horatia e Helena no sofá, e segurou as mãos das duas, com o olhar fixo em Devil, que estava sentado atrás da mesa, com uma expressão séria no rosto. — Diga alguma coisa, por favor, sem rodeios.

Devil fixou o olhar em Célia, escolhendo bem as palavras antes de dizer:

— As notícias não são ruins, mas perturbadoras. Esperei vocês chegarem para contar a todos de uma vez. — segurou uma carta com as duas mãos. —

Recebi isto de Royce no começo da tarde, ele mandou um mensageiro. Ele e Hamish finalmente encontraram o grupo de vaqueiros que recolheram o corpo na base do penhasco. — Devil ergueu os olhos da carta. — Reparem que falei no singular. *Corpo*. De acordo com os saqueadores havia apenas um corpo e nem sinal de um segundo. Pelo que se descobriu depois, o corpo encontrado e que foi enterrado era de Scrope. Pelas definições que temos, o corpo não era do aristocrata.

O silêncio que se fez em seguida durou um minuto inteiro, até...

— Como é possível que ele tenha sobrevivido à queda e fugido? — Jeremy Carling estava perplexo. Olhou para Eliza, sentada ao seu lado, antes de continuar: — Nós vimos o penhasco e vimos o aristocrata sumir da extremidade. — Virando-se para Devil de novo, balançou a cabeça. — Não entendo como seria possível sobreviver.

Devil estava muito aborrecido.

— Royce esteve no local da queda e descobriu que havia um parapeito a uns seis metros para baixo com largura suficiente para amparar um homem. Royce acredita que alguém com muita força, experiência em escalar escarpas íngremes, sangue frio e coragem, pode ter conseguido... E pelos sinais no local, Royce está convencido de que o aristocrata de fato escalou os seis metros e fugiu. — Devil jogou a carta sobre a mesa e olhou para os homens, em pé atrás das poltronas e diante das prateleiras de livros.

Gabriel foi o primeiro a se pronunciar:

— Isso quer dizer que o aristocrata ainda está vivo... e à solta. Foi ele que raptou Angélica?

Ninguém respondeu, mas Helena inclinou a cabeça, pensativa, e disse:

— Fico pensando se essa notícia não pode significar uma coisa boa.

Devil olhou para ela sem entender.

— Em que sentido?

— Bem... — erguendo as mãos expressivamente, Helena clamou pela atenção das outras senhoras — ...não é verdade que este aristocrata que raptou nossas meninas deixou bem claro que nenhuma delas se feriria de forma alguma? Então, não é razoável pensar que, se foi ele que raptou Angélica, também vai cuidar dela muito bem?

— Sim... você tem razão — Célia aceitou a ideia. — Não sabemos os motivos, claro, mas pelo menos sabemos que ela estará em segurança.

Os homens da família não disseram nada, mas trocaram olhares.

— A querida Angélica é uma sobrevivente. — Tia Clara estendeu a mão para acariciar o braço de Célia. — Ela vai conseguir.

— Claro, ela sempre consegue — observou lady Osbaldestone.

As senhoras seguiram a mesma teoria e confortaram Célia com comentários positivos sobre a grande possibilidade de Angélica estar sã e salva.

— Independentemente do que possa parecer, eu... Nós... achamos que ela tem um objetivo pessoal — decretou Eliza com o queixo erguido, contrariando as senhoras de mais idade, muitas delas de posição destacada na sociedade. — Ela estava usando o colar de Catriona quando desapareceu... O colar que supostamente deveria nos ajudar a encontrar nossos maridos, nossos heróis. — Eliza olhou para Henrietta, que estava em pé atrás da mãe, Louisa. — Henrietta viu.

Todos os olhares se voltaram para Henrietta. Louise se virou para trás e segurou as mãos da filha.

— Como ela estava quando você a viu?

— Ela estava ótima... — Henrietta franziu o cenho, baixou a cabeça e deslizou o dedo sobre o nariz, hábito que tinha quando estava pensando. Depois olhou para a mãe e para os outros. — Acho que ela estava... Bem, caçando... Não consigo pensar numa palavra melhor. Não sei em quem ela estava pensando, mas tive a nítida sensação que Angélica encontrara alguém.

As mulheres se entreolharam e Helena se antecipou em verbalizar o que as outras deviam estar pensando também.

— Isso nos dá uma visão bem diferente do que está acontecendo, não é?

Horatia meneou a cabeça. Célia também, e com mais ênfase. Heather e Eliza trocaram olhares significativos.

Lady Osbaldestone bateu com a bengala no chão.

— Se quiserem saber minha opinião, eu diria que se o aristocrata seduziu Angélica para acompanhá-lo, então, é *ele* que deve estar preocupado com o futuro. Ela não é nenhuma criança, nem fracote. Claro que não podemos aprovar essa situação, mas antes de sabermos o papel dela nessa trama... Estou certa de que nenhum de nós cometerá o erro de imaginar Angélica como uma refém passiva... Pelo que vejo, não há razão para entrar em pânico, muito menos perder a esperança.

— Eu também acho — afirmou Honória. — Devemos aguardar notícias mais precisas, de preferência dela mesma, para não tirarmos conclusões precipitadas.

Decisão tomada, todas olharam para os maridos reunidos ao redor da mesa de Devil discutindo sobre os méritos dessa ou daquela atitude.

Patience balançou a cabeça.

— Não há razão para tentarmos convencê-los.

— Infelizmente, não — Alathea suspirou. — Teremos de deixá-los agir como quiserem. Vamos esperar para ver o que Phyllida e Alasdair têm a dizer sobre as últimas cartas. Alasdair foi buscar as duas cartas e estão a caminho vindas de Devon.

Enquanto as senhoras mudaram para outros assuntos familiares, o grupo masculino focava no ponto de vista de lady Osbaldestone, que ao menos trazia alguma esperança depois de uma semana de buscas infrutíferas. Nenhum dos homens presentes estava acostumado a falhar, especialmente em se tratando de proteger a família. Aquele aristocrata desconhecido tinha conseguido invadir o território deles com sucesso, não apenas uma, mas três vezes.

Os ânimos estavam alterados.

— Só aceito essa história porque o aristocrata ainda está vivo, mas não temos certeza de que foi ele que raptou Angélica — disse Vane —, mesmo sem prova, aposto todo meu dinheiro que foi.

Devil consentiu com um sinal de cabeça.

— São muitas coincidências e muita coisa para engolir. Acho que devemos assumir que foi ele mesmo que raptou Angélica.

— Mas *quem* é ele? — Gabriel exigiu. — E como ele conseguiu colocar as mãos em Angélica?

— Vamos listar o que já sabemos — sugeriu Vane. — A descrição dele deve destacá-lo dos demais.

— Além de ser escocês. — Devil relanceou os outros homens. — Sugiro que nosso primeiro passo seja descobrir quem é esse senhor exatamente. Isto não é difícil, já que não há muitos escoceses na cidade que frequentaram nossos salões ultimamente e são todos conhecidos de conhecidos nossos.

Gabriel meneou a cabeça, concordando.

— Vou procurar informações com minhas fontes no distrito de negócios de Londres.

— Vou investigar na Câmara dos Lordes — disse Devil.

— Enquanto isso... — Demon trocou olhares com Vane — ...vamos procurar pelos clubes.

— Arthur, George e eu podemos ajudar com isso — ofereceu Martin. — Os membros de mais idade devem saber quem é um jovem nobre não muito conhecido na cidade.

— Nós... — Breckenridge olhou para Jeremy, que concordou com a cabeça — ...nós vamos procurar em todos os lugares que imaginarmos.

Devil meneou a cabeça.

— Se algum de nós descobrir um escocês que se encaixe em nossas suspeitas, não tome nenhuma atitude. Mande um recado para cá e marcaremos uma reunião para descobrir qual será a melhor e mais satisfatória maneira de agir.

Os outros concordaram.

Quando as damas se prepararam para ir embora, os homens foram ajudá-las, satisfeitos por terem alguma coisa para fazer e com as esperanças renovadas de capturar o inimigo desconhecido.

CAPÍTULO 9

Angélica acordou quando as cores do raiar do dia tingiam o céu de vermelho e amarelo. Os outros ainda dormiam. Durante alguns minutos ficou na mesma posição, ouvindo o coração de Dominic, depois levantou o braço pesado dele e se sentou. Espreguiçou-se, ajeitou o chapéu e olhou pela janela.

À direita, mais para frente, a rocha, onde o castelo de Edimburgo fora construído, agigantava-se sobre a planície coberta por uma névoa fina que se erguia do estuário próximo. Enquanto estudava a paisagem, a expectativa, o entusiasmo, a curiosidade e o interesse se assomavam, animando-a, mas logo se dissiparam.

Dominic se mexeu, inclinou-se para a frente e olhou por cima do ombro dela.

— Estamos quase chegando.

Ele se recostou de novo e Angélica olhou para trás.

— Você deve estar feliz em voltar.

— Para ser sincero, ainda não aceitei que chegamos até aqui sem encontrar ninguém de sua família, seja pessoalmente, por algum encarregado ou por um mercenário.

— Eu disse que eles nem pensariam em me procurar na carruagem do correio. — Ela sentiu um alívio ao confirmar a suspeita.

Depois se virou para a janela de novo e ficou observando a cidade se aproximar. Pouco antes das sete horas da manhã eles passaram pela hospedaria principal da região. Depois de dar gorjetas para o cocheiro e o guarda, Dominic pegou a mala e se aproximou de Angélica, que estava ansiosa aguardando com os outros na rua. Eles partiram em um grupo único, subindo a rua que levava a Old Town.

— Esta é a South Bridge Street, não é? — Angélica quis saber.

Ele meneou a cabeça.

— Você disse que já esteve aqui, não é?

— Vim com meus pais para um evento social, de algum amigo antigo deles. — Ela olhou ao redor. — Não ficamos aqui por muito tempo, mas me lembro desta rua, a igreja com um grande pináculo. — ela apontou para a frente. — Como era o nome mesmo?

— Tron Kirk. Fica na High Street. Do leste para o oeste, Cannongate, High Street e Lawnmarket formam a rua principal, saindo do Holyrood Palace até o castelo.

Angélica fez uma série de perguntas enquanto eles caminhavam pela South Bridge Street, depois viraram à direita em High Street e continuaram pelo Cannongate. Ela diminuiu o passo para olhar a vitrine de uma loja, fez sinal para o grupo, que teve de esperar até que ela sanasse a curiosidade e voltasse com várias outras perguntas. Dominic já esperava por isso. Previra a energia, o entusiasmo e a curiosidade desenfreada. O interesse irradiava do rosto dela, fazia os olhos brilharem tanto que chegou a pensar se ela havia decidido ultrapassar as barreiras e...

Dominic cortou o raciocínio; pensaria no assunto mais tarde. Durante a viagem, a libido fora restringida, substituída pela grande necessidade de protegê-la, mas não podia libertá-la ainda, ou perderia o controle.

Quando chegaram na esquina do Vallen's Close, ele inclinou a cabeça para a ladeira.

— É por aqui.

Angélica o seguiu pela descida de cascalhos. Nada passava despercebido por aqueles olhos atentos, que absorviam tudo o que estava à direita, à esquerda, à frente ou para os lados. Nenhum rapaz se mostraria tão interessado assim, mas àquela altura, Angélica não achava que o disfarce era tão importante, pelo menos não tão imprescindível quanto assimilar tudo que o podia sobre a vida de Dominic. A vida que dividiriam dali para a frente.

As casas do Vallen's Close eram as maiores que ela já vira. Deviam pertencer à aristocracia. O palácio não ficava muito longe.

Dominic parou na frente de uma mansão antiga, abriu o portão de grade e observou a reação de Angélica antes de seguir pelo caminho curto e subir os cinco degraus da escada que chegava à entrada com piso de pedras. Ele esperou que ela se aproximasse, curiosa para saber o que haveria por trás daquela porta maciça de carvalho... Levantou a mão para bater... E a porta se abriu.

Um mordomo grisalho e com ar benevolente olhou para Dominic e fez uma reverência.

— Bom dia, senhor. Bem-vindo de volta.

A reação feliz do mordomo foi a prova irrefutável de que ele era um dos empregados de Dominic.

— Obrigado, MacIntyre. — Dominic olhou para Angélica. — Esta é a senhorita Angélica Cynster.

Os olhos azuis de MacIntyre se focaram em Angélica, que desejou não estar vestida como um rapaz, mas sorriu e o cumprimentou, meneando a cabeça.

— MacIntyre.

O mordomo ficou observando-a por mais tempo do que deveria, mas logo sorriu e fez uma reverência para ela.

— Bem-vinda, senhorita Cynster. Estamos feliz em recebê-la em Glencrae House.

Dominic sinalizou para que ela entrasse. Angélica passou pela porta, esperando ver teias de aranha e poeira por toda parte. Qual não foi sua surpresa ao encontrar o hall de entrada não apenas limpo, mas polido e com perfume de uma boa cera de abelha.

Com olhos arregalados, olhou ao redor, respirou fundo e exalou o ar devagar. *Ah, sim!*

Seria fácil gerenciar uma casa assim, pensou ao olhar para todos os lados. Ela deu uma pirueta devagar a fim de absorver todos os aspectos do hall imenso. MacIntyre fechou a porta e postou-se ao lado de Dominic, que olhava para Angélica. O rosto dela estava corado de encantamento, os olhos reluziam de alegria.

— Isto é simplesmente *adorável.*

O hall de entrada era uma exibição de painéis revestidos de tecido e com bordas de madeira entalhada. Uma faixa de gesso com cerca de um metro ia desde a tira de madeira entalhada dos painéis até a cornija no teto. Os espaços vazios acima dos painéis tinham sido preenchidos por pinturas e retratos em molduras douradas de madeira entalhada. Sem falar nos móveis: a mesa redonda de centro, as duas cadeiras de espaldar alto que ladeavam a lareira e várias mesinhas laterais e encostadas nas paredes, todas de carvalho reluzente. O entalhe da balaustrada e dos pilares da escadaria era o mesmo que decorava a prateleira acima da lareira.

Apesar de toda a madeira num único espaço, as cores do hall eram vibrantes. O fogo estava alto na lareira, iluminando as tapeçarias coloridas em algumas paredes, as cortinas e estofados de veludo vermelho e os tapetes orientais. O resultado era uma sala aquecida e confortável.

Uma porta do outro lado da sala se abriu ruidosamente. Dominic olhou para aquela direção e sorriu.

— E esta é a senhora McCutcheon, que mantém este lugar em ordem junto com MacIntyre. — A senhora McCutcheon, uma mulher alta, magra e bonita, estudou Dominic dos pés à cabeça e fez uma reverência.

— Bem-vindo de volta, senhor.

Depois virou-se para Angélica e dobrou os joelhos numa reverência.

— Bem-vinda também, senhorita. Esperamos que sua estadia aqui seja bem confortável.

Angélica sorriu.

— Tenho certeza que será.

Logo em seguida outros criados entraram e se enfileiraram atrás da senhora McCutcheon.

MacIntyre deu um passo à frente para fazer as apresentações.

— Esta é Cora, senhorita, criada responsável pela limpeza das salas. Esta é Janet...

Dominic não havia informado aos criados a posição social de Angélica, mas eles certamente souberam pelos outros. Independentemente disso, a estratégia de não aceitar o pedido de casamento era uma pendência apenas entre eles.

Com a devida educação e interesse, Angélica se deixou conduzir pela linha de pessoas: duas criadas, dois lacaios, uma cozinheira, uma copeira e um mensageiro. Dominic esperou que ela terminasse e postou-se a seu lado:

— Senhora McCutcheon, por favor, mostre à senhorita Cynster o quarto dela, e depois... — olhando para Angélica com o canto de olho — ...Podemos tomar o café da manhã em uma hora?

— Claro, senhor — a senhora McCutcheon se antecipou. — Os quartos estão preparados e está tudo pronto. — E virando-se para Janet, prosseguiu: — Imagino que a senhorita Cynster gostaria de mais água quente para o banho.

Um banho? Angélica sorriu de alegria.

— Seria ótimo. — Ela morreria por um banho.

A senhora Cutcheon meneou a cabeça em aprovação e acenou para as escadas.

Angélica começou a subir os degraus, olhou de soslaio para trás e viu Dominic conversando com MacIntyre e depois caminharam juntos na direção de um corredor para os fundos da casa. Ela ficou curiosa, mas pelo menos dessa vez, resolveu ficar quieta. Teria tempo mais tarde para explorar, mas primeiro... Diminuindo o passo, ela esperou que a senhora McCutcheon a alcançasse.

— Não sei como agradecer por você ter pensado num banho, ainda mais estar me esperando com tudo pronto.

— Ah, bem, imaginei que a senhorita quisesse tirar a sujeira da estrada do corpo, e não há nada melhor do que um banho para isso.

— Concordo. — Olhando para o alto das escadas, Angélica indagou: — Quais quartos você preparou para mim?

— Ora, a suíte da condessa, claro. Antes de ir a Londres, o senhor nos disse para deixar tudo pronto para sua futura noiva.

Ah, então tinha sido assim que eles souberam. Dominic gostava mesmo de planejar as coisas. Não só isso como também achava que tudo sairia exatamente como planejara.

Ao chegarem no topo das escadas, a senhora McCutcheon a conduziu até duas portas no final do mezanino. Ali parou e olhou para Angélica.

Angélica também parou e os olhares das duas se cruzaram. Ainda com um sorriso, ela ergueu uma das sobrancelhas, questionando a criada.

A senhora McCutcheon a escrutinou dos pés à cabeça sem nem ao menos disfarçar. Angélica não se surpreendeu e esperou pacientemente até que ela terminasse a avaliação.

— Acho que a senhorita serve — disse, esboçando um sorriso. — O senhor precisa de uma mulher cheia de energia e vontade para combinar com ele. — E, olhando para o cabelo de Angélica, concluiu: — Tenho de admitir que ele encontrou alguém assim.

Angélica começou a rir.

— Ah, sim. Fique tranquila, senhora McCutcheon, isso é bem verdade.

— *Aye*, sendo assim a senhorita não terá problemas. — A senhora McCutcheon se esforçou para ficar séria, mas não teve muito sucesso. Depois abriu a porta do quarto. — Vamos ver aquele banho que a senhorita queria tanto.

Pouco mais de uma hora mais tarde, Angélica desceu as escadas com o mesmo vestido azul esverdeado, dessa vez com a gola de renda. Brenda havia lavado e passado a roupa. Apesar de Angélica estar aliviada por estar limpa e apresentável, sentia um certo desconforto por usar um vestido de baile durante um dia. Se alguém notasse... Pouco provável, mas mesmo assim... ela se sentiria uma grande tola.

— Vestidos — disse ela chegando à sala depois de ter seguido a eficiente Janet.

Dominic estava sentado à cabeceira da mesa, segurando o jornal.

— Preciso comprar mais vestidos. Nós tínhamos combinado que eu podia comprar alguns enquanto estivéssemos aqui. — Foi a primeira coisa que Angélica disse ao entrar na sala.

MacIntyre segurava uma cadeira menor na outra cabeceira da mesa para ela, que sorrindo, agradeceu a ajuda.

— Acredito que você possa me levar a uma boa modista — continuou, agora encarando Dominic.

Ele fitou o fundo daqueles olhos esverdeados.

— Vou fazer uma lista.

— Excelente. — Angélica se serviu de uma torrada da bandeja. — O que faremos agora?

Deixando o jornal de lado, Dominic pegou a xícara de café e deu um gole, ganhando tempo para ordenar os pensamentos.

— Não devemos ficar aqui por muito tempo, apenas o suficiente para arrumarmos tudo o que precisaremos na viagem até o castelo e durante nossa estadia lá, além do que for preciso para convencer Mirabelle a devolver a taça sem dificuldades. — focou a atenção nela. — Então, você precisa comprar seus vestidos e qualquer outra coisa de que precise. Enquanto isso, vou arrumar um cavalo para você e cuidar dos assuntos mais urgentes que não posso evitar. Quero limpar minha lista de afazeres para poder dedicar as próximas semanas à recuperação da taça.

Angélica mordeu um pedaço de torrada com geleia e perguntou:

— Quanto tempo leva daqui até o castelo? Aliás, qual é o nome do castelo? Acho que você ainda não me disse.

— Mheadhoin Castele. Fica na ilha em Loch Beinn a'Mheadhoin na parte leste de Glen Affric. O tempo que levaremos para chegar até lá... — a fitou novamente com ar sério. — Isso vai depender se você anda bem a cavalo.

— Saiba que sei cavalgar muito bem. E não serei a mais lenta do grupo — ela respondeu, apertando os olhos. — Quanto tempo levará se você e os outros cavalgarem o mais rápido que puderem?

Pela hesitação em responder, ficou claro que Dominic não tinha acreditado em suas habilidades equestres.

— Se eu saísse sozinho na primeira hora da manhã, levaria uns três dias, mas como vamos em grupo, acredito que chegaremos lá na tarde do quarto dia de viagem.

— Tanto tempo assim? — Ela não fazia ideia que a distância pudesse ser tão longa.

— A estrada é razoável, mas não poderemos trocar de cavalo no caminho, ou seja, a questão não é apenas a velocidade, mas é melhor poupar os cavalos um pouco. Viajaremos do início da manhã até não haver mais luz, o dia inteiro.

A perspectiva não a assustou.

— Humm. Está certo. Já que precisamos partir o quanto antes e devo levar tempo para comprar vestidos, acho melhor começar imediatamente. No entanto... — ela ergueu um pouco a saia do vestido — ...Não posso ser vista em público assim, não durante o dia. Posso pedir emprestado um vestido de alguém da casa, para usar enquanto os meus não ficam prontos? — Depois de pensar alguns minutos, ela encontrou a solução: — Janet, a criada de quarto, tem mais ou menos o meu tamanho. Posso pedir para ela comprar um vestido para caminhar de dia já pronto e trazer para mim. Assim que eu estiver decentemente vestida posso ir a algumas modistas e encomendar o que preciso.

— Você precisa instruir bem Janet sobre seus gostos para que fique feliz com a compra.

— Tenho certeza de que nos entenderemos. — Ela o prendeu pelo olhar. — Então... Quanto posso gastar?

Dominic não desviou o olhar dela para responder:

— Você tem carta branca. Pretende comprar uma coisa cara demais só porque estou dando esse direito?

— Claro que não. Pensarei na sua reputação o tempo todo, prometo.

Ele resfolegou e baixou a cabeça.

— Diga às modistas para enviarem as contas para mim aqui, em Glencrae House.

— Imagino que elas saibam o endereço, não é?

Dominic apenas olhou para ela e não respondeu.

— Está bem. — Ela ficou séria e perguntou: — Quanto tempo você acha que ficaremos aqui?

— Isso vai depender do tempo que você levar para montar seu guarda-roupa.

— Isso é um desafio? — indagou ela, arregalando os olhos. — Acho que ainda não contei o quanto gosto de um desafio.

— Não, mas acho que vou descobrir.

— Então, um dia a mais... É tudo o que precisaremos — disse Angélica, enquanto Dominic lhe puxava a cadeira para se sentar à mesa da menor das duas salas de jantar. Na sala principal havia uma mesa que acomodaria trinta pessoas. Angélica se sentia triunfante. — Esta tarde visitei as três modistas de sua lista, e todas elas prometeram entregar os vestidos que encomendei até no máximo amanhã à tarde. — Ela abriu o guardanapo e colocou-o sobre as pernas. — Amanhã de manhã deve chegar algum vestido, e eu poderei sair para comprar as outras coisas que preciso.

Depois que Dominic se acomodou na cadeira da cabeceira, ela o fitou e prosseguiu:

— Diga-me uma coisa... Como estarei vestida como uma jovem dama, há algo ou algum lugar que devo evitar, ou posso andar e fazer compras livremente?

Dominic pensou na resposta enquanto era servido de sopa.

— Sua família já sabe as consequências de sua ausência... Eles não permitirão que a notícia seja pública.

— Definitivamente não. Pedi que inventassem uma mentira útil. Nesses últimos tempos adquirimos uma habilidade para inventar histórias.

Ele inclinou a cabeça.

— É esse o meu ponto. Sendo assim não há razão para assumir que uma pessoa que não seja do círculo de conhecidos ache estranha sua presença por aqui. Eles irão presumir que você está aqui com a família, ou visitando amigos. Você só deve correr de volta para cá se vir alguém de sua família, ou alguém mais próximo que saiba de seu desaparecimento e dê o alarme.

— Está bem... Então, posso circular livremente, mas devo ficar atenta.

Assunto resolvido, eles continuaram a refeição.

Angélica ficou encantada com o padrão dos pratos. Ela já havia conquistado a simpatia da senhora McCutcheon e Janet e estava tentando conquistar MacIntyre, mas a maioria dos criados aprovara a escolha da futura patroa e não negariam o controle devido à condessa de Dominic. Em alguns aspectos, ela já detinha as rédeas da casa, embora estivesse administrando esse poder com inteligência. Em sua concepção, administrar um número razoável de empregados era similar a controlar uma tropa de soldados, todos tinham que seguir na mesma direção, mas os melhores resultados vinham de ordens leves e sutilezas.

Com o decorrer da refeição, a satisfação dela só aumentava. Imaginou se Dominic teria notado a diferença. Depois do prato principal, ele se recostou na cadeira e observou os restos da galinha-d'angola assada em seu prato.

— Esse prato estava excelente. Não me lembro de ter comido um assado melhor. Preciso me lembrar de elogiar Cook.

Angélica sorriu, satisfeita.

— Faça isso. Assim Cook pode elogiar em seu nome a nova subchefe de cozinha, que deve decidir continuar aqui por ser reconhecida.

Dominic pensou um pouco e perguntou:

— Eu tenho uma subchefe de cozinha nova?

O anjo sentado à outra cabeceira da mesa meneou a cabeça, feliz consigo mesma.

— Enquanto eu esperava Janet voltar com o vestido de passeio, conversei com a senhora McCutcheon e MacIntyre. Concordamos que para que os serviços continuassem perfeitos com o futuro aumento das tarefas, a casa precisaria de uma subchefe. Cook tinha uma excelente candidata, que estava indecisa entre as várias ofertas de trabalho que recebera. — sorriu e seus olhos reluziram. — Você roubou uma subchefe de cozinha, treinada na França, que o conde e a condessa de Angus julgavam já ter contratado.

Havia uma competição para contratar subchefes de cozinha?

— Eu não sabia... — Ele balançou a mão. — Esqueça o que eu disse. Você pode administrar a casa como achar melhor, contanto que não haja motins.

— Claro que não haverá motim — ela ralhou, mas as covinhas nas bochechas rosadas denunciaram que ela não estava brava.

Dominic nunca interagiu com uma mulher em assuntos domésticos. As conversas com Angélica, sobre os assuntos do dia a dia eram animadas com duelos de palavras, desafios verbais, risadas e a alegria de objetivos atingidos em conjunto.

Já fazia quase quatro anos desde que Mitchell tinha ido embora, ninguém jamais substituiria seu primo, mas sua inesperada e provável futura condessa estava construindo seu espaço num domínio antes fechado e bem privativo. Dominic ficou satisfeito que ela estivesse se empenhando tanto em executar tarefas de uma futura condessa.

Ele a estudou enquanto a sobremesa era servida e, quando todos saíram da sala, menos MacIntyre, perguntou:

— Você gosta de organizar os empregados e as outras tarefas?

— Claro. É... — Ela fez uma pausa antes de prosseguir: — Se sua função é administrar as propriedades e todo o resto, meu papel é gerenciar suas casas e tudo o que estiver associado a isso. — balançou a colher. — Fui treinada para isso... Estou desempenhando exatamente o que espero fazer na vida. — Os olhares se cruzaram. — Eu já disse que tenho sucesso em desafios, apesar de que devo dar crédito aos seus criados que até agora se mostraram bem competentes.

Angélica estava em casa e sabia o que estava fazendo.

Qualquer resquício de culpa por tê-la forçado a ajudá-lo e a se casar, além de tê-la raptado sem lhe dar o direito de escolha e também de tirá-la de uma vida que ela deveria gostar se esvaiu. Por sorte, ou pelo destino, ele havia oferecido a ela pelo menos uma perspectiva que ela apreciava e provavelmente procuraria ter no futuro. Ficou claro que se tornar sua condessa era de fato o que ela esperava da vida, e isso o deixou aliviado e contente.

Ainda lambendo o restinho de *crème anglaise* da colher, Angélica suspirou, e olhou para Dominic. Ele já terminara a sobremesa e não desviava o olhar dela, como sempre.

Angélica não se surpreendeu por ser tão estudada, pois sabia que ele estava tentando entendê-la, decifrá-la, na certa para poder prever os próximos movimentos e controlá-la. Sorriu.

— Tudo indica, ao que parece, que sairemos de Edimburgo depois de amanhã. Qual é o caminho para o castelo?

Dominic hesitou, descruzou as pernas longas e se levantou.

— Vamos para a biblioteca, ou você prefere se sentar na sala de estar?

— Não... Gosto de bibliotecas. — E ela também queria ver o domínio dele.

Ele dispensou MacIntyre com um gesto, puxou a cadeira dela e ofereceu-lhe o braço. Encantada com o gesto, passou a mão pelo braço dele, sentiu o músculo firme por baixo do tecido da blusa e permitiu ser conduzida para a porta de saída da sala de jantar, atravessar o hall de entrada, seguir pelo corredor até chegar à biblioteca.

Angélica não havia mentido, pois gostava de bibliotecas, de fato. Mas aquela excedia qualquer expectativa que pudesse ter em beleza, funcionalidade e conforto. As estantes envidraçadas iam do piso até o teto. Todos os livros tinham capa de couro e os títulos em letras douradas e prateadas, formando um mosaico interessante e único de cores pálidas. Assim como no restante da casa, a madeira prevalecia na decoração. Nos vãos das estantes, cortinas de veludo cobriam as janelas até o chão. Naquele momento estavam fechadas, mas de dia deviam ficar abertas para que o sol se infiltrasse através das janelas. Angélica imaginou para onde abririam aquelas janelas, já que ainda não se aventurara pelos jardins da mansão.

Do lado oposto das janelas havia uma lareira acesa, as chamas altas emprestavam o tom alaranjado para toda a sala. A mesa, num dos cantos, era grande com bordas de madeira entalhada e parecia ser mais usada do que a da casa de Londres. Havia papéis de toda a espécie espalhados por toda a superfície, contratos, cartas, pedidos, faturas... Angélica relanceou tudo quando Dominic a conduziu para uma das duas poltronas dispostas em ângulo diante da mesa. Havia dois abajures idênticos e acesos nos cantos da frente da mesa.

Angélica tirou a mão do braço dele, sentou-se na poltrona e o observou circular a mesa até a cadeira. Em vez de se sentar, ele abriu uma gaveta, tirou um mapa e voltou para o lado dela, puxou uma mesinha lateral, colocando-a entre as duas poltronas e abriu o mapa para que ambos pudessem ver.

— Esta é a nossa rota. Saindo de Edimburgo via balsa, atravessando o estuário até Perth, depois iremos via Pitlochry, Drumochter e de Kingussie a Inverness. De lá, seguiremos a oeste, atravessando Eskdale e Strathglasse. Cannich é a última cidade conhecida antes de chegarmos a Loch Beinn a'Mheadhoin e ao castelo.

Dominic se recostou e deu um tempo para ela se familiarizar com a rota. Alguns minutos depois Angélica o fitou.

— Você disse que anda bem a cavalo. Seja honesta e me diga se anda mesmo... Isso é importante. Preciso saber de suas habilidades sobre a sela para arrumar uma montaria perfeita. A medida que formos nos aproximando do norte de Edimburgo, as chances de encontrar outro cavalo são nulas.

Ela arregalou os olhos como se tivesse sido ofendida.

— Sou uma Cynster. Todos nós cavalgamos bem... Isso está intrínseco no nosso nome.

Dominic a prendeu pelo olhar.

— Eliza.

Ela fez uma careta.

— Ela é a exceção que prova a existência da regra. Não conheço nenhum outro membro da família Cynster que não cavalgue muito bem.

Ele hesitou um pouco e inclinou a cabeça.

— Está bem. Vou assumir que você seja pelo menos capaz de acompanhar Brenda e Griswold, eles serão os mais lentos do nosso grupo, mas andam muito bem. — Dominic teve a nítida impressão de ter percebido certa hesitação, mas segundos depois ela meneou a cabeça, concordando e ele prosseguiu: — Ótimo, isso quer dizer que podemos cavalgar durante todo o percurso, o que será mais rápido; atrasaríamos bastante se tivéssemos que usar uma charrete naquelas estradas.

— Você vai alugar um cavalo para mim de um estábulo daqui?

Ele respondeu que sim, meneando a cabeça.

— Nesse caso, prefiro um cavalo de pelo menos um metro e meio de altura e ágil do que um muito musculoso e forte — disse ela, séria e direta. — Como temos que cavalgar rápido, não alugue uma lesma e tenha em mente que quanto mais esguio for o cavalo, mais rápido irei cavalgar.

Será mesmo que ela estava dando uma aula sobre cavalos a ele?

— Levarei suas preferências em consideração ao escolher um cavalo.

— Ótimo. — Ela focou a atenção no mapa. — Onde você pretende parar para passar as noites?

— Em Perth, depois em Kingussie, apesar de que será difícil chegarmos lá durante o dia, e depois pararemos em Inverness. Levaremos de três a quatro horas para chegar em Cannich e mais uma hora até o castelo. Bem, vai depender do tempo, que parece estar firme, as estradas devem estar secas.

Angélica estudou o mapa. Ela gostava de viajar sempre sabendo para onde estava indo. Dominic olhou de lado para os papéis sobre a mesa, mas continuou sentado, observando Angélica.

Depois de sanadas todas as dúvidas geográficas, ela começou a pensar em sua estratégia pessoal. Se ele precisava trabalhar naqueles papéis, seria melhor deixá-lo sozinho, mas não tinha decidido se aproximar mais fisicamente? Mas qual seria o próximo passo?

A resposta parecia óbvia.

Desviando o olhar do mapa para ele, ela se levantou.

— Acho que vou me recolher... Nós não dormimos muito bem nas últimas noites.

Conforme o esperado, ele se levantou também e tirou a mesinha do caminho, endireitando o corpo, com o mapa na mão. Dominic estava entre a mesa dele e a lateral. Ela precisava passar por ali para chegar até a porta. Depois de um passo titubeante, parou bem perto dele. Inclinando um pouco a cabeça para trás, ela esboçou um sorriso como quem quisesse apenas desejar uma boa noite. Mas acabou decidindo ir mais além e colocou a mão atrás do pescoço dele, ficou na ponta dos pés e roçou os lábios nos dele. Saboreou o choque que causou e depois...

Incêndio.

Parecia que o vulcão do desejo, contido até então, entrou em erupção e a lava fervente se esparramava por todos os lados, incendiando-os de paixão. Em questão de segundos ela não o beijava mais, mas estava sendo devorada por Dominic. Os dedos longos da mão larga se embrenharam pelo cabelo vermelho, segurando-a com força, sem deixar de beijá-la com volúpia, na ansiedade de saciar uma fome voraz. Angélica se sentiu levitar com uma sensação inusitada que parecia sugar todos os seus sentidos... Na verdade, parecia que ele estava esperando por aquele momento, mas estava se contendo tanto quanto ela. A muralha que os separava desmoronou como se feita de areia. Mas saborear apenas aqueles lábios generosos de repente não era mais suficiente para aplacar o desejo que os consumia.

Despindo-se de todos os pudores, Angélica permitiu que ele lhe invadisse a boca e buscasse sua língua, convidando-a para uma diferente dança dos prazeres. Entorpecidos, os dois se entregaram sem reservas, roçando os lábios um do outro. De repente eram dois sabores que se uniam, mas um só gemido uníssono que se abafava. Olhos fechados e corações inflados numa elegante harmonia. Era uma fome que nunca se acabaria; uma sede que jamais seria saciada, que aumentava o ritmo das pulsações.

Ela podia ter sido ousada ao provocar o beijo, mas Dominic não hesitara em corresponder e demonstrar a clara intenção de aproveitar cada segundo. Palavras não teriam sido mais enfáticas, ou ousadas para expressar seus sentimentos. E numa perfeita harmonia com o beijo, uma das mãos dele deslizou pelas costas macias, aquecendo a pele através da seda do vestido. Angélica sentiu que moviam-se numa sintonia perfeita e que pairava num estado de graça, embora percebesse que ele se sentara na mesa e a encaixara entre as pernas afastadas, diminuindo assim a diferença de altura.

Perfeito, pensou com uma ousadia ainda maior do que a que costumava ter. Agora podia beijá-lo com mais vigor e movimentar o corpo inteiro com sensualidade. Teoricamente, ela não tinha nenhuma experiência em beijar, mas como Dominic agia como um mestre, atiçando toda sua libido, então o copiaria.

Com as mãos delicadas, entremeou os dedos pelo cabelo escuro, distraindo-se por alguns momentos com a maciez daqueles cachos fartos... Depois seguiu acariciando o rosto dele, memorizando cada traço, sentindo a temperatura da pele do pescoço e desceu até os ombros largos.

Como se ainda fosse possível, Dominic aprofundou o beijo ainda mais, tornando-o mais íntimo e assim chamando a atenção novamente para a união dos lábios molhados. Ela nunca havia beijado nenhum homem assim... Nem sabia que podia, ou que era capaz de se render a uma paixão tão latente e viciante como a mais rica das guloseimas. O prazer ameaçava roubar-lhe os sentidos, fazia com que ela se esquecesse de todo o resto, o mundo já não tinha tanta importância. Aquele doce delírio tornara-se uma sensação vital e era tudo o que importava na vida. Num restinho de consciência, Angélica pensou se estaria imaginando ou se de fato, o colar, sob a gola de renda, queimava-lhe a pele e o pingente estava mesmo em chamas no vão entre seus seios.

Dominic não esperava pelo beijo, mesmo porque não imaginava, nem em seus sonhos mais delirantes que, com apenas um beijo, Angélica pudesse romper todas as barreiras que construíra a seu redor nos últimos dez anos. A delicadeza do gesto derrubara toda a fortaleza, que ele se julgava ter, no chão; rompera todos os nós das cordas que o prendiam e soltara o grilhão que o mantinha firme e com os pés no chão. O predador que o habitava deixou de lado a parte racional e lógica e partiu desenfreadamente para capturar, seduzir e possuir.

Possessão — possuí-la —, o desejo fervia nas veias dele desviando todo o foco dos planos principais, desvirtuando-lhe a mente. Dominic pretendia assustá-la com a voracidade de seus beijos e salvar os dois, mas não. Nenhum deles se apavorou com a paixão que geravam. O fantasma do desejo o impulsionava a possuí-la e Angélica não estava resistindo como deveria. Se não fizessem alguma coisa e rápido, era bem provável que logo ela estaria deitada sobre a mesa. A ideia o fez rosnar, atrapalhando o beijo. Angélica ouviu, mas instigou-o com mais um beijo. Quando que o anjo tinha se transformado num pequeno demônio tentador?

A razão estava relegada a um canto da mente de Dominic e ele não conseguia nem lutar para recuperar as rédeas da situação.

O gosto dela — doce com um quê de especiarias — era uma iguaria inebriante, e também não ajudava. Muito menos a temperatura do corpo feminino que se amoldava ao dele. Era como se as mãos pequenas e macias fossem capazes de incendiar a pele por onde passava...

Aos poucos a batalha entre a razão e a emoção foi se equilibrando e uma nesga de lucidez o fez despertar daquele encanto, mesmo que ainda estivessem com os lábios colados. Se não aproveitasse aquele momento, não conseguiria mais parar ou retroceder. Assim, Dominic respirou fundo e num resquício de lucidez vieram-lhe duas coisas à mente: Bryce e Gavin de um lado, o castelo e o clã do outro. E o autocontrole voltou num passe de mágica. Conseguindo frear o desejo, que ainda pulsava em suas veias, conseguiu erguer a cabeça e, com a respiração ofegante, fitou aquele rosto delicado. Esperou pela reação dela sem ter ideia do que aconteceria.

Angélica levantou as pálpebras bem devagar, revelando aqueles olhos reluzentes e o encarou com uma certeza impressionante. Dominic reagiu da mesma forma e a prendeu pelo olhar por alguns minutos até que ela abriu um sorriso com os lábios inchados e úmidos.

— Vou deixar você com seus papéis — anunciou Angélica com a voz baixa e rouca, encarando-o por mais alguns segundos antes de se livrar dos braços fortes.

Dominic endireitou o corpo antes mesmo de ela chegar até a porta.

— Nos vemos amanhã de manhã — emendou Angélica, ao abrir a porta e sair.

Ele continuou ali parado com todos os músculos retesados, olhando a madeira da porta, lutando contra a vontade de segui-la. Como não havia nenhum canto de sereia escondido na despedida, foi mais fácil de vencer essa batalha. Mesmo assim, precisou de muita força para despertar de fato e se sentar à mesa para estudar as pilhas de documentos que aguardavam para serem despachados. Mas Angélica ainda dominava sua mente. Com o beijo ficou claro o que ela pretendia.

Dominic esperou que ela expusesse seus sentimentos verbalmente e fizesse um convite impossível de ser mal-interpretado. Já devia saber que Angélica não era de meias palavras. O beijo tinha sido uma demonstração evidente de que seria difícil conter o desejo físico até conseguir recuperar a taça e salvar o clã.

Tamborilando os dedos sobre a mesa, tentou descobrir um jeito de não ser tão radical; seria bom que se convencesse que tinha perdido o controle apenas porque ela o pegara desprevenido. Da próxima vez seria diferente... A verdade era que não fazia ideia de quanto tempo levaria para recuperar o controle totalmente. A única certeza que tinha naquele momento era de como havia ficado embriagado pela paixão que explodira entre os dois. A família Cynster inteira podia ter entrado porta adentro e Dominic não teria notado.

Depois de longos minutos sem chegar a nenhuma conclusão, ele puxou uma folha de papel.

— Mulher maldita!

Angélica o desafiou e fez com que perdesse o controle. Agora, ele precisava se lembrar por que não podia permitir que isso acontecesse de novo.

Com o maxilar travado, mergulhou a ponta da pena no tinteiro e escreveu todas as razões pelas quais não podia... Não devia fazer amor com a futura condessa, *ainda não.*

Angélica estava deitada na bela cama de condessa olhando para o dossel acima. Sempre se orgulhara por ter autocontrole e o aplicava constantemente, no entanto, não havia se controlado durante aquele beijo. Não que tivesse se preocupado muito, na verdade, mas ele... Dominic se descontrolara no princípio, embarcara naquele doce delírio, mas tinha se retesado no final, recuperando o controle. Dominic havia permitido que ela se soltasse de seus braços sem demonstrar nenhum sinal de querer prolongar o beijo.

— Humm. — Ela segurou o pingente cor-de-rosa, pensando o que a atitude dele significara.

Se bem que, independentemente de qualquer coisa, estava feliz com o progresso que havia feito. Na realidade, não pretendia que o beijo tivesse se aprofundado tanto, pelo menos não naquela noite, por isso tinha sido melhor que Dominic tivesse recuado. Angélica não tinha certeza se, caso dependensse dela, teria tamanha força de vontade de parar. Ainda mais porque não queria que sua primeira vez fosse quando estivesse cansada, pois não dormira no coche do correio durante a viagem e não estava no seu melhor momento. Agora que sabia a rota da viagem ao castelo, quanto tempo a viagem duraria e onde parariam durante a noite, estava convencida de que tomara a decisão certa.

Ela precisava se tornar a condessa de Dominic em todos os sentidos, menos no nome, *antes* de chegarem ao castelo. Ambos compreendiam o dever e a necessidade de fazer primeiro o que era mais importante. Quando estivessem no castelo, não teriam tempo para se dedicar ao lado físico da união; se não chegassem lá com uma conexão emocional devidamente consolidada, nenhum dos dois conseguiria encontrar a força interior necessária, que naturalmente fluiria como consequência do aprofundamento da relação; do amor gerado pelo desejo.

— Então, amanhã à noite...

No dia seguinte, à noite, faria o primeiro movimento para atacar a fortaleza. O beijo na biblioteca foi muito encorajador e serviu para mostrar a Dominic como ela lidava com as coisas.

— Surpresa. Se eu não quiser que ele sabote nosso relacionamento, preciso desestabilizar o arrogante conde de Glencrae. — A ideia a fez sorrir. — Mais um desafio.

Abrindo um sorriso maior, se virou de lado, aconchegou-se debaixo das cobertas e se rendeu ao sono atrasado de dias passados, e do sono que não teria na próxima noite.

CAPÍTULO 10

ERA BEM MAIS FÁCIL lidar com a paixão e o desejo à fria luz da manhã. Dominic esperou que Angélica chegasse até a mesa do café da manhã para sinalizar para que MacIntyre os deixasse sozinhos. Assim que a porta se fechou, olhou para Angélica, que passava geleia num pedaço de torrada como de costume. Esperou que ela o fitasse para dizer:

— O que fizemos ontem foi insensato. Como foi você que provocou, não preciso me desculpar. Apesar de ter correspondido ao beijo, e como é importante para nós e muitos outros recuperar a taça, acho mais prudente evitarmos intimidades até atingirmos nosso objetivo.

Por um longo momento ela se limitou a olhá-lo sem reagir. Depois piscou e examinou o rosto dele à procura de alguma explicação.

— Sua opinião era essa antes de nos beijarmos? Ou trata-se de uma declaração *decorrente* do que aconteceu?

Dominic tentou não demonstrar que havia estranhado a pergunta, mas a ruga entre as sobrancelhas o traiu.

— O beijo foi uma demonstração perfeita da razão pela qual devemos manter distância um do outro. Eu... Nós... não podemos nos distrair de nosso atual e tão importante objetivo. Por outro lado, mais tarde, teremos tempo suficiente para prestarmos a devida atenção a esse assunto.

— Humm. — ela arqueou as sobrancelhas. — Isso quer dizer que... Existe a possibilidade de cuidarmos desse assunto com a atenção merecida.

Dominic tensionou o maxilar. Não era hora de responder às provocações. Reparou que Angélica estava distante, mastigando a torrada, perdida em considerações, e não queria nem imaginar no que ela estava pensando. Passaram-se mais alguns minutos e ele acabou perguntando:

— Você concorda? Nada de intimidades por enquanto, até recuperarmos a taça.

Ela piscou.

— Como? — Ela prestou atenção ao rosto dele. — Ah... Bem, se essa é a sua postura... — deu de ombros — ...longe de mim discutir com você.

Dominic continuou encarando-a, que permanecia com a expressão do rosto impassível. Parecia que Angélica conversava sobre um assunto trivial. E ele não fazia a menor ideia da razão de ela estar agindo daquela forma. Era frustrante não ter certeza se havia explicado e se conseguira prevenir atitudes como a da noite anterior. Mas também não queria mais discutir o assunto. Assim, empurrou a cadeira para trás e se levantou.

— Vou até a cidade resolver alguns negócios, perto do castelo. Nos vemos no almoço.

— Está bem. — Ela levantou a tampinha do bule de chá e espiou. — Por favor, peça para MacIntyre voltar... Quero um pouco mais de chá.

Dominic saiu da sala com as mãos fechadas em punhos, sem saber quem havia vencido aquele *round*.

Dominic viu sua futura condessa quando tinha acabado de se encontrar com seu agente local. Ela e Brenda estavam na calçada da High Street em frente à igreja Tron Kirk, aparentemente observando os reparos no pináculo.

O rosto dela se iluminou quando o viu atravessar a rua, e a irritação que ainda sentia depois da conversa durante o café da manhã se esvaiu no mesmo instante. Angélica possuía o sorriso e os olhos claros de um anjo e sabia como usá-los para atraí-lo, por isso, seria grosseria demais não corresponder. Depois de pensar melhor sobre a conversa daquela manhã, concluiu que havia sido uma espécie de confronto, mas pelo menos ela demonstrou que entendera quais eram as prioridades. Mas qual seria o próximo movimento dela? Isso era totalmente imprevisível. Contudo, Dominic tinha mais experiência em relacionamentos amorosos e não seria tão difícil assim identificar qualquer que fosse o próximo ataque.

Discutir a venda de uísque com seu agente o acalmara.

— Você já terminou de tratar de negócios? — perguntou Angélica, inclinando a cabeça para trás, agora adornada com uma boina delicada.

— Sim. Eu estava indo ver os cavalos. Os estábulos que costumo usar ficam próximos ao palácio, então posso acompanhá-la de volta. — Ele reparou discretamente na elegância feminina, que incluía uma sombrinha fechada. — Isto é, se você já terminou as compras e estiver indo na mesma direção.

Eram onze horas ainda, se Angélica quisesse continuar com as compras, teria tempo.

— Ah, sim. Encontrei tudo o que precisava. Pedi a um mensageiro que levasse os pacotes para casa, assim eu e Brenda teríamos mais tempo para caminhar.

— Sendo assim... — Ele segurou a mão dela e passou por seu braço.

Angélica sorriu e eles começaram a andar seguindo a maré de pessoas que subia e descia a High Street.

Angélica usava um vestido verde novo, que combinava perfeitamente com o tom de pele dela e o cabelo ruivo. Dominic reparou que algumas pessoas se viravam para vê-la, mas ela parecia indiferente. Contudo, sabia de sua beleza e sem dúvida usaria como arma contra ele ou qualquer outro homem. Apesar de ela gostar de moda e de coisas bonitas tanto quanto qualquer outra mulher, Dominic não acreditava que Angélica fosse fútil.

Eles atravessaram a North Bridge Street e continuaram pela High Street quando ela parou para dizer:

— Pelo que Eliza disse, a casa em que ficou presa era por aqui.

Dominic olhou para ela e percebeu que estava apenas curiosa.

— Fica na Niddery Street. — Ele inclinou a cabeça para o outro lado da High Street. — Ali.

— Você poderia me mostrar? — indagou Angélica com os olhos brilhando.

Ele nem se importou em perguntar a razão, pois sabia que ela responderia que apenas gostaria de saber. Estava começando a entender o que a motivava, não era tão difícil assim, uma vez que, de certa forma e na mesma situação, era o mesmo que o motivava.

Brenda se separou do casal, sua presença não era mais necessária, já que ele escoltava Angélica. Quando começaram a descer a Niddery Street, Brenda mudou de direção. Ao pararem na frente do número 23, Dominic inclinou a cabeça para o outro lado da rua.

— É ali.

Angélica estudou a fachada da casa, lembrando-se do que ouvira sobre o resgate de Eliza.

— Eliza e Jeremy falaram sobre as catacumbas... É esse o nome?

Dominic assentiu com a cabeça.

— Você sabe onde ficam?

— Sim, mas não vou levar você até lá.

— Por que não? — indagou ela, franzindo o cenho.

— Você não está vestida de acordo. — Quando Angélica piscou sem entender, ele prosseguiu: — Sua irmã e o senhor Carling contaram a história dessas catacumbas?

Ela balançou a cabeça.

Dominic a virou para o outro lado da rua.

— Originalmente esses subterrâneos eram os espaços entre as fundações das duas pontes... South Bridge e North Bridge.

Angélica o ouviu discursar sobre as catacumbas, quem ocupava aqueles espaços e as razões pelas quais uma dama não poderia ir até lá. Angélica fingiu não perceber que Dominic a conduzia de volta à High Street e em direção à casa. Na realidade, Angélica não esperava ir até as catacumbas, mas foi bom que ele tivesse negado alguma coisa antes que ela pedisse o que de fato queria.

Eles pararam ao chegar no topo do Vallen's Close.

— Onde fica a estrebaria que você costuma usar? O cavalo castanho enorme que você usa é de lá?

Ele hesitou, mas acabou respondendo:

— O estábulo fica em Watergate. Sim, Hércules fica lá.

— Sendo assim, vou com você... — disse ela, sorrindo. — Eu já ouvi falar muito sobre seu cavalo enorme.

Dominic a estudou e ficou imaginando se ela estaria aprontando alguma coisa. Confiante que nenhuma de suas maquinações, muito menos as intenções, estavam evidentes em suas feições, Angélica aguardou. Em vez de dissuadi-la, Dominic contraiu os lábios e, com um ar de resignação, meneou a cabeça.

— Muito bem.

Ele pegou a mão dela, recolocou-a sobre seu braço dobrado e a conduziu pela Cannongate para Watergate e para os estábulos.

Dominic não estava errado ao suspeitar que havia um motivo oculto para Angélica querer acompanhá-lo até a estrebaria. Depois de se encantar com Hércules, ela acabou conquistando o dono da estrebaria e exigiu escolher o próprio cavalo.

Bem, não exigiu exatamente, mas insistiu em dar palpite e ser ouvida, apesar da oposição dele. Além do próprio preconceito, Dominic não tinha motivos para não deixá-la escolher, ainda mais porque Griggs já demonstrara do lado de quem estava. Dominic acabou sendo encostado na parede.

Com as mãos na cintura, ele a encarou, estudando a expressão do rosto que, apesar de delicado, mostrava uma determinação inflexível. Chamá-la de teimosa seria pouco para alguém tão certa de suas opiniões e atitudes.

Naquele momento entendeu porque ela quisera acompanhá-lo pela Niddery Street e como havia sido literal e metaforicamente encurralado sem nenhuma chance de reagir.

— Está bem — disse por entre os dentes, baixando a cabeça até o ouvido dela.

Angélica se sentiu triunfante, mas, sabiamente, não demonstrou nada.

Mantendo a voz baixa para que Griggs, que esperava no final do corredor na expectativa de uma venda inesperada, não ouvisse, continuou:

— Você pode ficar com a égua, mas deixe que eu negocie.

Ela não se opôs.

— Obrigada — disse, abrindo caminho para que ele fosse encontrar com Griggs.

— Venha comigo, mas não diga nenhuma palavra — ordenou ele, sem olhar para o lado. — Mas demonstre o quanto você gostou da égua.

Angélica ficou ainda mais exultante e obedeceu, permitindo que Dominic usasse os dois interesses de Griggs, vender um animal que poucos conseguiriam domar e se aproximar da futura condessa de Glencrae, além de baixar o preço da égua negra que seu anjo malicioso exigia. Depois de mais de uma hora de discussão entre eles e Griggs, além da barganha inevitável, Dominic saiu do estábulo com o assunto dos cavalos resolvido para a manhã seguinte e de braços dados com uma Angélica radiante. Precisava tomar cuidado, disse a intuição de Dominic.

Quando chegaram a Cannongate, ele olhou para baixo. Angélica correspondeu ao olhar, estudando o rosto e os olhos dele e sorriu, de uma forma irritante de quem entende de tudo. Depois deu uns tapinhas no braço dele e finalizou:

— Não se preocupe... Você se acostuma.

Dominic quase rosnou, literalmente. Seria tão bom se pudesse ter negado... Mas bem lá no fundo tinha a sensação de que ela estava certa.

— Resumindo, localizamos todos os escoceses que estavam em Londres e no sarau dos Cavendish — disse Devil. — Nenhum deles se parece com o aristocrata, e não temos motivos para achar que algum tenha raptado Angélica e já tivesse tentado duas outras vezes. E tem mais, tive a oportunidade de falar com Cavendish e toquei no assunto dos nossos pares escoceses... Ele me garantiu que nenhum sujeito com as características que citei esteve no baile de sua esposa.

Vane fez uma careta.

— Esse é o resumo do que conseguimos.

Um silêncio mortal se abateu sobre a biblioteca onde estavam Devil, Vane, Demons, Gabriel, Breckenridge, Jeremy e Martin reunidos para discutir o assunto.

Alasdair, mais conhecido como Lúcifer, irmão mais velho de Angélica, acabara de chegar a Londres depois de ter ido buscar Phyllida e a bebê, Amarantha, em Devon.

Phyllida queria estar em Londres de qualquer jeito para apoiar Célia, e tinha a vantagem de conseguir distrair a sogra com a nova netinha. Lúcifer estava sentado numa poltrona diante da mesa, com o rosto apoiado nas mãos.

— Quem sabe não estamos avaliando a situação por um ângulo errado.

— Mas existe outro? — indagou Martin.

— Sim. — Lúcifer espalmou as mãos sobre a mesa. — Quem foi que convenceu Angélica a sair do salão de baile de lady Cavendish? — Ele olhou ao redor, mas ninguém respondeu. — Ela não teria saído sozinha. Mesmo se acreditarmos no que escreveu, dizendo que estava ajudando um amigo, alguém deve ter falado com ela no baile, pelo menos para entregar um recado urgente. Alguma coisa deve ter acontecido, caso contrário ela não teria saído. Mesmo que não tenha sido o próprio aristocrata, ele pode estar por trás de tudo. Assim como nos casos de Heather e Eliza, pode ter usado comparsas. E neste caso específico seria alguém com entrada na casa dos Cavendish.

— Você está certo — Gabriel concordou. — A pessoa que falou com Angélica e a tirou da casa é a chave. Tiramos conclusões sobre o aristocrata e a Escócia, que pode até ser verdade, mas desconsideramos esse fator importante.

— Bem — disse Demon —, é difícil investigar mais sobre os outros convidados que estavam no baile sem tornar o desaparecimento de Angélica público. — Ele estudou as feições dos presentes e fitou Martin. — Vamos assumir o risco de espalhar a notícia que ela sumiu, ou... O quê?

Martin pensou um pouco, balançou a cabeça e sorriu de lado.

— Não podemos nos esquecer do que ela pediu no bilhete, que nós encobríssemos a ausência dela na sociedade. Nossas esposas fizeram um trabalho magnífico nesse sentido. Se agirmos diferente vamos estragar o que fizeram...

— Isso pode nunca mais terminar. — Devil fez uma careta.

— Esperem um pouco. — Vane sentou-se mais para a frente na poltrona. — Ainda há algumas fontes de informações que podem ser muito interessantes. — Ele olhou ao redor. — As mulheres, as matriarcas também, e qualquer uma que esteve no baile podem saber alguma coisa; podemos interrogá-las sem levantar suspeitas.

Gabriel resfolegou e perguntou.

— *Sem levantar suspeitas*? Não existe isso com as matriarcas. Mas entendo aonde você quer chegar; elas podem ter visto alguma coisa e não terem dado a devida importância. É bem provável que devem ter comentado entre si com quem Angélica teria falado antes de desaparecer. Vamos pensar... Helena estava lá, Célia, claro, e Louise também, porque Henrietta estava...

— Quem mais? — Devil pegou uma pena e começou a fazer uma lista.

No final, a lista continha seis nomes. Devil concordou em falar com a mãe, Helena e a esposa, a duquesa Honoria, as duas estavam presentes na festa.

Demon prometeu alfinetar a mãe, Horatia, e Gabriel faria o mesmo com a mãe, Célia. Lúcifer ficou incumbido de perguntar a Louise e, se possível, falar com Henrietta também.

— Isso quer dizer que terei de falar com lady Osbaldestone — disse Vane, torcendo a boca para o lado.

— Poderia ter sido pior — comentou Martin. — Sorte a minha que a tia Clara não foi ao baile.

Vane blasfemou, mas não tinha argumentos para revidar. Qualquer um que tivesse de ouvir o discurso infindável de sua tia-avó Clara teria muita dor de cabeça.

— Está certo. — Devil colocou a pena sobre a mesa. — Bem, vamos todos solicitar as visitas e esclarecer o que pudermos e se, por acaso, essas mulheres sugerirem outras que puderem nos dar informações com discrição, vamos falar com elas também. Ainda estamos no meio da tarde, mas provavelmente seja difícil conversar em particular com essas senhoras, talvez tenhamos que esperar até amanhã... Vamos nos reunir aqui depois de amanhã de manhã.

Todos concordaram, meneando as cabeças, levantaram-se e deixaram a biblioteca decididos a começar a caçada.

Angélica entrou na sala de estar naquele final de tarde deslizando como uma pluma em seu novo e delicado vestido de noite cor de violeta, embora estivesse um pouco ansiosa. Ela havia convencido a modista a dispensar todos os laços, fitas, babados e tinha gostado do resultado.

Dominic estava em pé ao lado da lareira, com o olhar fixo nas chamas, e se virou ao ouvi-la chegar. O olhar de encanto que recebeu foi prova de que atingira seu objetivo. Ele a estudou dos pés à cabeça e parou no decote coração que evidenciava os seios. Quando Angélica parou diante da lareira também, Dominic piscou e ergueu o olhar para os olhos dela.

— Eu pensei... — piscou outra vez e franziu a testa. — Não é um pouco simples demais? — Ela sorriu.

— É bem simples sim, mas é proposital. Você já deve ter notado que eu não sou muito alta, e sou magrinha. Então, babados e enfeites em excesso me fazem sentir, e parecer, mais pesada. Simples é mais elegante. — Ela fez um gesto em direção a si mesma, de alto a baixo. — Favorece mais, serve para mostrar e não para disfarçar, e muda o foco do vestido propriamente dito para quem está dentro dele. — Fitando-o dentro dos olhos, Angélica abriu um sorriso sensual. — E pelo que pude perceber, deu certo.

Dominic apertou os olhos, pensando numa boa resposta, mas no final apenas resmungou alguma coisa.

— Senhor, senhorita, o jantar está servido.

Ao olharem para a porta, viram que McIntyre estava ali e eles nem sequer o tinham ouvido entrar.

— Vamos jantar, milady — disse Dominic, oferecendo o braço dobrado.

Ela sorriu, serena e confiante, e colocou a mão sobre a manga.

Enquanto caminhavam para a sala de jantar, Dominic balançou a cabeça, desaprovando os modos de ambos. Apesar do aviso daquela manhã, Angélica estava muito empenhada em continuar com aquele jogo de sedução. Contudo, não estava flertando abertamente, mas usava táticas mais sutis e provocantes, tanto que havia conseguido chamar a atenção dele. O que mais o intrigava, porém, era que a mera visão dela intensificava o seu desejo, e não precisava de mais estímulo.

Depois de puxar a cadeira para ela, Dominic foi se sentar na outra cabeceira. MacIntyre e os outros criados trouxeram as travessas e o jantar começou.

Contrário às suas expectativas, Dominic começava a suspeitar que ela gostava de confundir as coisas, embora suas conversas fossem francas, sem nada a esconder, mas só sobre a viagem.

— Brenda está fazendo as malas agora à noite, assim você não precisará esperar amanhã de manhã. — Angélica franziu o nariz ligeiramente. — Você pretende mesmo sair tão cedo?

Ele confirmou com um sinal de cabeça.

— Assim que o dia raiar e for seguro para cavalgarmos. — Depois de alguns minutos debatendo sobre o que queria saber de fato, perguntou: — Quantas malas você tem?

— Só três, e uma chapeleira, claro.

— Claro.

Ela percebeu o tom seco de voz, mas sorriu e não retrucou.

— Sei que você contratou cavalos de carga, então minhas malas não farão diferença.

Ele resmungou, não respondeu, mas sabia que para uma dama, três malas e uma chapeleira era pouca bagagem mesmo.

Os dois conversaram de outros assuntos e sobre os preparativos para a viagem. Eles haviam pensado sobre todos os detalhes. Com a conversa animada, Dominic volta e meia olhava para ela: para o rosto, para os lábios, os olhos e as sombras dos cílios nas maçãs do rosto rosado. Em um certo momento, uma gota de vinho escapou-lhe dos lábios. Dominic ficou hipnotizado quando ela capturou a gota com a língua e começou a pensar o que mais Angélica poderia fazer e...

Desviou o olhar e se mexeu na cadeira com certo desconforto, pensando se o estaria provocando deliberadamente e concluiu que sim, embora ela não tivesse feito mais nenhum outro gesto provocante. Nem mesmo quando segurou o pingente do colar, brincando com o cristal entre os dedos, chamando a atenção dele para o vale entre os seios redondos... Àquela altura seria difícil dizer se Angélica agia com malícia ou não. Bem, de um jeito ou de outro, os movimentos foram eficientes para despertar a libido dele.

Quando deixaram a sala de jantar e seguiram para a biblioteca, Dominic já ardia de desejo. Mas estava mais convicto do que nunca que era melhor não ficarem muito próximos.

Angélica entrou na biblioteca e sentou-se na cadeira de costume. Mais cedo, ela havia pedido a Brenda que buscasse o livro que tinha trazido de Londres e o deixasse ali na mesinha lateral. Angélica pegou o tomo pesado com as duas mãos, colocou-o no colo e abriu onde havia parado de ler. Com o canto do olho, viu Dominic parar diante da mesa, estudá-la com os olhos semicerrados, sentar-se e prestar atenção nos papéis. Já não havia mais uma pilha de papéis, a mesa estava quase vazia. Acomodando-se melhor e relaxando na cadeira, ela leu mais algumas páginas para se distrair um pouco do que havia planejado para o resto da noite.

Apesar da declaração dele naquela manhã, Angélica se sentiu satisfeita com o que conseguiu durante o dia. Convencê-lo a comprar a égua negra fora uma vitória extra, pois não sabia de antemão que o animal estaria disponível, mas acabou provando que podia conseguir o que quisesse de Dominic, embora não tão facilmente.

Os vestidos novos causaram o impacto que ela esperava, bem como as outras iscas, muito bem disfarçadas, haviam surtido efeito. Agora sabia como ele reagia e poderia evitar qualquer movimento em falso. Contudo, a atenção e a resistência natural dele não agiam a seu favor, não ali e nem naquele momento. Dominic tinha muita força de vontade para cumprir o que propusera.

Mesmo com as pequenas vitórias, Angélica não tinha certeza quem venceria se estivessem numa competição acirrada, ou num confronto direto. Mas ela planejou tudo para aquela noite e estava preparada para enfrentar obstáculos e virar o jogo a seu favor.

Ela tentou prestar atenção no conteúdo do livro, mas estava muito atenta ao homem sentado à sua frente, a ansiedade e a impaciência começavam a dominá-la.

Dominic percebeu que estava relendo todos os parágrafos do contrato, que tinha em mãos, pelo menos três vezes antes de ter certeza de que havia entendido cada linha, apesar da névoa sensual que envolvia sua mente. Que raios, ela estava lendo um livro... Está certo que é um livro sobre a história escocesa, mas por que ele não conseguia se controlar e ficar calmo? Angélica o estava levando à loucura, só pelo fato de estar viva e respirar, ou por estar em algum lugar em que ele pudesse vê-la.

Dominic não era bobo para fingir que não se sentia totalmente atraído por aquela mulher. Sendo sincero consigo mesmo, havia ficado encantado desde que a vira no salão de lady Cavendish; a atração foi crescendo a cada dia, às vezes até a cada hora. Pior, não era apenas atração, mas luxúria sob uma nova perspectiva, permeada por uma paixão inusitada e excitante. Angélica seria sua esposa, portanto a relação deles seria mesmo nova, mas seu lado mais rebelde estava ansioso para descobrir as diferenças.

Por exemplo...

Ele bloqueou o curso dos pensamentos. Apertando os dentes e contraindo o maxilar, pegou o último dos documentos que teria de rever e forçou os olhos e a mente para ler. Quando chegou ao final, assinou e estava passando o mata-borrão quando ela se espreguiçou e bocejou. Os olhares se cruzaram e Angélica esboçou um sorriso fácil e descomplicado.

— Acho que vou subir — disse, levantando-se e colocando o livro debaixo do braço. — Vou levar isto comigo... Ainda não cheguei nem na metade.

Dominic meneou a cabeça e ficou observando a porta mesmo após a saída de Angélica. Não era isso que estava esperando, mas sim que ela tentasse fazer alguma coisa, ou pelo menos desafiá-lo a provar que estava errado sobre se manterem distantes.

Para não se render e capitalizar de alguma forma sua suscetibilidade a sedução sutil, porém bem real, ele tinha decidido se manter firme em sua posição e resistir. Não se renderia às vontades dela, nem mesmo deixaria que se aproveitasse da atração óbvia que existia entre eles, em causa própria, e assim o derrotasse.

E ao invés de tentar alguma coisa, ela tinha simplesmente se retirado.

Ela se retirou da biblioteca e o deixou não apenas cheio de desejo, mas vazio.

Dominic ficou estranhamente desapontado. Estava até ansioso pela batalha...

— *Argh!* — Aquela mulher danada o estava deixando atordoado.

Dominic tateou a mesa, mas terminara de ler e assinar todos os documentos, um a um, que precisava resolver antes de sair para o castelo. Mesmo assim, pensar em subir para o quarto e naquele humor... Ele não confiava em si mesmo para sair dali e passar pela porta do quarto da condessa sem bater e provocar exatamente o que esperava evitar.

— É aí que mora o pecado. — Como não havia mais nenhuma distração, abriu a última gaveta da mesa e tirou o contrato que o pai fizera com o grupo de banqueiros de Londres.

Se nada mais pudesse lembrá-lo do que era realmente importante, ler aquele contrato seria a solução.

CAPÍTULO 11

Meia hora mais tarde, Dominic conseguira retomar o foco; seus pensamentos se restringiam aos dias que vinham pela frente. Assim, acendeu a última vela que encontrou no hall de entrada e a usou para iluminar a escada. Passou, sem parar, pela porta do quarto da condessa. Ao abrir a porta de seu aposento, entrou na antessala e parou.

O quarto estava iluminado. A porta estava aberta, mas ele não conseguia ver nada além do armário do local onde se encontrava. Contudo, não precisou pensar muito para adivinhar quem iria achar ali. Seria bem divertido se voltasse para o corredor e fosse dormir no quarto dela, mas, por outro lado, seria covardia não enfrentá-la.

Como a libido o deixara muito curioso para descobrir o que exatamente Angélica estava fazendo ali e o que poderia acontecer, seguiu em frente, embora não estivesse nem um pouco contente com aquela última jogada. Passara a última meia hora tentando pensar apenas no objetivo principal de estarem ali, e agora... Com o maxilar contraído e a testa crispada, fechou a porta principal e seguiu com passos duros para onde pretendia dormir.

E descobriu Angélica deitada em sua cama.

Recostada na cabeceira com o lençol até o pescoço, Angélica estava lendo o livro de Robertson, iluminada pelo abajur da mesinha de cabeceira.

Ele parou a três metros da cama.

A luz tênue iluminava o contorno dos ombros e fazia um belo jogo de sombras com o cabelo, que caía em cachos compridos até a linha dos seios.

— Ah, aí está você. Eu já estava imaginando onde você estaria — disse ela, abrindo um sorriso.

— O... que... você... está... fazendo... aqui? — indagou ele, pausadamente, com a voz grave, imprimindo toda sua raiva.

Como se tivesse sido surpreendida pelo tom de voz, Angélica arqueou uma das sobrancelhas.

— Ora, estou lendo e esperando você, claro.

Dominic apertou os olhos e se segurou para não explodir.

— *Por que* você está aqui?

— Porque tenho vários assuntos para discutirmos, que não devem ser ditos em outro lugar. — Ela fechou o livro. — Agora que está aqui...

— Você ouviu ou não o que eu disse hoje cedo sobre esse tipo de "assunto"? — perguntou ele, colocando o castiçal sobre a cômoda diante da cama.

Angélica ainda estava com o colar, e havia um robe de seda sobre a cadeira ao lado da cômoda. Não dava para saber se ela estava vestida ou não, provavelmente usava uma camisola de verão de alças e sem mangas.

Ele se virou para fitá-la e ela correspondeu ao olhar.

— A *sua* declaração desta manhã foi baseada na *sua* opinião. Não me lembro de você ter perguntado a minha.

Será que ela o achava tolo o suficiente para deixá-la falar em voz alta? Dominic estava impassível e implacável e deixou o tempo passar, o silêncio aumentou sua raiva e aborrecimento... Angélica continuava com a postura rígida, imóvel; sem se deixar intimidar, limitou-se a encará-lo e esperar. Com uma paciência que ele não tinha.

Aquele seria um confronto, uma das discussões que estavam fadados a ter.

— Muito bem. — Ele meneou a cabeça. — Qual é a sua opinião?

— Minha opinião é bem objetiva. Como futura condessa, eu gostaria de continuar o que já comecei. Por exemplo, já assumi as rédeas da administração da sua casa, já escolhi o vestuário apropriado e acho que devemos rever o que combinamos sobre nossa intimidade, a começar por dormir nesta cama esta noite.

— Você acha que vou dormir a seu lado sem tocá-la? — perguntou Dominic, incrédulo e sem pensar duas vezes.

Ela o encarou e respondeu:

— Não.

Dominic passara a última meia hora colocando grilhões em sua libido, que viraram cinzas. A luxúria ressurgiu com a força de um animal selvagem esfomeado. Angélica não se deixou intimidar e manteve o olhar preso ao dele. Era simplesmente impossível que ela não soubesse o que estava insinuando. O convite a uma intimidade maior ecoou alto no ouvido dele.

Só havia uma resposta que poderia dar.

— Não será esta noite. — Em dois passos largos ele chegou ao lado da cama. Sem nenhuma cerimônia, colocou as mãos por baixo do lençol para segurá-la no colo e levá-la de volta ao quarto da condessa, e sentiu a pele nua.

— *Valha-me Deus!* — Ele puxou as mãos depressa, como se as tivesse queimado.

Com a rapidez de um feixe de luz, Angélica segurou a gravata dele, impedindo-o de se levantar. Se quisesse, Dominic poderia ter se soltado facilmente, mas não resistiu ao olhar determinado dela, e imaginou como seria se a içasse da cama, com o lençol escorregando pelo corpo feminino esguio...

Dominic fechou os olhos e cerrou os dentes com força.

— Você está nua...

— Pensei em ganhar tempo. Por outro lado, você está usando roupas demais.

Ele abriu os olhos e deparou-se com o rosto dela bem próximo. No mesmo instante lembrou-se do toque sedoso da pele macia e apoiou as mãos na beirada da cama. Ela interpretou a atitude como um aceite e o puxou pela gravata novamente até capturar a boca masculina. Mas ele não se mexeu.

— Por que você está fazendo isso? Quero saber a razão verdadeira.

Seria uma guerra de vontades, numa arena em que ele certamente perderia?

Angélica o fulminou com o olhar com a mesma intensidade que ele, como se tivessem o poder de entrar na mente um do outro. No final, sem quebrar o contato, ela disse:

— Respondo sua pergunta se você responder a minha.

— E qual seria mesmo?

— Por que você se recusa a ter uma intimidade maior comigo se já decidiu que serei sua condessa?

A resposta, a verdade nua e crua, pairou na mente dele. Porque pela primeira vez na vida, não fazia ideia do que resultaria fazer amor com essa mulher. Angélica era única, diferente de todas as outras. Ele olhava para ela, reagia e pensava nela de uma maneira nova e única, e por mais que tentasse se convencer do contrário, sabia que a desejava não apenas porque ela seria sua futura noiva.

Mas jamais poderia confessar isso, nem sequer sugerir.

Dominic inalou o ar bem devagar e profundamente. Sem desviar o olhar do rosto delicado, disse:

— Como você já sabe, recuperar a taça é vital para mim. Neste momento é o mais importante para mim. Não tenho dúvidas de que ter uma relação sexual com você ou com qualquer outra dama neste momento irá me distrair da minha obrigação. — Ele fez uma pausa e emendou: — Correção, começar uma relação sexual com você vai me distrair demais, principalmente porque você será minha condessa, um resultado que só será possível, como nós dois sabemos, quando você aceitar se casar comigo. Além do mais, se nos aproveitarmos desta situação, não só nos distrairemos como também estaríamos de certa forma traindo meu clã, que depende de nós para recuperar a taça e salvá-los. Resumindo, na minha opinião, cedermos à tentação seria como traí-los.

Os olhares de ambos se prenderam, e Dominic comprimiu os lábios e aguardou. Um longo minuto se passou enquanto ela pensava, até que finalmente o fitou:

— Entendo sua posição, e está claro por que você quer mantê-la. No entanto, tenho duas razões contra, e as duas interferem na nossa capacidade para melhorar o empenho em recuperar a taça.

Dominic resolveu reagir e franziu o cenho.

— Você acha que se ficarmos íntimos estaremos *mais capacitados* para enganar minha mãe e recuperar a taça?

— Isso mesmo — afirmou ela, decidida.

Ela ainda segurava a gravata com as duas mãos. Dominic suspirou e se sentou na beirada da cama.

— Primeira razão. — Angélica fez uma pausa para respirar fundo. — Eu também acho que se cedermos será um grande problema. Sendo assim, acho que você ainda não percebeu, já estamos distraídos, agora mesmo. Você realmente acha que isso... — ela soltou uma das mãos da gravata para fazer um sinal com a mão, e acabou puxando o lençol para cima — ...o que sentimos um pelo outro agora vai *diminuir* com o tempo? Acha que se não fizermos nada para aplacar essa atração, mas deixá-la de lado, estaremos livres? — Ela o encarou e afirmou. — Sim, concordo que seja uma distração, mas é movida pela curiosidade e só vai piorar a cada dia. Se continuarmos protelando isso, quando chegarmos ao castelo, pelo menos eu, estarei tão aflita que não conseguirei me concentrar apenas na tarefa de enganar sua mãe... Como alguém poderia esperar que eu estivesse, quando só penso em você? Em nós. Em você e eu juntos.

Ele permaneceu em silêncio por um minuto e então disse:

— Seria distração em cima de distração...

— Possivelmente sim. — Ela inclinou a cabeça, tentando adivinhar o que ele estava sentindo e o que queria dizer, mas não conseguiu. — Concordo, você tem mais experiência nesse assunto do que eu. Como nunca me deitei com ninguém não posso julgar o nível de distração, mas acredito que não seja pior do que como estamos agora por ainda não sermos mais íntimos. Tenho experiência, porém, para afirmar que a expectativa do antes é muito mais poderosa do que depois que o fato acontece.

Dominic estava prestes a dizer alguma coisa, mas ela se apressou e disse antes:

— Se você compreender o que estou dizendo e concordar que é melhor resolvermos essa questão antes de chegarmos ao castelo, então a resposta para quando e onde está aqui, na segurança de sua casa e no conforto desta cama.

— Ela o prendeu pelo olhar. — Se vamos aprofundar nossa intimidade antes de chegarmos ao castelo, acho que deveria ser já, esta noite, nesta cama.

Houve mais um minuto de silêncio. Angélica arqueou as sobrancelhas quando ele não tomou nenhuma atitude.

— E então...?

Ele considerou mais um pouco e disse:

— Acho que tanto o seu argumento quanto o meu estão corretos. Ou seja, um anula o outro, portanto não há razão para tomarmos uma atitude agora, e tampouco para protelar. Então... Qual é sua segunda razão?

O segundo motivo era mais difícil de explicar. Bastava olhar para o rosto de Dominic para saber que ele compreendia por que relutava em explicar... Mas ela diria. Encontraria as palavras certas para enfrentar o desafio do destino, e o dele, e para convencê-lo a seguir os passos necessários para apaixonar-se por ela.

Ela pensou por um longo momento, antes de falar:

— Quando chegarmos ao castelo, nenhum de nós poderá ter certeza do que será preciso fazer para convencer sua mãe de que estou arruinada. Esse é o nosso objetivo, que temos de alcançar juntos. Apesar de não termos conversado sobre o que talvez tenhamos de fazer, tenho certeza de que você já pensou a respeito, e eu também. O papel que terei de desempenhar, de representar, não será necessariamente simples ou linear. Pode ser, muito provavelmente será, bem difícil, sob vários aspectos. Não só para mim, para você também. — Ela fez uma pausa, prendendo-se na profundidade daqueles olhos acinzentados, restando-lhe somente a esperança de que ele entendesse. — Para encenarmos a farsa, eu e você... Bem, será mais fácil se nos tornarmos mais próximos, entende?

Dominic arqueou as sobrancelhas, pensativo, tentando entender aonde ela queria chegar.

Angélica sentia que ainda não era suficiente; cada vez mais convencida de que precisava atingir uma camada mais profunda da consciência de Dominic para que ele realmente compreendesse; naquela noite, naquele momento, ela procurou em seu próprio coração e descobriu a verdade — sua própria vulnerabilidade —, a expectativa de ser possuída, seu verdadeiro motivo. Ela respirou fundo e com o olhar preso ao dele, forçou-se a dizer:

— Para representarmos nossa farsa e para termos a confiança necessária para sermos bem-sucedidos, eu preciso confiar plenamente em você, principalmente no lado físico. O único jeito de atingirmos esse nível de confiança nos próximos dias, antes de chegarmos ao castelo, é nos tornarmos mais íntimos.

Algo mudou por trás dos olhos acinzentados. Ela ficou tentada a continuar falando, mas pressionou os lábios para permanecer quieta, esperando uma resposta.

Dominic a estudou e percebeu que Angélica estava sendo sincera. Ele havia perguntado, ouvira a resposta e entendera. Sabia que ela não se referia apenas ao ato de amor, e estava inquestionavelmente correta. Para uma mulher, especialmente com um homem forte como ele, a confiança era essencial. E era fácil compreender por que ela queria chegar àquele nível de confiança e imaginar o que poderia acontecer no castelo para que a trama fosse mais convincente.

Quando olhou para ela, Dominic viu uma mulher, uma moça, que concordou em ajudá-lo — um homem de quem ela só reconhecia a reputação adversa — a salvar um clã com o qual não tinha nenhuma ligação ou obrigação. Angélica fizera muito mais do que ele esperava. Até aquele ponto, havia se entregado incontestavelmente.

E agora pedia uma retribuição. Mais do que isso, era algo que ela precisava. Era aquilo que ele tinha que dar em retribuição a tudo o que ela já fizera até então e o que estava se comprometendo a fazer nos próximos dias.

Dominic não podia negar. Mesmo que tivesse algumas reservas, que se tornaram mais agudas na última hora, dúvidas sobre as consequências do que já havia aflorado entre os dois.

Certamente, não podia negar Angélica para proteger a si mesmo.

O primeiro motivo dela fora prático, o segundo, emocional. Dominic resistira ao primeiro motivo por praticidade também, tanto quanto reagira emocionalmente ao segundo. Ele percebeu os paralelos, mas isso não mudava nada.

Contendo a respiração por um segundo, observou que Angélica estava tão tensa quanto ele. Estudando os olhos cor de esmeralda que o fitavam, perguntou:

— Você tem noção de que se dormirmos juntos não haverá como voltar atrás, e que nem mesmo sua família poderá fazer nada para reverter isso?

— Sim — respondeu ela com a coragem habitual. — Mas mantenho minha posição. Aceito que vamos nos casar, mas só concordarei formalmente mais tarde.

Dominic franziu a testa, e seus olhos refletiam a descrença nos motivos dela.

— Por quê?

Angélica pensou um instante antes de responder:

— A esta altura, você terá de confiar em mim. Confiar que sei o que estou fazendo e que este é o melhor caminho para nós.

A resposta não ajudou a diminuir a desconfiança dele, ao contrário, aumentou ainda mais. Mas ele respirou fundo, exalou o ar e meneou a cabeça.

— Está bem.

Dominic olhou para o livro que ainda estava no colo dela, pegou-o e colocou-o no chão. A mão pequena e macia ainda estava em sua gravata, mas ela já não segurava com tanta força.

— Tem uma coisa... — disse ele, endireitando o corpo e fitando-a.

— O que é? — perguntou ela, arqueando uma sobrancelha.

— Assim como em uma valsa, eu conduzo. — Dominic afastou alguns cachos de cabelo do rosto delicado. Sentiu o coração acelerar no mesmo instante e percebeu que Angélica reagiu da mesma forma a seu toque. Depois deslizou os dedos pelo cabelo dela, em seguida emoldurou o rosto delicado com as duas mãos e sorriu. — E você me segue.

— O quê?

Angélica entreabriu os lábios como se fosse protestar, mas não teve chance, pois ele inclinou a cabeça e a beijou, calando-a e distraindo-a de qualquer outro pensamento. Movendo-se para mais perto, ele foi aprofundando o beijo bem devagar, numa comunhão silenciosa porém poderosa.

Assim como havia acontecido na noite anterior, a chama da paixão se acendeu, rápida e avassaladora. Dominic não se esforçou para contê-la; ao contrário, deixou-a arder, imaginando, com um resquício de lucidez, que aquele calor escaldante talvez a deixasse chocada e assustada e, quem sabe, a fizesse retomar a razão. De sua parte, contudo, se aquilo realmente era o que Angélica queria, ele não via motivo para não usufruir do momento, uma vez que ele próprio já sentia os efeitos do desejo em seu corpo.

Estava tão enfeitiçado que não percebeu que ela tentava puxar seu casaco.

— Tire a roupa... — murmurou ela.

Dominic tirou o casaco. Depois, enquanto tirava o colete, Angélica desfez o nó da gravata e começou a desabotoar a camisa. Com a movimentação, o lençol desceu um pouco, deixando à mostra o colo e o começo dos seios, os mamilos rijos ainda estavam sob o tecido. No mesmo instante, ele teve vontade de puxar o lençol mais um pouquinho. Mas antes livrou-se do colete, jogou-o de lado, tirou os sapatos e, enquanto tirava as meias, ela terminou de desabotoar a camisa.

Dominic então passou por cima dela e deitou-se. O peso dele sobre o corpo menor e feminino, mesmo que tivesse sido rápido, chegou a assustá-la, e o reflexo imediato foi puxar o lençol até debaixo do queixo. Ele sorriu e não hesitou em fazer o movimento oposto, segurando o lençol com a mesma força. Quando Angélica deu outro puxão, ele ergueu uma sobrancelha.

— Não vai me deixar ver você?

— Imaginei que você tivesse que merecer — disse ela, estreitando os olhos.

Ele posicionou um braço de cada lado do corpo dela, prendendo-a.

— Sendo assim, vamos ver o que posso fazer — disse, entrelaçando um cacho de cabelo vemelho nos dedos.

Sem desviar o olhar, Dominic aproximou o rosto e cobriu os lábios dela com um beijo. O calor da paixão os atravessou novamente, com a força de uma imensa onda que os engolfou por completo.

Presa sob o peso parcial do corpo dele, Angélica se moveu, impaciente e aflita, pois também queria tocá-lo e sentir os músculos do corpo forte, aplacando o desejo desgovernado que a impulsionava a querer mais. Entretanto, Dominic continuava a beijá-la como se não percebesse a inquietação dela.

Era um beijo sensual e insinuante, de um homem que sabia exatamente como seduzir uma mulher. Cada movimento ousado da língua experiente, aliado à pressão dos lábios, prendiam-na naquele êxtase de sensações inusitadas que a deixava totalmente à mercê dele.

De repente Dominic segurou os dois pulsos dela e ergueu-lhe os braços acima da cabeça. Angélica serpenteou sobre a cama, tentando libertar-se; embora não a estivesse machucando, Dominic a segurava com força.

Os olhos dele, daquele extraordinário tom intermediário entre verde e cinza, encontraram os dela.

Só de olhar para o rosto de Dominic, decifrando o desejo estampado em cada uma daquelas linhas fortes, Angélica sentiu a pele toda arrepiar de antecipação pelo que estava por vir. Por baixo dos lençóis, os mamilos se enrijeceram. Dominic percebeu e sorriu de satisfação, mas quando baixou a cabeça não foi para beijá-la nos lábios. Com a mão livre, emoldurou o queixo dela e ergueu-lhe o rosto, virando-o para o lado, expondo a pele alva para uma série de beijos rápidos, que se iniciou debaixo da orelha e seguiu por uma trilha chamejante até a base do pescoço, detendo-se ali para um beijo mais exigente, pavimentando a pele macia com a língua úmida. Angélica estremeceu conforme a barba por fazer arranhava-lhe o pescoço sensível. Em vez de soltar o rosto dela, ele usou o queixo para empurrar o lençol mais para baixo, bem devagar. A respiração quente banhou a pele exposta, provocando uma sensação íntima e extasiante.

Angélica mal conseguia respirar, tamanha a ansiedade que oprimia seu peito, deixando-a em suspenso. Durante a espera, sentiu os seios incharem, percebeu sua temperatura subir centímetro por centímetro de pele à medida que Dominic ia baixando o lençol, revelando os seios, expondo-os.

Apesar da torrente de emoções, ela estava ciente de que cada movimento de Dominic, cada carícia continuaria a ser orquestrada. Apesar de os corpos estarem separados pelo lençol, Angélica sentia os músculos firmes do corpo dele, principalmente a masculinidade túrgida, que ainda não estava onde ela queria senti-lo.

Abrindo os olhos, lutando para dominar as sensações avassaladoras, Angélica percebeu que a concentração de Dominic estava em baixar o lençol devagar, descobrindo seu corpo.

Angélica *sabia* que ele estava se controlando. Desconfiava que a intensidade das sensações devia ser maior ainda, a entrega devia ser mais completa; provavelmente havia algo mais que poderiam explorar, mas ele precisava soltar as rédeas do controle que era intrínseco de sua personalidade. E isso deveria acontecer naturalmente.

Mas antes que ela pudesse pensar no que fazer, Dominic beijou-lhe um dos mamilos com uma delicadeza ímpar, redesenhando a auréola com a ponta da língua. A mão que segurava-a no rosto passou a acariciar os seios inchados. As sensações se renovaram, deixando-a perplexa, mas quando Dominic começou a sugar-lhe os mamilos, ela sentiu como se estivesse escalando vertiginosamente em direção ao pico dos prazeres.

Os dois estavam deitados lado a lado, com as pernas bem próximas. Ela não podia mexer as mãos, ainda seguras por Dominic, mas as pernas estavam livres. O lençol escorregou mais quando ela levantou um dos ombros, girando para ficar de frente com ele, com a intenção de sentir a rigidez entre suas coxas, onde ela julgava que incitaria maior prazer, e movimentou os quadris ligeiramente. O resultado superou suas expectativas. Dominic estava tão concentrado que o movimento brusco não o impediu de continuar as carícias, mas ao perceber a vulnerabilidade em que estava, sugou o mamilo com mais força, fazendo-a gemer alto.

Enquanto lutava para recuperar o fôlego, Angélica percebeu que seus pulsos não estavam mais presos. Abaixando os braços, colocou uma das mãos atrás da nuca dele, para que as carícias em seus seios não cessassem; a outra mão, ela deslizou para baixo até a ereção por cima das calças.

Uma batalha sensual se iniciou.

Dominic tentou virá-la e cobri-la com seu peso, mas ela lutou e resistiu, sem deixar de movimentar a mão sobre o órgão intumescido. Gemendo baixinho, ele rolou de costas na cama e a trouxe consigo.

— Você é tentadora demais!

Angélica se esparramou sobre ele, exposta, com apenas o lençol separando-os. Ignorando a carícia inesperada do ar frio sobre a pele nua, sobre os ombros, costas, nádegas e pernas, ela empurrou a camisa de Dominic para trás dos ombros e encantou-se com a visão do peito recoberto de pelos escuros que formavam um desenho perfeito, descendo até o baixo-ventre.

Dominic percebeu a reação dela, mas estava focado na visão que tinha bem diante dos olhos. Angélica estava nua, sentada em cima dele, as coxas bem torneadas ladeando seu quadril, o cabelo vermelho, acentuado pela luz do abajur, caindo em cascata sobre os ombros e as costas, os cachos sedosos emoldurando o rosto delicado e cobrindo parcialmente os seios. No vale entre os seios fartos, o pingente de cristal reluzia misterioso.

Os seios fartos tinham o tamanho exato para caber nas mãos dele, os mamilos, agora de um rosa mais escuro e rijos, exigiam toda a atenção.

A pele dela era como uma seda fina e imaculada e parecia estar inteira mais rosada pelo calor da paixão. A visão daquele corpo incrível não acalmou o desejo de possuí-la, mas clamou pelo instinto de caçador, fazendo-a de presa.

Alheia à paralisia temporária que o acometeu, com o olhar cheio de ganância, que embelezava ainda mais aquele rosto encantador, Angélica espalmou as duas mãos no tórax largo e deslizou as pontas dos dedos pelas linhas que dividiam os músculos, enlevada pela sensação.

Dominic controlou a vontade de corresponder às carícias e recuperar o controle da relação, para simplesmente correr os olhos por aquele corpo perfeito, descendo dos seios para a cintura fina até parar para admirar os pequenos cachos íntimos que cobriam o triângulo entre as coxas roliças.

Por trás daquela penugem a pele devia estar quente, inchada e molhada...

Qualquer resquício de controle o abandonou naquele instante.

Ele conseguiu se virar, fazendo com que Angélica caísse de costas sobre o colchão. O lençol ainda estava enrolado entre eles, mas já havia descoberto as pernas dela, braços e seios. Trocando de posição, ele se colocou por cima, apoiando-se nos cotovelos para não comprimi-la demais. Como se conhecesse os próximos passos daquela dança sedutora, Angélica afastou as pernas para que eles se encaixassem.

Dominic inclinou a cabeça e capturou os lábios dela num beijo profundo, com a intenção de varrer todos os pensamentos da mente de ambos para bem longe. Queria enfeitiçá-la a ponto de fazê-la esquecer as rédeas do comando e se entregar plenamente. O beijo, conduzido com maestria, foi exatamente o que ele esperava, porém o resultado não foi o planejado.

De uma maneira instintiva, Angélica reconheceu que o beijo ia além de uma simples carícia, era também uma luta inteligente de vontades, uma batalha entre a experiência de um caçador contra o entusiasmo e a curiosidade de uma virgem, a luta pelo domínio. Destemida, ela se entregou com disposição à batalha e passou a retribuir o beijo com a mesma intensidade, fez com que sua língua ditasse o compasso dos movimentos e, abandonando-se totalmente ao doce delírio, retribuiu pelo menos um pouco da paixão que Dominic vertia sobre sua boca.

Era *isso* que ela estava procurando... Ou pelo menos o que imaginava estar procurando, os dois se entregando por completo, deixando-se queimar pela chama do desejo.

Ela se deliciou com o beijo, o irrestrito acasalamento das bocas havia acontecido finalmente. Angélica deslizou uma das mãos, interrompendo parcialmente a delícia de explorar os músculos do tórax dele, tão quentes, tão firmes, tão largos, e o segurou pela nuca, pois queria — *necessitava* — sentir o peito dele comprimindo seus seios. Em resposta, ele baixou um pouco mais os cotovelos, mas ainda estava alguns centímetros longe dos seus seios.

Angélica colocou a outra mão na cintura dele, sentindo a pele quente, em seguida deslizando-a para as costas e até onde conseguia alcançar, quase ronronando com a volúpia do beijo ganancioso.

A pele de Dominic era macia em contraposição aos músculos firmes, e irradiava um calor que a provocava, a impelia a aumentar o roçar dos corpos e enroscar as pernas nuas nas dele. No entanto, por mais que tentasse seduzi-lo com o beijo, Dominic não cedia e não abaixava mais o corpo, como se estivesse negando o prazer que ela buscava.

Então, não teve dúvidas em ser mais ousada. Usando a imobilidade sólida dele como uma âncora, firmou a mão na nuca masculina e curvou o corpo, pressionando os seios contra o tórax largo e movimentando-os numa carícia. Prendeu a respiração ao sentir uma onda de prazer quando os pêlos escuros do peito másculo roçaram-lhes os mamilos.

Se antes ela acreditava que os beijos eram apaixonantes, acabara de descobrir que podiam ser muito mais, eram lascivos até o ponto de deixá-la embriagada e sem ação. De repente Dominic parou de beijá-la e focou a atenção nos seios fartos, capturando-os com as mãos em concha numa carícia plena, antes de baixar os lábios para beijá-los e sugar os mamilos, mordiscando-os vez ou outra, enquanto a língua rodeava a auréola, levando-a ao desespero de avançar mais naquelas carícias tão prazerosas. A essa altura, ela não conseguia mais pensar, seu corpo parecia ter vontade própria, correspondendo por si só com movimentos sensuais a cada uma das investidas.

A força das mãos de Dominic era inegável, mas não havia espaço para o medo na mente de Angélica. Entretanto a ansiedade a deixava aflita, pois crescia inexorável, corroendo-lhe os nervos, deixando-a trêmula.

Sim, sim, sim...

Mais..., ela implorava com o corpo. Fazia tudo o que podia para que Dominic a entendesse e a satisfizesse, encorajando-o, alimentando o desejo, a paixão e a urgência. Até que as vontades se unificaram, o que era dela tornou-se dele e vice-versa; o desejo, a necessidade e a paixão tornaram-se uma única conflagração incandescente. As chamas transformaram-se em labaredas gananciosas, e Angélica serpenteou de prazer na cama, deliciando-se com a rigidez do corpo masculino em contraste com a maciez do seu. Para aprender mais, descobrir recônditos ainda inexplorados, ela deslizou as mãos pelas costas dele para cima e para baixo.

Dominic gemeu ao sentir o calor dos dedos dela deslizando para a região inferior de suas costas, aproximando-se das nádegas, região que somente uma amante tocaria.

Dominic não precisou pensar muito para adivinhar o papel que ela pretendia preencher. E de repente foi dominado por um impulso brutal de possuí-la, um estímulo forte que pulsava em sua mente, irradiando para o corpo inteiro, exigindo uma atitude imediata. Era a primeira vez que ele se via no limiar da insanidade de uma paixão incontrolável, que evocava seu caçador inerente para capturá-la, tornando-a sua presa definitiva. Possuir. Reivindicar. Sua.

Contudo, Angélica podia não ser inocente, mas ainda era virgem, e ele não podia possuí-la simplesmente.

Obedecendo a seus instintos e impulsos, foi escorregando pela cama, ao mesmo tempo que acariciava com as duas mãos as laterais do corpo dela, deixando beijos por onde passava, sorvendo o sabor da pele de partes inusitadas.

A respiração de Angélica disparou. Já não alcançava mais as costas dele até embaixo. Com as mãos pequenas, explorou os ombros largos, acarinhando os braços, tentando de alguma forma retribuir a sensação que a envolvia.

Ao descer mais, Dominic encontrou o lençol e as cobertas e as lançou para o lado, revelando toda a beleza daquele corpo feminino, curvilíneo, cheio de saliências e recantos nunca antes explorados, mas que agora pertenciam só a ele.

Era a vez de Angélica permanecer imóvel. Dominic a ouviu ofegar, ansiosa pelo que viria a seguir. Parte de seu corpo prendia uma das pernas dela; os ombros mantinham as coxas afastadas, mesmo assim ele colocou a mão sobre o outro joelho e a forçou a abrir mais. Quando olhou para baixo, viu uma beleza escondida, o centro da feminilidade visível entre a penugem macia.

Foi preciso uma força hercúlea para resistir saciar a sede do néctar que a umedecia. Ele desviou o olhar para relancear o rosto dela.

Os olhares se prenderam. Angélica estava com os olhos arregalados, cada vez mais esverdeados, rajados com traços amarelos. Cravou as unhas nos ombros dele ao tentar imaginar o que Dominic tinha em mente, sem nem sonhar se haveria uma forma diferente de saciar o desejo. A ansiedade a corroía.

Sem desviar o olhar, Dominic soltou o joelho dela e acariciou o interior suave da coxa com as costas da mão, até encontrar a penugem, brincar com os cachos minúsculos e por fim cobrir todo o triângulo de pelos macios com a palma.

Os lábios dela estavam entreabertos, soltando gemidos e arquejos ao se sentir tão deliciosamente invadida. Sem avisar, Dominic retirou a mão, mas com maestria abriu aqueles lábios íntimos com os dedos e os fez umedecer. Embalado pela melodia dos gemidos roucos, ele abaixou-se para testemunhar o delírio que estava provocando.

Àquela altura a ansiedade de ambos estava no limite. Ciente da tensão em que ela estava, visível pelas pernas trêmulas, a penetrou com um dos dedos, e descobriu como era estreita. Sem mover a mão dali, Dominic subiu, roçando o ventre e os seios dela com o peito, pele contra pele, como se estivessem derretendo juntos. Angélica contraiu o cenho, mas ele fingiu não ver, assim como fingiu não perceber as mãos afoitas que se embrenhavam em seu cabelo, e beijou-a com uma voracidade impossível de não ser correspondida.

Assim que ela estava mais entretida com o beijo, Domonic aprofundou mais o dedo dentro dela. Angélica prendeu a respiração e afastou-se alguns centímetros, mas descobriu de repente que só podia respirar através do beijo, através dele. Assim, voltou a beijá-lo com sofreguidão, em busca do ar que ele provia, a mente em turbilhão.

Enquanto isso, Dominic deslizou mais um dedo para dentro dela.

Os dedos dele eram largos, e pelas recentes descobertas, Angélica bem sabia como eram outras partes do corpo de Dominic. Se os dedos a faziam sentir-se daquele jeito, imagine...

Depois de penetrá-la com os dedos, Dominic começou a massageá-la intimamente. Angélica estremeceu e afastou-se para respirar fundo. Caiu para trás e, com a cabeça apoiada no travesseiro, fechou os olhos e ficou apenas sentindo o movimento dos dedos e desfrutando a sensação arrebatadora que aquilo provocava.

O calor e o desejo beiravam o insuportável. A temperatura alta elevava a pele numa nova onda de arrepios que começava nos seios e seguia até o centro da feminilidade, compelindo, exigindo.

Tentando conter a ansiedade, Angélica se moveu um pouco. Ao percebê-la tão inquieta, Dominic a beijou delicadamente e se afastou um pouco.

— Um passo de cada vez — disse com voz grave e rouca.

Se Angélica ainda tivesse alguma dúvida se ele estava tão envolvido, tão capturado e tão cativo quanto ela, seu tom de voz o teria denunciado. A rouquidão era um sinal de desejo primitivo, impossível de ser negado.

Angélica não poderia, nem via razão para tentar conter o desejo que ascendia numa velocidade incontrolável, mas enquanto estava determinada a experimentar com toda a intensidade tudo o que lhe era apresentado, agradecia por Dominic ter mais experiência e controlar a ansiedade de ambos para que a sua primeira vez fosse perfeita.

Ela retesou o corpo quando sentiu que ele tirava o dedo e apertou-lhe os ombros, mas não teve tempo de protestar quando sentiu novamente a deliciosa invasão dos dedos, fazendo movimentos para a frente e para trás.

Nesse momento esqueceu-se de tudo.

Por alguns segundos esqueceu-se até de respirar. Então engoliu em seco e arfou, emitindo soluços roucos, ofegantes, à medida que ele intensificava a carícia. Sentiu o corpo aquecer-se, a tensão espiralar. Subitamente sentiu necessidade de alguma coisa além, de um alívio. Angélica arqueou o corpo debaixo dele, erguendo os quadris, correspondendo aos movimentos regulares e repetitivos que Dominic fazia, buscando por algo que não sabia exatamente o que era. Num gesto ardente e desesperado, envolveu os braços ao redor do pescoço masculino, puxou-o para si e beijou-o com abandono, imprimindo sua própria marca de comando e demanda; com a outra mão, segurou as costas dele e apertou com força, colando os corpos.

Dominic correspondeu ao beijo, saciou parte da sede que a consumia e lutou pela supremacia numa batalha que parecia estar perdendo.

Ela queria, precisava, e ele a supriu.

Deu o que ela, o que seu corpo clamava.

Com estocadas precisas e contínuas, ele a levou até o ápice dos prazeres. Angélica cravou as unhas nos braços dele, enquanto movimentava os quadris alucinadamente até quase perder os sentidos. Quando achou que aquela extraordinária viagem estava terminando, ele inclinou a cabeça e voltou a sugar um mamilo, ao mesmo tempo que a pressionava com os dedos.

E Angélica gritou.

Sem deixar de beijá-la, Dominic ergueu os olhos para o rosto dela e viu a expressão de prazer, fascínio e encantamento em seu primeiro clímax. Mesmo sabendo que ela já havia chego ao auge, não parou de movimentar os dedos, com a intenção de prolongar o prazer o máximo possível.

Até que então Angélica respirou e foi relaxando aos poucos. A mão que o segurava pelo pescoço se afrouxou e pousou em seu ombro. Ele aproveitou o movimento e deslizou mais para baixo pelo corpo dela, até que seus ombros ficaram entre os joelhos dobrados. Embora estivesse quase no limite, Dominic se segurou. Tinha tempo... Espalmando uma das mãos sobre o ventre dela, inclinou a cabeça e substituiu os dedos pela língua, procurando levá-la novamente ao ápice.

Num rompante, Angélica abriu os olhos, levantou a cabeça e olhou para baixo. Percebendo que era observado, ele também abriu os olhos e a prendeu pelo olhar, enquanto a beijava, explorava, saboreava e sorvia-lhe o mel.

Angélica sentiu que estava voltando àquela loucura gostosa, aproximando-se daquele pico de sensações inenarráveis. Sem desviar os olhos, ele a sugou com mais ênfase, levando-a a prender a respiração e curvar as costas para cima, deixando-se levar por aquela imensa onda de prazer que não acabava. Os prazeres se acumulavam, crescendo, até que ela se contorceu, soluçando, agarrando-se ao lençol com a sensação de que se não se segurasse sairia flutuando da cama. Dominic não parou enquanto Angélica não chegou ao segundo orgasmo.

Ela aprendeu que poderia ir e voltar ao centro daquele vulcão em plena erupção várias vezes. Teve a impressão de que cada vez voava mais alto. Ainda insatisfeito, Dominic a penetrou com a língua e a levou a um clímax ainda maior do que o anterior. Ela sentiu como se tivesse atingido o nirvana, esquecendo-se de todos os sentidos, dos ponteiros do relógio, chegando a um estado de plena satisfação. Por alguns momentos, foi como se só existissem os dois no mundo inteiro.

Dominic olhou para a intimidade dela novamente e percebeu que Angélica estava pronta para ser possuída por completo. Ainda sentia o gosto, o frescor, a doçura, a isca perfeita para atrair a alma do predador que havia nele...

Segundos depois, se afastou um pouco para se livrar das calças. Depois, voltou a se posicionar entre as pernas de Angélica e foi apoiando o corpo nela aos poucos. Não conhecia uma maneira menos rude de possuí-la para aplacar um desejo tão intenso, primitivo, animal.

O bailado dos movimentos, misturado às reações de ambos, cegou Dominic de paixão. Ele estava perto, muito perto de perder o controle. O desejo fluía como um rio caudaloso e desgovernado por suas veias, dominando-o com uma voracidade que nunca sentira antes.

Sem pressa, mas também sem hesitar, ele encaixou os quadris entre as coxas de Angélica, posicionou-se e, inclinando-se para a frente, apoiado nos cotovelos para poder olhá-la, penetrou-a devagar.

Angélica piscou e se ergueu para olhar. Suas pálpebras tremeram com o prazer e ela olhou para o rosto de Dominic, sentindo o calor do contato tão íntimo e tão intenso. Ele, por sua vez, sentiu a já esperada obstrução, mas com firmeza e delicadeza, pressionou e atravessou a barreira virginal. A princípio, Angélica se assustou com a dor repentina, mas foi apenas uma fisgada que passou num piscar de olhos. Dominic tensionou o maxilar e se esforçou ao máximo para se segurar e não penetrá-la de uma vez. Segundos depois ela relaxou e movimentou os quadris, erguendo-os, pressionando-os para a frente, facilitando a penetração o quanto podia.

Dominic aceitou o convite sensual e avançou um pouco mais. Fitou os olhos cor de esmeralda com reflexos dourados e compreendeu que ela o aceitava sem barreiras. Angélica o acariciou no rosto e depois entremeou os dedos no cabelo farto, puxando a cabeça dele para mais perto. E se beijaram sem pressa.

Por fim afastando-se, ela curvou os lábios num sorriso hipnotizante.

— Faça-me sua... leve-me... mostre-me... — A última palavra que Dominic ouviu desprender-se dos lábios dela antes de calá-la com mais um beijo foi... "tudo".

Ele se rendeu ao calor, ao fervor, ao ardor que os envolvia. O desejo estava vencendo, a paixão o atiçava com suas garras afiadas, extirpando os últimos vestígios de autocontrole.

Um impulso ainda mais forte varreu tudo o que ainda havia na mente dele, deixando apenas um anseio não saciado.

Mas Angélica estava ali, para fartá-lo e entregar-se por inteiro, para se unir e prendê-lo com força enquanto o mundo ao redor espiralava num frenesi de calor e paixão. Ela o acompanhava naquela urgência sensual, no rodamoinho de sensações conjuntas que criaram; as respirações entravam em sintonia, despertando a paixão e queimando tudo ao redor deles, através deles, fundindo vontades e sentimentos.

Os dois continuaram galgando numa velocidade exorbitante, tentando atingir um pico extremamente alto, até que os corações dispararam e os sentidos tomaram conta. Nada mais no mundo importava além dos corpos unidos pelo desejo, as almas partilhadas.

Com as vontades alinhadas, o bom senso esquecido havia muito tempo, os dois romperam as últimas barreiras e mergulharam num êxtase profundo.

Angélica estremeceu com um grito abafado. Ele a seguiu bem de perto, segurando-a contra si, deleitando-se naquele esplendor sem precedentes quando, com um grito rouco, seu corpo derramou-se dentro dela. Por um longo momento permaneceram ali, envolvidos por uma sensação de êxtase glorioso, intenso, irresistível. E então mergulharam num mar de infinita saciedade.

CAPÍTULO 12

Dominic acordou sentindo o calor do corpo feminino contra o seu e soube imediatamente, sem precisar pensar, quem era.

Em um primeiro momento tentou se convencer de que sabia por que estavam em sua cama em Glencrae House, para onde nunca levara mulher alguma, mas sabia que não era verdade. O reconhecimento foi intuitivo, algo mais profundo o levara a reconhecê-la. Ela não era apenas Angélica Cynster, ela era sua parceira.

Dominic entendia bem seu lado mais primitivo e trabalhou a vida inteira para contê-lo, mas ao mesmo tempo essas características menos civilizadas o tornavam um excelente caçador. Ele valorizava aqueles instintos que o mantiveram vivo em diversas situações. Embora esse aspecto naturalmente se manifestou em suas conquistas sexuais anteriores, nunca antes esse impulso primitivo havia evoluído para o anseio de realmente querer uma mulher a seu lado, pelo que ela era, como pessoa, como amiga, como companheira. Até então era simplesmente a emoção da caçada que importava, não o alvo.

Mas com Angélica não era tão simples assim.

Em sua experiência, a sensação de saciedade nunca se estendera a um âmago tão profundo, a ponto de ele se sentir cativado.

Sem dizer uma palavra, Angélica se aninhou nos braços dele, apoiando a cabeça no peito largo. Dominic adormeceu com o cabelo dela acariciando-lhe o queixo. Provavelmente ela se mexeu e virou durante a noite, pois naquele momento estava de costas para ele, o corpo macio encostado ao seu. Dominic estava com um dos braços sobre a cintura dela e a mão apoiada num dos seios, sentindo o mamilo em sua palma.

Ao respirar fundo, sentiu o perfume feminino invadir-lhe os sentidos. Pensando no que acontecera depois de ter se rendido completamente e a beijado, durante toda a relação, os dois brigaram pelo controle, mas nenhum ganhara. Ao contrário, ele não sabia direito o que aconteceu de fato. Por intuição já imaginava que fazer amor com Angélica seria diferente e, como de costume, estava certo. Agora ele estava completamente perdido, sem entender o que fazer.

Não tinha ideia de quais eram os fatores pertinentes, os parâmetros, e de como exercer o poder. Estava acostumado a controlar tudo em sua vida e tudo o que o cercava; mas na noite anterior...

Olhando para o cabelo espalhado sobre o travesseiro, imaginou se da próxima vez que a penetrasse conseguiria manter o controle habitual.

E só havia um jeito de descobrir.

Angélica acordou ao sentir longos dedos massageando-a entre as coxas, penetrando a feminilidade já umedecida. Mesmo que estivesse completamente enlevada pela sensação, não esperava que aqueles dedos experientes lhe causassem tanto prazer ao testá-la, como se a estivesse preparando de novo.

Antes que recuperasse o fôlego e acordasse completamente sentiu o membro rígido se insinuando por entre suas coxas e substituindo os dedos ao penetrá-la. Uma das mãos, a que cujos dedos a tinham preparado, estava agora espalmada em seu ventre, ajeitando-a para que pudesse penetrá-la por trás. A outra tinha deslizado por baixo do quadril, segurando-a, ajudando o movimento.

Com os olhos fechados, Angélica se deixou levitar pela festa de sensações indescritíveis e gloriosas de ser possuída numa posição diferente. Dominic foi penetrando-a devagar, controlando os movimentos, enquanto ela se rendia, e reivindicava mais. Antes de continuar, ele amoldou-se ao corpo feminino, comprimindo o tórax em suas costas, as pernas encaixadas.

— Não precisa se mexer — sussurrou-lhe ao ouvido. — Fique quieta e deixe-me mostrar...

O contato com o corpo sólido de Dominic, nu e quente, a abrasão dos pelos do peito, das pernas e da virilha, combinada com cada investida do corpo dele no seu, trazia uma sensação de deleite e uma alegria indescritível.

Sorrindo, com os olhos fechados, Angélica fez como ele pedira e entregou-se à nova experiência, àquele tipo de dança sensual e íntima, apreciando-a imensamente. Deixou-se render ao dar e receber, numa comunhão completa de corpo, alma e coração, descobrindo a confiança que sempre almejara sentir, e justamente com o homem a quem amava perdidamente. Em suas veias, o ritmo do desejo crescia numa escalada alucinante, embora dessa vez num compasso calculado e sob controle.

Curvando os lábios, ela teve consciência de que aquele controle não duraria muito, não até os explosivos momentos finais. Não sabia de onde vinha essa convicção, mas era real e absoluta. O fogo entre eles se acendera e inflamara fazia tempo; as chamas da paixão os envolviam, por dentro e por fora, dominando-os, e ainda assim parecia se intensificar a cada segundo. Logo... O final chegaria logo...

Ela estava ofegante, enterrando as unhas no braço de Dominic, sentindo um anseio galopante. A paixão espiralava, mais inflamada, mais tensa; era como se as investidas cada vez mais profundas atiçassem uma fogueira invisível porém intensa. Angélica sentia o final se aproximando, a inevitável explosão se armando, contraindo e ativando todos os músculos do corpo de Dominic e do seu também, sustentando-os num platô em crescente elevação.

Até então ela obedecera ao comando de apenas receber, mas isso significava negar-se o prazer que mais apreciava: proporcionar o que Dominic gostava de sentir. Ele, porém, a mantinha segura e presa, num contato estreito que na verdade ela não queria interromper. Instintivamente, Angélica contraiu os músculos internos para apertá-lo, percebendo que isso causava um efeito abrasador em ambos. Ela sentiu em suas costas o peito dele arfar e em seguida o ritmo dos movimentos aumentar.

Com a cabeça inclinada, a respiração ofegante e rouca, Dominic estremeceu e sentiu o controle escapar. Tentou recuperá-lo, mas não conseguiu. Então desistiu e deixou-se levar pelo próprio corpo, pelos sentidos, por todo o seu ser, naquela maré gloriosa.

Os movimentos internos de Angélica foram o estímulo final, o movimento das nádegas arredondadas contra seu abdômen convidavam a uma penetração mais profunda, se é que isto era possível.

A tentação era demasiada para resistir. Ele a segurou com mais força contra si, e os sentidos de ambos espiralaram, entrelaçando-se, convergindo para o que parecia ser uma dimensão desconhecida.

Nada mais importava além daquela alegria regozijante, aquela união profunda. Depois da experiência, Dominic sabia que encontrava-se dentro deles o poder de criar tamanha glória e proporcionar a si mesmos a recompensa final.

E foi quando eles alcançaram o cume. Angélica chegou primeiro, e ele logo em seguida, após mais duas investidas firmes e profundas. O familiar cataclismo os aguardava, porém mais intenso, quase irreconhecível em seu poderoso vigor.

O êxtase os capturou, assolou, esmagou. Completamente. Plenamente. Arrebatou, debilitou, drenou... O pensamento, a vontade, a essência de si mesmos... Flutuaram naquele esplendor dourado onde a esteira da satisfação se estendia como uma bênção, calmante, restauradora, transbordante. E então a saciedade os envolveu como um manto suave, levando-os a uma agradável sensação de torpor, leveza e sonolência. O último pensamento de Dominic antes de adormecer brilhou como a luz de um farol em sua mente.

Ele fizera amor com Angélica Cynster, sua futura condessa, e a vida que ele conhecia até então mudara de maneira irrevogável.

Às nove horas da manhã seguinte, eles deixaram Glencrae House e foram até a estrebaria em Watergate. Angélica relanceou sobre o ombro e viu a pequena procissão que os seguia... Brenda, Mulley, Griswold, Jessup e Thomas andando junto com um dos lacaios, que puxava uma carroça com as malas empilhadas; a chapeleira dela em cima de todas.

Virando a cabeça para a frente, olhou para Dominic de soslaio, e para a mão enluvada que não estava apoiada no braço dobrado, mas segurando a sua, com os dedos entrelaçados. Angélica não conteve o sorriso largo.

Naquela manhã, quando Griswold batera na porta do quarto, chamando-os para levantar, Dominic resmungara, mas não se apressara a mandá-la de volta para o quarto dela. Contra todas as expectativas, ele se levantou, vestiu um roupão e esperou que ela também vestisse o robe e recuperasse os chinelos que tinham escorregado para debaixo da cama imensa, para mostrar a porta de conexão entre os quartos. Depois que Angélica passou, Dominic fechou a porta, mas não a trancou. Ela ficou feliz com o gesto.

O primeiro e maior obstáculo para que ele se apaixonasse havia sido superado, e pelo que Angélica podia dizer, fora um resultado muito bom. Para melhorar ainda mais o estado de espírito dela, as vestes de montaria de veludo verde superaram suas expectativas. A confirmação veio quando ela chegou para tomar o desjejum e Dominic parou de comer, encantado e sem palavras. Não poderia haver elogio maior, mas, mesmo assim, ele a elogiou sinceramente e continuou com a refeição. A modista, que entregou o casaco bem talhado contrastante com a blusa de laço, permaneceria na lista dela de fornecedoras favoritas de Edimburgo.

Chegando a Cannongate, viraram na direção de Holyrood Palace. Para os padrões sociais ainda era muito cedo, havia poucas pessoas circulando pela rua mais bem frequentada, pouca gente que veria o pequeno grupo de pessoas passando.

Angélica olhou ao redor, respirou fundo e exalou o ar devagar. A manhã estava fresca e clara, nenhuma nuvem maculava o céu azul. Segundo Jessup, o tempo permaneceria bom durante a viagem ao castelo. De um modo geral, estava ansiosa para começar a última parte da viagem.

Quando chegaram ao estábulo, os cavalos já estavam selados e aguardando. Dominic checou as amarras da sela lateral da égua de Angélica, antes de ajudá-la a montar. As mãos fortes que a seguraram a remeteram à noite anterior, mas ela afastou a lembrança para não se distrair. Depois de certificar-se de que estava bem sentada, Dominic pegou as rédeas e observou como ela encaixava com facilidade o pé no estribo e ajeitava a saia sobre as pernas dobradas.

Depois de pegar as rédeas, Angélica meneou a cabeça, a pena do capuz balançando sobre uma das sobrancelhas. Dominic soltou o arreio e, embora ela parecesse segura, ficou de sobreaviso, para o caso de ela não conseguir dominar a montaria. A égua se movimentou, mas Angélica segurou as rédeas com firmeza e a controlou, virando-a para um lado e instigando-a a seguir até o pequeno grupo que se formava ali perto.

Jessup postou-se ao lado de Dominic; com olhos sagazes, cumprimentou Angélica meneando a cabeça.

— Pensei que o senhor tinha perdido o juízo ao deixá-la cavalgar sozinha, mas ela tem uma postura excelente e as mãos boas e firmes.

— Humm. — Dominic observou-a por mais alguns minutos e disse: — Mesmo assim não vou perdê-la de vista.

Jessup meneou a cabeça e seguiu para seu cavalo.

Depois de verificar que a bagagem estava bem presa sobre o cavalo de carga, incluindo a chapeleira, Dominic pegou as rédeas de Hércules das mãos de Griggs e montou.

Era bom estar novamente sobre a própria sela e no controle. Apesar de o resultado da noite anterior não ter sido exatamente o que esperava, ele estava se sentindo muito bem e otimista. Sendo assim, não conseguia entender *por que* estava se sentindo tão à vontade. Não houvera vitórias na noite anterior, pelo menos não para ele, mas mesmo assim sua intuição lhe dizia que o resultado fora novo, inesperado e excelente. Agora cabia a ele explorar o que tinha em mãos, apesar de estar consciente também de que teria de dividir as rédeas, que até então pertenciam somente a si.

Meneando a cabeça, bateu com os calcanhares nas ancas de Hércules e seguiu na direção dos outros cavalos.

Angélica virou-se para o lado, olhando primeiro para Hércules e depois para Dominic. Quando os olhares se cruzaram, ela sorriu.

— Hércules é de fato magnífico.

Ele estreitou os olhos, mas ficou envaidecido. Ela ampliou o sorriso e virou-se para os outros.

Dominic emparelhou Hércules com a égua dela e falou para o grupo:

— Vamos descer Holyrood Road até Cowmarket, depois seguiremos até Grassmarket, além da Igreja de St. Cuthbert.

Todos concordaram, meneando a cabeça. Virando as montarias, seguiram atrás de Angélica e Dominic, que cavalgavam lado a lado para sair de Edimburgo.

* * *

Dezesseis quilômetros depois, eles chegaram ao South Queensferry às margens do estuário do rio Forth. Cavalgando ao lado de Dominic quando desceram uma rua íngreme da High Street até a enseada, Angélica disse:

— Eu ouvi falar sobre Queensferry. O nome é por causa de sua rainha Margaret, aquela que se casou com um membro da família Malcolm. Ela era muito religiosa e costumava ir e voltar de Edimbrugo à Abadia Dunfermline de balsa. Por isso, Queensferry.

Dominic meneou a cabeça.

— O *ferryboat*, a balsa, era originariamente operado pelos monges.

Entraram na rua que corria ao lado da costa. Havia vários cais ao longo da enseada.

— É ali. — Dominic apontou para uma balsa grande ancorada no cais mais distante e esporeou Hércules para seguir naquela direção. — Eles usam o cais que estiver em melhores condições.

A balsa ainda estava sendo carregada. Dominic comprou as passagens e os outros desceram dos cavalos e os embarcaram.

A espera não foi longa até que a balsa deixasse o cais e começasse a viagem atravessando vagarosamente as águas agitadas. Com as mãos pequenas apoiadas no parapeito, Angélica olhava para a frente; os cachos movimentando-se com a brisa refrescante. O rosto dela reluzia de entusiasmo.

A balsa começou a se mover. Dominic segurou-a pelo cotovelo para ajudá-la a se equilibrar. Quando a balsa se aprumou e seguiu seu curso Dominic a soltou, mas posicionou-se mais perto para poder ampará-la no caso de ela soltar do parapeito e cair.

— Você não está enjoada? — perguntou, olhando para ela.

Angélica inclinou a cabeça para trás para fitá-lo e sorriu.

— Veja bem, nunca estive em águas tão abertas antes... É muito mais revolto do que o estreito de Solent, pelo menos durante o verão, e este é o rio mais largo em que já estive. E, mais uma vez, não vamos muito longe. — Ela ergueu o braço e apontou para a frente. — Isso se nosso destino for logo ali.

Dominic apertou os olhos para enxergar à distância.

— Sim, ali está Fife. A balsa segue por esse lado porque é a parte mais estreita do estuário.

As gaivotas voavam em círculos acima da balsa, grasnando alto. O vento ficou mais forte trazendo o cheiro de mar aberto. Os dois permaneceram na mesma posição no parapeito, observando a margem oposta se aproximar.

Volta e meia, Dominic olhava para ela, para a expressão do rosto à procura de algum sinal de mal-estar, mas Angélica se mantinha imperturbável, despreocupada, chegando até a se distrair com o momento e a aventura. Quando a fitou pela terceira vez, percebeu que estava protegendo-a literalmente, a julgar pela posição em que quase a encobria.

Forçando-se a olhar para frente, ele ficou esperando se culpar, ou algum tipo de resistência para não desviar do objetivo com tanta facilidade... Impossível, todos os instintos permaneciam focados em uma só pessoa e em como lidar com as reações que ela provocava, como se estivesse achando normal aquele bem-estar só por tê-la ao seu lado.

Depois de vários minutos debatendo-se sobre a nova sensação, ele balançou a cabeça como se assim dispersasse o devaneio. Era a primeira vez que se ligava a alguém e, sem dúvida, aprenderia a se acostumar com as consequências.

Uma hora depois eles chegaram ao North Queensferry. Angélica saiu do píer, parou ao lado de Dominic para esperar que Jessup e Thomas trouxessem os cavalos e olhou ao redor admirada.

— Isso não passa de um vilarejo.

Dominic estava vigiando Jessup desembarcar Hércules, mas desviou o olhar e viu os telhados escassos ao longo da estrada para o norte.

— As pessoas não param aqui, pelo menos não para passar a noite. Todos que estavam na balsa estão a caminho de outros lugares, só de passagem. Mesmo assim há algumas estalagens que servem refeições excelentes. Vamos parar numa delas antes de continuar a viagem.

Jessup e os outros se aproximaram com os cavalos. Todos montaram e, formando um grupo novamente, seguiram pela rua principal de cascalhos.

Dominic parou na segunda das três tavernas que o vilarejo ostentava. Ele já parara várias vezes no Wayfarer Halt para se alimentar, por isso confiava na comida honesta. Desmontando, passou as rédeas de Hércules para Jessup e em seguida ajudou Angélica a descer do cavalo. Jessup e Thomas levaram os animais para o pátio onde havia outros cavalos amarrados, enquanto Dominic, de braços dados com Angélica, conduziu o restante do grupo para dentro da estalagem.

O dono da taverna, Cartwright, ergueu a cabeça de trás do balcão quando a porta se abriu e com um sorriso largo veio recebê-los.

— É um prazer vê-lo novamente, senhor. — Cartwright só notou a presença de Angélica quando chegou mais perto, e, surpreso, fez uma reverência e olhou para Dominic, esperando as apresentações.

— Bom dia, Cartwright. Sei que é cedo, mas eu gostaria de pedir um almoço completo na sala de estar para mim e a senhora e uma mesa farta para meu grupo aqui no salão. — Dominic olhou para Brenda, Mulley e Griswold, que entraram logo atrás dele e Angélica. — Jessup e o meu cavalariço estão cuidando dos cavalos, mas não devem demorar para virem almoçar também.

— Claro, senhor — respondeu Cartwright unindo as mãos, solícito. — O grupo pode se sentar na mesa grande perto da janela, ou na outra, diante da lareira, se preferirem. Agora, o senhor e a senhora, por favor, me acompanhem... — Cartwright se inclinou para a frente várias vezes, reverenciando-os e os conduziu até uma sala de estar com vista para um pequeno jardim. — Aqui é calmo e privado, senhor. — fez mais uma reverência, olhando de soslaio para Angélica e andando para trás até a porta. — Vou pedir à minha esposa que venha colocar a mesa.

— Obrigado. — Dominic dispensou Cartwright com um gesto, depois puxou a cadeira de uma mesa redonda para Angélica.

Com o olhar fixo na porta se fechando, ela se sentou e esperou até ouvir a tranca para se dirigir a Dominic.

— Acabei de perceber que talvez tivesse sido melhor se eu estivesse com meu disfarce. Não pensei nisso antes, mas é claro que vou atrair muita atenção... As pessoas vão se lembrar de que passei por aqui.

Puxando outra cadeira para si, Dominic concordou, mas não podia culpar Cartwright e os outros três clientes por se surpreenderem com a presença marcante. Não era sempre que uma dama da estirpe dela dava o ar da graça num lugar daqueles. Ele se sentou e balançou a cabeça.

— Pensei nisso, mas pesando os prós e contras achei que seria preferível que você viesse sem disfarce.

— Por quê? — indagou ela, franzindo o cenho.

— Como você acabou de ver, sou conhecido por aqui. Posso não ter ido a Londres durante anos, mas viajo para Edimburgo pelo menos seis vezes por ano.

— Ah, então é por isso que a casa de lá está em excelente estado.

— E quanto mais nos aproximarmos do castelo, mais eu sou conhecido. Então, se eu aparecesse com um garoto e dividisse o quarto com ele levantaria muito mais suspeitas do que se eu estivesse trazendo minha futura condessa e dividíssemos a cama. Depois que nos casarmos, você passará por aqui frequentemente. Assim, a primeira impressão ficará na mente dos estalajadeiros.

— Além do mais, estar vestida como garoto, que pode muito bem não ser convincente, não é uma boa maneira de começar a governar como a condessa de Glencrae.

— Exatamente. Não fique preocupada que estar aqui possa atrair seus irmãos e primos para cá e para os portões do castelo. Tenho certeza que quem a vir não se esquecerá, e estou mais certo ainda que, se seu primo St. Ives entrar aqui perguntando sobre uma moça ruiva... — Ele relanceou os cachos dela — ...Cartwright e os outros clientes irão negar terem visto alguém assim.

Angélica estudou o semblante dele e concluiu que ele tinha certeza do que dizia. Ao se conscientizar o que aquilo significava, ela arregalou os olhos.

— Isso é porque Devil é inglês?

Quando ele respondeu que sim com a cabeça, ela franziu a testa.

— Como você pode... eles... Você podia ser inglês, enganou a mim e aparentemente toda a sociedade.

— Consigo passar por inglês ao sul da fronteira e talvez até ao sul de Edimburgo. Já no norte, além de ser conhecido... — ele deu de ombros — ...Sempre fui visto como um escocês das terras altas.

— Humm. Richard disse que os homens na taberna em Carsphairn, aqueles a quem você perguntou sobre a mansão, identificaram você, sem titubear, como um morador das terras altas.

— Eles eram escoceses e eu queria informações. Não tentei esconder quem eu era.

— Mas o seu sotaque não muda.

Ele balançou a mão.

— Nem tanto, não é uma mudança óbvia na minha dicção, mas é o suficiente para que qualquer escocês me reconheça.

Ouviu-se o som da trava da porta, que se abriu e uma mulher agitada entrou carregando uma bandeja. Ela fez uma reverência a Dominic e depois a Angélica.

— Que bom ver o senhor novamente. Senhora... Vou colocar a mesa num instante e minhas garotas logo chegam com as travessas.

Enquanto colocava os pratos e os talheres na mesa, a senhora Cartwright olhava de soslaio para Angélica sem disfarçar a curiosidade. Ela percebeu e esboçou um sorriso. A senhora Cartwright corou e colocou um saleiro sobre a mesa, depois levantou a bandeja e a segurou diante do peito.

— Quer beber alguma coisa, senhor? — Perguntou e olhou para Angélica. — Senhora?

— Uma cerveja para mim. E...? — Dominic ergueu uma sobrancelha para Angélica.

Ela hesitou e perguntou à senhora Cartwright:

— Uma taça de vinho talvez?

— Tenho um bom vinho de pêra, senhora, gostaria de experimentar?

— Sim, está ótimo.

Quando a porta se fechou atrás da senhora do estalajadeiro, Angélica cruzou o olhar com Dominic e ambos sorriram.

Segundos depois a porta se abriu de novo e três criadas entraram com bandejas com pratos cobertos, que colocaram sobre a mesa antes de tirarem as tampas. Logo havia uma fileira de pratos com comidas diferentes diante deles.

— Humm. — Angélica inclinou-se um pouco sobre a mesa para capturar os odores. — O cheirinho está ótimo.

As criadas, que não tiravam os olhos dela, sorriram timidamente, dobraram os joelhos numa reverência rápida e saíram da sala.

Dominic gesticulou para que Angélica se servisse primeiro. A senhora Cartwright entrou em seguida com as bebidas, colocou-as diante deles, e ficou envaidecida quando Angélica elogiou o vinho. E depois de uma breve reverência saiu.

Angélica experimentou tudo o que não havia reconhecido. Enquanto comiam, ela pediu que Dominic explicasse sobre os pratos, e se havia outras comidas típicas que provavelmente seriam servidas no castelo. Conforme esperado, ele sabia bastante sobre o assunto.

Quando a refeição terminou, ele estava ansioso para voltar logo para a estrada.

— Ainda levaremos quatro horas ou mais até Perth — ele se levantou, consultou o relógio de bolso e deu a volta na mesa para puxar a cadeira para ela. — Ainda é uma hora, mas prefiro viajar com a certeza de chegar lá de dia.

Angélica presumiu que Dominic não queria que ela cavalgasse num cavalo estranho e por estradas que não conhecia sem a luz do dia. Nisso os dois concordavam. Ao se levantar, ela pegou as luvas.

— Admito que não cavalgo uma distância grande assim há meses, por isso acho mais sensato viajar com tempo e no claro.

Dominic a encarou, intrigado.

— Você... Está tudo bem?

Angélica o fitou sem entender imediatamente.

Ele fez uma careta.

— Não quis dizer que...

Angélica o segurou pela lapela e subindo na ponta dos pés, beijou-o nos lábios de leve e ao soltá-lo, murmurou:

— Estou ótima. É muito gentil de sua parte se preocupar, mas estou bem de verdade. — o fitou e enfatizou as últimas palavras. Dominic ainda não parecia convencido, estava preocupado com a possibilidade de ela não poder cavalgar bem porque dormiram juntos. Angélica deu uns tapinhas na lapela do casaco dele e se virou para a porta. — Neste aspecto estou me sentindo maravilhosamente bem. — arqueou uma das sobrancelhas. — Na verdade, em plena forma.

Dominic permaneceu parado, observando-a com um brilho diferente no olhar. Ela não resistiu e abriu um sorriso maior e arqueou mais a sobrancelha.

— Vamos para Perth, senhor? Ou...?

Ele chegou a reconsiderar a decisão, mas apenas por alguns segundos antes de sinalizar para a porta.

— Perth, senhora. — Ele segurou a porta para ela passar e murmurou: — O resto pode esperar um pouco.

Angélica lutou para conter o sorriso ao chegar ao salão principal.

Logo o grupo inteiro estava reunido. Dominic saiu com Cartwright, Jessup e Thomas para buscar os cavalos, Angélica passou pela porta da frente da estalagem logo em seguida. Jessup e Thomas desceram pela lateral até o final do pátio, enquanto ela saiu pelo portão e olhou na direção do estuário. Naquele exato momento três cavaleiros saíam da balsa. Numa avaliação rápida ela os definiu como aspirantes à foras da lei, que foi comprovada quando eles vieram em sua direção e pararam, exibindo os imensos cavalos.

Os três a avaliaram com o mesmo olhar malicioso.

— Ora, ora, o que temos aqui? — perguntou um deles.

Percebendo o quanto estavam se divertindo, ela preferiu não responder.

Outro malandro levou o silêncio dela como incentivo e aproximou mais o cavalo.

— Venha, docinho... Não faço ideia do que você está fazendo num lugar como esse, mas ficará bem melhor se vier conosco...

Angélica percebeu que Dominic havia chegado quando um dos homens olhou para cima da cabeça dela. Foi difícil não olhar para trás para ver a expressão do rosto dele. Mesmo assim, sentiu a força ameaçadora que atingiu os três infelizes a sua frente.

— Algum desses cavalheiros está perturbando você, querida?

Uma pedra de gelo seria mais quente do que o tom de voz do futuro marido de Angélica.

Ela viu os três rapazes engolirem em seco, pensou bem e balançou a cabeça.

— Não. Acho que eles estão só de passagem.

— É mesmo? — Dominic perguntou depois de uma pausa.

Os três assentiram com a cabeça. O que estava mais próximo tentou falar, mas precisou clarear a garganta antes:

— Bem, já estamos indo.

Assim dizendo, eles saíram correndo feito loucos. Pelo menos um deles.

Angélica se divertiu vendo o trio desaparecer rua acima. Dominic estava postado ali com uma postura de um homem das terras altas não muito civilizado, aguardando que ela comentasse o ocorrido. Angélica achou que ele tinha exagerado na reação a três tolos.

Jessup e Thomas viraram a esquina trazendo os cavalos. Os outros saíram da estalagem.

Quando finalmente olhou para trás, ela abriu um sorriso e ergueu a saia pesada, preparando-se para descer a rua. Dominic pegou-a pela mão e a conduziu, mas soltou-a em seguida, preferindo segurá-la pela cintura até os cavalos. Depois ergueu-a com facilidade até a sela.

— Obrigada. — Ela sorriu.

Dominic não percebeu sinal de desaprovação naqueles olhos esverdeados. Então, meneou a cabeça, e aproximando-se de Hércules, colocou o pé no estribo e subiu com a elegância de um nobre cavaleiro.

Angélica esporeou a égua e emparelhou-a com o cavalo dele.

— Estive pensando no nome que poderia dar a essa garota — disse ela, quando saíram do vilarejo, acariciando o pescoço da égua. — Ainda não encontrei nada que gostasse. Qual seria um equivalente para Pestinha?

Angélica.

— Não sei. Que tal Endiabrada?

Ela começou a rir.

— Estou falando sério. Preciso de algo mais apropriado.

— Que tal Tempestade?

A conversa continuou animada enquanto eles seguiam viagem para o norte.

A viagem continuou, passando por Kelty em direção a Loch Leven. Dominic segurou o passo dos cavalos a meio galope, pois não precisavam se apressar naquele trecho. Além do mais, queria que Angélica se acostumasse mais à nova montaria. A égua preta, arisca no começo, agora chamada de Ebony, obedecia aos comandos das rédeas de Angélica. Quando se aproximaram das águas cinzentas do lago, Dominic já havia mudado os conceitos, pelo menos em relação à égua. No entanto, a mulher que a cavalgava era bem diferente. Ele conseguia prever o comportamento da égua, mas não conseguia adivinhar nada de sua dona.

Ele se lembrou do incidente do lado de fora da estalagem, quando havia considerado sua atitude protetora. O sorriso de Angélica fora totalmente inesperado. Sua experiência anterior com mulheres como ela, diziam que as damas ficariam envaidecidas e não se limitariam apenas a franzir a testa. Além disso, Angélica sorriu como se fosse a alma da racionalidade, o que o deixava sem a menor ideia de como interpretá-la.

O céu continuava azul e sem nuvens. Conforme cavalgavam, Dominic não deixava de olhar de um lado para o outro, procurando por possíveis ameaças.

— Conte-me um pouco mais sobre o castelo — Angélica aproximou a égua de Hércules. — Fale sobre as pessoas e como o clã funciona.

Uma pergunta capciosa, para pensar antes de responder.

Angélica era intuitiva e atenta, a pergunta levou a uma explicação longa e detalhada de como o clã funcionava, a dinâmica da comunidade entre o castelo, a fortaleza e quem era quem no castelo.

— Então, a grande maioria daqueles que servem na fortaleza fazem parte do clã, ou pelo menos têm uma conexão?

— Griswold é a única exceção.

— Humm. Em algum momento, depois de decidirmos como faremos para levar sua mãe a acreditar no que quer, teremos de definir quem poderá nos ajudar, em quem podemos confiar e assim por diante. Mas por enquanto, fale-me um pouco daqueles que vivem no castelo. Quantos são ao todo?

Eles continuaram viagem e Dominic se esforçou em responder a todas as perguntas da forma mais completa possível. O interesse dela em aprender tudo o que podia e o que precisaria para quando chegassem ao castelo era reconfortante e encorajador. Ele estava cada vez mais confiante que os dois juntos convenceriam Mirabelle e recuperariam a taça. Esse sentimento conseguiu aliviar um pouco a carga sobre os ombros dele.

— Está certo. — Angélica decidiu que já havia absorvido o máximo possível de informações sobre o castelo e seus ocupantes e focou em outro assunto de muito interesse também: — Quais são as principais fontes de renda do clã?

Dominic a fitou por alguns instantes e ela explicou melhor:

— Vi os contratos e os papéis com os quais você estava lidando. Imagino que existem outros negócios da família além das fazendas.

Dominic arqueou uma das sobrancelhas, mas não a repreendeu.

— Você entende alguma coisa sobre fazendas?

— Um pouco. A propriedade dos meus pais é basicamente uma fazenda, pomares, ovelhas, gado, esse tipo de coisa.

Ele meneou a cabeça.

— Temos fazendas também, mas diferente dos negócios dos ingleses... Bem, há basicamente três negócios principais e outros secundários.

Ela entrou no mundo dele conforme o ouvia descrever outros negócios baseados na agricultura, que já ouvira falar, mas não entendia direito.

A conversa continuou ao som dos cascos dos cavalos ao longo da trilha.

* * *

À tarde, chegaram à uma pequena ponte sobre um rio de tamanho razoável, que tiveram de atravessae à pé, puxando os cavalos. Angélica avaliou a cordilheira logo à frente, que se estendia até o horizonte.

— Perth fica para esse lado, ou para o outro?

— Para o outro. — Dominic virou para olhar para trás para o grupo. — Este é o rio Earn. Estamos a oito quilômetros de Perth. Essa estrada nos levará até uma trilha e depois para dentro da cidade.

— Perth! Acabei de me lembrar! — exclamou Angélica, endireitando o corpo.

— O que foi? — Dominic a fitou, desconfiado.

— A casa de Fair Maid fica lá, não é? Quero dizer, é real e podemos visitar? — indagou ela, entusiasmada.

Dominic ficou sem entender.

— A casa de Catherine Glover no livro *The Fair Maid of Perth* — explicou ela, mas de nada adiantou. — O último romance de Sir Walter Scott — completou.

— Ah, sei. Não li — respondeu ele.

— Bem, foi lançado há pouco tempo. Você está desculpado por não ter lido ainda, mas a casa existe de verdade, não é?

Dominic hesitou um pouco antes de responder:

— Ouvi comentários em Londres. Podemos perguntar no hotel; deve ser uma casa mesmo e já vou respondendo que sim, podemos ir visitar.

— Nesta tarde ainda? Se Perth fica a oito quilômetros daqui, então chegaremos lá em menos de uma hora.

— É bem provável — depois de alguns minutos, ele emendou: — Precisamos partir assim que o dia raiar amanhã... Quero chegar a Kingussie amanhã à noite. Como você está ansiosa para visitar esse lugar... — ele olhou de soslaio — ...é melhor mesmo irmos ainda essa tarde antes do anoitecer.

— Excelente! — o final da ponte estava se aproximando. Ela ergueu as rédeas. — Podemos ir trotando?

— Não, ainda não. Os cavalos precisam descansar.

Angélica fez uma careta, mas não insistiu. Hércules era um cavalo castanho imenso, o maior que ela já havia visto, e certamente galoparia por horas a fio, mas Dominic tinha um cuidado excessivo com os animais, preferindo ir a passo, ou andar rápido para não cansá-los muito. Imaginou se ele seria igualmente autoritário e ditatorial com ela depois de terem passado a noite juntos. Dominic não havia demonstrado nenhum sinal ainda. Na verdade, parecia estar observando-a, estudando como se portava... E ela não estava nem um pouco preocupada com isso.

Na realidade, o relacionamento estava melhorando a cada dia, determinando como seria a vida de ambos dali em diante. Superar as fraquezas um do outro era um ponto crucial, bem como aprender a lidar com elas — quando se manter firme e insistir, ou desistir — ainda levaria tempo.

Angélica estava satisfeita como tinha lidado com o instinto protetor de Dominic. Se bem que ele era possessivo demais, mas seria bem mais prudente conviver com aquilo do que confrontá-lo direto. Aprender a lidar com uma proteção possessiva era o preço que uma mulher tinha de pagar para ser esposa de um tipo específico de cavalheiro — se quisesse ser vista como dele, não poderia reclamar quando ele agisse como tal. Contudo, conforme havia aprendido com a mãe, tias, cunhadas e esposas dos primos, sabia que havia maneiras de contornar e gerenciar as consequências. Ou seja, deixando passar o que não era tão importante assim e preservar a liberdade, cuidando para não deixar que alguns assuntos cruzassem essa linha tênue.

Dominic aumentou o ritmo do passo do cavalo, quase um meio galope e ela o acompanhou sem demora.

Com a brisa batendo em seu rosto e cavalgando lado a lado com o homem que amava, Angélica se sentiu leve, feliz e confiante por saber a direção para a qual seguiam. Perth era meramente um primeiro destino.

CAPÍTULO 13

— AQUI ESTAMOS.

De braços dados com Angélica, Dominic parou na esquina entre Blackfrairs Wynd e Curfew Row e inclinou a cabeça na direção da casa do outro lado da rua. Ela ficou exultante.

— A casa é *exatamente* como eu havia imaginado.

Dominic encarou a alegria estampada no rosto dela como recompensa por ter se esforçado tanto para encontrar a casa. Apenas perguntara para um outro hóspede do hotel e consultara uma dama de companhia, fãs dos romances de Scott, e conseguira descobrir onde ficava a casa da personagem Fair Maid do livro.

— Preciso escrever para Henrietta e Mary... elas são apaixonadas pelo trabalho de Scott. Elas ficarão ansiosas para virem nos visitar e poderem ver a casa também. — Angélica tinha se trocado e colocado um chapeuzinho de passeio. — Podemos atravessar a rua e chegar mais perto?

Dominic meneou a cabeça e atravessaram a rua estreita. Não havia jardim e a frente da casa ficava direto na calçada, permitindo que se olhasse para dentro através da janela. Angélica olhou para a placa de pedra acima da porta e leu em voz alta:

— "Graça e Paz"... Exatamente como Scott disse. Este é o lema de Glover Guild — ela suspirou.

— Vamos voltar para o hotel. — Dominic a virou para atravessarem a rua de novo. — Temos uma bela caminhada até lá.

— Ah, mas valeu a pena. — Ela passou a mão no braço dele, aproximando-se. — Obrigada por ter me trazido até aqui.

Ao sentir os seios dela comprimidos em seu braço, ele reprimiu a vontade de beijá-la, bem no meio da rua.

— Foi bom termos caminhado até aqui depois de tanto tempo sobre a sela de um cavalo.

Mesmo um comentário simples como aquele despertou a libido dele, levando-o a se imaginar sobre as coxas macias dela.

Para se distrair, focou a atenção no caminho.

— Vamos por aqui — disse com esperança de que ela não tivesse reconhecido a rouquidão de seu tom de voz.

Eles voltaram para o Castle Gable, passaram pelo Horse Cross e ao longo dos resquícios da muralha da cidade antiga, até o Skinnsgate, depois viraram na Barret's Close.

— Aqui é como Edimburgo, não é? — disse ela, olhando os arredores. — Veja todas estas ruelas estreitas e curvas.

— Humm. — Dominic gostaria que Perth fosse igual a Edimburgo de outra maneira também.

Durante todo o dia ele se esforçara para tirar a noite anterior da mente, mas evitar tais pensamentos era uma tortura. As perguntas dela o tinham mantido distraído a maior parte do tempo e também a distância de quando estavam cavalgando. Quando chegara em King's Arms cavalgara na frente para organizar os quartos para a noite.

Eram dois quartos grandes — um para ele e outro para ela. Dominic era razoavelmente bem conhecido no hotel e não queria gerar fofocas desnecessárias. Como viajavam em grupo não foi tão difícil ajeitar a situação. Em um quarto Angélica ficaria com a criada e ele com os acompanhantes em outro. Assim daria a impressão de que estava escoltando a noiva para sua casa. Claro que estar em quartos diferentes não significava que usariam camas diferentes.

Mais cedo, quando Angélica subiu para o quarto a fim de trocar de roupa, ele foi ao seu para guardar o sobretudo e viu a imensa cama. Naquele momento Dominic precisou de todas as forças para não enlouquecer. Foi preciso muita concentração para se convencer que sua vida não podia ser dirigida pela libido.

Ele escoltou Angélica para atravessar a George Street, desceram pela George Inn Lane e até o extenso pátio de cascalho que chegava ao King's Arms... Assim que viu a fachada do hotel, lembrou-se da cama de dossel novamente e imaginou Angélica ali em sua camisola de seda.

O hotel era bem formal e eles precisaram trocar de roupa para o jantar. Dominic a esperou na porta do quarto. Quando Angélica saiu com um novo vestido de noite azul-claro e branco, com um xale de seda ao redor das costas e apoiado nos cotovelos, ele ofereceu o braço e a conduziu até a sala particular que havia alugado.

Depois de puxar a cadeira para ela e procurando ficar impassível, Dominic voltou para o lado oposto da mesa redonda. A situação era ridícula, pois já conseguira controlar os impulsos e a libido durante todo o tempo em que tinham estado em Londres, inclusive durante a viagem até Edimburgo. Mas depois de tê-la possuído duas vezes, seu lado mais selvagem estava levando vantagem e estava à beira do descontrole.

Por sorte, um estabelecimento daquele nível mantinha sempre criados na sala, particular ou não. Se quisesse, poderia dispensá-los, mas não seria tolo a esse ponto.

Naquele momento a única maneira de conter o instinto animal de Dominic seria pedir que Angélica fosse o prato principal sobre a mesa.

O primeiro prato foi servido e retirado, enquanto conversavam sobre Perth, o rio Tay e a história da cidade, assuntos que ele dominava o suficiente para manter a conversa animada.

Enquanto desfrutavam o segundo prato, falaram sobre a história da Escócia, bem superficialmente e apenas o essencial, já que ela sabia muito pouco. As dúvidas de Angélica eram típicas de uma futura noiva inglesa ansiosa sobre o seu novo país.

Depois de todos os pratos salgados terem sido tirados, os criados os serviram com um pedaço de torta com creme. Ao terminar, Dominic finalmente a fitou, pois até então havia relutado. Não a olhara de verdade desde que se encontraram no piso superior, quando mais uma vez se encantara com aqueles olhos cor de esmeralda...

Será que ela conseguia ler a sua mente?

Ou talvez Angélica estivesse sentindo a mesma compulsão que o consumia. Enquanto a observava, viu que ela estava com um restinho de creme no lábio inferior. Quase se levantou para aliviar a tensão quando a ponta da língua saiu dos lábios tentadores para resgatar o creme...

Desviando o olhar, Dominic imaginou como podia terminar com o jantar o mais rápido possível. Como se lendo a mente dele, Angélica afastou o prato com a torta com um sorriso determinado.

— Já comi o suficiente.

Ainda bem. Dominic colocou o garfo sobre a mesa e se levantou. Acenando com a mão, dispensou o lacaio, puxou a cadeira dela e ofereceu a mão para ajudá-la a se levantar. Ele segurou a mão com firmeza, passou-a pelo seu braço e se virou para a porta.

— Presumo que você não irá querer o chá? — indagou ele, inclinando a cabeça para o lado.

— Eu estava pensando em algo mais... emocionante.

Dominic abriu um sorriso matreiro.

— Vamos sair daqui, atravessar a sala e subir a escada como se estivéssemos nos recolhendo mais cedo. Nada de muito emocionante.

Ele endireitou o corpo, e Angélica meneou a cabeça.

— Entendi... Uma noite monótona que está terminando cedo.

Angélica nunca se sentiu daquela forma, parecia estar queimando de dentro para fora com a força do desejo. Seus seios estavam sensíveis sob o corpete e o corpo inteiro estava mais quente do que o habitual. Pena que se esqueceu de trazer o leque, pois naquele momento sentia mais necessidade de se abanar do que jamais sentira num salão de baile. Angélica não sabia que apenas uma noite de intimidade era o suficiente pra viciar, mas era o que parecia — ansiava por ser acariciada e ser possuída novamente e sentir o prazer varrendo seu corpo como...

Ela interrompeu o pensamento, lutando contra a impaciência e ignorando a vontade de ir mais rápido. *Rápido*. Andando no mesmo passo que Dominic, passou pelo salão principal, cumprimentando o funcionário atrás do balcão meneando a cabeça, e seguiu até as escadas. Mas na verdade, ela queria mesmo era erguer a barra da saia e subir correndo os degraus até o quarto... Se fizesse isso, Dominic a acompanharia e fatalmente a capturaria em instantes. Olhando de soslaio para o lado, percebeu que ele estava tenso e que aquele estado era um sintoma de desejo contido.

Desejo que não podia ser controlado.

Ela sentiu, na noite anterior, algo muito intenso e acabou envolvida pelas atenções dele. E agora que conhecia o básico, estava ansiosa para explorar mais. Desde o momento que ele a conduzira para a suíte da condessa naquela manhã, ela se distraíra com outras coisas... Além daquele momento no salão da taverna, ela não pensara em nenhum momento mais sensual. Havia notado que o toque e a postura dele ficaram mais possessivos, contudo não ignorava o prazer que sentia sempre que a tocava — para tirá-la da sela, ao pegar sua mão, ou a maneira masculina quando roçara em sua cintura, como se estivesse protegendo um bem —, mas era fácil de lidar.

Angélica permanecera tranquila até sair do quarto, depois de se trocar para o jantar, e encontrá-lo encostado na balaustrada do mezanino, esperando por ela. Assim que a viu, Dominic empertigou o corpo. Ela se aproximou, pensando apenas em livrá-lo daquelas roupas e empurrá-lo nu em sua cama para que pudesse dominá-lo de seu jeito. Não foi fácil conter a erupção do desejo.

Naquele momento, estava prestes a perder o pouco controle que ainda restava. Quando chegaram ao topo da escada, Dominic a conduziu pelo mezanino. Ela fixou o olhar na porta do quarto. Mais alguns passos e...

— Ali dentro.

Angélica parou imediatamente ao ouvir a ordem. Ouviu um clique e deixou que ele a passasse na frente e para dentro do quarto. Dominic entrou em seguida, fechando a porta com o pé, ao mesmo tempo em que a segurava pela cintura e a pressionava contra a parede com o corpo forte irradiando calor. Voltara a ser uma refém. Por um segundo, que pareceu uma eternidade, eles ficaram apenas se entreolhando para depois entregarem-se num beijo apaixonado que serviu como faísca para acender o fogo da paixão que os incendiou no mesmo instante. Bastou um momento apenas para que as chamas se transformassem em labaredas incontidas.

Angélica embrenhou os dedos no cabelo dele, enquanto correspondia com intensidade, libertando o desejo que os torturara durante o dia inteiro. De repente, Dominic desviou os lábios da boca macia para beijar-lhe a pele delicada do pescoço, mas mesmo enfraquecida, ela se afastou.

— Meu quarto. Não devíamos...

— Não. Aqui... A cama... — disse ele entre um beijo e outro, ocupando-se em sugar o início da curva entre o pescoço e o ombro dela.

Angélica relanceou o quarto...

— Nossa...

O hotel o havia favorecido com o melhor quarto, um camarote contendo uma imensa cama de dossel com um cortinado vermelho com bordas douradas. Uma cama larga o suficiente para que pudessem rolar sem nenhum perigo de cair. As mãos dele subiram para os seios, segurando-os e massageando-os com uma urgência inegável, possuindo-os como se para aplacar um direito insaciável. De olhos fechados ela mordiscou o lábio inferior para evitar um gemido de rendição ao calor que a carícia possessiva causou em seu corpo inteiro. Quando Dominic apertou os mamilos já túrgidos, Angélica só não desfaleceu porque segurou nos ombros fortes. Depois de ter visto aquela cama tão convidativa, ela só conseguia pensar nos dois nus, rolando naqueles lençóis de seda.

Dominic ergueu a cabeça e capturou os lábios dela num beijo lascivo, que a levou a entreabrir os lábios para que sua língua afoita pudesse encontrar a dela. Angélica o enlaçou pelo pescoço e retribuiu o beijo com a mesma intensidade; a língua desafiando-o para um delicioso duelo. Foi o suficiente para que ambos perdessem o controle, a paixão espiralou pelos corpos deixando-os amortecidos. O contato das bocas apenas já não satisfazia mais o desejo que pulsava em suas veias.

As mãos dele deslizaram dos seios e passaram a contornar as curvas daquele corpo tão feminino.

Em meio ao desespero, Angélica conseguiu se controlar um pouco e escorregou as mãos dos ombros largos para as lapelas do casaco, mas ele interrompeu o movimento, afastando-lhe as mãos para lidar com os botões do corpete dela.

Angélica deixou os braços ao lado do corpo para recuperar o fôlego quando ouviu o tecido rasgar e Dominic praguejar na língua materna.

— Não faz mal. Foi você que pagou... tenho outros.

Dominic a fitou com aqueles olhos claros e cheios de paixão.

— Tem certeza?

— Encomendo um vestido novo para a modista. Tire...

Dominic não pensou duas vezes em rasgar o corpete inteiro. Os minúsculos botões se esparramaram pelo chão. Os dois ficaram imóveis durante uma fração de segundo, encantados com o som inesperado e ao mesmo tempo tão excitante.

Afastando as duas metades do vestido, a segurou pela cintura e ergueu-a do chão, afastando-os da parede. Em seguida, ocupou-se em livrá-la dos tecidos remanescentes.

Assim que se viu com os braços livres, Angélica o puxou pelo pescoço, subindo na ponta dos pés para capturar lhe os lábios e beijá-lo com uma paixão que estava reprimida em sua alma.

Dominic a segurou pela cintura e a levantou novamente, enquanto ela insistia em beijá-lo preocupada num desafio sexual desnecessário.

Com a intenção de acalmá-la, ele dobrou os joelhos e passou o braço pelas nádegas recondas, a erguendo do chão. Entendendo o convite, ela o enlaçou com as pernas e o beijou com maior ardor.

Angélica só estava com uma camisola de seda, tão fina que não representava nenhuma barreira para as carícias abrasadoras, mas o toque da seda contrapondo-se com a mão forte transformou-se numa carícia delirante. Porém a delicada sensação foi substituída por outra bem mais intensa, pois ela estava muito vulnerável naquela posição e já sentia a ponta do membro túrgido roçando-lhe a intimidade. E quando ela se remexeu para poder aprofundar o beijo...

Dominic blasfemou e com a outra mão segurou-a pela cabeça e a imobilizou enquanto correspondia avidamente ao beijo, exigindo que a boca e os lábios saciassem sua fome inesgotável e se entregasse ao seu poder de sedução.

Assim que a imobilizou, ele deu alguns passos na direção da cama. Quando tocou a borda do colchão com a perna, estendeu a mão para tatear o local. Logo que se sentiu seguro, inclinou-se para a frente, soltou as mãos dela de seu pescoço e parou de beijá-la antes de deixá-la cair para trás.

Ela afundou na maciez dos lençóis sem deixar de encará-lo.

— Dispa-se — pediu ela, gesticulando.

Em seguida, Angélica tentou se levantar para tirar a camisola, mas ele a segurou pelas coxas atrás dos joelhos e ergueu-as, derrubando-a para trás de novo.

— Não dá tempo — disse ele com a voz rouca. — Mais tarde. Depois.

Dominic se ajoelhou no chão, encostando os quadris na cama e afastou as pernas dela. Sem que ela tivesse tempo para respirar, mergulhou por entre a penugem e a beijou intimamente. Em princípio foram beijos afoitos e delicados, mas que já a estavam levando ao desespero. Angélica precisou fechar a mão e colocar na boca para não gritar de euforia quando os beijos se intensificaram e passaram a ser mordiscadas. A língua dele trabalhava depressa, explorando cada reentrância úmida, sorvendo a seiva que seus carinhos geravam.

Dominic sabia que só conseguiria se controlar por mais alguns minutos antes de se render à fúria do desejo. Olhou para cima e a viu movimentar a cabeça de um lado para o outro em puro delírio. O penteado já havia se desfeito e o cabelo estava esparramado sobre o lençol. Enquanto que com uma mão ele se desfazia das calças, penetrava Angélica com os dedos para não perder o calor do momento.

Ela ergueu a cabeça e viu quando as calças dele escorregaram pelas pernas, desnudando-o completamente. Angélica sentiu uma vontade incontrolável de segurar aquele membro túrgido e movimentar a mão sobre a pele aveludada. Mas antes que pensasse em se mover, ou mesmo mudar de posição, Dominic se preparou para penetrar a feminilidade já pronta e úmida para recebê-lo. Com as pálpebras cerradas e a respiração ofegante, Angélica procurou esvaziar a mente, permitindo que apenas o prazer reinasse soberano. Dominic a penetrou só um pouco, como se pedisse consentimento para desfrutar a delícia que ela era. De repente a cobriu com seu corpo, apoiando-se nos cotovelos e penetrou-a mais um pouco. Angélica abriu os olhos para testemunhar o que acontecia e gravar na memória a imagem do rosto másculo transfigurado pela paixão. Aos poucos ela foi perdendo a noção do tempo e do espaço, entregue ao delírio de ser possuída de forma tão intensa. Angélica mal conseguia respirar ou pensar, só podia observar e sentir. Mas em algum lugar de sua alma, reconhecia o que estava acontecendo.

Dominic ainda estava de casaco e blusa, mas só em deslizar as mãos pelo peito coberto, ela sentiu os músculos enrijecidos, controlando-se ao máximo para ir devagar, com cuidado, e, assim, supostamente aumentando o prazer dela.

Quando a possuiu por completo, Dominic abriu os olhos e a encarou. O brilho daquele olhar assemelhava-se ao de um felino apossando-se de sua fêmea.

— Posso? — perguntou ele com uma voz gutural.

Em vez de responder com palavras, ela o abraçou com as pernas e se expôs inteira, entregando-se ao doce delírio de recebê-lo por completo, deixando-se tragar pelos redemoinhos de múltiplas sensações que espiralavam cada vez mais fortes. Os dois corpos se fundiram e se movimentavam em uma cadência ensinada pela natureza.

Presos um ao outro, Dominic esticou os braços para continuar com aquela dança dos prazeres, unidos apenas por uma parte do corpo. Além das roupas dele roçando na parte interna e sensível das coxas femininas e ao longo das pernas, não houve mais nenhuma carícia. Angélica achou a posição erótica ao extremo, compatível com sua ganância por maiores prazeres.

E Dominic observava atentamente cada reação. Os gemidos dela soavam como uma canção aos seus ouvidos. Sem paciência ela segurou-o pelo casaco, tentando puxá-lo para baixo e acabar com aquele tortura extasiante, mas ele não se moveu, limitando-se apenas a menear a cabeça.

— Dessa vez não.

Ela se deixou cair para trás e viu quando Dominic semicerrou os olhos, e voltou a apoiar o peso nos cotovelos, enfiando uma das mãos por baixo do quadril dela para ajudar o movimento que se intensificava.

Se ele podia observá-la, então Angélica faria o mesmo.

Entre arquejos, o nervosismo e a ganância de imprimir seu próprio ritmo para alcançar o prazer o mais rápido possível, enquanto se agarrava aos lençóis, serpenteando sobre a cama em desespero, reconhecendo que o êxtase pleno estava próximo, ela o observaria tremer, mudar a expressão do rosto, mais dramático, mais intenso enquanto arremetia com mais força, mais fundo e com mais poder.

De repente Angélica sentiu como se as barreiras de uma represa rompessem, enquanto estava distraída em observá-lo. Foi como se uma explosão lhe roubasse todos os sentidos e a fizesse levitar de prazer. Ao arquear as costas com um grito preso nos lábios, não pôde mais ver o que Dominic sentia.

O que mais importava era aquele momento de extremo prazer, enquanto ele ainda fazia parte de seu corpo. Na ansiedade de prolongar o clímax, ela contraiu os músculos íntimos para prendê-lo dentro de si. A carícia íntima o fez urrar de prazer e com uma última arremetida Dominic derramou sua seiva dentro dela.

Senti-lo atingir o ápice da relação foi a glória para Angélica. Parecia que seu coração retumbava nos ouvidos, assim como sentiu as batidas do coração dele ecoarem em seu peito. Uma sensação gostosa de um prazer mais calmo a deixou sem ação. Sem abrir os olhos, ela tateou o rosto dele. Dominic beijou longamente a palma da mão feminina e movendo-se bem devagar, se deixou cair ao lado dela, puxando-a para mais perto.

* * *

Eles deixaram Perth assim que o dia raiou. Dominic e Angélica cavalgavam lado a lado, parecia que eram os animais que determinavam a cadência dos passos.

Depois de um quilômetro, Dominic inclinou a cabeça na direção da égua.

— Acho que ela está mais rápida hoje.

— Acho que é porque ela aprendeu a manter o mesmo passo que Hércules.

Assim como depois de três lições, Angélica havia aprendido a manter o ritmo dele na cama.

— Ela aprende rápido — disse ela, orgulhosa.

Dominic olhou para a frente e pensou que não queria passar outro dia se distraindo com pensamentos apimentados, principalmente depois do que acontecera na noite anterior. Ele não se lembrava de ter ficado tão enlouquecido por uma mulher quanto se sentia por Angélica, nem quando era mais jovem... e nem naquela época. Fez amor sem a intenção de muitos carinhos, imaginando que encontraria uma maneira fácil e rápida para chegar ao clímax. De fato, foi o que aconteceu, mas o prazer foi muito maior e ele conseguiu realizar o sonho que qualquer homem teria. Mas estava acostumado a controlar seu apetite e não vice-versa. Quando se deitara com outras mulheres, não perdia muito tempo com as preliminares porque as parceiras rogavam para serem possuídas sem demora... Já com Angélica, se ela tivesse demorado a ceder, ele é que iria suplicar para continuar. Por sorte, sua futura condessa era guiada pelos próprios desejos e havia correspondido com a mesma intensidade, sem muito controle.

Na noite anterior, se tudo tivesse sido normal, a teria possuído uma, duas vezes, ou até mais. Mas depois que alcançaram a completude, ele tirou o restante da roupa e cobriu a ambos. Angélica se virou, aninhou-se nos braços dele, beijou-lhe o rosto e pousou a cabeça sobre o tórax largo. Dominic a abraçou e foi engolfado por uma satisfação muito maior do que jamais sonhara existir e acabou dormindo como um bebê até Griswold bater na porta, às cinco horas da manhã.

Os dois acordaram juntos, espreguiçaram-se e depois de reclamar por ter de acordar tão cedo, Angélica puxou a coberta e virou para o lado. Mas acabou se levantando. Como seu vestido estava todo rasgado, ela vestiu o roupão dele. Dominic já estava de calça, blusa e botas quando abriu a porta para checar se o corredor estava vazio para que ela pudesse ir para o outro quarto em segurança.

Depois de um bom café da manhã, que Angélica aproveitou bem mais do que o de costume, pegaram as malas, reuniram-se com os outros e partiram. O sol subiu enquanto eles cavalgavam; o dia permaneceu bom, com nuvens altas filtrando o sol e uma brisa fresca vindo de Obney Hills.

Dominic preferiu poupar os cavalos quando começaram a subir. Eles atravessaram Dunkeld numa boa hora. A vegetação e as árvores altas da floresta Craigvinean sombreavam a estrada. Dominic achou melhor aumentar o passo dos cavalos. Angélica incitou Ebony a acompanhar Hércules, tomando o cuidado para não incentivá-la para uma corrida. A égua tinha uma energia invejável, talvez tivesse sangue árabe.

— Vamos atravessar a floresta rápido — Dominic avisou, quando os cavalos emparelharam. — Não costuma ser um lugar perigoso, mas existem alguns foras da lei sem clã.

Ela meneou a cabeça e perscrutou ao redor. A estrada estava livre, mas cortava uma floresta densa, com as árvores bem altas que chegavam a impedir a passagem de luz.

Eles cruzaram algumas montanhas fora de Dunkeld, mas desde então, a estrada era um aclive constante. Inclinando-se para a lateral do cavalo, Angélica ergueu a voz, tentando falar mais alto do que o ruído do rufar dos cascos.

— Nós já passamos as terras altas?

— Passamos pela fronteira agora há pouco.

Angélica olhou ao redor, observando tudo com muito interesse. As terras altas eram geralmente descritas como dramáticas e românticas, e ela queria avaliar por conta própria.

Dominic percebeu o quanto ela estava interessada e ficou mais tranquilo. Não era qualquer dama que gostaria de fazer uma excursão às terras altas com tanto entusiasmo. Mais à frente, ele tentou ver através dos olhos dela, mas foi impossível saber o que Angélica pensava. Conforme seguiram adiante e a estrada permanecia vazia, Dominic se deixou contaminar pela expectativa dela.

Ele podia contar nos dedos as poucas pessoas capazes de influenciar o seu humor: Mitchell, Gavin, Bryce... E agora Angélica. Ela o havia conquistado de uma maneira diferente, trazendo sol para o seu dia e leveza para seu coração. Angélica o provocava, brincava e o fazia sorrir, algo de que ele praticamente havia se esquecido. Os anos que se seguiram após a morte do pai e logo em seguida de Mitchell e Krista foram preenchidos por muito trabalho e sem muita razão para brincar ou sorrir. Os últimos seis meses foram infernais. Ele até que se esforçava quando estava com os meninos, mas eram raras as ocasiões.

Angélica era a única que provocava aquele efeito nele. O fato de ela ter conseguido se aproximar com tanta facilidade, rapidez e se entregar tão plenamente à vontade de fazer amor, o deixava desconfortável e com dificuldade de aceitar. Aquela mulher era intrigante. A começar com a razão pela qual ela ainda não aceitara se casar. Dominic também não sabia o que ela tinha em mente quanto à futura união. Outro mistério era a razão que a motivara a persegui-lo durante o baile mesmo sem conhecê-lo e depois aceitar ajudá-lo.

As dúvidas e as incertezas continuavam a perturbá-lo, mas enquanto estava ali cavalgando ao lado dela, mesmo com as nuvens metafóricas se formando no horizonte, se ela estava feliz, deixaria os problemas para depois e se ocuparia apenas em aproveitar o dia juntos.

Quando saíram da floresta, ele diminuiu o passo dos cavalos. Dominic puxou a corrente do relógio do bolso e verificou as horas. Depois de recolocar o relógio no lugar, percebeu que Angélica o fitava.

— Estamos dentro do horário. Chegaremos adiantados em Pitlochry, mas vamos parar para almoçar mesmo assim.

— Pelo que me lembro do mapa, temos uma longa jornada esta tarde.

Dominic meneou a cabeça

— Vamos para Blair Atholl depois ao longo da Glenn Garry, mas passar pelo trecho em Drumocheter vai nos atrasar bastante. Vamos decidir onde passar a noite depois desse trecho, quando estivermos do outro lado. Então, quanto antes sairmos de Pitlochry melhor. — E acrescentou: — Você verá as verdadeiras terras altas a partir de Pitlochry.

— Não vejo a hora. — Ela sorriu.

Uma lebre atravessou o caminho assustando Ebony, mas Angélica a controlou.

Dominic hesitou, mas acabou dizendo:

— Sua irmã Eliza...

Quando ela o fitou, erguendo uma das sobrancelhas, finalizou a pergunta:

— Até onde vai a antipatia dela por cavalos?

Angélica riu, o som parecia sinos badalando. E com os olhos brilhando, respondeu:

— Vamos dizer que você teve muita sorte por Jeremy tê-la resgatado. Alguma deidade estava protegendo você naquele dia.

— Ela não sabe mesmo andar a cavalo?

— Ela consegue montar e andar a passo, e não precisa mais do que isso em Londres. Talvez ela consiga trotar por uma curta distância, mas se continuar, a confiança vai diminuindo e ela entrará em pânico, o cavalo se assustará e... — gesticulou — ...um desastre acontecerá. — Depois de alguns minutos, emendou: — Veja bem, ela sempre teve sorte e, até onde sei, nunca caiu.

— E você?

— Ah, muitas vezes. — Angélica cruzou o olhar com o dele, mostrando confiança. — Mas sempre volto a montar.

Dominic mordeu a língua para evitar pensar na posição erótica que lhe veio à mente.

— Você devia ficar contente por eu estar aqui — disse ela, interrompendo o breve silêncio.

— Pode acreditar... — ele a prendeu pelo olhar — ...apesar de que foi preciso eu ir a Londres buscá-la e do incidente no Theatre Royal, estou de fato muito mais feliz em estar com você, cavalgando pelas terras altas do que se estivesse com uma de suas irmãs.

Angélica entendeu exatamente o que ele dissera e que não havia nada subentendido.

— Já não andamos nesse passo tempo suficiente? — perguntou ela com uma careta.

Ele olhou para os outros e meneou a cabeça.

— Por enquanto.

— Ótimo... Eu e Ebony precisamos galopar um pouco.

Sem esperar resposta, ela esporeou a égua e saiu a galope.

Antes mesmo de Dominic reagir, Hércules saiu no encalço de Ebony na mesma velocidade. Conforme cavalgava, ele admirava as nádegas dela em formato de coração, enquanto esporeava a égua e pensou se sua vida não seria assim dali em diante: Angélica correndo na frente e ele atrás. Achou que ficaria revoltado se isso acontecesse, mas ao contrário, descobriu-se sorrindo.

Conforme o combinado, os homens da família Cynster da geração atual, e alguns homens da família por afinidade, voltaram para a St. Ives House a fim de se reunirem e comentarem as informações que tinham descoberto com as matriarcas que entrevistaram.

Passava um pouco da metade da manhã quando Sligo fechou a porta depois de Martin entrar, o último a chegar. Os outros já estavam ali, descansando.

— E então... — Martin se sentou na poltrona vaga diante da mesa de Devil, parecia mais velho e caído. — Você tem alguma pista?

Devil meneou a cabeça.

— Várias das senhoras dizem ter visto um cavalheiro, descrito como amigo da sua família, apresentar Angélica a um outro cavalheiro, forte e de cabelos escuros durante o baile. Disseram que ele usava uma bengala, em termos gerais a descrição é muito semelhante da que tínhamos do nosso suposto aristocrata.

Michael Anstruther-Wetherby que estava encostado no peitoril da janela do lado esquerdo de Devil se pronunciou:

— Você está dizendo que o patife teve a ousadia de vir ao coração da sociedade londrina e raptou Angélica bem debaixo dos nossos narizes?

— Não — Vane interveio. — Apesar das semelhanças, lady Osbaldestone disse que o senhor moreno é o visconde Debenham. Eu verifiquei com Horatia e falei com Helena agora a pouco. Todos viram Angélica conversando com Debenham, e apesar de todos concordarem que ele se parece com o tal aristocrata, ele é inglês e tem uma perna ruim... Por isso a bengala. Dizem que se feriu quando veio a Londres na primeira vez, há uma década. E, claro, todos o conhecem desde então. A propriedade principal dele é Debenham Hall, fora de Peterborough. Nenhuma das senhoras sabia dizer mais sobre a família, mas todas o conhecem.

Lúcifer se inclinou para a frente.

— Ele não é o aristocrata. Mas parece que foi o último homem que foi visto com Angélica... Louise o descreveu da mesma forma quando conversamos hoje cedo.

— Sim, *mas*... — Demon começou a falar — ...perguntei a mamãe e Horatia... Se tinham notado quando Debenham foi embora do baile. Ela chegou a afirmar que Debenham estava conversando calmamente com um grupo de senhores bem depois que perceberam o sumiço de Angélica.

— Tive mais sorte com lady Osbaldestone e Helena... As duas afirmaram que Debenham saiu bem mais tarde com um amigo — Vane relanceou Devil. — Rothesay.

Fez-se o silêncio, enquanto cada um pensava nas possibilidades.

Gabriel perguntou a Vane:

— Quem era o amigo da família que apresentou Angélica a Debenham... Você conhece?

— Horatia e Helena disseram que foi Theodore Curtis — Vane respondeu.

Gabriel e Lúcifer trocaram olhares.

— Nós o conhecemos — disse Lúcifer.

— Talvez... — Gabriel olhou para Devil — ...Lúcifer e eu devíamos fazer uma visita a Curtis e tentar descobrir o máximo possível, mesmo que seja apenas para descartar qualquer consequência da conversa de Angélica com Debenham.

Devil meneou a cabeça devagar e olhou para Vane.

— Vane e eu vamos a Rothesay para procurar alguém que possa nos dar mais informações sobre esse tal visconde. — E olhando para os demais, completou: — Debenham é o único nome que temos até agora... Parece mais provável que o descartemos, mas precisamos procurar mais.

Breckenridge, que estava recostado num sofá, sugeriu:

— Jeremy, Michael e eu vamos continuar procurando, mais especificamente por um escocês que esteja na cidade e provavelmente perto da casa dos Cavendish naquela noite.

Jeremy meneou a cabeça.

— Os varredores de rua ou algum cocheiro pode ter ouvido algum sotaque, ou levado alguém suspeito para algum lugar... Quem sabe?

Demon suspirou.

— Preciso ir a Newmarket para checar como vão as coisas... Volto amanhã à tarde. — Ele olhou ao redor. — Não façam nada precipitado enquanto eu estiver fora.

Alguns murmuraram baixinho, descontentes.

Devil empurrou a cadeira onde estava para trás.

— Se alguém descobrir alguma coisa, mesmo que seja uma mera suspeita, mande um recado para cá.

Meneando as cabeças, os outros se levantaram e seguiram praguejando baixinho na direção da porta.

CAPÍTULO 14

Como eles chegaram cedo em Pitlochry, não precisaram dividir a sala de jantar da hospedaria com ninguém. Visto que estavam nas terras altas, sentaram-se todos juntos a uma mesa retangular.

Angélica queria aproveitar a oportunidade para avaliar como se portava diante do grupo. Ela esperou que os criados da hospedaria os servissem e estendeu o prato para que Dominic a servisse com pedaços de rosbife, para dizer:

— Como vocês sabem, pretendo ajudar o conde a convencer sua mãe, a condessa, a devolver a taça que ela pegou. Para tanto preciso saber mais sobre Mirabelle... Por exemplo, como costuma passar o dia. E o que faz, que salas frequenta no castelo, a quais não vai, quem ela visita, quem a visita, esse tipo de coisa. — Ao virar a cabeça, seu olhar cruzou com o de Dominic. — Se eu não souber do que me defender e a forma com a qual trabalhar, será muito mais difícil conseguir alcançar nosso objetivo.

Dominic continuou encarando-a por mais alguns instantes e meneou a cabeça.

— Pergunte.

Angélica olhou diretamente para Brenda.

— Como a condessa costuma passar o dia? Comece pela manhã.

Enquanto os outros se serviam, Brenda disse:

— Dificilmente ela acorda antes do final da manhã... Geralmente perto do meio-dia. Ela desce para o salão nobre para as refeições e se senta à mesa principal no tablado com o senhorio. Depois do almoço vai para sua sala de estar e, até onde sei, passa a maior parte do dia ali. Ela borda bastante e algumas vezes toca um antigo clavicórdio. No meio da tarde toma chá, isso é obrigatório, com bolinhos e um bule grande. A condessa é muito exigente e faz questão de que tudo esteja posicionado corretamente na bandeja. Ela é bem fresca quanto a quem pode ir aos seus aposentos, o que pode ser tocado e assim por diante. Ela troca de roupa para o jantar e depois se senta na sala íntima para bordar ou para Elspeth ler para ela. A dama de companhia se chama Elspeth, mas nunca houve muita companhia, se é que você me entende. Às dez horas mais ou menos a condessa vai para o quarto de dormir. É isso, até recomeçar tudo no dia seguinte.

Brenda aceitou o prato que Jessup havia servido com um bife e vegetais.

Angélica engoliu um pedaço de carne e franziu o cenho antes de falar:

— Ela deve passear pelo castelo, ou pelo menos na fortaleza, às vezes.

Brenda e todos os outros balançaram a cabeça.

— Dificilmente vemos a senhora fora de sua sala de estar durante o dia, ou da sala íntima à noite — Griswold informou.

— Ela não anda a cavalo? — Angélica perguntou a Jessup.

— Não que eu saiba. — Jessup lançou um olhar questionador a Dominic, que balançou a cabeça.

— Acho até que poderia, mas não andou desde que está no castelo... Não me lembro de ela ter um cavalo próprio. Na verdade, não me lembro nem de tê-la visto na estrebaria.

— E as visitas? Ela deve sair para visitar as outras damas do distrito, os arrendatários doentes?

Ninguém respondeu, apenas balançaram as cabeças negativamente.

— Não acredito que ela nunca pôs os pés fora do castelo! — exclamou Angélica.

— Ah, você falou em visitas. — disse Jessup. — A senhora vai à igreja todo domingo pela manhã. Eu levo ela e Elspeth de carruagem na ida e na volta, nunca paramos ou desviamos o caminho. Nenhuma visita. Scanlon mencionou que de vez em quando vê a senhora andando nas margens do lago. Às vezes com Elspeth, ou com McAdie, o mordomo antigo, e de vez em quando sozinha.

— Isso é tudo? — Angélica não deu muito crédito, mas todos os criados concordaram que a condessa mal saía do castelo. — Bem, então... E os visitantes?

— Eu não sei de ninguém. — Dominic olhou ao redor e todos menearam a cabeça.

— Santo Deus, ela deve ser uma ermitã.

Ninguém negou.

Depois de alguns minutos e algumas garfadas, Angélica disse:

— Não tenho muita certeza de como exatamente vamos convencer a condessa a fazer o que queremos, *acreditar que fui desonrada e pegar o cálice*, mas qualquer que seja nosso plano, preciso saber os lugares do castelo onde posso encontrá-la, ou onde ela possa me ver. — Angélica olhou ao redor. — Como não conheço o castelo, preciso de toda a ajuda possível e preciso pensar em todas as possibilidades. Onde estarei em segurança, fora de vista e onde precisarei ficar alerta?

Dominic afastou vários pratos da mesa e colocou o saleiro e o pote de mostarda no espaço limpo. Mulley pegou o saleiro e o pote de mostarda de outra mesa e deu a Dominic, que os posicionou para que representassem as quatro torres da fortaleza. No meio, os outros juntaram vários potes de condimentos e pegaram talheres de uma mesa lateral para juntar com os potes no círculo externo.

— Aqueles potes representam as torres na muralha, as do castelo e aquela é a casa da guarda dos portões?

Dominic assentiu com a cabeça.

— Esta é — ele colocou a ponta do dedo sobre o saleiro, que representava a torre da fortaleza mais central do castelo como um todo — a torre norte onde ficam os aposentos de Mirabelle. O quarto fica no piso superior, a sala íntima logo abaixo. Do quarto ela tem uma boa visão de uma parte do pátio logo na entrada, da muralha e uma excelente visão das torres da guarda do portão. Mas raramente olha naquela direção, as cortinas dessa janela estão sempre fechadas. Ela prefere a vista da janela do outro lado, de onde é possível ver o lago e a floresta. A sala de estar, conforme disse Brenda, é onde Mirabelle passa a maior parte do dia e as janelas têm vista para os jardins.

Os outros sorriram. Ele manteve os lábios cerrados e meneou a cabeça.

— O castelo tem ameias na volta inteira.

— Há ameias que ela pode subir e ter uma vista mais ampla?

Mulley inclinou-se para a frente.

— As torres da fortaleza e a própria fortaleza têm ameias ao redor, mas há pouco tempo fui até lá para verificar se as portas estavam trancadas e posso jurar que a porta no topo da torre norte não é aberta há anos.

— Está certo. Vamos presumir que é pouco provável que de uma hora para a outra ela decida ir até lá. — Angélica estudou o layout do castelo. — Pelo que você disse, fora da fortaleza, e ali — ela apontou para a área que podia ser vista da sala de estar da Condessa — pode ser seguro para eu ficar.

Dominic apontou a área que ela indicou, o espaço entre as torres do norte e leste.

— Esta é a área perigosa... Os jardins. O jardim da cozinha fica nos fundos e em frente à muralha do castelo. Acho que Mirabelle nunca iria ali e não sei nem se ela teria visão de sua sala de estar. Os jardins de rosas circulam a torre leste, onde ficam os meus aposentos, e a parte noroeste é bem visível da sala de estar dela. O restante pertence ao jardim italiano, que fica entre as torres, e pode se chegar ali através da sala íntima pelo terraço que fica entre as bases das torres. Nas raras ocasiões que Mirabelle decide sair para tomar ar, anda pelo jardim italiano, que pode ser visto inteiro da sala de estar dela.

Angélica meneou a cabeça.

— Bem, não posso passear nos jardins, a menos que queira ser vista. — Angélica estava com os cotovelos sobre a mesa e a cabeça apoiada nas mãos, estudando a maquete. — Agora falem sobre a parte de dentro.

Mulley, Griswold, Brenda e Dominic a levaram por um passeio figurativo pelas salas principais do térreo — o hall de entrada, o salão nobre, os longos corredores, a saleta, o escritório dele, a biblioteca, a copa, as cozinhas imensas, o arsenal — e dali para as torres. Os aposentos de Dominic ficavam na torre leste, o dos meninos na torre oeste. A torre sul era o reduto dos criados mais antigos, alguns que ela ainda iria conhecer. O piso acima dos corredores e das salas de recepção, cozinhas e salas do arsenal, consistia em um mezanino ao redor do salão nobre, ali havia os quartos de hóspedes e acima da cozinha e do arsenal, havia mais acomodações dos criados.

— Além disso — disse Mulley —, existem dois pisos subterrâneos, até mesmo sob as torres, são depósitos. Nunca vi a senhora se aventurar por ali.

Dominic olhou para Angélica.

— No inverno podemos ficar presos lá durante meses.

Ela meneou a cabeça, observando o castelo e imaginando Mirabelle circulando por ali.

Assim que terminaram a refeição, as criadas vieram apressadas para tirar a mesa. Sentindo que Dominic a encarava, Angélica olhou e percebeu que ele estava ficando impaciente e meneou a cabeça.

— Sim, tudo bem. — Ela empurrou a cadeira para trás.

As criadas da estalagem começaram a limpar a mesa. Dominic se levantou, deu a mão para ajudar Angélica a se levantar e saíram para pagar o dono da taverna. Apesar de impaciente, Dominic estava feliz, não apenas por Angélica ter se empenhado em reunir todas as informações possíveis sobre o castelo, mas também como interagiu com todos. Angélica podia não ter nascido num clã, mas já havia aprendido a dinâmica de um, fora aceita e ganhara o apoio de todos os presentes. Na realidade, ela estava atuando para ajudá-lo e aquelas pessoas estavam dispostas a morrer por ele, mas todos estavam, até mesmo Jessup, um homem difícil de se ganhar, começando a perder a cerimônia com Angélica.

Claro que aqueles criados teriam aceitado quem quer que ele tivesse escolhido para ser sua condessa, mas eles já a encaravam como merecedora do papel, e mais, reconheciam a coragem e outras habilidades de Angélica.

Chegando ao balcão principal do salão, Dominic sorriu para o taverneiro.

— Quanto eu lhe devo?

Jessup e Thomas sairam para pegar os cavalos. Angélica se juntou ao restante do grupo, Mulley, Brenda e Griswold e se dirigiram à porta num passo mais lento. Antes de sair, ela falou:

— Uma última pergunta. Qual o controle que a condessa exerce sobre a administração do castelo?

Quando ninguém pareceu entender a pergunta, ela elaborou melhor:

— Ela decide sobre os cardápios, verifica as contas, entrevista e seleciona criados?

— Ah, não, senhorita. — Brenda parecia chocada com a ideia. — Ela pode ter controlado alguma coisa antes de eu chegar no castelo, mas nos cinco anos que estou lá, ela e a senhora Mack mal se falam.

— *Aye* — Mulley concordou. — A senhora Mack administra o castelo e John Erskine, o mordomo, e o restante de nós cuidamos do que precisa ser feito. Não há necessidade de a condessa se incomodar com isso. Sinceramente não me lembro de ela ter participado de alguma coisa.

— Nem eu — Griswold concordou.

Angélica teve a nítida impressão de que estavam todos felizes com o distanciamento da condessa dos afazeres domésticos.

— Isso quer dizer que ela, a condessa, não tem ideia do que acontece no próprio castelo. Não, espere, e a dama de companhia?

— Elspeth? — Brenda fitou Angélica como se tivesse deixado passar um ponto de vital importância. — Elspeth é como nós... Membros do clã. A pobre garota tem de superar as dificuldades, mas ela só fala quando a condessa pergunta alguma coisa.

— E nem assim — Griswold murmurou e completou elevando o tom de voz. — A condessa não inspira muita devoção, muito menos para trocar confidências.

Angélica meneou a cabeça.

— Pelo que me contaram, parece que será tudo muito fácil quando sei que não é nada disso... E os meninos? Os protegidos do conde? — Meninos pequenos eram boas fontes de informação, pois costumavam falar sem pensar e sem nenhuma discrição. — A condessa pode não se envolver com as atividades do dia a dia, pode não aprová-las e até desgostar, mas por obrigação, ou outra razão, ela deve se interessar pelo bem-estar deles, pelo menos passar um tempo com os garotos, não? — Pela experiência dela com crianças pequenas, era preciso passar pelo menos um pouco de tempo com eles.

— Não — uma voz grave veio de trás dela. Era Dominic.

Angélica se virou e os olhares se cruzaram.

— Minha mãe não tem nenhum contato com os meninos. E é assim que os meninos e eu preferimos.

Ela observou a expressão do rosto dele e meneou a cabeça, depois se virou e seguiu os outros para fora da taverna. Dominic a impediu de descer os degraus, colocando a mão no ombro dela, enquanto Angélica calçava as luvas.

— Apesar de viver num castelo cheio de gente e rodeada por um clã inteiro das terras altas, sua mãe vive em reclusão total. Isso vai facilitar muito nossa tarefa.

— Como assim?

— Porque se ela tivesse amigas, se tivesse confidentes, nós teríamos de convencê-las, ou pelo menos teríamos de convencer a condessa o suficiente para que ela, por sua vez, convencesse as amigas também. Sua mãe não é a pessoa mais racional do mundo, por isso será mais fácil se ela não estiver influenciada pela astúcia de ninguém mais que possa induzi-la a achar que não fui desonrada.

Ele não disse nada, apenas colocou a mão nas costas dela e a guiou até onde Thomas segurava as rédeas de Ebony, que já estava impaciente. Ao chegar mais perto da égua, Angélica afastou os braços para que Dominic a segurasse e a levantasse até a sela. Ela sorriu, encantada pelo simples prazer de ser erguida sem nenhum esforço e depois colocada sobre a sela com toda gentileza. Quando Dominic não a soltou imediatamente, ela o fitou e, percebendo como ele estava sério, ergueu uma das sobrancelhas.

— Mirabelle pode não ser racional em alguns aspectos, mas ela não deixa de ser esperta. É engenhosa, astuta e de sua maneira antiquada é até inteligente. Tentar enganá-la e achar que a convenceu de alguma coisa não será muito fácil.

Angélica o fitou nos olhos e pegou as rédeas.

— Você terá de me contar tudo sobre ela até chegarmos ao castelo.

Ele comprimiu os lábios, meneou a cabeça e seguiu até onde Hércules estava. Jessup conversava com um grupo de cavaleiros que estava desmontando e em seguida veio com as novidades para Dominic.

— A Estrada está livre daqui até Dalwhinnie. Com sorte e cavalgando bem chegaremos em Kingussie no tempo que você queria.

— Ótimo. Vamos andando. — Dominic esporeou Hércules e começou a andar.

Angélica veio cavalgar ao lado dele, acompanhando-o para fora do pátio. Quando Dominic parou para esperar os outros, ela perguntou:

— Por que Kingussie?

— Você entenderá quando passarmos por outros vilarejos ao longo da estrada. São aldeias de criadores de gado que não têm nada além de uma estalagem para os viajantes. Depois do atalho, Kingussie é a próxima parada decente. Se tivermos que parar em qualquer outro lugar só se for por desespero.

— Ah, entendo. — E ela concordava mesmo. O mais importante para se ter a noite era uma boa cama.

Eles passaram rápido pelo desfiladeiro em Drumochter em tempo de seguir para Kingussie com a luz do dia. Horas mais tarde, chegaram à pequena cidade com o sol se pondo nas montanhas.

Angélica ainda estava tentando falar o nome da cidade quando chegaram à única estalagem do lugar.

— King-eeu-sie. Não... King-*ew*-see. — Ao parar Ebony ao lado de Hércules, ela viu a placa de madeira com o nome do lugar. — The King-*ew*--sie Inn.

A estalagem ficava numa clareira e não era nem grande nem diferenciada, mas depois de ter visto as acomodações alternativas, achou ótimo Dominic tê--los feito andar mais para chegar até ali.

— Está melhorando. — Dominic desmontou e se aproximou de Ebony para ajudar Angélica a descer. — Mas ninguém achará que você é uma nativa da região.

— Não preciso ser reconhecida como nativa, quero apenas me fazer entender. — Já com os pés no chão, ela acariciou o focinho de Ebony e depois seguiu Dominic na direção da porta da estalagem. — Como não consigo falar o nome inteiro dos lugares, não entendo o que os escoceses dizem. Se o inverso também for verdadeiro, eles não vão me entender se eu pedir informações.

Ao chegarem na varanda da frente da estalagem, Dominic abriu a porta para que Angélica entrasse primeiro sem comentar o que ela havia dito, mantendo uma expressão impassível. Ela parou antes de entrar e estreitou os olhos.

— Deixe-me adivinhar, se eu decidisse escapar, não conseguiria chegar muito longe sem a sua ajuda.

Dominic limitou-se a sorrir e esperou que Angélica passasse primeiro antes de segui-la. Depois, falou com o estalajadeiro, organizando os quartos e as refeições. Ao terminar, acenou para Angélica se aproximar. Ela cumprimentou o estalajadeiro meneando a cabeça e se deixou conduzir por Dominic até o melhor quarto do estabelecimento.

Jessup estava saindo do quarto quando eles chegaram. Ao entrar, Angélica notou as malas de Dominic ao lado do mensageiro, enquanto as dela foram deixadas perto de uma cômoda. Ao tirar as luvas, dirigindo-se até a cômoda, ela ouviu a porta sendo fechada.

— Vamos ficar no mesmo quarto essa noite? — perguntou ela por mera curiosidade, não estava desaprovando nada.

Deixando as luvas nas mãos do mensageiro, Dominic deu de ombros.

— Eles não têm muitos quartos e...

Uma batida na porta o interrompeu. Duas criadas entraram trazendo duas bacias e jarras de água, deixaram os utensílios e saíram em seguida. Dominic fechou a porta e imediatamente baixou a trava. Depois começou a andar na direção dela como um predador caminharia até sua presa, olhos semicerrados, cílios cortinando as íris.

— Como eu ia dizendo... Agora que estamos nas terras altas, não há motivos para esconder nossa relação. — Dominic parou diante dela, que por sua vez ergueu o rosto. — Não precisamos nos preocupar em fingir que não compartilhamos a mesma cama. Isso a incomoda?

— Não, nem um pouco. — Angélica avaliou o rosto dele. — Contanto que sua mãe não saiba da nossa intimidade. E depois do que você e os outros me contaram, não sei como poderia descobrir.

Os lábios dela curvaram-se para cima, mesmo notando que ele estava se costumando a ficar tenso.

— Ótimo. — Ele a fitou como se estivesse fazendo uma carícia naquele rosto delicado e terminou com o olhar fixo nos lábios macios. — Nesse caso... Você precisa de ajuda para se despir?

Os dois desceram atrasados para o jantar, mas ninguém disse nada. Na realidade, os outros aceitaram a situação como normal, como algo que devia mesmo acontecer, dadas as circunstâncias.

Angélica estava sentada ao lado de Dominic e não muito à vontade com os olhares de condescendência. Sendo uma boa aprendiz, já sabia que os moradores das terras altas eram bem mais liberais do que as pessoas do sul. Lavar o rosto com a água fria no quarto a havia ajudado a se sentir renovada e, consequentemente, faminta.

A esposa do estalajadeiro serviu um prato simples, mas farto. Enquanto comiam, eles discutiam sobre os planos para o dia seguinte.

— Conversei com algumas pessoas daqui — disse Jessup —, e parece que não há dificuldade na estrada para Inverness.

— Mesmo assim, vamos passar a noite lá. — Dominic olhou de relance para Angélica. — Mesmo que a viagem até lá seja rápida, de lnverness até o castelo são mais cinco horas e não quero chegar lá no escuro.

Angélica consentiu com a cabeça.

— É verdade. — Ela queria ter uma boa visão do lugar que seria seu futuro lar... — Prefiro ver o castelo durante o dia e me orientar.

Em seguida conversaram sobre a rota de viagem e onde poderiam parar para almoçar. Depois de muitas considerações, Dominic olhou para ela e decidiu que podiam desfrutar de um bom café da manhã antes de partir às nove horas.

— Ainda assim devemos chegar a Slochd não muito depois do meio-dia.

Mulley perguntou a Jessup sobre os cavalos de carga e Dominic entrou na conversa. Angélica ouviu mais ou menos, preocupada com um assunto que os outros não tinham e nem iriam abordar: como fariam para convencer a condessa não muito racional de que ela havia sido arruinada.

Os outros não sabiam o que a mãe de Dominic exigiu além de ter de levar uma das irmãs Cynster para o castelo. Mas seguiriam Dominic sem questionar, pressupondo que ele e Angélica tinham um plano viável.

Olhando de baixo para cima, ela estudou o rosto dele. Tinham apenas mais dois dias e duas noites antes de chegarem ao castelo e precisavam definir uma estratégia, os detalhes e seria necessário entrarem num acordo antes de chegarem aos portões do castelo. Eles tinham de começar a planejar naquela noite e para tanto tinham de estar sozinhos.

Ela esperou até que todas as decisões para o dia seguinte fossem tomadas e o grupo se levantasse para se recolher.

Dominic a conduziu pela escada e parou diante da porta do quarto. Angélica entrou e seguiu direto para uma das poltronas que ladeavam a lareira. Ouviu quando ele trancou a porta.

Ao erguer o rosto, viu que Dominic estava em pé perto da porta, olhando para ela.

— Precisamos resolver como vamos enganar sua mãe — disse Angélica, sinalizando para que ele se sentasse na outra poltrona.

Dominic hesitou, pois estava adiando aquele momento desde que ela concordara em ajudá-lo. Além da vontade de recuperar a taça, queria manter Angélica afastada da loucura de sua mãe... Irracional, dada a situação, mas a necessidade de protegê-la era inegável.

Mas ela estava com a razão, precisavam enfrentar o desafio que estava por vir e decidir como resolver.

— O que você tem em mente? — disse ele ao se sentar na outra poltrona. Era evidente que ela pensara em alguma coisa.

— Eu, arruinada... É isso que sua mãe quer. Precisamos pensar no que ela aceitará como prova da minha desonra e partir para a execução da maneira mais convincente que pudermos e assim recuperamos a taça. Em algum momento Mirabelle chegou a dizer para você o que é ser "arruinada" mais *especificamente*?

— Não. Eu tinha de levar você ao castelo e desonrá-la... Isso foi dito tanto por ela quanto por mim — e depois de alguns minutos, ele acrescentou: — Eu já disse isso em Londres. Mirabelle acredita que o fato de você ter sido raptada e levada para o castelo seja suficiente para sua ruína.

— Seria assim se eu não fosse uma Cynster.

— Exato. — quando ela comprimiu os lábios e ficou com o olhar perdido, ele emendou: — Sugiro que nosso plano mais objetivo seria fazer exatamente o que ela pediu... Você aparecerá no castelo comigo, como refém, desfilarei diante dela... E veremos o que acontece.

— Sim, mas e se ela colocar os olhos em mim e... Espere, *espere*. — Ela o fitou. — Como ela saberá que eu sou eu? — Ela piscou. — Pensando assim e como ela vive reclusa naquele castelo, por que você não contratou uma atriz para me representar e para que não precisássemos ter tanto trabalho?

Dominic fez uma careta, deixando a impassibilidade.

— Peço desculpas. Com tudo o que tive que dizer naquela noite acabei me esquecendo... — Ele a prendeu pelo olhar. — Fiquei ao lado do meu pai quando ele estava à beira da morte. Enquanto isso, Mirabelle revirou todos os papéis que ele mantinha no escritório. Quando percebi que tudo o que havia sobre sua família desaparecera, mais de um mês depois, não me pareceu muito relevante recuperá-los. Achei que ela fosse destruir tudo, mas de acordo com Elspeth, Mirabelle ainda os tinha quando roubou a taça.

Ele fez uma pausa e prosseguiu:

— Na época eu poderia ter recuperado tudo, mas como ela os estava estudando para fazer suas exigências, decidi que seria melhor deixar com ela. A coleção tinha desenhos de artistas... No seu caso e de suas irmãs, os esboços foram feitos quando vocês tinham cerca de 15 anos de idade. Vi esses retratos há anos. Não posso afirmar, mas acho que devemos presumir que Mirabelle reconhecerá você assim que a vir.

Angélica o fitou.

— Está me dizendo que ela sabe a vida da minha família em verso e prosa?

— Ela sabe tudo até cinco anos atrás e não teria se deixado enganar por uma artista. Eu tinha de levar uma das filhas de Célia até o castelo. Além do mais, achei que qualquer uma de vocês, que eu tivesse persuadido a me ajudar, saberia responder qualquer pergunta que ela fizesse.

— Em outras palavras, você a deixou com provas para se garantir que sou de fato filha de Célia. — Ela meneou a cabeça. — Bem pensado.

— Foi o que achei. — Depois de alguns minutos, ele continuou: — Voltando à sua dúvida de qual seria a chance de Mirabelle reconhecer você e devolver a taça imediatamente? — Ele fez uma pausa e admitiu: — Não sei dizer. É possível. Mas acho que temos de encarar o fato de que você vai ter de doutrinar minha mãe e fingir por um ou dois dias pelo menos, até que ela se convença de que conseguiu o que queria.

— E a vingança também. Sim, concordo. — Ela se levantou como se fosse começar a encenação e começou a andar de um lado para o outro diante da lareira, entre uma cadeira e outra. — Digamos que eu tenha de fingir que estou arruinada durante três dias. O pior será se Mirabelle adivinhar a verdade, que estamos representando. Então, pelo que você me contou, ela é maliciosa e vingativa o suficiente para não entregar a taça por pura maldade. Você acha isso razoável?

— Acho sim.

Ela parou e com o cenho franzido, estudou o rosto dele e voltou a andar de um lado para o outro.

— Temos de convencê-la que estou arruinada e enquanto você não estiver com a taça nas mãos, não podemos cometer nenhum erro. Temos de criar uma história convincente e garantir que ela acredite. Mirabelle tem algum correspondente em Londres?

— Não.

— Você tem certeza?

— Sim, pois alguém como eu teria de timbrar as cartas que ela envia. E se receber alguma, um dos criados me contaria. Então, sim, tenho certeza. Por quê?

— Estou tentando definir que tipo de moça ela imagina que eu seja. Se a última informação que ela tem de mim data de cinco anos atrás, quando eu tinha 16 anos, então, ela não faz ideia de como eu sou. — Ela se virou e o fitou. — Responda-me uma coisa... Como ela vai ter certeza de que estou mesmo desonrada? Com que bases ela chegaria a esta conclusão?

Como ele não respondeu imediatamente, ela virou as mãos para cima e encolheu os ombros.

— Tudo o que ela saberá virá do seu e do meu comportamento. — Parando bem na frente de Dominic, ela o encarou. — A maneira que nos comportarmos quando ela estiver por perto vai ser crucial.

Dominic lutou para continuar impassível apesar de já estar com a nuca arrepiada.

— Que tipo de comportamento você imagina?

Ela percebeu a malícia da pergunta, mas se fez de desentendida.

— *Eu* terei de interpretar o papel de uma moça inglesa bem-criada, bem--nascida e sensível, que foi raptada dentro da própria casa, extirpada violentamente do seio de sua família e arrastada sem cerimônia até a Escócia. Ela sabe que tenho 21 anos e que devo estar amedrontada, derrotada e oprimida, tímida e com receio de qualquer exposição. Querendo fugir, mas sem ideia de para onde ir, ou o que fazer. — Ela fez uma pausa, franzindo o cenho. — Não serei uma bobona, eu nem conseguiria, mas para se sair bem numa situação dessas eu tenho de estar em pânico, totalmente perdida e *arrasada* por ter sido desonrada. — Ela foi se empolgando com o tema. — Devo me lamentar sobre os meus pretendentes perdidos e tudo o mais. Tenho de compor um personagem que chore de verdade. — Ela colocou as costas de uma das mãos na testa — Estou arruinada... *arruinada*!

Desfazendo a pose, ela olhou para Dominic.

— Preciso ser convincente, preciso acreditar que estou arruinada *de fato*, senão ela não vai acreditar.

Dominic a prendeu pelo olhar por alguns instantes e perguntou:

— Você acha que consegue? Essa personagem não tem nada a ver com você.

— Eu precisarei ser uma artista de verdade, pois não há outro jeito se quisermos recuperar a taça.

Mas Dominic sabia que havia detalhes que ela ainda não havia abordado.

— Você deve saber que somos "nós" que temos de atuar juntos. Qual será o meu papel? — perguntou ele, prendendo-a pelo olhar.

Ela hesitou, e Dominic sabia de antemão que não iria gostar da resposta. O tom persuasivo, sério e razoável de voz dela confirmou a suspeita.

— Essa encenação, admito, não posso dizer que sei o que passa na cabeça da sua mãe, mas imagino que ela queira me *ver* sendo arruinada. Ou seja, ela quer estar presente como se fosse uma testemunha enquanto o pior acontece comigo. — Ela fez uma pausa e arqueou a sobrancelha, esperando uma resposta.

— Não posso dizer que você esteja errada — disse ele depois de um longo minuto de hesitação.

— Mirabelle precisa acreditar que sou uma virgem amedrontada e trêmula, caso contrário não dará certo. *Você* terá de simular ser uma ameaça potencial a ponto de me fazer tremer de medo de verdade.

Ele pensou por alguns minutos e foi direto ao assunto:

— Uma ameaça sexual?

Ela consentiu.

— Não se esqueça... No nosso teatrinho você não sente nada por mim. Sou apenas a mocinha da sociedade irritante e causadora de problemas que você precisou raptar e arrastar de Londres até as terras altas para salvar o seu clã. Você não pode demonstrar nenhum carinho, ou ser parcial e protetor, pelo menos não na frente de Mirabelle, ou onde ela possa ver. Você precisa me tratar com desprezo, desdém e até desprazer. Para você eu sou dispensável, sem valor, caso contrário você nunca poderia ter feito o que fez. Devo ser o lembrete constante do que precisava ser feito e do raptor desonesto que você se tornou, principalmente porque você *odeia* o que sua mãe forçou você a fazer, e pelo o que entendo, isso é parte do plano dela também. Você não pode demonstrar nenhuma afeição por mim. Eu devo representar seu ódio por precisar preservar o lema da família. Sou o símbolo de sua desgraça pessoal. Precisará sentir repúdio de mim, uma antipatia tamanha que me faça tremer de medo a ponto de *eu* não acreditar que haja esperanças para mim, sou uma mulher arruinada, uma inútil socialmente e que sofrerei as repercussões para o resto da vida.

Dominic ficou em silêncio, olhando para ela. E depois de um minuto exaustivo disse:

— Você terá de repensar tudo isso.

Ela suspirou, resignada, mas não se renderia ao desafio.

— Sim, bem, sei que você não vai *gostar* de se comportar assim, mas acho que não há outro jeito. — Dominic se surpreendeu com a lucidez das palavras dela e com a expressão séria. — Você não me disse, mas lendo nas entrelinhas eu percebo que parte do que Mirabelle quer é ver você submeter-se à vontade dela, e a demonstração mais enfática dessa submissão será se ela conseguir forçá-lo a agir de maneira indigna; se você virar as costas para o lema da família e para o caráter que sempre teve. Ela quer te magoar, vingar-se por você não a ter apoiado contra seu pai e por ela ter sido colocada em segundo plano. Mirabelle te forçou a raptar as três irmãs Cynster, mas por pura sorte, ou destino, ou o que quer que seja isso, você conseguiu fazer tudo isso sem manchar sua consciência. O destino te protegeu. Mas dessa vez, mesmo que você não tenha ultrapassado essa linha tênue, terá de convencê-la do contrário. E que *você* acredita que por ter agido assim, não tem mais moral e que também está arruinado.

Nenhum dos dois desviou o olhar enquanto ela falava.

— Você precisa convencê-la de que fará *qualquer coisa* para atender aos pedidos dela, inclusive me forçar a fazer o que não quero.

Dominic sentiu um frio na espinha que foi se espalhando pelo corpo, sem ter por onde sair. Não que estivesse furioso com a mulher à sua frente, mas com a situação a que chegara. Alguns minutos decisivos se passaram até ele respirar fundo e dizer:

— Em outras palavras, eu terei de violentar você.

Angélica também não gostava daquela palavra, mas não recuou.

— É preciso *parecer* que vai fazer isso, que você não está se importando com mais nada, não tem mais nenhuma honra ou moral e que quer a taça de volta custe o que custar.

Ela fez uma pausa antes de prosseguir:

— Seu papel nessa encenação é fazer com que sua mãe acredite que ganhou e que conseguiu te deixar submisso. Caso contrário, se Mirabelle suspeitar que você não deu o braço a torcer e que a está traindo, ela vai recuar, ou forçá-lo ainda mais, e no final não entregará a taça de jeito nenhum. — Angélica estava aprofundando a questão cada vez mais. — Isso é muito mais do que uma vingança a Célia. Mirabelle também quer, talvez acima de tudo, se vingar de você.

Silêncio mortal.

Dominic permaneceu imóvel na cadeira por um longo momento. De repente se levantou, movido por um forte impulso de fugir dali e não ter mais de lidar com aquilo.

Assustada, Angélica deu um passo atrás. Percebendo o que havia feito, ele a puxou gentilmente para mais perto pelo braço.

— Desculpe.

Ela respirou fundo e ergueu a cabeça.

— Não... Eu é que peço desculpas. Sei que estou forçando demais.

Dominic continuou segurando-a pelo braço, mas sem apertar. Ele desviou o olhar por um segundo e depois respirou fundo e balançou a cabeça.

— Você pode ser uma atriz excelente, mas não sou um bom ator. Se não consigo nem me imaginar tocando um fio de cabelo seu para te machucar, como posso fazer algo mais sério para convencer Mirabelle.

— Sim, bem... — Ela soltou o ar e respirou fundo logo em seguida, endireitou o corpo e prosseguiu: — Não temos escolha.

— Sempre há uma escolha.

— É verdade, é exatamente isso que estou sugerindo. Nada disso será real. Nossa opção é *fingir* e enganar uma pessoa que merece ser traída. Para conseguirmos ter a taça de volta, precisamos *fingir*, dar a Mirabelle tudo o que quer, não podemos cometer nenhum erro. Além do mais estamos ficando sem tempo.

Antes de ele responder, Angélica se aproximou com as saias farfalhando e colocou o dedo sobre os lábios dele.

— Por essa noite chega. Não, não discuta. Pense a respeito, vou pensar também. Ainda temos amanhã até a noite para elaborar melhor nosso plano. Se conseguirmos encontrar alguma outra saída, então mudamos de ideia, mas por enquanto, chega de conversa.

Naquele momento, a vontade de Dominic era mesmo se distrair, e esquecer a crua verdade que Angélica havia acabado de descrever.

— E então?

— Venha para a cama — sugeriu ela com um sorriso sedutor.

Dominic achou que o convite era para levá-la para a cama, mas foi ela que tomou a dianteira. Foi Angélica que, com muita delicadeza, pegou a mão dele e o conduziu até a cama. Antes que Dominic pudesse reagir, ela deslizou o robe pelos ombros largos, despindo-o. E logo em seguida ajoelhou-se e segurou a ereção com as duas mãos, antes de colocá-la na boca. Dominic reagiu imediatamente embrenhando os dedos nos cachos macios e começou a ensiná-la o ritmo daquele novo bailado sensual.

Ao inclinar a cabeça para trás já num delírio quase incontrolável, Dominic perguntou com a voz grave e rouca como ela sabia o que estava fazendo. Angélica interrompeu o que estava fazendo, fitou-o com os olhos verdes brilhantes e murmurou:

— Imaginação.

Se possuí-la tinha sido uma experiência alucinante, ser possuído era ainda melhor. Ela passou a acariciá-lo com as mãos e os lábios com uma habilidade instintiva, movida apenas pelo simples desejo de satisfazê-lo.

No momento exato, Angélica se levantou e o guiou para sua intimidade já umedecida e pronta para recebê-lo. Dominic se esqueceu do tempo e do espaço, entregando-se à glória extrema e ao prazer inominável do corpo de sua amada subindo e descendo, montando-o.

O ápice veio lentamente, embora cedo demais.

Os dois chegaram ao céu e às estrelas juntos e voltaram abraçados para o quarto. Durante os minutos seguintes, se entregaram ao silêncio do depois que tranquilizava até a alma.

Ainda era noite quando Angélica acordou com a cabeça apoiada no tórax dele. Dominic havia puxado a coberta sobre ambos e agora estava deitado de costas abraçando-a. Ela ficou ouvindo as batidas ritmadas e suaves do coração dele, sabendo que Dominic não estava dormindo.

Sem se mexer, murmurou:

— Por que você está acordado?

A respiração dele calma e profunda se alterou.

— Estou pensando.

— Sobre o plano para enganar sua mãe. — Uma constatação e não uma pergunta.

Ele suspirou.

— Sendo bem sincero, acho que não vou conseguir. Não sou capaz de me comportar assim e nem fingir com convicção. Eu não trataria ninguém assim, muito menos você. — Depois de alguns minutos, acrescentou: — Sou muito autêntico, assim como você.

Ela suspirou.

— Sinto muito.

Dominic olhou para a cabeça avermelhada dela.

— Por quê?

— Eu forcei uma situação mais íntima em parte porque eu queria ter certeza dos seus sentimentos antes de começarmos com a encenação que teremos de fazer. Senti que precisava de uma relação íntima para ter mais confiança para passar por tudo isso. Mas com isso, não pensei em você. Não pensei que uma relação sexual pudesse te afetar tanto.

Angélica se virou, apoiando o rosto no peito dele e o fitou.

— Eu considero nossa relação como uma armadura, um escudo que irá me proteger independentemente do que acontecer com sua mãe, não importa o que ela disser, nem o que nós seremos forçados a fazer. Porém, para você, depois de termos ficado íntimos, eu me tornei um bem que precisa ser protegido, e fingir, como você terá de fazer, vai te ferir, pois trata-se de uma atitude que é drasticamente contra seu jeito de ser. É por isso que peço desculpas, não tinha pensado sob este ângulo. Não tive intenção de aumentar a pressão que sua mãe exerce sobre tudo isso.

Dominic ficou sem saber o que dizer. Era impressionante como ela o via de maneira tão clara. Dominic segurou a cabeça dela por trás e a puxou para mais perto, para poder beijá-la. Um beijo de gratidão, nada sensual, mas desavergonhadamente terno. Depois permitiu que Angélica se deitasse novamente sobre seu tórax. E quando encontrou palavras para sair daquele turbilhão interno, disse:

— Encontraremos um jeito... Você e eu. Vamos resolver isso juntos e juntos venceremos. — Dominic tinha certeza do que dizia e de que não havia perdido a confiança.

— Durma. Ainda temos o dia e a noite de amanhã para pensarmos nos detalhes do plano — disse ele, beijando-a na testa.

Ela exalou o ar e relaxou; minutos depois já estava dormindo.

Ele a ouviu ressonar, sentindo o conforto do corpo recostado ao seu, fechou os olhos e inesperadamente caiu num sono profundo, sem pesadelos e completo.

Na fortaleza do Mheadhoin Castle, o delicado relógio francês, sobre a mesa de cabeceira da condessa, zuniu baixinho. Mirabelle estava deitada de bruços sobre os lençóis amarrotados da cama com o rosto virado para o lado oposto ao do amante, enquanto recuperava o fôlego e a compostura.

O corpanzil pesado, nu e escuro, que estava ao seu lado, contrastava com os lençóis cor de marfim; uma mão displicentemente sobre o quadril dela.

— Você tem alguma novidade de Glencrae?

Ela fez uma cara feia antes de responder:

— Não. Eu já te disse, ele nunca me fala nada. — Mirabelle pensou melhor e estalou a língua com repúdio. — Aposto que ele vai voltar de mãos vazias *de novo*, e então ele e o precioso clã estarão arruinados. Todos os habitantes do castelo e da propriedade que nunca me deram o devido valor. Se ele não aparecer com uma irmã Cynster, esquecerei onde escondi a taça e *todos* eles vão ser postos para fora.

— Será uma vergonha. — O amante se virou na direção dela, enterrou a cabeça entre o ombro e o pescoço feminino.

Mirabelle não conseguia ver os olhos dele e nem a expressão calculista. Depois de alguns instantes, varrendo a pele nua do ombro com a respiração quente, ele murmurou:

— Por falar nisso, onde você escondeu a taça, meu docinho esperto? Você não me falou.

Ela riu alto.

— Não se preocupe, não encontraram ainda e nunca encontrarão.

Ele comprimiu os lábios numa linha, sabendo que não poderia forçá-la a falar, pois se insistisse, Mirabelle bateria o pé só para contrariar. Se achasse que seus planos o colocariam em perigo, teria forçado mais, mas como o assunto estava se desenvolvendo, achava que não havia como perder. De um jeito ou de outro, Dominic Lachlan Guisachan seria arruinado e isso era tudo o que importava. Bem, era só o que importava. Depois que Dominic e seu clã fossem expulsos da propriedade Guisachan, ele estaria lá com a taça na mão, esperando para se apropriar de tudo o que seu antigo inimigo possuía. E essa seria sua vitória final e definitiva. Seu clã triunfaria e os Guisachan estariam longe. Fazer essa visão se tornar uma realidade valia qualquer preço, mesmo o serviço mundano de seduzir e dormir com a mãe idosa de Dominic.

Mirabelle murmurou alguma coisa e se mexeu, roçando as nádegas na virilha dele. Vaca insaciável. Voltando a pensar no assunto, escorregou para baixo e com as mãos e a boca voltou a acariciá-la para mantê-la distraída.

Do jeito que as coisas estavam, aquilo era tudo o que ele precisava fazer, até que Dominic o desapontasse uma última vez e a taça caísse em suas mãos.

CAPÍTULO 15

Eles partiram de Kingussie e viajaram sob uma brisa fria e céu nublado. Dominic manteve um passo razoável para os cavalos. Inverness era relativamente perto e os animais não precisariam descansar como aconteceu nos dias anteriores. Angélica seguia ao lado dele sobre Ebony, que se tornara uma montaria confiável e que recebia todas as atenções da dona.

Ele observou a égua beber as águas agitadas do Loch Insh, a faixa larga de céu e a cordilheira na linha do horizonte. As montanhas de Monadhliaths dos Cairngorm ficavam à direita, enquanto as montanhas mais altas e sombrias se assomavam à esquerda. Logo à frente a estrada fazia uma curva para o norte passando pelo desfiladeiro acima de Aviemore. A ansiedade que fazia seu coração bater mais forte significava que estava chegando em casa. Angélica também parecia ansiosa para chegar logo ao destino. Ou pelo menos vislumbrar a paisagem de longe. O desafio que os aguardava pairava como uma nuvem escura acima do castelo.

Dominic não se surpreendeu ao notar que o sentimento de proteção que possuía por Angélica crescera tanto que só a possibilidade de fingir o contrário o assombrava, ainda mais porque já a considerava como noiva e futura condessa. O que não esperava, quando Angélica explicara o plano de ação na noite anterior, era como estava profundamente envolvido com ela. Até que ponto se envolvera em sentimentos que nunca imaginara experimentar, e por isso nunca pensara no poder e na influência que teriam. Jamais sonhara que nem a ameaça a seu clã seria suficiente para suavizar, senão impedir, seu senso de proteção para com ela, mesmo temporariamente para uma farsa.

O plano de Angélica para induzir Mirabelle entregar a taça era bom... Se ele tivesse elaborado um plano, não seria muito diferente, só talvez não tão focado nela. O problema não era a ideia, mas a parte que caberia a ele...

Dominic olhou para Angélica de lado e desviou o olhar antes que ela percebesse.

Se não estivesse envolvido tão profunda e completamente talvez pudesse atuar naquela farsa. Mas antes mesmo de Angélica ter se deitado na cama dele, provocando o seu lado caçador de várias maneiras, Dominic já estava enfeitiçado, perdido naquela miríade de sensações, sem chances de voltar atrás.

Tal pai, tal filho. Estava claro que as irresistíveis mulheres da família Cynster encantavam os homens da família Guisachan como sereias.

Dominic seguiu viagem pelo desfiladeiro, o som dos cascos sobre a terra embalando os pensamentos. Como um homem como ele *permitia* que a mulher amada corresse perigo? Deixava-a se arricar a se machucar? Aquela encenação era um convite para que ele tratasse mal Angélica assim como sua mãe faria.

Eles chegaram a Inverness no final do dia. O último trecho era íngreme até a margem de um rio e depois virava para a direita. Desceram a pé, puxando os cavalos. Angélica vislumbrou o castelo antigo e não escondeu a surpresa.

— O castelo de Inverness. Sei que há planos de demolição e reconstrução.

— Será preciso mesmo, o castelo está caindo aos pedaços. — Ele apontou para uma fortificação. — Lá está o Hotel Castle, que é um nome sem criatividade.

Com ou sem criatividade, era um estabelecimento exclusivo e de luxo, bem melhor do que Angélica esperava encontrar na Escócia selvagem. Todos os funcionários conheciam o conde de Glencrae.

As acomodações foram providenciadas imediatamente. McStruther, o gerente, deve ter ficado curioso para saber quem era a dama que Dominic escoltou para o quarto, mas preferiu não perguntar nada.

— Você fica sempre aqui? — perguntou ela enquanto subiam as escadarias.

— Geralmente sim — respondeu Dominic, olhando ao redor. — Inverness é efetivamente a capital das terras altas e a maior cidade dos arredores do castelo... Sempre que há negociações entre os clãs, é aqui que nos encontramos para conversar.

Ao chegar ao topo da escada, Dominic parou e olhou dali para o salão principal. Quando se virou para conduzi-la pelo braço, Angélica perguntou:

— É por isso que você está vasculhando as sombras, com medo de alguém me reconhecer?

— Não acho que seja o caso, mas enquanto Griswold não verificar todo o hotel, não podemos correr riscos.

Dois mensageiros levaram as malas para o quarto. Dominic deu algumas moedas a eles, enquanto Angélica atravessava a sala de estar e parava diante de uma janela larga. O sol brilhava do oeste, espalhando raios dourados pela paisagem. Um riacho de tamanho considerável corria através do jardim verdejante do hotel para desaguar no mar próximo. Dominic parou ao lado dela.

— Que rio é aquele?

— É o rio Ness. A parte da direita é o estuário Moray, enquanto ali... — apontou para a esquerda — ...é o estuário Beauly. Amanhã vamos seguir pelas costas do Estuário Beauly até chegarmos ao rio Beauly. Depois seguiremos rio acima, para oeste daqui.

— Então o seu castelo fica a oeste daqui.

— Oeste, mais para o sul. Estamos de frente para o norte, mais ou menos.

Griswold bateu na porta do quarto, entrou e fez uma breve mesura antes de dizer:

— Nenhum lorde está no hotel, senhor. Há apenas um negociante de Glasgow e uma senhora e a acompanhante de Perth, visitando uma amiga.

— Ótimo. — Dominic olhou rapidamente para Angélica e para Griswold em seguida. — Informe McStruther que vamos jantar cedo na sala particular.

— Claro, senhor. Pedirei às camareiras que tragam água quente para o quarto.

Eles tiveram tempo de se lavar, se trocar e deixar as roupas de viagem para que Griswold as escovasse, aprontando-as para o dia seguinte.

Com um lindo vestido de noite de cetim dourado, Angélica se sentou à penteadeira para escovar e arrumar o cabelo. Dominic postou-se atrás, aproveitando o espelho para arrumar a gravata. Olhando para o reflexo dele, Angélica sorriu feliz por fazer parte de um casal. Pouco antes do jantar, Brenda havia pedido para visitar a família na cidade, e Dominic transferiu o pedido a Angélica, que concordou, é claro. O gesto instintivo provou que ele de fato a via como sua condessa.

Por enquanto, naquela noite, Angélica estava mais do que feliz em agir e aproveitar o papel de condessa. Mas quando chegassem ao castelo, só poderia voltar a agir como tal depois que recuperassem a taça.

Vestido num elegante fraque preto e branco, Dominic a acompanhou pelas escadas até a sala de jantar particular. Num ambiente aconchegante e elegante, jantaram à luz de velas, comendo em pratos da mais fina porcelana com bordas prateadas. Angélica se interessou em saber mais histórias sobre Gavin e Bryce, um assunto sobre o qual Dominic ainda tinha algumas reservas.

A certa altura da noite, Mulley entrou na sala, fez uma breve reverência aos dois, curvou-se e murmurou alguma coisa no ouvido de Dominic.

Assim que Mulley saiu da sala, Angélica olhou para ele e ergueu uma das sobrancelhas, questionando-o.

— Mulley, Jessup e Thomas estão indo a uma taverna de que gostam. Não é sempre que eles têm a chance de visitar Inverness.

Meia hora mais tarde, depois de Dominic recusar uma bebida e ela o chá, subiram as escadas.

Dominic pretendia falar sobre o assunto que o estava aborrecendo, a encenação que fariam e seu papel, mas estava absorto demais. Ele não pretendia alterar a sensação de bem-estar que o jantar havia proporcionado. Dominic a estava seguindo... E era o suficiente.

Pela primeira vez depois de seis longos meses, ele conseguia vislumbrar como seria depois de ter recuperado a taça, depois de entregá-la aos banqueiros e recuperar os direitos sobre suas propriedades; enxergava inclusive depois que estivesse casado com Angélica.

Até um dia em que, por uma razão ou outra, estariam ali subindo as escadarias do Hotel Castle para a suíte máster como marido e mulher. Ela seria uma companheira de todas as formas e no sentido exato da palavra. Não haveria questionamentos, pois sabia que Angélica não aceitaria menos do que isso. O que o surpreendia, porém, era a vontade que tinha de tornar realidade aquela visão. Não queria compartilhar apenas a vida, mas também o cuidado com as pessoas do clã, algo que vivenciara sozinho nos últimos cinco anos e talvez até um pouco antes disso.

Dominic abriu a porta da suíte e entrou logo atrás de Angélica. Entrelaçou os dedos nos dela e fechou a porta bem devagar, aumentando a ansiedade de ficarem a sós. Em seguida desprendeu as mãos e segurou o rosto feminino, erguendo-o para cobrir-lhe os lábios com um beijo. Não foi um beijo voluptuoso, mas carinhoso, compartilhando o momento, sem pressa de terminar.

Ela correspondeu sem hesitação ou malícia. Aceitou o ritmo que a língua dele impunha, provocando e retribuindo o imenso prazer que sentia.

Durante longos minutos eles ficaram ali à meia-luz, trocando beijos rápidos, lentos, apenas aproveitando a beleza dos sentimentos que tinham um pelo outro.

Foi Dominic que interrompeu a carícia, afastou-se um pouco e observou o rosto dela, as pálpebras erguendo-se lentamente e mergulhando nas profundezas daqueles olhos verdes. Depois fechou os olhos e encostou a sua testa na dela.

— Sei o que teremos de fazer amanhã. Ainda não decidi como lidar com isso, mas esta noite, quero apenas estar com você. Quero que sejamos apenas você e eu, sem nenhuma interferência. — Dominic ergueu a cabeça e a encarou.

Angélica estendeu a mão, afastou uma mecha de cabelo da testa dele e o fitou.

— Só você e eu, como gostamos de ficar?

Ele consentiu com um aceno de cabeça.

Seguindo apenas o instinto, sem se perguntar a razão, Angélica sorriu, segurou a mão dele e o conduziu para o quarto. No caminho, Dominic pegou um candelabro, e, após entrar no quarto, permitiu que ela fechasse a porta.

Dominic colocou o candelabro na cômoda e, aproveitando que Angélica estava com as costas voltadas para ele, começou a desfazer os laços do vestido, para ajudá-la, mas deixou que Angélica terminasse de se despir, enquanto ele tirava o casaco. Deixando a peça de roupa sobre uma cadeira, começou a desabotoar o colete.

Os dois se desnudaram sem pressa. Angélica soltou o cabelo, correu os dedos pelos fios para ajeitá-los, e em seguida tirou a camisola de baixo, para, por fim, ir até a cama e deslizar para debaixo das cobertas.

Apoiada nos travesseiros, observou Dominic terminar de se despir, jogar a camisa sobre o casaco e o colete, tirar os sapatos, desabotoar as calças e deixá-las cair a seus pés. Percorreu o corpo alto e esbelto com o olhar, como se assim estivesse acariciando cada músculo.

Quando Dominic apagou as velas, os olhos de Angélica demoraram um pouco para se ajustar à escuridão. Não demorou muito para que ele erguesse as cobertas e deitasse a seu lado. O colchão afundou com o peso extra e ela se deixou aninhar nos braços abertos que a aguardavam, e para as mãos ansiosas por senti-la.

Angélica pousou o braço sobre o peito largo e entrelaçou as pernas nas dele. Dominic encaixou a cabeça em seu ombro, enquanto deslizava uma das mãos pelos quadris arredondados e com a outra virava seu rosto. Beijou-a com ardor e, com uma simplicidade e coragem inesperadas, rompeu com todas as barreiras que ainda podiam existir entre eles.

No aconchego das cobertas, o desejo e a paixão floresceram apesar da escuridão e do silêncio ardoroso; o mundo não existia além dos corpos e da motivação de ambos. Era como se o tempo tivesse parado, o que importava era apenas aquela proximidade, os suspiros, os carinhos.

Apesar do calor da paixão e das labaredas do desejo que ganhavam vida cada vez que faziam amor, desta vez não havia pressa e nem uma ansiedade exacerbada. Sem desespero, sem urgência... Eles deram tempo ao tempo, aproveitando, saboreando cada toque, carícia, cada batimento dos corações em uníssono.

Juntos eles lapidaram os momentos como se fossem pedras preciosas de valor inestimável.

Dominic também era um perito nessa esfera, sabia como estabelecer um ritmo bom para ambos, como conter o desejo para usufruir melhor, como provocá-la na medida certa e deixar que ela fizesse o mesmo antes de continuar naquela jornada alucinante.

Até o próximo estágio do prazer.

Angélica estava totalmente envolvida naquela magia, e nunca imaginara que a conjunção dos corpos pudesse ser tão elementar e ao mesmo tempo tão especial. Nunca pensara que quando a paixão e o desejo chegavam até o âmago de sua plenitude, a sensação pudesse ser tão poderosa e hipnotizante.

Dominic despertara Angélica em relação a ele e a ela própria.

Ela não havia compreendido direito quando Dominic pedira que eles simplesmente existissem, mas acabara de descobrir. Através dos olhos dele, das carícias, da reverência a cada segundo e das suas respostas.

Angélica se via através dele, percebia a adoração incansável que transbordava. De repente tudo ficou mais claro e ela correspondeu à altura, demonstrando o que sentia também, permitindo que o sentimento guiasse suas reações e que a alegria colorisse cada carinho.

Parecia que se comunicavam numa esfera diferente, através das mãos, da comunhão dos corpos, numa linguagem única repleta de paixão e desejo, com vozes que vinham do fundo da alma de cada um e palavras moldadas pelo sentimento puro.

A emoção estava presente em toda sua essência em cada toque, cada batimento do coração, cada suspiro.

Até que cada segundo fosse vital.

Até que Dominic a penetrou e ela o prendeu com os músculos íntimos, prolongando o prazer pleno mesmo que durante o curto espaço entre uma respiração e outra.

Tudo o que eles eram juntos, estava condensado ali, de modo claro e óbvio para que os dois vissem, saboreassem, apreciassem e conhecessem. Para que compreendessem que eram donos daquele sentimento para todo o sempre. Era deles para guardarem e acalentarem.

E também era deles para perderem o que sentiam.

Era por isso que tinham de lutar.

As bocas se uniram quando Dominic se deitou em cima dela, voltando a penetrá-la devagar, o membro rígido mergulhando na maciez feminina. Ela correspondeu ao beijo, prendendo-o ali.

Amando-o assim como era amada.

Fazendo amor. Era assim que tinha de ser... Esta era a verdade pura, simples, sem adornos, porém resplandecente. A história que construíram até então tinha razão de ser e os levara até onde estavam naquele momento. Eles haviam encontrado o caminho para a união perfeita.

Começaram a se mover com mais força, mais vigor, as chamas da paixão envolvendo os corpos fundidos, até chegar ao clímax final.

Nada além da corrida rumo ao ápice do prazer importava.

Varrida por um maremoto de sensações delirantes, Angélica arqueou-se para trás sob Dominic, favorecendo uma estocada final que a levou às nuvens.

Ele a encontrou nas alturas segundos depois, ambos levitando de puro êxtase.

Ficaram abraçados por longos minutos, suspensos em estado de graça, o ritmo dos corações acalmando aos poucos.

Devagar, bem devagar, os dois voltaram daquela viagem extasiante para o calor da cama e para os lençóis amarrotados.

Dominic se desenroscou das pernas dela e deixou-se cair pesadamente para o lado. No mesmo instante Angélica se aninhou nos braços fortes e relaxou, suspirou e fechou os olhos.

Aos poucos foi recuperando o pensamento racional e a compreensão, flutuando por paragens desprovidas de qualquer fingimento ou pretensão.

Foi nesse instante que ela percebeu porque aquela noite era tão importante.

Inclinando um pouco a cabeça para trás, forçou a vista para enxergar o rosto do homem que amava no quarto escuro. Ele estava relaxado e com os olhos fechados.

Apoiando-se no cotovelo, Angélica se esticou e roçou a boca na dele. Viu quando as pálpebras se ergueram, revelando os olhos brilhantes.

— Não importa o que aconteça daqui para a frente, nunca esquecerei que *esta* é a nossa essência. É assim que *você* é de fato. O que descobrimos esta noite é a nossa verdade, e nada que você seja forçado a fazer irá mudar isso. Nada poderá mudar isso, nunca.

Ela sentiu sob a palma da mão o peito dele subir e descer. Os olhares continuavam fixos um no outro.

— Espero que não — disse Dominic por fim.

As palavras estavam despidas da arrogância habitual, revelando apenas uma vulnerabilidade silenciosa e subentendida.

Angélica pensou se deveria elaborar mais, se deveria assegurar com mais ênfase que não importava como ele agisse na execução do plano de enganar Mirabelle, jamais duvidaria do que sentiam. Ou será que Dominic acharia que ela estava protestando demais?

Ele se mexeu, levantou a mão, passou os dedos pelo cabelo dela e trouxe-a para mais perto.

— Durma. Amanhã será um longo dia.

Angélica avaliou a expressão no rosto dele e concordou. Em seguida, aninhou-se no calor e no aconchego dos braços fortes e deixou que seu corpo e mente repousassem sobre o manto macio e duradouro da saciedade.

* * *

O grupo deixou Inverness às oito horas da manhã seguinte. Depois de atravessarem a ponte sobre o rio Ness, Dominic liderou o grupo pela Estrada que seguia para Beauly. Não demorou muito para que cavalgassem pela encosta do Estuário de Firth. O dia estava nublado, o céu cinza; o vento forte que vinha do mar impedia qualquer conversa. Dominic achou bom, pois precisava pensar e ordenar as emoções conflitantes que o assolavam e distinguir qual delas deveria dominar.

Naquela manhã, depois de ter passado o encanto da relação da noite anterior, ele encontrou a resposta à pergunta que o estava perturbando.

Como um homem como ele permitia que a mulher amada corresse perigo?

Confiando nela.

E em todos os sentidos, Angélica era merecedora da confiança irrestrita dele.

Dominic sentiu o vento batendo no rosto, levantando seus cabelos conforme cavalgava ao longo da paisagem tão familiar, com o mesmo cheiro, o mesmo som. A cada quilômetro percorrido ele se aproximava mais do que teria de fazer.

Uma hora depois, saíram da enseada e a estrada virou para a esquerda, enveredando-se através dos campos planos com uma cadeia de montanhas no horizonte. Mais uma hora e atravessaram a antiga ponte de pedras sobre o rio Beauly e viraram na estrada para Kilmorack.

Quanto mais entravam para o interior, as árvores altas e arbustos gigantescos margeavam a estrada, impedindo o vento de passar. A luz mal conseguia atravessar a vegetação cerrada; vez por outra era possível ver as montanhas tingidas de amarelo pálido pelo sol.

Angélica cavalgava Ebony com o coração confiante e uma determinação inabalável. Na noite anterior, seu senhor das terras altas havia *demonstrado* que estava apaixonado. Mesmo não tendo usado palavras para se declarar, Dominic foi bem mais enfático com atitudes. Ele deu a ela o restinho de confiança necessária para continuar com o plano contra Mirabelle sem titubear. Mesmo não tendo confirmado, ou concordado com o plano, ela sabia que Dominic a apoiaria.

Angélica bem sabia que não devia pressioná-lo. Distraiu-se então em observar os arredores com um interesse genuíno, absorvendo detalhes das estradas, das aldeias e da paisagem de seu novo lar. E a brisa! Refrescante, estimulante, mas amenizada pelo calor do verão que se aproximava. Respirando fundo e exalando o ar devagar, ela sorriu.

Ao ver um veado, perguntou mais detalhes da espécie. Dominic apontou para um gavião que cortava o céu; ela olhou para a ave voando com a corrente de vento e que, de repente, mergulhou como uma flecha para algum ponto longínquo. Jessup chamou a atenção dela para uma lebre, típica das terras altas, e para a maneira que o animal movia as orelhas grandes conforme passavam.

O vento forte passou e eles podiam conversar com mais facilidade. Angélica aproveitou a oportunidade para aprender tudo o que podia. Aos poucos todos se prontificaram em dar informações, apontando vez por outra para um animal, ou vegetação. Foi uma maneira agradável de passar o tempo, uma distração útil.

Ela sabia que não devia falar com Dominic sobre a farsa necessária, não antes de ele puxar o assunto, mas era muito difícil se controlar. Angélica tinha certeza de que o plano daria certo, mas não podia dizer que Dominic atuaria a contento e que tinha plena confiança de que, mesmo que ele não conseguisse deixar de protegê-la, faria o necessário para convencer Mirabelle. E mesmo que tivesse de violar seus princípios de protetor, agora ainda mais fortes depois da entrega da noite passada, ele *iria* agir conforme seu instinto mais primitivo e assim enganar a mãe, porque era esse o seu dever.

Porque era vital para a sobrevivência do clã.

Angélica sabia que ele enfrentaria qualquer desafio que se apresentasse, mas Dominic tinha de chegar a esta conclusão sozinho, pois não acreditaria se outra pessoa dissesse. Mesmo porque Angélica não sabia como fazer com que ele enxergasse as próprias qualidades como lealdade, sacrifício e devoção. E sabia que Dominic faria o que fosse preciso porque o clã confiava nele.

Angélica sabia que podiam e iriam passar por aquela farsa, recuperar a taça e salvar o clã. A certeza de que conseguiriam vinha do coração.

Ansiosa e torcendo para se jogar de cabeça naquele desafio, ela galopou por vários quilômetros naquela manhã, estreitando a distância que a separava do Castelo Mheadhoin.

CAPÍTULO 16

Devil Cynster avaliou os poucos homens na sala de estar da St. Ives House; se houvesse menos, seria uma frustração. Como estava... Podia apenas se resignar. Ele esperava os homens da família, que deviam ter vindo para dividir as informações que descobriram e decidir o que fazer em seguida.

Quanto às mulheres, ele convidara sua mãe Helena e Therese Osbaldestone na esperança de que as duas matriarcas, conhecedores das famílias da sociedade e suas ramificações, pudessem se lembrar de alguma coisa importante. Mas convidar as duas senhoras significava lhes dar um aviso, de antemão, do que precisavam, e Devil sabia que elas iriam chamar às outras mulheres da família.

Vane se aproximou da lareira onde Devil estava parado.

— Até a tia-avó Clara está aqui. — Vane olhou ao redor da multidão reunida, com o maxilar tenso e perguntou: — O que elas acham que estão fazendo?

— Ajudando do jeito próprio delas — Devil respondeu. — E, claro, querem saber o que descobrimos. — Ele endireitou o corpo e elevou o tom de voz: — Se vocês parassem de falar...

No mesmo instante as senhoras se aquietaram e se acomodaram nos sofás e nas cadeiras agrupadas no meio da sala, como um bando de pombas emplumadas, e voltaram as atenções para ele.

— Primeiro vamos dividir o que já sabemos — Devil continuou. — Gabriel?

Gabriel desencostou da parede e endireitou o corpo.

— Lúcifer... — a mãe o prendeu pelos olhos e ele emendou — ...Quer dizer, Alasdair e eu falamos com Curtis, foi ele que apresentou Angélica a Debenham. Segundo Curtis, Angélica pediu para ser apresentada.

Alasdair, conforme as mulheres da família insistiam em chamar, acrescentou:

— Curtis estava conversando com Debenham e o grupo, mas depois saiu. Minutos depois, Angélica interpelou Curtis apressadamente e pediu que a apresentasse a Debenham.

— Então foi ela que se aproximou.

Gabriel e Lúcifer concordaram com um sinal de cabeça.

— Curtis — continuou Gabriel — conhece Debenham há mais de uma década, desde que ambos chegaram à Londres. Os dois têm 31 anos de idade. Curtis confirmou que a propriedade dele, Debenham Hall, fica perto de Peterborough, fora de Market Deeping. Os outros amigos de Curtis e Debenham, e parece que há um círculo razoável de amigos, disseram que ele esteve fora de Londres nos últimos quatro anos. Debenham foi chamado de volta para casa no final de uma temporada, quatro ou cinco anos atrás. Todos esperavam que ele voltasse antes, mas só o viram de novo recentemente. Quando o questionaram sobre sua ausência, ele respondeu que tinha ficado preso em casa para resolver assuntos da propriedade. Debenham manca de uma perna por causa de um acidente quase fatal quando tinha 20 anos.

— Curtis tem quase certeza que Debenham é inglês e não escocês — declarou Lúcifer.

— Então, ele não é o aristocrata que procuramos.

— Aparentemente não. No entanto — Lúcifer prosseguiu —, de acordo com Curtis, quando a valsa começou, os homens do círculo tiraram as moças que estavam no grupo para dançar, deixando Curtis, Debenham, Ribbenthorpe e Angélica. Curtis saiu do grupo nessa hora, mas ficou perto o suficiente para ver e ouvir o que aconteceu em seguida. Ribbenthorpe convidou Angélica para dançar, mas ela recusou e o direcionou para outra moça. Curtis achou que Angélica fosse apenas conversar com Debenham, que não podia dançar por causa da perna machucada, mas alguns minutos depois ele ouviu Angélica sugerir a Debenham para... Que eles fossem passear no terraço. Curtis viu os dois saírem do salão e se dirigirem para a varanda.

— Espere um pouco. — lorde Martin franziu o cenho. — Você está dizendo que *ela o* convidou?

Gabriel meneou a cabeça.

— Por tudo que ouvi, foi Angélica que convidou Debenham para passear e não o inverso.

— Eu nunca ouvi falar sobre uma tentativa de rapto assim — murmurou Demon.

— Não. — Devil franziu a testa. — Mas Curtis foi a última pessoa a ver Angélica. Ninguém a viu depois que saiu para o terraço com Debenham. — Ele olhou para as damas ali reunidas, instigando-as a dizerem o contrário; nenhuma falou. — Então foi isso. Vamos resolver essa questão com Debenham, mesmo que seja para descartá-lo de uma vez por todas. Mas antes... — ele olhou para Gabriel e Lúcifer — ...Curtis suspeita que Angélica tenha desaparecido?

— Não — respondeu Lúcifer. — Ele suspeita, com certa razão, que Angélica desenvolveu algum interesse em Debenham e que estamos fazendo as averiguações necessárias.

— Bom. Voltemos ao tal visconde esquivo. — Devin olhou para os presentes e se dirigiu aos homens que estavam em pé atrás das cadeiras, sofás e poltronas. — Vane e eu finalmente encontramos Rothesay, que saiu da casa dos Cavendish com Debenham naquela noite, e acabamos de chegar da conversa que tivemos com ele. Rothesay também conhece Debenham há anos, e confirmou tudo o que Curtis disse e acrescentou que tem Debenham em alto conceito, afirmando que ele é uma pessoa honesta. Rothesay também achou que estávamos apenas averiguando pelos mesmos propósitos que Curtis.

— Então, nem Curtis, nem Rothesay disseram algo que desabonasse Debenham? — perguntou Honoria.

Devil tensionou o queixo.

— Não. Mas nenhum dos dois viu Debenham desde aquela noite. Acham que ele foi chamado de volta para casa de novo e estão preocupados por ele ter sumido. Contudo, Debenham é a última pessoa com quem Angélica esteve naquela noite... Se conseguirmos localizá-lo, ele poderá nos dar uma ideia do que ela fez depois, ou para onde teria ido depois do passeio ao luar. Muitas pessoas confirmaram que o viram no baile bem depois que Angélica desapareceu.

Demon ergueu as sobrancelhas.

— Vai ser muito interessante se Debenham tiver alguma coisa a ver com o rapto dela.

— É mesmo, mas... — Devil mudou o peso do corpo de uma perna para a outra — ...Por sorte, Rothesay voltou caminhando com Debenham naquela noite. O misterioso visconde estava hospedado no Clube Piccadille. Ele e Rothesay se despediram nas escadas do clube... Debenham voltou e Rothesay seguiu em frente.

Lúcifer e Gabriel deram um passo à frente.

— O Clube Piccadilly não é longe — disse Gabriel.

Devil meneou a cabeça.

— Vão até lá e descubram o que puderem. E, se por acaso, o cavalheiro em questão estiver lá, mandem meus cumprimentos e convidem-no para almoçar.

Lúcifer sorriu maliciosamente para Devil.

— É o que faremos.

Os dois saíram da sala, fechando a porta.

— Antes de continuar — disse Demon —, devo contar o que eu soube, embora seja um pouco contrário ao que ouvimos de Debenham até agora.

— Pensei que você tivesse ido a Newmarket — comentou Vane.

— Eu fui — Demon respondeu, meneando a cabeça. — Mas Newmarket não é longe de Peterborough, então...

Agindo como irmão mais velho, Devil lançou um olhar reprovador.

— E você ainda nos falou para não nos precipitarmos.

Demon deu de ombros.

— Mas eu estive lá enquanto vocês estavam todos aqui averiguando as informações que tínhamos. Achei que valia a pena investigar.

Devil gesticulou para que Demon continuasse o relato.

— Debenham Hall fica lá sim e Debenham é o proprietário, mas faz anos que ninguém o vê por aquelas bandas. Os que se lembravam dele deram uma descrição igual a que temos, trata-se do mesmo homem e a propriedade existe. É aqui que as coisas não fecham muito bem. As propriedades ao redor são cultivadas, mas por vassalos. Sim, eu perguntei, e eles se correspondem através de um agente local, que manda relatórios, contas e os fundos recolhidos para um procurador em Londres. Achei isso muito estranho, se Peterborough é tão perto de Londres, por que Debenham é tão omisso na administração de suas terras? Eu liguei para a casa, que fica num parque próprio e está em excelentes condições, mas está alugada para outra família, que não tem ligações com Debenham. — Demon fez uma pausa antes de continuar. — Verifiquei com o agente, que também recebe o aluguel. Ele me disse que Debenham nunca morou no Hall, pelo menos não durante os trinta anos que ele trabalha ali.

Todos ficaram em silêncio para digerir a novidade.

— Se Debenham tem 31 anos, mas não morou lá nos últimos trinta, onde diabos teria morado durante esse tempo todo? — perguntou Devil, indo direto no cerne da questão.

Vane respondeu:

— Rothesay disse que durante o tempo que ele e Curtis o conhecem, Debenham se hospeda numa casa na Duke Street.

— Mas onde ele passou a infância e todos os anos seguintes? — Alathea perguntou.

— Ele é um nobre e portanto tem uma família, um pai e uma mãe — declarou Therese Osbaldestone. — Onde estarão todos?

A discussão começou no salão. Foi tanto barulho que quase não se ouviu a tia-avó Clara dizer:

— Se bem me lembro...

Por ser bem mais velha que Therese Osbaldestone, ao lado de quem se sentara, Clara estava acostumada a ninguém ouvir sua voz fraca e as frases balbuciadas. Mas...

— Eu me lembro alguma coisa sobre os viscondes Debenham. — Ela colocou a mão na cabeça, pensando. — Sim, tenho certeza de quem eram. Acho que era algo sobre o título dele, não? — Depois de um momento, ela meneou a cabeça e olhou para os homens que estavam disponíveis para ouvi-la.

Sylvester... Devil... Suas primeiras opções estavam entretidos numa conversa acirrada se Debenham podia ser afinal aquele que raptara Angélica, provavelmente para levantar fundos, o que não parecia já que o relatório de Harry falava sobre o que tinham visto nas fazendas.

Os olhos cansados de Clara vaguearam pela sala. O sobrinho, Martin, estava abalado demais. Aquele outro rapaz, Jeremy Carling, ela não o conhecia o suficiente para perguntar. Além do mais, ele ainda não pertencia oficialmente à família. Podia ter perguntado a Michael Anstruther-Wetherby, mas ele também estava ocupado numa conversa com aquele outro visconde, Breckenridge... O olhar de Clara pousou na cabeça loira de um rapaz alto e esbelto em seus vinte e poucos anos, que estava ouvindo, encostado na parede.

Clara nem pensou em pedir um favor para suas sobrinhas-netas, todas bem mais fácil de se chamar, porque pertencia a uma geração na qual uma senhora devia pedir favores a um homem... Era para isso que serviam os rapazes.

Clara fixou o olhar em Simon e aguardou. Passados alguns minutos ele olhou para ela. Clara sorriu e o chamou. Simon hesitou por alguns minutos, pensando se tinha de responder ou não, mas acabou se desencostando da parede e seguindo até onde ela estava sentada. Depois se curvou e segurou a mão dela.

— O que foi?

Ela o estudou e concluiu que se tratava de um belo rapaz, assim como todos os homens da família.

— Querido, será que você podia fazer a gentileza de pegar aquele livro novo, não o de Debrett, este não deve ter o que procuro, mas o livro novo com as árvores genealógicas das famílias... Como é o nome mesmo?

— O Burke's Peerage? — perguntou Simon.

— Esse mesmo. Tenho certeza de que Sylvester tem uma cópia na biblioteca.

Simon meneou a cabeça.

— A senhora quer que eu traga aqui?

Clara esfregou a mão na dele.

— Por favor.

Simon saiu da sala, e Clara continuou ouvindo, sem ser chamada às conversas próximas. As senhoras ali perto estavam tentando se lembrar da família Debenham, do pai do atual visconde, ou de alguém com alguma conexão com o título.

Therese Osbaldestone estava ficando muito irritada.

— Creia-me, Devil, eu *deveria* lembrar, mas pela minha vida não me recordo nem do nome da família.

— Talvez eles fossem os Debenham — sugeriu Phyllida.

— Não — várias pessoas responderam ao mesmo tempo.

— Se fosse o caso, nós lembraríamos — declarou Helena —, e o mistério é que nenhum de nós se recorda.

Simon voltou para a sala trazendo um livro pesado com capa de couro.

Os olhos de Clara reluziram. Ela *achava* que sabia qual era a chave para o mistério do visconde Debenham, mas não adiantaria nada dizer antes de verificar e ter certeza de que poderia provar para todos que não estava divagando de novo. De vez em quando ela divagava mesmo, as memórias confundiam-se com os fatos atuais, mas naquele dia... Ela estava bem lúcida.

Ela agradeceu a Simon, que colocou o livro em seu colo.

— Obrigada, querido. Você foi muito gentil. — Assim dizendo, ela o dispensou gesticulando e abriu o livro com cuidado. — D... — murmurou. — Espero que esteja na letra e não em outro lugar com um título que desconheço. — Folheando o livro com cuidado, emendou: — Espero que o prezado senhor Burke esteja numa destas listas.

Therese Osbaldestone ouviu, olhou para o lado e viu o livro.

— *Excelente* ideia! — Therese virou-se para ajudar, mas Célia lhe pediu alguma coisa, desviando-lhe a atenção.

Clara virou devagar, folha por folha, procurando por Debenham. A porta se abriu e Gabriel e Lúcifer entraram na sala. As conversas pararam imediatamente. A tensão entre os dois era evidente a todos, os sorrisos de lado evidenciavam a preocupação. Todos os homens da sala ficaram tensos.

— O que houve? — Devil quis saber.

— Fomos investigar no Piccadilly — disse Gabriel. — Debenham não é um dos membros e ele não se hospedou lá no dia do sarau na casa dos Cavendisch.

— O mistério fica maior — disse Michael Anstruther-Wetherby. — Tudo indica que esse homem é um fantasma.

Clara colocou o monóculo e olhou para o meio da página do livro.

— Debenham disse a Rothesay que estava hospedado lá, ou seja, mentiu deslavadamente para o amigo, alguém que jurou que Debenham é bom caráter. — Martin balançou a cabeça. — Isso não está fazendo sentido.

Clara focou os olhos nas letras miúdas. Leu os detalhes, a criação, as sucessões, o... Ela prendeu a atenção ali e veio a confirmação do que sabia, com uma reviravolta chocante.

— Oh, querida.

Dessa vez, todos pararam de falar... Todos a tinham ouvido e a encararam.

Therese viu onde Clara apontava no livro.

— Finalmente. Muito bem, querida.

Clara buscou palavras para explicar.

— Meus queridos... — ela parou de falar para olhar para a página do livro de novo. — Oh, pobre de mim.

— O que foi? — Therese perguntou mais gentilmente.

Quando Clara não respondeu, Therese pegou o livro e colocou-o no colo.

— Deixe-me ver. — Ela correu os olhos pela página. — Debenham. Nossa, não consigo ler o resto.

Clara passou o monóculo para ela e apontou para o parágrafo logo abaixo do título.

— Aí está. Eu *pensei* que tivesse lembrado alguma coisa quando bati os olhos nessa linha específica que está apagada e as seguintes...

Therese leu as linhas mais relevantes.

— Santo Deus! — Ela releu, ergueu a cabeça, olhou para Célia e Martin. E pela primeira vez em sua longa vida, ficou sem palavras.

— O que foi? — Devil perguntou.

Therese respirou fundo, olhou para o livro e foi virando as palavras conforme falava:

— O título de visconde Debenham foi criado e concedido à uma família nobre da época de Elizabeth. Durante o último século... — ela fez uma pausa para consultar o livro e prosseguiu: — ...Essa parte da família morreu e o título passou para o herdeiro mais próximo, que passou a ser o patriarca, iniciando uma nova geração.

— Qual é o nome da família? — Martin indagou, franzindo o cenho

Therese o prendeu pelo olhar.

— Guisachan.

Martin não tinha mais informações, mas Célia suspirou e empalideceu.

Therese meneou a cabeça para ela.

— Sim, minha querida, lamento, mas esse caso ressurge do passado para assombrar você. Você conhece o patriarca da casa dos Guisachan como conde de Glencrae.

Este nome Martin conhecia muito bem.

— Então, *ele* está por trás disso? — Ele passou a mão no cabelo. — Depois de tanto tempo?

— Não — Therese respondeu, áspera. — Ele não está envolvido porque morreu há cinco anos — recolocando o monóculo, ela continuou a ler. —

O atual conde de Glencrae, também visconde Debenham é filho de Mortimer Guisachan, Dominic Lachlan Guisachan, o oitavo e atual conde de Glencrae.

A informação caiu como um raio fulminante sobre a geração mais velha — Clara, Therese, Helena, Horatia, Martin e Célia —; todos os outros, incluindo Louise, ficaram sem entender. Eles se entreolharam como se alguém pudesse informá-los, mas ninguém se ofereceu. Enquanto isso, aqueles que tinham entendido estavam petrificados, incrédulos, mas preocupados.

Horatia se inclinou para colocar a mão sobre a de Célia.

— Glencrae... Foi ele que...

Célia engoliu em seco e consentiu com a cabeça.

— Tantos anos se passaram...

Os outros membros da família aguardaram por alguma explicação, mas ninguém disse nada.

Até Devil desistir e perguntar:

— Afinal de contas o que aconteceu há tanto tempo atrás? Do que diabos estamos falando? E onde Dominic Lachlan Guisachan, oitavo conde de Glencrae, entra nessa história?

Demorou um pouco para que os mais velhos dissessem algo, mas logo a história começou a fazer sentido. Antes de todos eles nascerem, com exceção de Devil e Vane, Célia, na época Célia Hammond, uma jovem e linda dama, tinha se apaixonado por Martin Cynster, o quarto filho de um duque, mas sua família tinha preferência por um nobre escocês muito rico de nome Mortimer Guisachan, sétimo conde de Glencrae. O conde era bem mais velho que Célia e mesmo que ela não estivesse apaixonada, os pais insistiram no casamento. Por isso Célia e Martin fugiram e se casaram na igreja de Gretna Green.

— Jesus.... — Breckenridge, que prestava muita atenção à história, olhou para Heather, sua futura esposa e perguntou: — É por isso que Heather foi levada para Gretna Green? Para se casar lá numa espécie de paródia?

Heather segurou a mão do noivo.

— Deixe-me dizer de novo... Estou muito feliz por você ter me resgatado.

O silêncio reinou por longos minutos. O fato de Célia e Martin terem fugido para se casar nunca foi segredo. Aliás, a fuga sempre foi considerada muito romântica, mas nem mesmo Gabriel e Lúcifer sabiam da história inteira, pois nunca pareceu relevante.

Martin estava pálido e com os lábios contraídos.

— Não, ainda não faz nenhum sentido. Por que alguém estaria raptando nossas filhas? — perguntou ele, meneando a cabeça. — O próprio Mortimer nunca foi de criar caso. Ele se comportava como um cavalheiro e saiu de cena indo para casa nas terras altas. Ele se casou depois e teve pelo menos um filho...

— Filho único — Therese acrescentou.

Martin inclinou a cabeça.

— Mas ele se casou e teve um herdeiro... Por que o filho dele estaria raptando nossas meninas agora?

— Filha, uma de cada vez. — Breckenridge olhou para Jeremy de relance.

— E assim que percebeu que a moça que tinha raptado preferia outro homem, se afastou. E pelo menos no meu caso e de Eliza, o aristocrata fez o possível para nos salvar, arriscando a própria vida. — Jeremy meneou a cabeça e olhou ao redor. — Quem quer que seja Dominic Lachlan Guisachan, ele não é um louco e muito menos desonrado.

Devil estudou Breckenridge e Jeremy, depois olhou para Heather e Eliza e consentiu com a cabeça.

— Eu concordo, mas ainda não sabemos a história inteira e qual seria a razão, forte o suficiente, para levá-lo a raptar as meninas.

— É verdade. Mas existe uma, ou mais provável duas, pessoas que sabem a história inteira — disse Gabriel e fitou aqueles que o encaravam. — O conde e Angélica. — virando-se, perguntou à senhora Osbaldestone: — Qual é a moradia principal de Glencrae?

Therese localizou o nome do lugar no livro.

— Castle Mheadhoin, Glen Affric.

— Nas terras altas — disse Lúcifer. — É para lá que ele a levou... É lá que Angélica está.

— Então, vamos. — Demon se precipitou na direção da porta, seguido pela maioria dos homens.

— Esperem! — o grito de Devil impediu que a porta fosse aberta.

Depois de vários minutos em silêncio, ele fixou o olhar no livro no colo da senhora Osbaldestone.

— Devemos dar um crédito ao conde — disse ele, calmo e comedido. — Ele arriscou voltar para Londres, arriscou aparecer perante à sociedade. Glencrae não podia saber que Angélica estaria armando o próprio rapto... Ele não devia estar preparado. Mesmo assim, improvisou e a levou, mesmo na falta de um plano melhor... E todos sabemos que ela não se deixaria levar simplesmente. Se ele tivesse falhado em algum momento, Angélica teria gritado a plenos pulmões. Mas Glencrae não fez nenhum movimento errado. Ao contrário, voltou para o baile e ficou por uma hora ou mais, e ganhou tempo. Estamos dando voltas e tropeçando desde então. Depois saiu do baile com um amigo e foi para o clube, mas não ficou lá a noite inteira. — E dirigindo-se a Therese Osbaldestone, perguntou: — Ele tem uma moradia em Londres?

Ela consultou o livro e informou:

— Glencrae House, na Bury Street.

— Tão perto... — Devil sorriu. — Com certeza, Glencrae a levou para lá e aposto que ficaram escondidos, a mais ou menos uma quadra da Dover Street e aguardaram enquanto procurávamos em todas as carruagens que seguiram para a Escócia e fechamos as estradas para o norte durante cinco dias. Eles esperaram até terminarmos as buscas.

Devil percebeu que usou o pronome "eles" e não "ele", mas suspeitava que não precisava se corrigir. E olhou para os demais.

— Antes de nos apressarmos para a Escócia, vamos procurar na Bury Street e nos informar melhor.

Bury Street era tão perto que foram andando em grupos de dois ou três para não chamar muita atenção.

Não foi difícil achar a Glencrae House. O portão de madeira ostentava um ornato de ferro com as iniciais da família e estava fechado com uma corrente e um cadeado.

— Eu poderia abrir isto — disse Gabriel, estudando o cadeado de perto —, mas parece que estes portões não são abertos há séculos. Há uma pilha de folhas secas atrás dele.

— Deixem os portões — ordenou Devil, chegando até onde eles estavam. — Não foi por aqui que entraram e saíram... Vamos tentar pelos fundos.

Eles encontraram os arbustos e o portão dos jardins. Demon verificou o estábulo adjacente.

— Vazio, mas bem-ajeitado, foi usado recentemente e deixado limpo e arrumado.

Em poucos minutos Gabriel abriu o cadeado que fechava o portão dos jardins. Todos atravessaram numa fila. Devil bateu na porta da cozinha. Quando ninguém respondeu, ele acenou para Gabriel. Dois minutos depois, entraram na sala dos criados.

Vane atravessou a cozinha, foi para dentro da casa e voltou dizendo:

— Está tudo limpo e arrumado, não há pó em nenhum lugar. Eles estiveram aqui.

Dali, foram para o hall de entrada. Lúcifer parou e olhou ao redor.

— É um lugar antigo e agradável — falou Devil por entre os dentes. — Vamos nos separar, dois ou três em cada andar — ele olhou para os lençóis brancos através da porta que levava à sala de estar. — Vamos tentar descobrir em quantos eles estavam.

Eles se espalharam pela casa inteira. Devil, Vane e Lúcifer ficaram no piso principal, verificando todos os cômodos.

Numa das salas de estar, Lúcifer se agachou e abriu as portinholas de um armário. Dali tirou um candelabro, estudou-o atentamente e o colocou de volta.

— Tenho um forte pressentimento que essa casa foi decorada para a minha mãe... É o gosto dela. — Levantando-se, olhou para a seda desgastada do revestimento da parede e foi para a porta. — Parece que Mortimer desistiu, fechou a casa e voltou para o castelo. Ele deixou mamãe partir.

— Não... Célia nunca pertenceu a ele, sempre esteve com Martin. — Devil seguiu Lúcifer para fora da sala.

Vane, que estava vasculhando as salas de jantar, encontrou-se com os dois.

— Só a copa foi limpa. Dois conjuntos de talheres e pratos foram usados recentemente, e quem quer que tenha comido aqui, sentou-se cada um numa ponta da mesa.

— Angélica e o conde. — Devil meneou a cabeça e apontou para um corredor que saía do hall dos criados. — Vamos por ali.

Eles encontraram a biblioteca e entraram. Sobre a escrivaninha estava o mata-borrão que Angélica tinha usado nas cartas que enviara à família.

Lúcifer rodou pela sala, verificou as trancas das janelas, olhando para o jardim do lado de fora, avaliando a parede.

A porta se abriu de repente e os outros entraram.

— Dois quartos, duas suítes, foram usadas no primeiro andar — Gabriel relatou. — Parece que uma criada dormiu numa cama de armar no que parece ser o quarto de vestir da condessa. Os quartos dessa suíte parece que foram decorados recentemente.

— Quatro quartos no sótão foram usados — reportou Breckenridge. — Todos do lado que imagino ser o masculino.

Devil parou atrás da escrivaninha. Não havia papéis espalhados, nem nas gavetas. Não seria surpresa se tivesse um grande cofre escondido naquela sala. Havia sinais de que o conde estava usando a escrivaninha enquanto estava com Angélica... A tinta no tinteiro, as ponteiras afiadas, a cera do selo ainda pastosa...

— Está faltando um livro — Jeremy havia encontrado um espaço vazio na estante de livros. — Foi tirado daqui recentemente, veja a poeira. Acho que sei que livro era, *A História da Escócia*, de Robertson.

— Não imagino Glencrae consultando um livro de história a essa altura da vida — disse Devil, erguendo uma das sobrancelhas.

— Concordo — Jeremy concordou. — O livro não estava lá em cima, suponho que Angélica tenha levado junto.

— Ela está estudando sobre a Escócia? — Gabriel franziu o cenho.

— É o que parece — disse Michael. — Resta saber se Angélica foi para o norte por vontade própria ou se foi forçada.

Lúcifer suspirou e encostou-se na estante.

— Ela foi porque quis.

— Não discordo, mas como podemos ter certeza? — indagou Devil.

Lúcifer apontou para as janelas.

— Essa casa é antiga, fechaduras antigas e nenhuma barra. As janelas lá em cima também não têm barras. A maioria das portas internas não têm fechadura — ele olhou para Gabriel e indagou: — E lá em cima?

— A mesma coisa. A janela no quarto da condessa foi aberta recentemente. Uma moça ágil como Angélica poderia facilmente ter pulado a janela, descido pelas heras da parede, escalado o muro e caído na rua. — Gabriel continuou tenso por mais alguns minutos, relaxou em seguida e olhou para Devil. — Lúcifer está certo... Temos razão no que imaginamos que tenha acontecido. Por algum motivo que desconhecemos, Angélica se tornou parte do próprio rapto e por isso suponho que não se trata mais de um crime. Há evidências de que ela ficou presa aqui, mas não amarrada, jantou livremente e sabemos que ela usa bem suas artimanhas, sem contar que é muito esperta.

Ele olhou pela sala.

— Se eles ficaram aqui alguns dias, ela teve tempo suficiente para escapar. Além disso, Angélica devia saber que ainda estava em Mayfair. Não tenho dúvidas de que se ela estivesse presa, não hesitaria em bater na cabeça de quem estivesse de guarda. Ela podia chegar ao jardim e pular aquele muro em dez minutos, e estaria em casa cinco minutos depois. Mas não vejo nenhum sinal de que Angélica tenha tentado fugir.

Olhando para Devil mais uma vez, Gabriel concluiu:

— Você tinha razão... Está acontecendo alguma coisa maior que ainda não descobrimos.

Devil tamborilou os dedos sobre a mesa.

— Nós podíamos não fazer nada, e tenho certeza de que nossas mulheres não concordarão. Podemos nos munir de muita paciência e esperarmos até que Angélica ou o conde nos mande alguma mensagem — ele fez uma pausa e prosseguiu: — Por outro lado, podíamos ir para a Escócia e descobrir o que há por trás de toda essa confusão. Quem sabe? Eles podem precisar de nossa ajuda.

— Voto pela opção dois. — Lúcifer desencostou da estante de livros.

— Eu também — disse Vane.

— E eu — votou Demon.

Gabriel, Jeremy e Breckenridge menearam a cabeça. Martin tinha ficado com Célia na St. Ives House. Todos achavam que ele não tinha idade para uma viagem daquelas.

Michael Anstruther-Wetherby balançou a cabeça.

— Por mais que eu queira acompanhar vocês, estou preso demais a assuntos das propriedades que me impedem de sair agora.

— Você pode ser nosso contato aqui — sugeriu Devil. — Se alguma coisa acontecer, mande nos avisar.

Michael arqueou a sobrancelha:

— Para onde?

Devil torceu a boca.

— Para o Castle Mheadhoin. Tudo indica que o conde voltou para a família e terá de lidar com os resultados inevitáveis.

Michael sorriu de lado e meneou a cabeça.

Devil saiu de trás da mesa e seguiu para a porta.

— Vou mandar um recado para Richard, ele não nos perdoará se partirmos para uma aventura dessas tão próximo do seu território. Ele pode nos encontrar na estrada.

Devil parou antes de sair e olhou por cima do ombro para os outros que vinham logo atrás.

— Não devemos ser vistos saindo juntos de Mayfair, alguém pode querer saber onde estávamos e por quê. Vamos nos encontrar no alto da Barnet Hill às três horas e preparem-se para trocar bastante de cavalos ao longo do caminho — virando-se para frente, conduziu os outros para fora. — Vamos correndo para a Escócia e pediremos *gentilmente* a Angélica e ao conde que nos explique o que está acontecendo.

Angélica cavalgava ao lado de Dominic pela manhã com as nuvens fechando o céu. A estrada passou por Kilmorack e seguiu o Beauly River, passando por várias pequenas aldeias antes de desviar para sudoeste e seguir pelo vale que ela descobriu chamar-se Strath Glass. O cortinado de árvores deixava antever as montanhas que se estendiam pelos dois lados. As do lado norte eram consideravelmente mais altas e as escarpas mais virgens, ainda de coloração marrom mesmo sob o sol de verão. Mas o vale do rio Glash era verdejante e abundante. Observando o arredor, ela notou a diversidade de árvores que se fechavam ao longo do caminho já estreito... pinheiros, vidoeiros, carvalhais e outras às quais estava menos acostumada. O gado típico das terras altas, de pêlo longo e chifres compridos e curvados, pontuava os campos verdejantes com o mugido ecoando ao longe.

— Ali está Cannich — disse Dominic, apontando para algumas choupanas que flanqueavam o caminho. — Há uma pequena estalagem onde podemos parar, eles têm uma sala particular.

— Que horas são? — Angélica olhou para o céu coberto de nuvens cinzas.

— Quase horário de almoço. Quinze minutos para o meio-dia — disse ele depois de consultar o relógio.

Ela olhou para trás. O restante do grupo tinha ficado um pouco longe, o suficiente para Angélica e Dominic poderem falar sem serem ouvidos.

— Precisamos contar a eles o que pretendemos fazer. Caso contrário, podem reagir inesperadamente e nos atrapalhar.

A relutância de Dominic era quase palpável. Ela esperou, sem querer discutir.

— Você está certa — disse ele por fim. — Precisamos explicar a cena que iremos fingir.

— E esse é o único jeito de satisfazer as exigências de sua mãe e convencê-la a devolver a taça.

Mesmo contrariado e com o maxilar tenso, Dominic concordou meneando a cabeça.

Minutos depois, pararam os cavalos perto da estalagem. Eles se acomodaram numa pequena sala particular de teto baixo e sem janelas, mas com uma mesa e oito bancos que comportava a todos. Se sentaram com Dominic à direita de Angélica, depois dele, Jessup. Do outro lado sentaram-se Thomas, Griswold, Brenda e Mulley.

O estalajadeiro e a mulher, que Angélica presumiu ser sua esposa, entraram trazendo sopa e pão, puseram sobre a mesa e se retiraram. Todos conversaram enquanto comiam. O segundo prato, com uma apresentação bem simples, era uma torta excelente de carne de veado. Angélica comeu um pedaço e empurrou o prato com torta ainda para Dominic. Ela não conseguia comer direito, ansiosa que estava com o que aconteceria quando chegassem ao castelo. Em seguida, arqueou uma das sobrancelhas e inclinou a cabeça na direção dos outros, que comiam com a cabeça abaixada.

Dominic viu o gesto e hesitou, mas permitiu, gesticulando com o garfo, que ela começasse a conversa e voltou a comer.

Angélica deu uma tossidela para chamar a atenção e todos levantaram as cabeças.

— O conde e eu — ela gostou da sensação de falar por ele, criava uma espécie de vínculo — precisamos explicar a encenação que teremos de fazer para convencer a condessa a devolver a taça.

Com os garfos no ar, todos prestavam atenção, só Dominic continuou comendo. Angélica apoiou os dois braços sobre a mesa e se inclinou para a frente.

— Como vocês sabem, o preço que a condessa exigiu para devolver a taça era que milorde me raptasse e me levasse para o castelo. Aparentemente ela imagina que o rapto e essa viagem me arruinarão socialmente. A razão que a move a fazer isso não é importante agora. O que importa é que para satisfazer as exigências e recuperar a taça, nós, o conde e eu, e todos os que desejam que o clã Guisachan sobreviva, devemos trabalhar para convencê-la de que de fato estou socialmente arruinada. — Angélica fez uma pausa e prosseguiu: — Não importa o que precisamos fazer para convencer a condessa, tudo o que queremos é que ela acredite que eu *fui* desonrada de fato. — falou para cinco pares de olhos fixos nela. — Ela vigiará o conde e eu de perto. Nosso comportamento mudará um pouco, mas é crucial para que recuperemos a taça. Será uma farsa, um teatrinho de alto grau, e precisa ser verdadeiro.

Depois de estudar a expressão do rosto de cada um deles, Angélica continuou:

— Assim que chegarmos ao castelo, o conde e eu vamos nos comportar diferente um com o outro. No meu caso, serei diferente com vocês também. Para que a farsa funcione, não serei mais a pessoa que vocês conhecem, e o conde também não será o homem que vocês conhecem.

Mulley colocou o garfo sobre a mesa.

— Então a senhorita quer que nós e os outros participemos do teatro e ajudemos a fingir que foi arruinada?

— Espero que eu não esteja pedindo muito, mas se a condessa estiver observando, vocês não podem demonstrar respeito ou carinho por mim. O mais importante é que vocês cinco particularmente não se surpreendam com nada que o conde e eu fizermos. Vocês precisam fingir que estou me comportando estranhamente desde que me conheceram em Londres.

Dominic afastou o prato da frente.

— Pode ser que eu tenha de fingir ser grosseiro com a senhorita Cynster. Não sabemos o quanto. — Ele olhou rapidamente para Angélica e depois para cada um dos criados. — Expliquei à senhorita Cynster que vocês e os outros do castelo saberão que nunca tratei nenhuma mulher sem respeito como precisarei *fingir* tratá-la, mas eu e a senhorita Cynster concordamos que precisamos fazer tudo para salvar o clã. Talvez precisemos chegar a extremos, mas precisamos atuar até que minha mãe esteja satisfeita para devolver a taça.

Dominic percebeu os olhares de aprovação, respeito, admiração e gratidão que todos dirigiram a Angélica e se sentiu melhor.

— Acreditamos que esse teatro seja a única maneira de conseguir o que queremos, especialmente porque estamos sem tempo. Eu e a senhorita Cynster precisamos que vocês e os outros moradores do castelo se comportem como se tudo o que vissem fosse lamentável, mas esperado. Não podem demonstrar surpresa e muito menos ficarem chocados. Apesar de tudo o que ouvirem ou virem, ajam naturalmente, como se fosse verdade e não um teatro. Aceitem os fatos sabendo que era assim que tínhamos de fazer para chegar ao nosso objetivo. Não se precipitem em ajudar a senhorita Cynster e não deixem que minha mãe veja nenhuma atitude similar.

Angélica reassumiu a explicação:

— Por exemplo, terei de chegar ao castelo desgrenhada, cansada e arrasada. Não posso estar vestida assim. Brenda e eu vamos manchar e sujar meu antigo vestido de baile, aquele que eu vestia quando me conheceram. Vou bagunçar meu cabelo. Tem de parecer que fui confinada rudemente durante toda a viagem até aqui. Não posso estar montando Ebony... Vamos trocá-la por um dos cavalos de carga. — Ela olhou para Jessup antes de continuar: — Como a condessa não vai ao estábulo, Thomas ficará segurando Ebony longe até você levar os cavalos para o estábulo. Assim será mais seguro, mas precisamos trocar de cavalos o mais próximo possível do castelo, porque Ebony não gosta de ficar longe de Hércules.

Jessup e Thomas menearam as cabeças.

— E você precisará me amarrar à sela do cavalo de carga. — disse a Dominic.

— Não precisamos chegar a tanto.

— Sim, é preciso. — Ela o prendeu pelo olhar. — Se a condessa vir você me tirando do cavalo, amarrada com as mãos para a frente, como uma prisioneira de guerra, ela presumirá que fui tratada assim durante toda a viagem, isso quer dizer que tentei escapar em algum momento. A condessa tem de acreditar que tentei, mas não deu certo.

Dominic franziu o cenho, mas Mulley falou antes dele:

— Temos tiras de cânhamo em uma das sacolas, mas a senhorita ficará com os pulsos vermelhos.

— Perfeito! Meus punhos se recuperarão e será apenas por alguns poucos quilômetros. — Antes de Dominic protestar, ela emendou: — Vamos esconder minhas malas e a chapeleira. É melhor a condessa acreditar que vim apenas com a roupa do corpo.

Brenda foi a primeira a falar:

— É fácil esconder as malas, e podemos embrulhar a chapeleira num cobertor de cavalo para ficar parecendo um pacote.

— Excelente — Angélica olhou para Griswold e Mulley. — Ainda há duas coisas que devemos decidir. Primeiro, quem no castelo pode ser de nossa inteira confiança? Nesse ponto, podemos divergir de opiniões, mas Dominic tem de concordar com a escolha.

— A essa altura qualquer membro do clã pode ser vital. O clã age melhor quando trabalha em conjunto.

Ficou decidido que todos no castelo tinham de saber sobre a farsa, Dominic instruiu-os a espalhar a notícia com discrição.

— A última coisa que devemos decidir é onde serei presa no castelo — disse Angélica. — Tem de ser um cativeiro de verdade, mas não onde a condessa tenha acesso direto.

— Não nas masmorras — Dominic resmungou.

— Que tal o quartinho de depósito na base da torre leste? — perguntou Mulley e dirigiu-se a Dominic. — Há uma escada secreta para lá que sai no seu quarto. Não há nada ali além de mobília velha e caixas.

— E uma cama caindo aos pedaços.

Dominic endireitou o corpo.

— Sim, é perfeito.

Uma escada secreta? Muito conveniente. Angélica precisou se segurar para não dizer o que estava pensando.

— Está bem. — Ela notou que todos os pratos estavam vazios. — Está na hora de começarmos nosso teatrinho. — disse segurando as saias para se levantar.

— Não... Espere! — Brenda sinalizou para Angélica se sentar e olhou para Dominic. — Há uma coisa que ainda não combinamos, bem, duas. Os meninos.

Dominic não praguejou, mas a maneira como contraiu o maxilar indicava o quanto estava contrariado.

— Não quero que os meninos presenciem nenhum minuto da atuação da senhorita Cynster e da minha. — O tom de voz foi decisivo e o olhar gélido. — Não quero que me vejam agindo errado. — Ele olhou para Angélica. — E também não quero que vejam você agir assim.

Angélica colocou a mão sobre a dele.

— Claro que não. — lançou um olhar através da mesa pedindo ajuda.

Brenda assumiu uma expressão séria.

— O senhor se ausentou por dias, assim que os guardas vislumbrarem nosso grupo, os meninos estarão lá nos esperando chegar...

— Não vão, não — disse Jessup. — Hoje é dia dos dois estarem com Scanlon. Posso ir encontrá-los antes que voltem para o castelo. O que devo dizer?

— Caxumba — disse Angélica. Quando todos a olharam sem entender, ela continuou: — Diga que é por causa de caxumba, sarampo, alguma doença infantil contagiosa. Diga que Dominic trouxe um amigo para se hospedar no castelo, mas que esse amigo está com erupções na pele. Então, para que não peguem a doença é melhor que fiquem em seus quartos pelos próximos dias até o risco de contágio passar. Eles podem sair do castelo como estão acostumados, mas não podem vagar pelo castelo — ela olhou para Dominic. — Está bom assim?

Ele ergueu uma das sobrancelhas.

— Deve dar certo. — e virando-se para Jessup, ordenou: — Diga que irei vê-los hoje à noite e explicar melhor.

Jessup consentiu com a cabeça.

Dominic olhou para os outros.

— Alguma coisa a mais?

Todos pensaram por alguns minutos e balançaram a cabeça negativamente.

— Nesse caso... — Dominic se levantou e estendeu a mão para Angélica — ...Vamos seguir viagem para o castelo.

Transpirando confiança, ela sorriu, colocou a mão sobre a dele e deixou-o ajudá-la a se levantar e a sair do banco, depois continuaram andando de mãos dadas.

Eles pararam perto de uma aldeia chamada Tomich. Dominic desmontou e foi ajudar Angélica a fazer o mesmo.

— Mais cem metros e os guardas nos verão.

— Não demoro para me trocar — disse ela, inclinando-se para a frente.

— Vá por ali. A chance de virem você é menor.

Angélica entregou a ele o chicotinho e as luvas, abriu a capa vistosa e colocou sobre as mãos dele também. Depois olhou de relance para Brenda que estava mexendo nas malas à procura do vestido de baile azul esverdeado e a gola de renda.

— Estou começando a perder meu hábito.

Virando-se Angélica caminhou na direção das árvores. A mata era tão cerrada que ela logo ficou atrás de uma cortina espessa sem chances de alguém a vir da trilha ou de qualquer outro lugar. Ela pisou para fora do vestido e estava pendurando-o num gancho quando ouviu um galho quebrar.

— Obrigada, Brenda — ela se virou.

Não era Brenda que trazia seu vestido.

Dominic, com uma expressão séria no rosto, parou a poucos metros de onde ela estava. Estendeu as mãos fechadas e ao abri-las o vestido escorregou até ficar pendurado no seu dedão, a gola estava presa e no mesmo estado. Quando ela estranhou, Dominic disse:

— Brenda falou que você queria o vestido bem amassado.

Ela assentiu com a cabeça.

— Isso mesmo — estreitando a distância, ela pegou o vestido e segurou. — Bem, este vestido foi muito bem amassado. — Em vez de devolvê-lo, o prendeu num galho.

Ao continuar a desabotoar os minúsculos botões da blusa, Angélica fingiu não perceber que Dominic olhava para as suas pernas envoltas numa meia e de botas; a camisola de dormir ia até onde começavam as ligas. Havia uma pequena faixa de pele nua à mostra... Angélica imaginou se aquilo o distrairia e se melhoraria o mau humor.

Dominic não disse nada. Quando ela se livrou da blusa, percebeu que ele ainda a observava, mas não conseguiu decifrar nenhum sinal do rosto forte.

— Tome — ela passou a blusa e quando Dominic a segurou, Angélica apontou para o casaco e a saia. — Leve estes também, mas não precisa amassar.

Ele contraiu os lábios, mas colocou as roupas sobre um dos braços dobrados.

Angélica colocou o vestido, arrumou o corpete, e colocou a gola de renda. Aproximando-se dele, virou de costas e pediu:

— Você poderia amarrar para mim?

Depois de alguns segundos, sentiu o primeiro puxão.

— Eu só concordei com isso porque realmente não havia outro jeito. — As palavras dele revelavam a frustração, mas comprometimento também. — Mas isso não significa que eu apoie e que não esteja... abalado. Nunca houve em minha vida alguém ou alguma coisa com a qual eu me importasse mais do que meu clã. Mas você significa muito para mim. Se eu tivesse de escolher entre você e o clã...

— Mas você não vai precisar escolher. — Dominic parou o que fazia, e ela continuou: — Como sua futura condessa, eu me considero parte do clã... Agora o clã é tão importante para mim quanto é para você... Assim, farei o que for preciso para que o clã prospere... É isso que fazer parte de um clã significa, não é?

Um minuto de silêncio se passou antes que ele voltasse a puxar os cordões do corpete.

— Eu não mereço você.

Com o coração enternecido, ela sorriu.

— Na verdade, merece sim, mas ainda não entendeu direito.

— Seja o que for, apesar de ter de seguir suas orientações durante essa farsa, farei o possível para protegê-la.

— Eu sei que sim, e não esperaria menos.

— Pelo menos nisso estamos de acordo. — Depois de ter puxado bastante, ele começou a amarrar os cordões. — Sei que tenho que confiar em você e no que está fazendo, eu confio, *mas...* — fez uma pausa, com as mãos paradas e respirou fundo. — Gostaria muito que você me prometesse que me avisará se em algum momento quiser desistir, se alguma coisa te amedrontar ou ofender.

Dominic terminou de amarrar o corpete e a soltou. Angélica se virou assim que ele baixou as mãos e ao fitá-lo reconheceu, através da máscara impenetrável de impassibilidade, o homem verdadeiro, aquele que a amava, que a encarava com aqueles olhos da cor de uma tempestade no mar.

— Prometo que avisarei se alguma coisa sair errada.

— Obrigado — ele exalou o ar. — Mais uma coisa.

Ela arqueou a sobrancelha.

— Não posso protegê-la se ficar atrás de você.

Ela estudou os olhos de tempestade e considerou o que ele queria dizer de verdade. Pensando em negociar, ela propôs:

— Você pode ficar na minha frente apenas se não tiver outro jeito. *Nenhum*. Concorda?

Os olhares se prenderam até ele menear a cabeça.

— Concordo — Dominic continuou sério e dando um passo atrás, conduziu-a através das árvores.

Cinco minutos mais tarde, coberta por uma capa rústica de lã que Jessup havia feito, com um capuz puxado bem para baixo e com sapatilhas de festa em vez das botas, ela cavalgava de lado, com as mãos amarradas, sobre o cavalo de carga mais velho. Sob o capuz, algumas mechas de cabelo ladeavam o seu rosto e pescoço. O vestido fora sujo de terra e grama por ela e Brenda.

Com o disfarce meticulosamente feito, ela prendeu o olhar nas costas largas de Dominic. Observava como seu selvagem senhor das terras altas conduzia seu majestoso cavalo durante a última parte da viagem. Ele estava pronto para a batalha, iria recuperar a taça do dragão que a escondia, e assim assumir o controle de seu castelo e de seu clã.

CAPÍTULO 17

O castelo era muito maior do que Angélica imaginara.

A primeira visão que teve foi do topo da fortaleza cercada por ameias, e quando a vereda por onde eles seguiam fez uma curva para o norte, um espaço entre as árvores revelou as imponentes torres da guarda, cilíndricas e sólidas, ladeando uma enorme ponte levadiça que naquele momento estava abaixada.

As nuvens começavam a se dispersar, dando passagem à luz do sol. À medida que eles avançavam, mais detalhes do castelo fortificado se tornavam visíveis, a longa extensão de pedra cinza transmitindo a sensação de solidez e estabilidade.

O castelo a fazia lembrar do dono dele: grande, forte, totalmente confiável quando se tratava de proteção e segurança, impressionante de uma maneira visceralmente poderosa.

Quanto mais Angélica olhava, mais fascinada ficava; assim como Dominic, aquilo também seria seu em breve, seu lar, seu domínio.

Um grito distante de caçador para atiçar seu cão de caça reverberou por entre as árvores. Dominic ergueu a mão para tranquilizá-la. Ele lhe contara que o castelo ficava numa ilha e que o acesso era pela margem sul do lago, passando por uma ilha menor; baixando o olhar, ela viu o reflexo dos raios de sol salpicando a base da muralha do castelo.

— A ponte levadiça está funcionando?

Sem se virar, ele respondeu:

— Sim, mas nós raramente a içamos. À noite costumamos fechar algumas grades.

Lembrando-se da pequena farsa que tinham combinado representar, Angélica curvou um pouco os ombros numa postura derrotada, para o caso de alguém os estar espiando do castelo; mas continuou observando tudo por baixo do capuz.

Dez minutos depois, chegaram à margem do lago e atravessaram uma ponte de madeira até a ilha menor, o ruído das ferraduras dos cavalos ecoando alto acima da água. Incapaz de se conter, Angélica olhou ao redor mais abertamente, adotando uma expressão de pânico para disfarçar a curiosidade. Em formato de lua crescente, no sotavento dos muros do castelo, a ilhota era recoberta de relva, um punhado de arbustos rasteiros e algumas árvores esparsas. A ponte ligava a margem sul do lago à margem leste, e a ponte levadiça ficava a oeste, obrigando quem quisesse entrar no castelo a percorrer toda a extensão da ilha menor, à vista de quem estivesse na fortaleza.

Enquanto faziam exatamente esse percurso, Angélica avaliava o cenário em volta e a ilha principal onde o castelo se situava. Bem maior que a outra, parecia ser cercada por um bosque denso em toda a sua extensão ovalada, com o castelo erguendo-se no centro, os altos muros de pedra separando-o das áreas arborizadas em ambos os lados. A natureza da Escócia estava ali em sua plenitude, enfatizada pela majestosa cordilheira que se elevava atrás do castelo, com seus picos áridos e marrons e as encostas mais baixas escondidas sob a vegetação.

Rodeado por todo aquele esplendor, o castelo era um dos cenários mais românticos que Angélica já vira na vida.

Até onde podia perceber, havia somente aquelas duas ilhas no lago. Desde que saíram da estrada principal, vários quilômetros atrás, ela não avistara nenhuma habitação, nem de gente nem de animais.

Quando estavam se aproximando da ponte levadiça, Dominic virou-se para ela.

— Está pronta?

De sob as sombras do largo capuz, Angélica sorriu e ergueu o queixo, mas não alterou a postura de quem carregava um peso nos ombros.

— Vamos lá!

Ele a fitou por um momento e então olhou para a frente. Segundos depois os cascos de Hércules tamborilaram nas espessas tábuas de madeira da ponte levadiça. O cavalo de Angélica trotou atrás, levando-a para sua nova vida. Ela ergueu os olhos quando a sombra fria do arco entre as torres de vigia a engolfaram, e suprimiu um estremecimento, uma premonição, embora não soubesse definir de quê.

Eles emergiram no pátio banhado pelo sol fraco.

Nunca antes, ao voltar para sua casa, Dominic se sentira tão tenso e alerta. Ainda assim os sons e aromas familiares o saudaram, rostos conhecidos e sorridentes, dando-lhe as boas-vindas, todos contentes em vê-lo retornar, montado em Hércules.

Ele tentou sorrir e acenar em resposta, mas antes de chegar à metade do caminho para os degraus de entrada, a atmosfera de alegria se obscureceu quando as pessoas notaram a figura encapuzada e cabisbaixa que vinha no cavalo logo atrás de Hércules. As expressões, a princípio curiosas, se tornaram perplexas e interrogativas.

Deixando para os que vinham atrás a tarefa de explicar e resistindo ao impulso de virar-se para olhar para Angélica, Dominic cavalgou até os degraus, desmontou e entregou as rédeas de Hércules ao cavalariço que se aproximou correndo.

Com as feições contraídas, Dominic ergueu os olhos para o pórtico no alto dos degraus, no instante exato em que sua mãe saía apressada pelas portas duplas. Parando abruptamente com um rodopio das saias escuras, Mirabelle olhou, surpresa e incrédula, para a prisioneira.

Dominic tirou Angélica de cima do cavalo de carga e sussurrou:

— Lá está ela no alto da escadaria. — E a soltou assim que Angélica colocou os pés no cascalho. Ela se desequilibrou e caiu para cima dele, o que era uma farsa. Ao recuperar o apoio, resfolegando, olhou desesperadamente para os lados como se estivesse procurando uma maneira de fugir.

Rangendo os dentes, Dominic colocou a mão nas costas dela e a virou para a escadaria. Angélica tropeçou para a frente como se tivesse sido empurrada e quase caiu. Ele a segurou pelo cotovelo, enquanto ela continuava a fingir, puxando os braços para trás para mostrar que estavam amarrados, caso alguém não tivesse visto ainda. Com o movimento, a capa abriu revelando o vestido todo estragado.

Angélica avisara que era uma boa atriz, mas ele não esperava que fosse tão boa. Dominic quase acreditou, o que facilitou para a sua atuação. Mais um pouco da farsa e ele a levou até onde estava Mirabelle, soltando-a.

— Você queria que uma das irmãs Cynster fosse raptada e trazida para cá. Permita-me apresentá-la à senhorita Angélica Cynster.

Mirabelle estudou o rosto de Angélica, ainda encoberto pelo capuz.

— É mesmo? Permita-me verificar.

Usando as duas mãos, Mirabelle empurrou o capuz para trás. Angélica choramingou e olhou assustada para cima, mostrando o rosto manchado de lágrimas. A condessa arregalou os olhos antes de avaliar cada linha do rosto de Angélica, depois observou o vestido manchado, os pulsos amarrados antes de voltar para o rosto novamente e sorrir.

— Santo Deus! Você conseguiu mesmo.

Dominic se sentiu enjoado com o sorriso cínico da mãe.

Angélica se jogou contra Mirabelle, segurando-lhe as mãos e implorou quase sem fôlego:

— Minha senhora! Condessa! Faça com que ele tenha bom senso. — Ela fez uma breve cortesia, transformando-a em seguida a uma pose de súplica. —

A senhora *tem* de pedir que ele me solte! — O tom de voz dela soou sofrido, como se tivesse passado por horrores e estivesse prestes a desmaiar pelo efeito de suas penúrias.

Dominic se mexeu e ela se esgueirou para longe. Tensionando o maxilar, ele se postou atrás dela, segurou-lhe os cotovelos, levantou-a e a afastou da mãe.

— Você ainda não entendeu, querida? — disse ele com uma voz rouca, segurando-a a sua frente, e num tom cínico prosseguiu: — Você está aqui pela condessa.

Dominic a virou para a frente e empurrou-a para a porta do castelo. Ignorando a audiência fascinada, entrou logo depois.

— Essa é mesmo Angélica Cynster! — exclamou Mirabelle, encantada.

— Em carne e osso.

Segurando-a pelo braço novamente, Dominic a empurrou para a frente e ela foi tropeçando até o meio do hall de entrada. Ali Angélica parou, olhou para o teto alto e para o restante da sala imensa, rodopiando como se estivesse procurando uma saída.

Sem ter a menor noção do que ela faria em seguida, Dominic a segurou para ampará-la.

— Angélica Cynster, terceira filha da senhora Célia Cynster. Eu a raptei, trouxe-a aqui e a apresento, conforme a senhora pediu.

Angélica ficou boquiaberta e olhou para Dominic primeiro, depois para a mãe dele, horrorizada.

— *O quê...?* Então foi *você...?* — logo em seguida, ela se encolheu, piscando para conter as lágrimas. — Mas... *Por quê?*

Mirabelle abriu um sorriso vingativo, a malícia reluzia em seus olhos.

— Quanto a isso, logo você saberá, minha querida.

Dominic afastou Angélica da mãe, interpondo-se entre as duas.

— Eu cumpri a minha parte no acordo... Agora, onde está a taça?

Mirabelle estava em estado de êxtase, saboreando a vitória, quando ficou observando Angélica. Depois de alguns minutos, desviou o olhar para Dominic e praticamente ronronou ao dizer:

— Sinceramente não achei que você conseguiria, que faria mesmo.

— Bem, a senhora estava enganada. A taça?

Ela o fitou por mais alguns minutos e disse:

— Não tenha pressa. Você me surpreendeu, preciso de tempo para me convencer que isso é verdade e absorver as implicações. Para... — ela olhou para Angélica — ...saborear minha vitória.

— Não foi isso que combinamos.

— Eu nunca disse que devolveria a taça no mesmo *instante* que você me trouxesse uma das filhas de Célia. — As linhas de rancor se aprofundaram no rosto de Mirabelle. — Você terá de me conceder um dia ou dois para confirmar e depois aproveitar minha vingança. Só Deus sabe o quanto esperei por isso, mas você vai recuperar sua taça preciosa em tempo. — E voltando a atenção para Angélica, chamou: — Venha comigo, menina.

— Não. — Dominic impediu que Angélica saísse do lugar, puxando-a para trás de si. — Enquanto a senhora não devolver a taça, a senhorita Cynster fica comigo. Não quero que ela fuja, ou suma, não depois de todo o trabalho que tive para trazê-la até aqui.

Os olhos de Mirabelle faiscaram e sem dizer mais nada, ela deu a volta e saiu pisando duro em direção à torre norte. Assim que desapareceu, Dominic praguejou baixinho.

— Você não imaginou que ela reagiria assim — sussurrou Angélica atrás dele.

— Eu tinha uma vã esperança que quando visse você, ela ficasse tão exultante que devolveria a taça sem pensar duas vezes.

— Tenha paciência. Acabamos de chegar — disse Angélica, cutucando-o. — Temos de dançar conforme a música. Vamos, mostre-me onde ficarei trancada.

Dominic cerrou os dentes, blasfemou, exalou o ar e segurou o braço dela sem muita força e a conduziu para o salão nobre.

Ao entrar no quarto temporário no andar térreo da torre leste, Angélica ficou feliz em notar pequenas janelas no alto das paredes e uma pequena lareira, embora parecesse nunca ter sido usada. O quarto poderia ficar razoavelmente agradável enquanto estivesse ali. Circulando pelo quarto, Angélica procurava ansiosa a porta para a escada secreta.

Enquanto isso, Dominic estava de péssimo humor, rosnando como um urso ao dar ordens a Griswold e Mulley, que surgiram no quarto trazendo as malas. Brenda apareceu rapidamente para esconder a chapeleira.

— Peça para John e a senhora Mack virem aqui — disse Dominic —, e coloquem guardas no corredor para o caso de a condessa vir procurar a senhorita Cynster.

— Sim, senhor. — Mulley fez uma reverência e saiu.

— Vou providenciar tudo lá em cima, senhor — disse Griswold, que fez uma reverência também e seguiu Mulley.

Dominic olhou para Angélica e para o quarto.

— Vamos montar esse quarto para fingir que está sendo usado, mas na verdade, você ficará comigo.

— Onde fica a escada oculta?

— Ali. — apontou e atravessou o quarto afastando vários obstáculos. — Vamos deixar tudo isso na frente da porta, para que fique parecendo uma cela mesmo.

Ela se aproximou de Dominic, achando que a escada ficava do lado de fora.

— Me dê a sua mão. — Dominic segurou a mão pequena contra a parede e deslizou um pouco sobre as pedras até que ela sentisse uma pequena depressão e pressionou. *Clique*. O outro lado da pedra se projetou um pouco para a frente. Soltando a mão dela, Dominic mostrou a argola presa ali, esperando que ela não conseguisse puxar e mover a parede falsa e pesada sozinha. Mas Angélica o surpreendeu abrindo a passagem, apesar de que as dobradiças rangeram alto.

A porta do quarto se abriu e uma senhora de idade, com cabelos brancos puxados para trás num coque entrou, seguida por um senhor alguns anos mais velho que Dominic.

— Santo Deus! — A senhora fez uma careta e dobrou os joelhos em reverência. — Vou pedir para que algum dos rapazes venha colocar um óleo nessas dobradiças. — Ao endireitar o corpo, abriu um sorriso de boas-vindas a Angélica e fixou os olhos de águia em Dominic. — Bom dia, senhor. É um prazer vê-lo de volta.

— Eu digo o mesmo. — O homem fez uma breve reverência para Angélica e cumprimentou Dominic. — O senhor queria falar conosco?

Dominic apresentou Angélica à governanta-chefe e ao mordomo como sua futura noiva... Uma revelação que deixou os dois felizes e obviamente curiosos. Angélica correspondeu com sorrisos e meneios de cabeça, mas deixou que Dominic explicasse o plano, enquanto ficava observando as reações de Mack e Erskine. Pela maneira como o casal reagiu, ficou claro que se conheciam havia muito tempo. Assim como os outros, os dois apoiaram Dominic imediatamente.

Reconfortada com o comportamento deles, Angélica olhou as escadas de soslaio. Ouvindo apenas parte da conversa e as ordens de Dominic para que ela ficasse mais à vontade, Angélica sorriu por dentro. Ela achou que estava preparada para o impacto que teria quando chegasse ao castelo, mas sua imaginação, geralmente muito fértil, a tinha decepcionado. Se o castelo era impressionante, a fortaleza era magnífica. O teto alto, os arcos graciosos, as pedras entalhadas equilibravam-se perfeitamente com a simplicidade sólida das paredes de pedra. Os vitrais da janela, emoldurada por cortinas de veludo, combinavam perfeitamente com o restante do castelo.

Como que por milagre, parecia que a bruxa de olhar gélido e sem coração, que acabara de conhecer, não tivera nenhuma participação naquele ambiente que exalava calor, conforto, segurança e acima de tudo, paz, qualidades que pareciam entranhadas em cada pedra. A avó de Dominic decorara a casa de Edimburgo e talvez tivesse influenciado ali também. Era uma força boa contra a frieza de Mirabelle.

Angélica pensou que estivesse preparada para conhecer a mãe de Dominic, mas ficou chocada logo no primeiro momento em que a viu. Uma coisa é imaginar, outra bem diferente é deparar-se com a realidade.

Mirabelle podia ter ideias malucas, mas isso não desmerecia sua inteligência e perspicácia. Dominic já havia prevenido Angélica que o teatro não seria tão fácil quanto esperavam.

— Vou mandar algumas criadas para fazer a cama e arrumar tudo para pelo menos parecer que a senhorita está dormindo aqui. — A senhora Mack olhou para Angélica. — Se isso não for perturbá-la.

— Vou mostrar o castelo para a senhorita Cynster até o horário do jantar — avisou Dominic.

— Falando nisso, o senhor quer que o jantar seja servido mais cedo? — perguntou Erskine.

Dominic demorou para responder e Angélica se precipitou:

— A que horas o jantar normalmente é servido quando o lorde está em casa?

— Às seis horas, senhorita — respondeu a senhora Mack.

Angélica olhou para Dominic.

— Acho que seria melhor manter o horário. Não há motivo para desobedecermos o horário social só porque estou aqui.

Erskine meneou a cabeça e olhou para a senhora Mack.

— Serviremos o jantar às seis.

— Obrigado, senhor. Senhorita.

A senhora Mack dobrou os joelhos, Erskine fez uma breve reverência e ambos se retiraram.

Angélica sorriu e sinalizou para a porta secreta.

— Por que não me mostra para onde vão essas escadas?

Estreitando a distância que os separava, ele a tomou pela mão, abriu mais a porta secreta e os dois passaram.

Alguns minutos depois que a batida da sineta anunciou o jantar, Dominic conduziu Angélica pelo salão nobre até a mesa elevada. Ela estava aparentemente amedrontada e contraída. Ele a desviou da mãe, sentada no lugar de costume à mesa, à direita da cadeira principal, e puxou uma cadeira menor à sua esquerda e empurrou Angélica para baixo.

— Sente-se.

Com os olhos arregalados, ela se deixou cair como se suas pernas estivessem bambas. Aquela mulher maldita exalava maldade.

Com o rosto contraído, ele se sentou também e não olhou para os outros membros do clã que estavam sentados no salão. Depois murmurou alguma coisa quando um dos criados serviu sopa a eles.

A carranca era verdadeira, apesar de que Dominic duvidava que sua mãe, que o olhava de soslaio, adivinharia que a fragilidade de Angélica diante do clã era uma farsa. E Angélica era uma excelente atriz. Mas cada segundo daquele teatro era um martírio com que ele teria de lidar. Além disso, Angélica precisava de apoio e não de relutância.

Por sorte, o mau humor combinava com o personagem que precisava incorporar para a mãe. Mirabelle jamais acreditaria que ele estava feliz com a situação, mas poderia acreditar, e até então parecia ter aceitado, que Dominic fora levado ao limite do desespero para se render às exigências dela, e agora estava se lamuriando por ter perdido a honra.

Isso era bom e mau.

Colocando a colher de sopa sobre a mesa, ele passou o guardanapo na boca e olhou para Angélica. Ela estava praticamente debruçada sobre o prato, com os ombros curvados para a frente, que a deixava com uma aparência mais frágil e mais digna de pena. Ela arriscava olhares furtivos pela sala, mexendo a sopa com a colher, mas havia tomado apenas um pouco. Com a outra mão segurava com força o guardanapo no colo.

Se ele não soubesse...

— Em qual das celas você a colocou?

Angélica se assustou com a pergunta de Mirabelle e deixou a colher cair ruidosamente. Agarrando-se ao guardanapo sobre o colo, continuou olhando para baixo.

Dominic percebeu a satisfação fria no rosto de Mirabelle ao olhar para ele e para Angélica; ela estava delirando.

— Eu a coloquei no depósito no térreo de minha torre.

Mirabelle não sabia da existência da escada secreta.

— Por que não na masmorra? — indagou ela, franzindo o cenho. — Os andares mais baixos são frios, úmidos e escuros... *Perfeitos* para ela.

— Não. — Quando Mirabelle o encarou, Dominic disse: — Como já falei antes, depois de ter viajado tanto, não quero perdê-la antes que a senhora se sinta vingada. Vou mantê-la onde acho que é mais seguro, perto o suficiente para que eu ou os criados vejam se ela tentar escapar.

A teimosia ficou evidente no semblante uma vez belo de Mirabelle. Depois de estudar o rosto dele, apertou os olhos antes de dizer:

— Acho que você está certo ao tomar tanto cuidado, você deve mesmo prendê-la por perto. Amarre-a, assim não haverá fugas.

— Não.

Mirabelle contraiu os lábios.

— Pelo menos coloque uma corrente... Ela não é uma prisioneira?

Resistindo à vontade de olhar para Angélica, ele abaixou o tom de voz, tornando-o ameaçador.

— Eu sou o lorde aqui. A senhora acha mesmo que a garota pode chegar até lá fora sem que ninguém a impeça?

Não que duvidasse que a futura noiva fosse capaz de tal façanha, mas sabia que todas as pessoas, sentadas no salão, estavam ouvindo atentamente o que se dizia à mesa sobre o palanque e muito interessados no que ia acontecer. Isso queria dizer que Mulley, Jessup e os outros espalharam as novidades rápido, e se Angélica saísse correndo para a porta, todos deviam apenas observar e aguardar a próxima cena da peça.

Por sorte Mirabelle nunca prestou atenção ao clã e por isso não viu e nem percebeu o interesse deles. Angélica entendeu que era a hora de dizer alguma coisa.

— Muito bem. Faça como quiser — disse Mirabelle, recostando-se na cadeira quando um criado tirou o prato.

Enquanto os pratos eram levados para a cozinha, ele olhou para Angélica e disse distraído para Mirabelle:

— Não se preocupe. Ela não vai fugir. — Quando seu olhar cruzou com o de Mirabelle, por uma fração de segundo, pode ver o sorriso dela ali refletido, mas sua mãe logo abaixou os olhos e ele repetiu com toda certeza: — Acredite, ela não vai escapar.

— Ela quer se vangloriar.

— Bem, claro que quer. — Deitada de costas, ao lado de Dominic, na cama totalmente desarrumada, Angélica cobriu os seios com o lençol e fixou o olhar no dossel. — Mas ela vai se cansar logo, devolver a taça e ficará tudo bem. Você imagina o que ela espera para ter a prova de que fui mesmo desonrada?

— Não.

Dominic virou-se para cima também, levantou os braços e apoiou a cabeça nos dedos cruzados das mãos. Depois do jantar, ele informara à mãe que

Angélica não lhe faria companhia na sala de estar, e arrastara sua prisioneira amedrontada de volta ao quartinho na torre.

A cama fora feita e havia uma vela acesa num candelabro. Ela revirou as malas, escondidas atrás de umas caixas, pegou o livro do Robertson e disse que ficaria bem lendo por algumas horas. Dominic pretendia conduzi-la pelas escadas secretas para que ela desfrutasse o conforto de seu quarto, mas Angélica insistira que ficaria bem no quartinho, caso Mirabelle batesse na porta depois que ele tivesse saído para visitar os meninos.

Com a imagem da bruxa cruel da fábula *Branca de Neve* na cabeça, ele trancou Angélica, tirou a chave e foi visitar Gavin e Bryce.

— Você não me disse como estão os meninos — exigiu ela.

Ele murmurou alguma coisa ininteligível e disse:

— Ficaram exultantes com a minha chegada, mas estão irritados por estarem confinados.

— Imagino que eles circulem livremente pelo castelo, não é?

Ele assentiu com a cabeça.

— Eles extrapolam um pouquinho... Espero que Mirabelle se convença logo de que você foi desonrada.

Ele estava voltando do quarto dos meninos na torre oeste quando Mirabelle o interceptara no hall de entrada. Ela se comportou de forma estranha, mais do que normalmente, entusiasmada, ansiosa. Os olhos reluziram na escuridão. Ela o estava procurando para dizer que pretendia convidar Angélica, "a pobre criança arruinada", para conversar um pouco na manhã seguinte. Mirabelle jurou que "manteria o olho bem aberto" em Angélica para evitar que ela fugisse.

Em princípio ele pensou em não aceitar, mas sabendo que Angélica iria aproveitar a oportunidade, concordou e pediu para a criadagem tomar as devidas providências para o encontro.

— Falei com Elspeth e Brenda. Brenda acompanhará você até a sala de estar e permanecerá lá. Se Mirabelle fizer qualquer coisa que você não goste, basta olhar para Elspeth ou para Brenda que uma delas irá chamar a mim ou qualquer um dos outros.

Angélica sorriu. A armadura de seu herói ainda reluzia através das manchas que ele acreditava existir.

— Não se preocupe. Vamos usar isso como vantagem. Sua mãe vai se irritar com a jovem choramingas que vou interpretar. Deixe ela comigo, garanto que vou aborrecê-la.

Dominic resfolegou, mas não disse nada, e ela alargou o sorriso.

— Enquanto isso... — Na opinião de Angélica, ele precisava se distrair para se esquecer do comportamento da mãe e dormir em paz. — Você tem de admitir que minha atuação hoje foi brilhante.

Dominic bufou mais forte em resposta.

Abrindo outro sorriso, ela se virou, deitando praticamente sobre ele, e espalmou a mão no peito largo e o fitou.

— O que foi agora? — perguntou ele, arregalando os olhos.

— Agora é hora de o senhor pagar suas dívidas.

— Sendo assim, minha senhora, estou ao seu inteiro dispor.

E Angélica não teve dúvidas em levar o que Dominic dissera no sentido literal, prendendo-o pela próxima meia hora.

CAPÍTULO 18

— Então, conte-me como foi o seu primeiro baile.

Angélica piscou várias vezes seguidas.

— M.. meu primeiro baile?

— Isso mesmo. — Sentada em uma poltrona diante da janela de sua sala de estar, Mirabelle gesticulou imperiosa. — Fale sobre seu primeiro baile, senhorita, onde foi, o que vestiu, se dançou todas as músicas, conte tudo o que lembrar.

Ajeitando-se melhor na desconfortável cadeira de espaldar alto, em que Mirabelle insistiu para que ela sentasse, Angélica franziu o cenho.

— A senhora se refere ao meu baile de debutante? — Apesar de ter sido considerado como o primeiro baile dela, aquele não foi o primeiro a que compareceu.

— Sim, esse mesmo, o maior.

— Ah. Bem... — Angélica retorcia um pedaço do tecido do vestido simples que Mirabelle tinha mandado entregar naquela manhã, junto com um lencinho úmido na outra mão, enquanto continuava a interpretar seu papel de donzela chorona, esmorecida e indefesa. — Todos os bailes são grandes, claro, mas aquele aconteceu na St. Ives House, casa de meu primo, Devil Cynster, a casa do Duque de St. Ives em Londres. A duquesa, Honoria, foi co-anfitriã junto com minha mãe.

— Claro. — Os olhos de Mirabelle reluziam.

Mantendo os olhos arregalados, Angélica relutou em continuar como se estivesse amedrontada. Irritada, Mirabelle gesticulou.

— Ande, garota! Conte mais!

Angélica engoliu em seco.

— Bem, foi grande, como a senhora disse. — Ela fingiu engasgar... Como se estivesse lembrando de algo querido que acabou perdido. — Muita gente da sociedade compareceu. Eu estava com um vestido de cetim branco coberto por uma seda fina, debruado com pequenas rosinhas na cintura, no decote, na barra e nas mangas. — Qualquer moça se lembraria de como tinha sido seu primeiro vestido de baile. — Minhas sapatilhas de baile eram verdes-azuladas, que combinavam com a bolsinha de seda. Meu cabelo foi preso com grampos que tinham pérolas na ponta e salpicado de rosinhas da mesma cor do sapato e da bolsa. Usei o colar e brincos de pérolas da minha avó e um bracelete e anel de pérolas que meu pai tinha me dado. — Parou para respirar e falou de uma vez: — Dancei todas as músicas sim. — Isso era o resultado óbvio de um baile de debutante.

— Com quem você dançou primeiro?

Angélica ficou impressionada de como a mãe de Dominic estava bem-informada e respondeu com uma voz chorosa:

— Sua Graça, o duque de Grantham. Oh, céus... Eu devia ter aceitado o pedido dele quanto tive chances. Nunca mais terei uma boa oferta, não depois disso.

Fingindo soluçar, Angélica bateu de leve o lencinho sobre os olhos e manteve a cabeça baixa, mas ainda conseguia ver o olhar frio de Mirabelle.

— Pare de choramingar. — Mirabelle se mexeu na cadeira. — Agora fale-me sobre suas irmãs. O que elas vestiram nos bailes de debutante delas.

Angélica conseguiu se lembrar dos detalhes dos bailes, mas ficou aliviada quando Mirabelle, embora estivesse muito interessada em ouvir, mudou de assunto querendo saber sobre os irmãos dela, dos filhos, depois dos acontecimentos sociais e sobre a rotina das damas da sociedade. Estas eram perguntas fáceis de responder e ela convenceria Mirabelle de sua identidade. Então, aproveitou cada pausa para se lamentar de seu destino e respondia às perguntas em benefício próprio, lamuriando-se da vida que tinha perdido, a mesma vida que Mirabelle estava tão ávida em saber.

A mãe de Dominic estava ficando cada vez mais rebelde, chegando a se irritar profundamente com os lamentos de Angélica para distraí-la.

Quando Angélica saiu da sala de estar sob a guarda de Brenda, as duas trocaram olhares significativos, mas não falaram nada no caminho até o quartinho.

Pouco antes de chegarem à porta do quartinho a sineta tocou anunciando o almoço. Elas mudaram o caminho e seguiram para o salão nobre. Angélica continuou curvada, interpretando seu papel, ao entrar no salão cavernoso, enquanto Brenda, sua suposta carcereira, a conduzia até a cadeira.

Dominic chegou ao salão, cumprimentou Brenda com a cabeça, sentou-se e murmurou sem olhar para Angélica:

— Como foi?

— Passei no teste da identidade, mas ela estava mais interessada em saber sobre a vida social, como vivemos em Londres e coisas desse tipo. Não faço a menor ideia do por que ela está tão interessada nisso.

Dominic se mexeu na cadeira.

— Aí vem ela.

Angélica enfatizou a postura de fragilizada e arruinada. Dominic esperou Mirabelle se acomodar e perguntou:

— Então, ficou satisfeita?

— Meus parabéns a você — disse Mirabelle. — Ela é de fato Angélica Cynster. Mas para continuar a aproveitar minha vingança, preciso de mais informações. Tenho de pensar mais um pouco a respeito, mas não será hoje. Falo com ela amanhã.

Angélica estranhou, sabendo que Dominic também não gostou do que ouviu. O que será que estava passando na mente distorcida de Mirabelle? Considerando que a pergunta ficaria sem resposta, Angélica transferiu a atenção para o salão e seus ocupantes, uma atitude razoável para quem era forçada a permanecer ali.

Ninguém estava prestando muita atenção nas pessoas sentadas na mesa sobre o palanque, a não ser dois meninos pequenos que se esgueiraram pelo salão, sentando-se numa das mesas do fundo. Os dois pares de olhos grandes se fixaram em Angélica. Ela chegou a vê-los antes de voltar a atenção para o prato. De soslaio, observou que os dois ainda olhavam na sua direção e conversavam entre si.

Ela ficou em dúvida se avisava a Dominic sobre a presença dos meninos e que eles o desobedeceram, mas estava curiosa para saber o que eles iriam fazer, certa de que entenderiam o conceito de uma encenação necessária.

O almoço terminou e Dominic a fitou. Em vez de cruzar o olhar com o dele, Angélica abaixou a cabeça e disse baixinho:

— Acho melhor eu ir para o meu quartinho.

Dominic fechou os olhos, abriu-os e a fitou. Em seguida, meneou a cabeça para Brenda, que atendeu o chamado prontamente para escoltar a prisioneira. Angélica se levantou, mas manteve as costas curvadas e, de cabeça abaixada, cruzou o salão na direção de seu quartinho.

Depois de estar em segurança, ela se deitou confortavelmente, abriu o livro de Robertson e recomeçou a ler.

Duas horas mais tarde, quando Brenda surgiu para oferecer um chá, Angélica fechou o livro e disse:

— É costume que os prisioneiros saiam para tomar ar. Vamos passear pelas ameias.

Brenda concordou e conduziu Angélica pelos corredores, afastando-se da torre norte, o território da bruxa. Angélica olhou pela porta da biblioteca, mas Dominic não estava lá. Ao passar pela cozinha, vários criados a reverenciaram murmurando educadamente "senhorita" e mais frequentemente "senhora". Ficou claro que o castelo inteiro, menos Mirabelle, sabia da farsa que eles interpretavam.

Angélica se sentiu bem mais confiante com isso. Forçar Dominic a interpretar o papel de raptor violento, agressivo e desonrado não caíra bem, embora fosse essencial.

Brenda a levou para as ameias dos muros ao sul do castelo.

— Mesmo que a condessa resolva olhar pela janela do quarto com vista para o pátio interno, não verá a senhorita aqui.

— Ótimo. — Subindo as escadas íngremes ao lado de Brenda, Angélica admitiu: — Vai ser bom ficar reta e caminhar um pouco. Estou com dor nas costas de tanto ficar curvada.

— Não sei como a senhorita faz, eu não conseguiria. — Brenda a fitou, admirada. — A senhorita parece mesmo uma coisinha frágil prestes a sair voando se a condessa soprar com muita força.

— Bem, tomara que ela acredite nisso também até nos devolver a taça. Assim que isso acontecer — chegando às ameias, Angélica sorriu — ...ela logo descobrirá que foi enganada.

Angélica esticou os braços para cima da cabeça e para os lados, respirou fundo, aspirando o perfume da floresta e o ar fresco e reconfortante. Em seguida, ela e Brenda começaram a andar.

Quando Angélica perguntou sobre a falta de soldados, Brenda respondeu:

— Só há guardas na casa da guarda nos portões, são dois senhores do clã que estão lá apenas para observar. Se algum desconhecido se aproximar, eles vêm até aqui e os interpelam antes que cheguem à ponte. — Brenda olhou por cima do muro.

Angélica parou de andar para olhar por entre as ameias para a ponte que ia da margem sul do lago até a pequena ilha. Era uma linha reta de onde elas estavam. Ela imaginou os dois riachos, um que separava a margem do rio da ilha menor, e o outro da ilha menor até o castelo.

— Conheço vários castelos e esse é o mais fácil de defender. É possível nadar até a ilha?

— É possível, mas difícil e arriscado também.

Elas viraram para trás ao ouvirem passos. Angélica sorriu quando Dominic se aproximou.

— Pode deixar que eu conduzo a prisioneira de volta para o quartinho — disse ele, meneando a cabeça para Brenda.

— Sim, senhor. — Brenda fez uma vênia, contraiu a boca e voltou para a escada.

— Por que você saiu? Tédio? — indagou Dominic com os olhos fixos nos dela.

— Nem tanto, mais frustração. — Angélica olhou para os vários tetos das construções encostadas nas muralhas, que ladeavam o movimentado pátio interno do castelo. — Eu gostaria de aprender tanta coisa sobre esse lugar e as pessoas que moram aqui, mas tenho que me segurar até acabarmos com essa farsa.

— Infelizmente, é verdade.

Segurando os cabelos esvoaçantes com a brisa, ela o fitou.

— Há uma coisa que eu gostaria de saber... Existe alguém no castelo que seja leal ao clã, mas ao mesmo tempo simpatize com sua mãe? Se existe essa possibilidade, tenho de redobrar os cuidados.

Ao ouvir barulho de patas, ela arregalou os olhos, e Dominic se virou para trás.

— Ah. Que cachorros *adoráveis*!

Dominic não teve tempo de impedir que os três cães passassem por ele e fossem direto cumprimentar e cheirar Angélica, abanando os rabinhos.

Ela esticou os braços e começou a fazer carinhos nas orelhas, rindo quando os três cães, qualquer um deles poderia derrubá-la no chão, começaram a pular...

— Eles são lindos. Qual é a raça deles?

— Cocker spaniel. — Empurrando os três para trás, Dominic ordenou: — Senta.

Os cães chegaram a titubear, mas acabaram obedecendo.

— Este é o Gwarr, o mais velho, este é Blass, e a mocinha é a Nudge...

Nudge já estava deitada sobre as pernas de Angélica, fitando-a com adoração. Era a primeira vez que Dominic via os cães receberem alguém de forma tão efusiva, se bem que ele e Angélica estavam dividindo uma cama, e talvez os animais tivessem reconhecido o cheiro.

Dominic ficou em pé enquanto ela conversava com cada cachorro em particular, dizendo seu nome e repetindo o deles. Ele se sentiu leve e demorou um pouco para reconhecer que tratava-se de felicidade apenas. Esboçou um sorriso, e percebeu de onde os cães tinham vindo... Erguendo a cabeça e olhando para trás, viu dois meninos em pé, não muito distantes de ondes eles estavam.

— Ela é a sua amiga de quem não podemos chegar perto? — perguntou Gavin.

Dominic consentiu com a cabeça.

— O nome dela é senhorita Cynster.

— Mas você pode me chamar de Angélica. — Ela sorriu para os meninos, ainda agradando os cães.

— Por que os cães podem chegar perto de você e nós não?

— Porque cães não pegam doenças de pessoas, da mesma forma que pessoas não pegam doenças de cães. — Angélica fez uma careta para eles. — Desculpe, mas espero que logo nos conheçamos melhor.

Eles aceitaram a explicação normalmente.

Dominic seguiu até eles, postando-se atrás, olhou para Angélica com uma expressão de orgulho e amor inabalável, e colocou a mão no ombro de um e de outro.

— Este é Gavin. — Ele cochichou alguma coisa e Gavin sorriu timidamente e fez uma pequena reverência. — E este é Bryce.

Depois de dar uns tapinhas nas costas dos dois, ele disse:

— Levem os cães agora. Essa noite vou até o quarto de vocês para ler o resto daquela história, está bem?

Com os olhares ainda fixos em Angélica, os meninos menearam a cabeça. Dominic assobiou, os meninos fizeram o mesmo, e os três cães, expectadores interessados na breve conversa, se levantaram e seguiram os meninos obedientemente.

Dominic ficou olhando enquanto eles voltaram correndo pelo corredor e os ouviu descendo as escadas.

Angélica se aproximou devagar até onde ele estava e viu os meninos e os cães atravessarem o pátio interno correndo.

— Os meninos planejaram esse encontro, não é?

— É quase certo que sim.

Ela sorriu.

— Eles são um doce.

Dominic olhou para ela.

— Nunca diga a nenhum homem que ele é um doce. É um convite para que eles se tornem o oposto.

Angélica riu e entrelaçou o braço no dele enquanto desciam a escada de volta.

— Você me perguntou sobre alguém que poderia ser leal a Mirabelle também. — Dominic escorregou para baixo das cobertas da cama enorme, apoiando-se num dos cotovelos ao lado de Angélica e a fitou. — Só há uma pessoa que possa ser assim... McAdie, o antigo mordomo. — ele fez uma careta. — Eu o substituí depois da morte do meu pai... Se estivesse aqui, teria feito isso antes. É um bom homem, mas ineficaz. Infelizmente McAdie nunca entendeu e por isso não sou uma das pessoas preferidas dele, mas o pobre não tem para onde ir, e por isso continua aqui, vagando pelos corredores, de olho em Erskine, seu sucessor, tentando encontrar alguma falha, o que nunca conseguiu porque John é excelente no que faz. Contudo McAdie não desiste.

— Ele é baixinho, gordo, cabelo grisalho dos lados, careca e veste um casaco parecido com um robe sobre as calças?

Com a expressão do rosto fechada, Dominic confirmou com a cabeça.

— Ele chegou perto de você?

— Não, mas notei que olhava para mim de forma confusa, lá no salão nobre. Acho que ele não me viu andando lá fora, ou quando eu estava bancando a donzela frágil.

— Em princípio ele é leal ao clã, mas sempre foi... — disse Dominic, pensando no assunto. — Sempre adulou Mirabelle e acredito que isso cresceu nos últimos anos. Mas ele não é muito espalhafatoso. Fica quieto e confinado às acomodações dos criados. Mesmo assim, é melhor evitá-lo.

Angélica meneou a cabeça.

— Farei desta forma. Agora que sei sobre isso tomarei cuidado para que ele só veja minha versão donzela fragilizada.

Dominic a puxou para mais perto e a aninhou em seus braços.

— Eu não gosto muito dessa sua versão. Ela é muito... irritante. — Ele a beijou no queixo. — Fraquinha.

Ela roçou os lábios nos dele.

— Indefesa?

— Também...

— Melhor assim, porque sempre serei eu mesma com você.

— Promete?

— Vou te mostrar — disse ela, sorrindo.

Retribuindo o sorriso, ele se deixou beijar.

Uma sensação de estar sendo observada tirou Angélica daquele limbo prazeroso em que Dominic a tinha deixado. Logo cedo, eles se amaram deliciosamente, depois ele se levantou e foi cuidar dos afazeres de senhor do castelo, deixando-a repousar languidamente; Mirabelle gostava de acordar tarde, por isso não havia razão para macular a paz que Angélica desfrutava.

A não ser a estranha sensação cada vez mais forte que a preocupava.

Ela estava deitada de costas com as cobertas até os ombros. Para se convencer de que não havia ninguém ali, abriu um dos olhos e viu dois rostos familiares estudando-a. Ela piscou e ergueu o tronco, apoiando-se nos cotovelos.

— Ah... Bom dia.

— Bom dia — os dois responderam juntos educadamente.

— Seu pescoço não está inchado — disse Gavin.

— Por isso achamos que podíamos vir conversar com você — disse Bryce.

Angélica demorou um pouco para se lembrar que haviam dito aos garotos que ela estava com caxumba.

— Ah, sim. — Angélica estava nua sob os lençóis. Segurando as cobertas, se sentou e encostou nos travesseiros e acenou para os meninos subirem na cama. Os dois aceitaram o convite no mesmo instante. — Sobre o que vocês querem conversar?

— Quem é você?

— De onde você veio?

— Por que está aqui?

— E por que está dormindo na cama do Dominic?

Ela estudou os rostos dos meninos, a inteligência e a sagacidade brilhavam através dos olhinhos atentos. Decidindo que a melhor maneira de sair daquela situação era continuar tratando-os da mesma forma que começara, sendo sincera.

— Vou responder primeiro a última pergunta, estou dormindo na cama de Dominic porque nós vamos nos casar... Nós já resolvemos, mas ainda é segredo... E é nesta cama que a esposa dele, a condessa, deve dormir.

Gavin meneou a cabeça devagar, hesitou um pouco e perguntou:

— Se você se casar com Dominic, você será nossa mãe?

Perigo, perigo... Ela estava acostumada a lidar com os primos mais novos e por isso sabia o que as pequenas mentes estavam maquinando, mas os olhos azuis revelavam uma carência que fazia o coração doer. Ela sabia que eles eram bebês quando a mãe tinha morrido e não se lembrariam dela.

— Se vocês quiserem, serei... Mas só se vocês me quiserem como mãe. Caso contrário, serei apenas Angélica, uma amiga.

A resposta foi a mais acertada, pois os dois arregalaram os olhos que brilhavam de esperança.

— Mas tem uma coisa — continuou —, precisamos manter isso em segredo até o meu casamento com Dominic, tudo bem?

Os dois concordaram, meneando as cabeças.

— Nós poderemos ir ao casamento? — Bryce perguntou.

— Claro que sim. Eu prometo. Na verdade, me recusarei a trocar as alianças se vocês não estiverem lá.

Os dois abriram sorrisos e começaram a saltar na cama.

— Então, conte mais — Gavin pediu. — Responda as nossas perguntas.

Ela pensou um pouco e acabou concordando:

— Está bem, mas preciso me vestir. — As roupas estavam dobradas sobre um banquinho, mas por ser homem, Dominic não tinha um biombo no quarto, atrás do qual ela poderia se trocar. Angélica apontou para a janela sem cortinas, do lado oposto à torre de Mirabelle. — Quero que vocês fiquem ali, olhando pela janela, e não se virem antes de eu dizer. Isso quer dizer que vocês estão me concedendo privacidade.

Os dois saíram da cama no mesmo instante e correram para a janela. Assim que eles chegaram ali, ela se levantou e alcançou a camisola de baixo.

— Então, sobre o lugar de onde eu vim... — Enquanto se vestia, foi respondendo às perguntas que eles já haviam feito e as que obviamente ainda surgiriam.

Depois de ter se vestido, ela chamou os meninos e se sentou na cama, assim ficou com os olhos no mesmo nível dos deles.

— Ouçam bem, isso é importante. — Ela segurou as mãos dos dois. — Vocês amam Dominic assim como eu. Estou aqui para ajudá-lo a tomar conta do clã e tenho certeza de que vocês também farão de tudo para ajudá-lo.

Os dois menearam a cabeça concordando.

— O que podemos fazer? — Gavin perguntou.

— Isso pode ser um pouco difícil... Por enquanto o melhor que vocês podem fazer é obedecer sem muitas perguntas e sem resmungar. — Ela os fitou nos olhos. — Não estou doente, mas Dominic quer que vocês, pelo menos nos próximos dias, fiquem distantes dele e de mim, não é difícil, pelo menos dentro do castelo. Na torre de vocês, nos seus quartos, não será difícil, mas dentro da fortaleza, será mais fácil para nós agirmos se vocês não estiverem por perto. Está bem? — perguntou ela, fitando-os.

Os meninos se entreolharam e Gavin perguntou:

— É só por alguns dias, né?

— Vai acabar logo — disse ela meneando a cabeça. — Tem de acabar.

— Está bem — responderam juntos.

Depois de se entreolharem mais uma vez, Bryce pegou a mão dela e a balançou.

— Podemos ir andar juntos? Fora do castelo, quero dizer?

Ela sorriu e se levantou.

— Não posso prometer, mas verei o que posso fazer.

Ao receber mais um convite, já esperado, para se encontrar com Mirabelle em sua sala de estar, Angélica permitiu que Brenda a conduzisse até lá, já com tudo planejado para o dia na cabeça.

Mais uma vez Mirabelle a instruiu para se sentar numa cadeira de espaldar alto diante da poltrona confortável que ocupava. Mesmo sabendo que a posição era para diminui-la propositalmente ainda mais do que já estava, Angélica se sentiu ultrajada. Assim que se sentou, começou a falar o monólogo já ensaiado, confirmando que já percebera que estava arruinada e que não sabia como seria viver dali em diante dessa forma, como uma "donzela desonrada".

Entre os prantos forçados, implorando para que Mirabelle a ajudasse a escapar, mencionou a gratidão de sua família — Angélica não recebeu nenhuma resposta, o que já era esperado — ela sutilmente ressaltou a própria desonra; todos os pedidos e sugestões para começar uma nova vida estavam baseados no fato de que ela já havia sido desonrada e já era carta fora do baralho.

— Talvez em Edimburgo. Tenho um bom olho para moda e sei costurar... Talvez eu consiga encontrar um emprego como modista... — Ela fixou o olhar desconfiado em Mirabelle. — Existem boas modistas em Edimburgo?

— Não tenho nenhum interesse com o que você vai fazer com o resto de sua vida. O que quero saber de você é...

As perguntas dela foram muito bem-pensadas e em número bem maior do que Angélica esperava. Presa ao inevitável, respondeu às questões de Mirabelle sobre as conexões da família Cynster, as outras famílias da sociedade, a nobreza atualmente presente em Londres, as benfeitoras de Almack; ficou claro que as perguntas giravam em torno de todas as pessoas da sociedade com as quais a família Cynster tinha contato.

Angélica embelezou as respostas, sugestionando como cada pessoa que havia mencionado reagiria quando soubesse que ela estava desonrada, como ficariam chocados, horrorizados, só para provocar a avidez da vingança de Mirabelle.

Claro... É *isso que ela espera que aconteça.*

Quanto mais conversavam, mais evidente ficava que Mirabelle tinha um enorme prazer de verdade, *delirando*, ao imaginar as ramificações da ruína social de Angélica, a filha de Célia.

Angélica já não via a hora de sair da sala e se afastar daquele ambiente fechado, quando a sineta, anunciando o almoço, tocou.

Entretanto, durante o almoço, Mirabelle continuava a lançar olhares maliciosos para Angélica e a fazer perguntas capciosas, não mais sobre indivíduos, mas sobre como a sociedade como um todo reagira ao caso sensacional de uma moça de boa família ter sido arruinada.

Dominic resmungou alto e pôs um fim no interrogatório.

Mirabelle se sentiu atingida e declarou que não tinha importância, mesmo porque já ouvira o que queria daquela "bobinha".

— Isso quer dizer que você está preparada para me devolver a taça?

— Ainda não. Tenho de digerir o que ela me contou... Mas logo, logo. — Com o olhar distante e a expressão fria, Mirabelle meneou a cabeça. — Não demora muito para eu conseguir minha vingança total. — Ela olhou para Dominic. — *Só então*, você terá a sua preciosa taça de volta. — Empurrando a cadeira para trás, ela saiu da sala com as saias farfalhando.

Dominic esperou Mirabelle se afastar para dizer:

— Você faz ideia do que ela está pensando?

Com os olhos fixos no prato, Angélica respondeu:

— Não sei.

— Será que estou imaginando, ou ela espera algo mais específico? — Dominic começou a andar de um lado para o outro ao longo das ameias do topo da torre da fortaleza.

Ele havia permitido que Brenda conduzisse Angélica de volta ao quartinho, depois desceu a escada secreta, levou-a para seu quarto e de lá subiram pelas escadas principais que levavam ao topo da torre dele, onde havia ar fresco e podiam conversar livremente.

Sentada numa mureta interna de pedra, com Gwarr, que havia acompanhado Dominic desde o salão nobre, deitado a seus pés, Angélica balançou a cabeça.

— Eu não tive essa sensação, pelo menos não enquanto conversamos na sala de estar dela. Pelos últimos comentários parece que Mirabelle tomou uma decisão, a nosso favor espero...

— É o que parece, mas só acreditarei quando estiver com a taça nas mãos. — Parando diante de Angélica, ele perguntou: — Sobre o que vocês conversaram essa manhã?

Ela contou e terminou dizendo:

— Pensando bem, parece que ela aceitou que estou arruinada de fato... Mirabelle não parece duvidar ou questionar. O foco dela foi o resultado da minha ruína. A conversa áspera de ontem se transformou em algo mais alegre... Sim, é uma alegria antecipada mas não me pareceu ser contingente de qualquer outro acontecimento. Ela queria falar sobre os resultados que imagina que irão acontecer — disse Angélica, evidenciando o dissabor na expressão do rosto.

— Mirabelle queria falar sobre o que o escândalo social da sua ruína causaria em sua mãe.

Angélica cruzou o olhar com o dele e meneou a cabeça.

— É verdade. Foi perturbador saber que ela estava se deliciando com as possibilidades recorrentes. Foi pior do que eu imaginava.

— Sinto muito.

— Não é sua culpa. Se existe um culpado, esse é o seu pai, mesmo assim a obsessão dele era inocente. Foi Mirabelle que transformou o fato em algo tão cavernoso.

Dominic hesitou um pouco e perguntou:

— Você quer parar?

— Não — respondeu ela com determinação e teimosia. — Não sou uma criaturinha frágil que no primeiro confronto sai correndo amedrontada. Há muita coisa em jogo. Nunca duvide que estou tão comprometida nisso quanto você.

Dominic notou que os olhos dela estavam muito mais amarelos do que verdes e sorriu. Abaixou-se um pouco, ergueu o queixo dela e a beijou. Angélica correspondeu à carícia, colocando a mão atrás do pescoço dele. Dominic passou um dos braços debaixo das pernas dela e a levantou no colo.

Angélica se aninhou naqueles braços fortes e o beijou novamente, desta vez com mais paixão. Ele aceitou o convite daqueles lábios úmidos e sensuais e se deixou acariciar pelas mãos miúdas.

De repente, Gwarr se levantou e latiu.

Eles interromperam o beijo no mesmo instante e olharam para o cão. Ele estava de pé diante da porta que eles usaram para chegar às ameias, aquela que ficava no topo da escadaria da torre leste principal que dava acesso aos aposentos de Dominic.

Gwar parou de latir e ficou rosnando.

— Rápido, atrás do contraforte — Dominic conduziu Angélica para trás do suporte inclinado de pedra. Ela se agachou, fora da vista da porta da escadaria.

Gwarr voltou a latir. Ela ouviu Dominic andar até a porta e perguntar:

— O que foi?

— Eu queria falar com você — disse Mirabelle. — Fui procurá-lo no escritório e senti a brisa vindo daqui.

— Vamos voltar para lá... Não podemos falar aqui. — Um segundo se passou. — Gwarr! Venha!

O cão não se mexeu, ficou de guarda entre Angélica e a porta. Depois choramingou, mas atendeu ao chamado.

Angélica esperou alguns segundos, espiou de trás do contraforte, bem na hora em que Dominic mandou Gwarr descer as escadas e fechar a porta.

Exalando o ar, ela levantou. Seria melhor não se arriscar a descer as escadas, pelo menos não enquanto Mirabelle estivesse na torre leste. Quando estivesse tudo bem, Dominic viria buscá-la.

Passeando ao longo da muralha, ela decidiu aproveitar o intervalo forçado. Inclinando-se entre as ameias, olhou para as águas crispadas do lago, para os pináculos verdes da floresta até as montanhas selvagens no horizonte e se deixou envolver pela brisa, sentindo os perfumes, ouvindo os sons e aproveitando a paz daquele lugar que, agora e sempre, pretendia chamar de lar.

— Isso é tudo o que você queria?

Parado à escrivaninha de seu escritório, Dominic colocou de lado a última conta da modista de sua mãe. Apesar de a mesada dela ser generosa, até mesmo acima do padrão, Mirabelle invariavelmente saía do orçamento e o chamava para ajudá-la.

Apesar de ela nunca ir a bailes, nunca ir a lugar nenhum, todo ano ela encomendava roupas da última moda e as mais caras e acabava jogando tudo junto com as outras roupas sem uso do ano anterior.

Ele já não ligava mais. As mulheres do clã aproveitavam as blusas lindas e as saias que as costureiras do castelo faziam das sobras das roupas de Mirabelle.

— Sim, isso é tudo. — Mirabelle virou-se para sair.

Mas Dominic não conseguiu se segurar e perguntou:

— Quando você pretende devolver a taça?

Ela parou, arqueou as sobrancelhas, mas não o fitou diretamente.

— Em breve. — Ela fez uma pausa, como se estivesse pensando a respeito e disse: — Não vai demorar muito mais... Um dia ou dois no máximo. — E fitando-o, emendou: — Sei que ainda há tempo.

— Não tenho tantos dias assim... Preciso levar a taça para Londres — Dominic sabia que era um joguete nas mãos dela.

Angélica havia enxergado a verdade: vingar-se dele também fazia parte do plano de Mirabelle.

— Mesmo assim, você terá de esperar. — Ela fez uma cara de inocente, quase infantil. — Amanhã, ou depois de amanhã... Vamos ver.

Mirabelle se virou, farfalhando as saias e se dirigiu para a porta. Dessa vez, Dominic não a impediu, mas ela parou por conta própria sob o umbral da porta e virou-se para trás.

— Enquanto isso, pense que se você tivesse feito como eu pedi durante todos esses anos, não estaria arruinado agora.

Se ele tivesse feito o que ela pedira e concordado com o assassinato do pai.

Dominic ficou sério, rígido como uma rocha e não respondeu, esperando que ela saísse para depois atravessar o escritório e fechar a porta.

— Fico pensando se ela pretende mesmo devolver a taça. Quando devolver, não possuirá mais a espada de Dâmocles contra mim, não terá mais poder ou vantagem para me obrigar a obedecê-la, e Mirabelle está se divertindo tanto com isso. De fato, ela não tem motivo nenhum para continuar com a taça, mas...

— Mas você teme que ela seja vingativa a ponto de continuar com a taça só por maldade. — Com a cabeça apoiada nos travesseiros na cama de Dominic, Angélica o fitou, esplendorosamente nu, atravessando o quarto na direção da cama. O luar que incidia pela janela com vista para a floresta iluminava os membros longos e a parte de cima dos ombros largos.

— Exatamente. — Ele subiu na cama, deitando-se de costas e entrelaçando as mãos atrás da cabeça. — Não consigo imaginá-la feliz deixando o clã falir.

Angélica gostaria de poder afastar os medos dele, mas infelizmente sentia o mesmo. O plano que tinham era bom, mas e se não desse certo? Minutos depois, ela se convenceu que não queria nem considerar aquela hipótese, mesmo que as condições parecessem favoráveis à derrota.

— Não podemos permitir que sua mãe nos derrote. Vamos vencer. Faça chuva ou faça sol, vamos recuperar a taça e levá-la aos banqueiros em tempo.

Dominic olhou rapidamente para ela, mas também não estava muito convencido pelo que ouvira.

Remexendo-se na cama, ela o encarou.

— Já que estamos pensando nas coisas boas que vão acontecer, tenho uma confissão a fazer.

Dominic estudou o rosto dela, arqueando uma das sobrancelhas.

— Diga logo.

Angélica sorriu.

— Tive de contar a verdade sobre nós aos meninos... Contei que logo nos casaremos, mas que estou te ajudando a fazer uma coisa e que até terminarmos seria melhor se nos evitassem enquanto estivermos dentro do castelo, a não ser nos quartos deles.

— Os meninos não me contaram que vocês conversaram quando estive com eles há algumas horas.

— Talvez seja porque conversamos aqui.

— Aqui? Neste quarto?

Ela confirmou meneando a cabeça.

— Foi por isso que tive de prometer que eles poderiam ir ao nosso casamento.

— Você prometeu isso? — Quando Angélica meneou a cabeça, ele não resistiu e acabou sorrindo. — Sei que Gavin e Bryce parecem doces e inocentes, mas você tem alguma noção da facilidade que eles têm de se meter em confusão?

— Claro que sim. Tenho sobrinhos, e Gavin e Bryce não devem ser piores. Independentemente disso, garanto que nós, as mulheres da família, temos métodos comprovados de garantir que uma cerimônia de casamento aconteça sem problemas, mesmo quando há vários pajens.

— Pajens? Você disse isso a eles?

— Ainda não. Estou guardando para falar mais tarde. — Angélica sorriu, sentindo a felicidade de poder desfrutar das carícias por um pouco mais. — Tenho uma proposta.

Dominic arqueou a sobrancelha, esperando a proposta.

Ela espalmou a mão sobre o tórax masculino e disse suavemente:

— Acho melhor nos concentrarmos neste momento, nos prazeres que ainda desfrutaremos nas próximas horas, nos próximos minutos. Vamos deixar que o tempo cuide do amanhã.

Ele a estudou, tirou as mãos de trás da cabeça e a abraçou.

— Está bem.

E antes mesmo que Angélica percebesse, Dominic rolou para cima dela, envoltos pelas sombras da cama de dossel.

O calor dos corpos a deixou lânguida, embora ansiosa pelo que estava para acontecer. Ele a fitou dentro dos olhos, sorriu e murmurou:

— Como queira. Vamos viver o momento e aproveitar as próximas horas que são só nossas.

Dominic baixou a cabeça e a beijou com uma paixão plenamente correspondida. Depois envolveram-se em dar e proporcionar prazer mútuo, banindo os pensamentos que não fossem exclusivamente sobre a viagem rumo ao paraíso em que estavam prestes a embarcar.

CAPÍTULO 19

Eles estavam atrasados para o desjejum; além de Brenda, ainda em sua função de vigia, havia somente uns poucos desconhecidos nas mesas abaixo do palanque.

Como Mirabelle raramente saía cedo do quarto, Angélica estava descontraidamente se servindo de uma cumbuca de mingau generosamente guarnecido com mel, quando Dominic levantou subitamente a cabeça e olhou para ela.

— Mirabelle está vindo.

Angélica olhou para ele, piscou apreensiva, prendeu a respiração e assumiu a expressão de dor e amargura, curvando os ombros e inclinando a cabeça, como se estivesse assustada.

Um segundo depois a condessa entrou no salão. Não olhou imediatamente para eles, mas espiou na direção da porta principal. Com uma ruga na testa, virou-se para a mesa elevada no tablado. Ao ver os cadernos de notícias que Dominic estava folheando, sua expressão abrandou e ela foi até a mesa para ocupar seu lugar habitual. Uma das criadas aproximou-se apressada, mas Mirabelle a dispensou com um gesto e esticou o braço para pegar os cadernos de notícias. Em silêncio, Dominic os entregou: o de Edimburgo de três dias atrás e o de Londres, de uma semana antes; ele os recebia por um mensageiro que vinha a cavalo de Inverness. Seu coração se confrangeu quando compreendeu o que a mãe estava procurando.

Descartando o caderno de Edimburgo, ela se debruçou sobre o de Londres, passando folha por folha, de trás para a frente e de frente para trás.

Abruptamente Mirabelle se empertigou e jogou os cadernos de volta na mesa.

— Não tem nada aqui!

Ele precisava ter certeza.

— Como assim?

— Como assim... Não tem menção alguma a *ela*... — Num gesto grosseiro, Mirabelle apontou o dedo na direção de Angélica. — Não fala nada aqui sobre o desaparecimento, nenhuma menção ao escândalo! Como ela vai ficar socialmente arruinada se ninguém souber?!

Virando a cabeça, Dominic trocou um breve olhar com Angélica. Antes que tivesse tempo de pensar no que dizer, ela se inclinou para a frente e, fingindo-se extremamente aliviada pelo rude desabafo de Mirabelle, exclamou:

— Oh, *obrigada*! Eu nem pensei em olhar... Eu não sabia se divulgariam, nem mesmo se conseguiriam, mesmo que quisessem, dadas as circunstâncias. — Ela deu um sorriso tímido, que em seguida se transformou numa expressão de tristeza, e baixou os olhos. — É tão reconfortante saber que eles tiveram esse cuidado.

Dominic encarou Mirabelle.

— Obviamente a família escondeu o ocorrido. E manterão em segredo enquanto for possível. A senhora já deve ter lido o suficiente sobre eles para saber que isso era o que provavelmente fariam. — Ele franziu a testa. — Ou será que esperava ler num caderno de notícias que Angélica Cynster foi raptada?

A expressão de Mirabelle revelava claramente que era exatamente isso que esperava. Com um brilho fulminante nos olhos e o semblante endurecido, virou-se para Angélica.

— Eu queria um escândalo.

— Não... A senhora queria vê-la arruinada. Esse foi o nosso acordo, e arruinada ela está, esteja o fato noticiado ou não.

Mirabelle comprimiu os lábios e o brilho de raiva se intensificou quando olhou, primeiro para os cadernos e depois para Dominic.

— *Não faz mal!* — Ela respirou fundo, tentou se recompor pelo menos um pouco e então declarou: — Esperarei até o escândalo vir à tona — Mirabelle se levantou e apontou para os cadernos de notícias. — Até eu ver escrito com todas as letras, preto no branco.

Dominic procurou se controlar.

— Não foi esse o nosso acordo.

Inclinando-se, Mirabelle disparou:

— Que pena! — E recuou novamente. — Ela tem de ficar *socialmente* arruinada. Eu espero.

Virando-se com um farfalhar das saias, marchou para fora do salão.

Angélica observou-a sair e então, endireitando-se na cadeira, pousou a mão no braço de Dominic.

— Aqui não. — sabia que ele estava a ponto de explodir, e ela não estava muito longe disso também. Deixou escapar um longo suspiro. — Vamos dar uma volta.

* * *

Eles iriam precisar de algo para se ancorar e, depois, ajustar o foco. Angélica mandou Brenda buscar os meninos e os cães e então, para sua surpresa, viu-se juntamente com Gavin, Bryce e os três cachorros conduzida por um silencioso Dominic para os confins da torre norte, abaixo dos aposentos de Mirabelle. Eles desceram vários lances de escada; por fim Dominic abriu uma porta e sinalizou que eles entrassem numa despensa. Depois de fechar a porta, ele segurou a mão de Angélica e levou-a atrás dos meninos e dos cães até uma outra porta no muro externo.

Esta porta era pesada, de carvalho maciço, com sólidas travas de ferro, dobradiças e parafusos enormes e uma tranca gigantesca. A chave estava pendurada ao lado. Dominic pegou-a, inseriu-a na fechadura e virou; depois retirou as barras de ferro e abriu a porta, revelando um túnel de pedra que levava para fora do castelo.

Angélica espiou para dentro do túnel e depois olhou para ele.

— O portão dos fundos, por assim dizer.

Os meninos e os cães já iam lá na frente, saltitantes. Dominic estendeu um braço para que Angélica passasse.

— O túnel passa por baixo dos jardins, da muralha externa e debaixo do lago. Termina ao lado de um outeiro na praia. Não é muito longe.

Angélica arqueou as sobrancelhas e deu um passo à frente. Ele a seguiu, fechando a porta e bloqueando a pouca luminosidade que vinha do quartinho. Angélica andou devagar, deixando que Dominic a segurasse pelo cotovelo e a conduzisse.

— Logo, logo você vai conseguir enxergar.

Alguns metros adiante, de fato os olhos dela se adaptaram à penumbra e ela pôde enxergar o suficente para não cair.

— A outra saída é uma grade, não uma porta maciça. É de lá que vem a claridade.

Conforme ele dissera, o túnel não era longo. Os meninos logo descobriram como destravar a grade e a empurraram, abrindo a passagem; junto com os cães, correram na frente ao longo de um caminho estreito.

Emergindo com ela para o sol fraco, Dominic puxou-a pela mão, seguindo os meninos.

— Nesta praia não há passagens definidas, apenas trilhas e várias bifurcações e atalhos. Enquanto não está familiarizada com os caminhos, é melhor você não andar sozinha.

Angélica olhou em volta, virando-se para trás para ver o castelo e o lago a fim de se orientar.

— Logo estaremos fora da vista do castelo — Dominic apontou para a esquerda. — Aquela colina e o bosque ficarão entre nós e o lago.

De mãos dadas, eles prosseguiram e não comentaram sobre o assunto que preocupava a ambos... Não por enquanto. O bosque se adensava em torno deles, aumentando as sombras, o silêncio profundo, cortado apenas pelos pios dos pássaros, pelas vozes dos garotos e pelo murmúrio das águas de um riacho nas proximidades.

Ainda olhando ao redor, ela perguntou:

— Todas estas terras pertencem ao clã?

— Até o pico da montanha. — Ele percorreu o olhar pelas árvores em volta. — Esta é a floresta Coille Ruigh na Cuileige. O córrego ali embaixo. — Ele acenou com a cabeça na direção da encosta à direita — é o Allt na h-Imrich.. Esta trilha leva para a foz da cascata.

— Os meninos falam gaélico?

— Sim... Por quê?

— Bem, obviamente terei de aprender... Você terá de me ensinar, mas normalmente eu aprendo rápido.

Os lábios de Dominic se curvaram ligeiramente e apertou a mão dela. Reconfortada, Angélica olhou para a frente e eles prosseguiram.

A subida para a foz da cachoeira exigiu a atenção de Angélica e teve o efeito de distraí-la de outros pensamentos. Quando não estava olhando para onde pisava, estava prestando atenção nos meninos, que corriam mais à frente.

Dominic percebeu e tranquilizou-a:

— Não se preocupe. Eles são mais ágeis do que cabras.

Por fim, chegaram a uma plataforma logo abaixo da borda do topo do penhasco do qual as águas desciam em uma longa e graciosa cascata e caíam nas pedras lá embaixo. A plataforma tinha mais de um metro de largura, mas metade dela era úmida e escorregadia, devido aos constantes borrifos de água da cachoeira. No fundo, uma alcova natural abrigava um agrupamento de pedras com uma placa de bronze, e um banco havia sido lavrado na rocha onde a trilha encontrava a borda, do outro lado da queda d'água.

Angélica espiou através da cortina de água.

— Esta borda continua atrás da cascata?

— Não. Se continuasse, os cães estariam ensopados, e os dois peraltas também.

Tanto os cães como os meninos, ainda relativamente secos, haviam escalado uma trilha de cabras até o pico do rochedo acima, onde se sentaram balançando as pernas e contemplando as paragens ao redor, como se fossem os lordes daquilo tudo.

Sorrindo, Angélica foi até onde uma pedra grande, cuja altura ultrapassava sua cintura e formava uma barreira natural na extremidade da borda, a uma curta distância de onde a água estrondeava penhasco abaixo.

— Cuidado, esse lugar é escorregadio.

Concordando com um aceno de cabeça, ela apoiou uma das mãos na pedra úmida, esticou o pescoço e espiou cuidadosamente para baixo. Por entre nuvens turvas de borrifos d'água, teve um vislumbre de enormes rochas negras chanfradas no fundo do precipício.

— Definitivamente não é um bom lugar para escorregar.

Recuando da borda, ela virou-se e andou até o agrupamento de pedras; a placa de bronze estava posicionada na parte da frente.

— O que é isto?

— É em honra de meu bisavô. Foi ele quem sempre manteve o clã a salvo durante as invasões.

Angélica passou os dedos sobre as palavras em gaélico inscritas na placa.

— O que está escrito?

Dominic leu. Angélica ouviu a voz profunda dele pronunciando as sílabas, a cadência melodiosa e a emoção que transmitiam. Quando ele terminou de ler, ela suspirou.

— Que lindo...

— É, sim.

Virando-se, ela o viu agachar-se para se sentar no banco de pedra e juntou-se a ele.

Por um momento, ficaram ali sentados, em silêncio. A cordilheira, as sombras dos vales, os diferentes tons de verde das copas das árvores proporcionavam uma visão de tirar o fôlego; os dois aproveitaram o momento para apreciar a vista, o ar puro, a paz.

Por fim, Dominic inclinou-se para a frente, apoiou os cotovelos nas pernas e cruzou as mãos.

— E então... O que vamos fazer?

Quando Angélica não respondeu imediatamente, acrescentou:

— Cheguei no final da minha capacidade de raciocinar, e minha paciência está se esgotando também. Se ela continuar mudando as regras, nós nunca...

— Não... — Angélica o interrompeu. — ela não mudou as regras... apenas disse quais critérios esperava usar para avaliar minha ruína social. Essa era a única coisa que não sabíamos, mas você me disse que ela é incapaz de compreender a reação de uma família como a minha, portanto é claro que esperava um escândalo público. E não haverá...

Dominic virou o rosto para fitá-la e estudou-lhe as feições, os olhos... Angélica quase podia ver o cérebro dele funcionando.

Dominic esperou em silêncio, perguntando-se se ela conseguiria encontrar uma solução.

Angélica ficou olhando para o vazio, com uma leve ruga na testa; então, lentamente, a ruga desapareceu, sua expressão se iluminou e ela voltou-se para Dominic com ar pensativo.

— O que foi? — perguntou, curioso.

Angélica apertou os lábios, estudou o semblante dele por um momento e por fim falou:

— Você terá de confiar em mim. Por hoje, deixe-a comigo... Pode ser que haja um meio...

Dominic endireitou-se e tentou adivinhar o que ela estava pensando.

— Como?

— Eu preciso fazê-la compreender que esperar afetar minha família por meio de um escândalo público não é realista... E quando eu a convencer disso, preciso mostrar uma maneira pela qual ela tenha certeza de concretizar sua vingança, uma maneira que nós dois juntos possamos providenciar, que Mirabelle aceite e fique satisfeita.

Angélica fitou-o nos olhos e sorriu, com ar de determinação.

— Precisamos ter em mente que é disto que se trata tudo isso, o tempo inteiro... Ela quer ter *certeza* de que se vingou.

Dominic percebeu o entusiasmo de Angélica, mas algo em sua intuição ainda o deixava receoso.

— O que, exatamente, você está planejando?

Angélica o encarou por um longo momento e então segurou a mão dele e apertou entre as suas.

— Vamos ver se consigo fazê-la engolir minha isca, depois te conto tudo.

Ele não gostava muito daquilo, mas não tinha outra opção. E *não* confiar em Angélica estava fora de cogitação. Ele confiava nela, mas...

Com expressão séria, afastou o sentimento de apreensão e assentiu.

— Está bem.

— Obrigada, *muito* obrigada! Não sei como agradecer à senhora por me mostrar como eu estava equivocada!

Sentando-se na cadeira de espaldar reto que ela pegara e colocara em frente à poltrona de Mirabelle na saleta de estar, Angélica cruzou as mãos no colo, encarou a condessa e tentou incorporar seu personagem frágil, derrubando o desânimo interior com uma esperança crescente.

— Eu não tinha me dado conta, sabe? Que tola, mas fiquei com tanto medo... Na verdade, apavorada, sem saber quais eram as intenções do seu filho para comigo, e com isso acabei nem refletindo que é claro que minha família guardaria segredo do meu desaparecimento. *Claro*... E obviamente eles guardaram segredo, e com êxito, já que não há menção alguma ao fato nos cadernos de notícias. Que *alívio*!

Angélica se apegara à esperança a partir do momento em que fora escoltada até a mesa elevada para o almoço; durante a refeição, fingira estar absorta em seus próprios pensamentos e transmitindo a impressão de que estes pensamentos já não eram os mesmos que a consumiam antes — sombrios, terríveis, assustadores.

Ao longo da refeição, Dominic lançara alguns olhares para ela, com mal-disfarçada suspeita e também certa cautela, involuntariamente fazendo — e com perfeição — o papel que ela precisava que Dominic fizesse. Mirabelle se sentara à mesa com expressão carrancuda, resmungando baixinho, mas quando notou os olhares desconfiados do filho, seguiu a direção para onde ele olhava e ficou desconfiada também.

Assim que a refeição terminou, Angélica despertara as suspeitas de todos pedindo para falar reservadamente com Mirabelle. Inclinando-se para a frente, ela confidenciou em voz baixa:

— Eu estou ciente, é claro, que a senhora não aprova as atitudes de seu filho... Que independentemente do que possa parecer, ou do que a senhora pensa de mim, a senhora está contra ele.

Mirabelle franziu a testa, mas antes que pudesse interromper Angélica, esta levantou uma mão.

— Ah, eu sei que tem muita coisa por trás disso tudo que desconheço... Não entendo direito, mas ouvi falar de uma taça e que, agora que ele me trouxe para cá, a senhora não a entregará e ele ficará arruinado... Bem, eu só queria dizer como sou grata à senhora, e como minha família também ficará agradecida, principalmente minha mãe. Arruinando seu filho, a senhora os está ajudando, perpetrando exatamente a vingança e a retribuição que eles iriam querer por ele ter me raptado. Na verdade... — Angélica arregalou os olhos e conseguiu exibir um sorriso simpático — ...eles irão considerá-la uma heroína!

A expressão de Mirabelle era de total confusão.

— *O quê?*

— Ah, eu compreendo que a senhora não veja as coisas dessa forma, e peço desculpas se achar a sugestão ofensiva... Afinal, ele é seu filho... Mas eu queria agradecer por sua consideração esta manhã ao chamar minha atenção para o que eu já deveria ter enxergado, que minha família vai guardar segredo do meu desaparecimento para evitar um escândalo público, e assim me dar esperança de que esta provação termine logo e que em breve estarei de volta em casa com meus pais e que tudo ficará bem outra vez.

Com uma leve inclinação de cabeça, Angélica se recostou na cadeira e cruzou as mãos no colo.

Mirabelle olhava para ela como olharia para um cachorro com duas cabeças. Depois de alguns segundos, perguntou:

— Por que...? Não. O que você acha que está acontecendo?

Era justamente a pergunta que Angélica pretendera extrair. Ela franziu a testa de leve.

— Bem, como a senhora não quer entregar a tal taça ao seu filho, e eu suponho que isso deva acontecer nos próximos dias, se o prazo passar, ele não conseguirá evitar a própria ruína, e então não terei mais utilidade. Não que eu entenda sequer por que fui de alguma utilidade alguma vez, nunca entendi... Mas ele me libertará, e assim que eu chegar a Inverness pedirei ajuda. Então alguém da família irá me buscar para me levar para Somerset. Minha família vai dizer a todos que eu estava passando uma temporada com amigos em algum lugar, e assim não haverá escândalo algum. E se alguém tentar insinuar que houve... Bem, que evidência eles terão que seja suficiente para contestar a palavra da minha família?

Ela fez uma pausa e continuou:

— E a partir do momento em que eu estiver de volta em casa, tudo voltará ao normal. — Angélica sorriu, claramente saboreando a perspectiva. — Afinal eu só tenho 21 anos... Sou a caçulinha da família... Na próxima temporada irei para a cidade e participarei dos bailes e festas com minha mãe e encontrarei um bom partido! — Ela deu um suspiro de felicidade. — Graças à senhora e à sua firme posição perante seu filho, nada mudará na minha vida, na realidade. Apesar desta desgastante aventura, ainda poderei me casar com um duque, e minha mãe ficará tão aliviada! Ela e eu somos muito ligadas, sabe...

Os olhos de Mirabelle se estreitaram horrivelmente, e seus lábios se apertaram.

— Você está dizendo que, do jeito como estão as coisas, sua mãe e você não serão afetadas?

— Ah, não... Minha mãe deve estar péssima, chocada e preocupada com o meu desaparecimento, mas assim que eu voltar, sã, salva e intacta, tudo ficará bem outra vez.

— Eu acho difícil acreditar, mocinha, que ter sido raptada não afetará em nada a sua vida e a de sua mãe.

Angélica deu de ombros, com uma atitude de convicção inabalável.

— É assim que a sociedade é. Um rapto só significa ruína social se for divulgado e conhecido por todos, e ainda assim, é uma ruína apenas por dedução.

— Dedução? — Mirabelle franziu a testa. — Como assim?

— Ora, porque as pessoas deduzem que... — Ela se calou, constrangida, e então desabafou: — Para falar de maneira branda, as pessoas deduzem que uma moça que foi raptada foi... desonrada, entende o que quero dizer? Para a sociedade, quando uma moça perde a virtude é uma verdadeira desonra, porque impede que ela faça um bom casamento, arruína todos os sonhos, os planos, a vida, a bem dizer. — Angélica não teve coragem de cruzar os dedos, mas torceu para que Mirabelle caísse na armadilha.

Depois de um longo momento em que ficou apenas olhando para Angélica com expressão aturdida, Mirabelle falou:

— Está me dizendo que se perdesse sua virtude... O que presumo se refira à sua virgindade... Então você estaria verdadeiramente arruinada, *independentemente* de seu rapto se tornar de conhecimento público?

— Bem... — revestindo-se de sua personagem de mocinha desamparada, Angélica falou com voz titubeante: — Se eu perdesse minha virgindade, seria algo que nem mesmo minha família poderia remediar. Se eu fosse... — engoliu em seco — ...violentada, isso significaria uma ruína irreversível para mim, e minha mãe ficaria... arra... sada...

Angélica deixou a voz embargar e assumiu uma expressão desolada, simulando medo e nervosismo.

— Mas isso não vai acontecer — prosseguiu. — Seu filho... Bem, se ele tivesse essa intenção já teria feito, não é mesmo? E além do mais, embora tenha me assustado e ameaçado, ele não me machucou... Quero dizer, apenas um ou dois hematomas, nada além disso. E eu sei que ele preza muito a própria honra... O lema da família e tudo isso... Então, apesar das aparências, não creio que isso vá acontecer. O conde pode ter me raptado, mas não se rebaixaria *tanto*. — Ela deixou escapar um suspiro trêmulo. — Portanto acho que não preciso me preocupar com isso. Só preciso esperar acabar o prazo para que a senhora entregue a taça, e então tudo isto estará terminado, e ele me libertará. E poderei voltar para casa e esquecer tudo o que aconteceu.

Com trejeitos nervosos, Angélica se moveu na cadeira e então levantou-se, hesitante.

— Obrigada, senhora, por sua indulgência. Só queria que soubesse que aprecio seu apoio durante este período difícil. — dobrou os joelhos numa vênia, depois olhou para Brenda, de pé na porta como uma sentinela, e baixou a cabeça. — É melhor eu voltar para o meu quarto.

Pelo canto do olho, viu a expressão de Mirabelle se transformar; era como se seus pensamentos tivessem se internalizado, seu semblante estava mais intenso, mais marcado; seu foco já não estava mais em Angélica.

Depois de um instante carregado de tensão, fez um gesto brusco com a mão.

— Sim, vá embora. Saia da minha frente.

Com um suspiro silencioso, Angélica saiu do salão.

Angélica voltou a ver Mirabelle na hora do jantar, quando a condessa entrou no salão nobre e subiu no tablado onde ficava a mesa principal. A expressão era impenetrável, os olhos azuis fixos, porém sem olhar exatamente para coisa alguma; ela não estava apenas absorta, era mais que isso... Estava obcecada com algum pensamento.

Sentando-se em sua cadeira à direita de Dominic, ela não deu demonstração de tomar conhecimento da presença de ninguém mais. A refeição começou, e ela comeu o que foi colocado na mesa, mas sua atenção estava em alguma outra coisa.

Vários minutos depois que o prato principal foi servido, Dominic virou o rosto na direção de Angélica e arqueou uma sobrancelha. Um pequeno acidente em uma das fazendas o tinha obrigado a se ausentar do castelo logo depois que ela fora para a saleta de estar de Mirabelle; ele retornara em cima da hora do jantar, portanto não tivera oportunidade de saber como havia sido a conversa das duas.

Mas a evidente mudança em Mirabelle era alarmante.

Embora ele olhasse fixamente para Angélica por vários minutos, tempo mais que suficiente para ela perceber, em momento algum Angélica retribuiu o olhar, o que apenas aumentou sua apreensão.

Quando a refeição terminou, Mirabelle levantou-se abruptamente. Olhou para Dominic e depois para Angélica. Alguns segundos tensos se passaram e então, com ar pensativo, Mirabelle virou-se e saiu do salão.

Dominic observou-a afastar-se e viu Elspeth apressar-se para ir atrás. Quando ouviu de longe o som da porta da saleta de estar se fechando, virou-se para Angélica.

— O que está acontecendo?

Ela empurrou a cadeira para trás, levantou-se e pousou a mão no ombro dele.

— Vá colocar os meninos na cama, depois eu te conto. Me encontre no quartinho. Vou ler um pouco.

Dominic colocou uma das mãos sobre a dela.

— E se Mirabelle quiser falar comigo?

Angélica fez uma careta.

— Dê alguma desculpa para adiar a conversa. Você precisa ouvir minha explicação primeiro.

Ele acenou com a cabeça.

— Foi o que imaginei.

O olhar firme de Angélica não vacilou.

Soltando a mão dela, Dominic levantou-se. Olhou na direção de Mulley, que aguardava para acompanhá-la até o quartinho.

— Não vou demorar.

Ele esperou Angélica se afastar e então dirigiu-se para o quarto dos meninos.

Sentada no estrado estreito do quartinho, com um castiçal de duas hastes sobre uma caixa a seu lado, Angélica estava entretida com a leitura da história da Escócia quando ouviu um clique na porta para a escada secreta logo antes de ela se abrir.

Ao ver Dominic abaixar-se para passar sob o umbral, Angélica sorriu, fechou o livro e colocou-o de lado. Então levantou-se, pegou o castiçal e caminhou por entre as caixas de madeira até onde ele estava.

Dominic arqueou uma sobrancelha.

— Aqui ou lá em cima?

— Lá em cima. — entregou a ele o castiçal para poder segurar melhor as saias. — Eu acho, espero, que Mirabelle irá querer falar com você, ou esta noite ou mais provavelmente amanhã de manhã.

— Sobre o quê? — Dominic afastou-se para dar-lhe passagem, depois fechou a porta e seguiu-a escada acima, segurando o castiçal no alto para iluminar o caminho.

— Vou te explicar o que conversamos, e você entenderá.

Ela entrou no quarto de Dominic, foi até a cama e sentou-se. As cortinas das janelas que davam para a torre de Mirabelle estavam fechadas, e as velas sobre as mesinhas de cabeceira e sobre a cômoda alta do outro lado do quarto estavam acesas. Angélica observou enquanto ele fechava a porta e colocava o castiçal na escrivaninha, para em seguida ir sentar-se a seu lado.

— Conte-me.

Angélica contou, de modo simples, conciso e claro. Ele escutou com atenção, sem interrompê-la, até o final:

— Eu expus a situação para sua mãe... Se ela insistir em não entregar a taça para você, perde a chance de se vingar efetivamente de minha mãe, e também abre mão da melhor vingança possível que poderia perpetrar contra você. Ela pode arruinar você e o clã, causar dificuldades financeiras a todos e dessa forma atingi-lo e magoá-lo, mas esse nunca foi o verdadeiro objetivo dela... Era apenas como uma espada pendurada em cima da sua cabeça para induzi-lo a efetuar a vingança que ela queria. O verdadeiro objetivo, a vingança mais desejada, sempre foi contra o seu pai, através de minha mãe, e ele está morto... E contra você, por nunca ter deixado de ser digno e leal a ele. Por ter preferido seu pai a ela... Pode ter certeza de que é assim que ela vê a situação.

Angélica respirou fundo e acrescentou:

— Então eu a deixei com a escolha de cruzar os braços e perder tudo o que realmente quer, ou tomar uma atitude e vingar-se do único jeito que dará certo: insistindo que você me violente. Assim Mirabelle atingirá minha mãe da maneira mais abominável possível e atingirá você também, forçando-o a fazer algo que é o ponto mais alto da desonradez. Ela quer ter certeza de conseguir as duas coisas, que nada poderá amenizar, reparar ou de alguma forma contornar o dano que causará a minha mãe através de mim, e ao mesmo tempo ter êxito em despojá-lo, irrevogavelmente, daquilo que você mais preza na vida.

Ela olhou para Dominic e ficou em silêncio, e pôde sentir de maneira quase palpável enquanto ele exercitava o controle e fazia um esforço imenso para se reprimir. Com os cotovelos apoiados nas pernas, ele olhava para as mãos cruzadas; seu perfil estava sério, e Angélica não conseguia ver seus olhos.

Ela esperou e, quando Dominic permaneceu em silêncio, falou:

— Agora, então, está nas mãos dela escolher, e eu tenho certeza do caminho que Mirabelle vai preferir tomar. Precisamos decidir como reagir quando ela determinar para você a exigência final.

Dominic se moveu, mas logo em seguida ficou imóvel, como se a correia que segurasse seu lado explosivo tivesse momentaneamente afrouxado, mas ele a tivesse agarrado outra vez. Alguns segundos tensos se passaram, até que falou:

— Nem preciso dizer o quanto eu abomino tudo isso, mas antes de tratarmos desse assunto... Você sabia que as coisas chegariam a este ponto, de simular um estupro, quando conversamos em Kingussie?

Angélica fez um gesto negativo com a cabeça.

— Não... Não tinha como prever. Eu não estava tentando preparar o caminho para algo que eu tivesse previsto naquela ocasião. Achei que conseguiríamos resolver isso muito antes. Mas depois que refleti sobre a situação, percebi que ser violentada por você seria a vingança suprema para sua mãe. Mas até hoje de manhã não teria sonhado que seria necessário oferecer esta ideia a ela, mesmo porque achei que estivesse subentendido que eu já estaria arruinada desta forma.

Dominic ficou em silêncio por um longo momento. Então descruzou as mãos e segurou a mão feminina, entrelaçando os dedos. Quando falou, sua voz soou baixa, porém firme e equilibrada.

— Eu vou abominar cada segundo disso tudo, mas concordo, já que você me diz que eu... Que não temos escolha e que, na realidade, tudo não passará de encenação. Que será simplesmente o apogeu de uma farsa necessária. — Ele se calou e olhou para Angélica com uma expressão atormentada. — Tem alguma coisa que esteja faltando, ou que eu não tenha entendido?

Angélica apertou a mão dele.

— Somente que o motivo de tudo isso é porque você sempre irá fazer qualquer coisa que Deus e o destino demandem que você faça para proteger o clã... E que eu estarei junto, do seu lado, metaforicamente, fisicamente e de todas as formas possíveis, minuto a minuto. *Nós* vamos fazer isto porque é preciso, porque o clã é importante demais para deixarmos que sutilezas de sentimentos se interponham no caminho. Nós vamos fazer e vamos conseguir, porque somos capazes, porque juntos temos força suficiente para fazer isso sem que deixemos de ser quem sempre fomos.

Ela apertou delicadamente os dedos dele.

— Confie em mim, nós vamos vencer.

Dominic não disse nada por um longo momento, e então sua expressão se abrandou.

— Você está enganada, sabe... A respeito da coisa que eu mais prezo na vida. Não é a minha honra. Se eu tivesse de escolher, trocaria, sem pensar duas vezes, a minha honra e tudo mais por...

Dominic se interrompeu e olhou na direção da porta. Um segundo depois, ouviram um ruído farfalhante e em seguida a voz de Mirabelle.

— Dominic... Preciso falar com você, *urgentemente!*

Ele praguejou em gaélico; soltando a mão de Angélica, levantou-se e murmurou:

— Espere aqui. Não vou deixá-la entrar.

Incerto se fora salvo pelo destino ou amaldiçoado pela chegada da mãe justamente naquele instante, Dominic atravessou o quarto, abriu a porta o suficiente apenas para sair e tornou a fechá-la.

Mirabelle deu um passo para trás. Como imaginara, ela tinha nas mãos um castiçal, que iluminava o suficiente para que eles pudessem se enxergar. Ainda estava com a mesma roupa que usara no jantar, mas a expressão dela havia mudado, estava mais intensa, mais ávida, demonstrando uma ansiedade mal-contida e uma firme determinação.

— O que foi? — o tom de voz dele soou um pouco ríspido demais, mas Mirabelle não pareceu notar.

— Estou disposta a lhe entregar a taça se você fizer mais uma coisa só.

— Que coisa?

— Quero que você estupre a menina Cynster.

A exigência clara, definida, dita de maneira tão direta, causou um profundo mal-estar em Dominic. Ele franziu a testa.

— Eu a raptei e a trouxe para cá, conforme a senhora exigiu... Fiz tudo o que a senhora queria, e agora a senhora me pede *isso*? — Baixando a cabeça, fitou a mãe nos olhos. — Me dê uma boa razão por que eu deveria fazer isso e eu acreditarei que cumprirá sua palavra desta vez.

Houve uma breve discussão. Dominic não podia concordar sem questionar; se fizesse isso Mirabelle ficaria desconfiada, além disso, queria ouvir tudo dos lábios da mãe, por mais doloroso que fosse e o fizesse sofrer. Queria ouvir as propostas, as exigências, as promessas e os desejos malignos que eram revelados através disso tudo. Ele pressionou-a e ouviu tudo... E era exatamente como Angélica descrevera, exatamente como, no fundo de seu coração, sempre soubera que seria.

Não era fácil ouvir da própria mãe uma sugestão tão sórdida, constatar a maldade que ela destilava, mas Dominic precisava ouvi-la condenar a si mesma antes que agisse e a vencesse.

Ela já imaginara um pouco além do que Angélica pensara; assim que aquilo tudo acabasse e a taça estivesse em suas mãos novamente, Dominic teria de encontrar uma solução para isolar Mirabelle do convívio de todos, instalá-la em algum lugar confortável onde não pudesse mais fazer mal a ninguém. E esse lugar não podia ser no castelo, nem mesmo nas propriedades do clã, mas era uma decisão que teria de ficar para depois.

Por fim, Mirabelle o fulminou com o olhar e declarou, hostil:

— Se você não fizer como estou dizendo, eu juro pela alma do seu pai que *não* devolverei a taça a tempo de você salvar seu precioso clã.

Dominic vislumbrou pelo canto do olho um movimento nas sombras ao pé da escada, onde os degraus desembocavam no corredor, e olhou para baixo, tentando conter a fúria que o dominava... E avistou McAdie.

Então voltou-se para a mãe e assentiu.

— Está bem — concordou finalmente. — Mas quero uma testemunha do nosso acordo — elevando a voz, chamou: — McAdie... Suba aqui e testemunhe em nome do clã.

O mordomo aposentado podia ser um adulador de Mirabelle, mas Dominic não tinha dúvidas quanto à lealdade dele para com o clã. Além do mais, sabia, por conversas com os membros mais velhos da criadagem, que ninguém contara a McAdie a verdade sobre a presença de Angélica no castelo; ele não sabia por que Dominic a raptara e a aprisionara. Deixar que McAdie conhecesse a verdadeira essência da senhora por quem inadvertidamente tinha tanta consideração poderia poupá-lo de continuar se envolvendo nas tramoias de Mirabelle.

Mirabelle virou-se para olhar para baixo também. Depois de uma brevíssima hesitação, McAdie começou a subir devagar. Quando se aproximou, ela perguntou:

— Estava me procurando?

McAdie assentiu.

— Sim, senhora.

Dominic imaginou por que seria, mas não perguntou nada. McAdie chegou ao patamar onde eles estavam e curvou-se ligeiramente.

— McAdie, minha mãe e eu vamos selar um acordo de suma importância para o clã. Gostaria que você fosse testemunha em nome do clã. Pode ser?

McAdie empertigou-se.

— Sim, senhor.

Voltando-se para Mirabelle, Dominic avisou:

— Vou fazer esta proposta uma vez só. Não haverá negociação das condições... Ou a senhora concorda com meus termos, ou não aceita. Entendeu?

Mirabelle hesitou, mas sabia que Dominic teria de fazer o que ela demandava, então meneou a cabeça, assentindo.

— Está bem.

— Eu, Dominic Lachlan Guisachan, conde de Glencrae, consentirei com sua exigência específica de violentar a senhorita Angélica Cynster, sob as seguintes condições: primeira, a senhora não poderá estar presente durante o ato, mas concordo em permitir que entre no quarto imediatamente após, para que haja a confirmação visual; segunda, o estupro será realizado em lugar e hora de minha escolha e da maneira como eu me sentir melhor para fazê-lo. Em troca de minha anuência, *imediatamente* após a confirmação de que foi feito, a senhora me entregará a taça da coroação.

Mirabelle abriu a boca, mas fechou-a em seguida. Franziu a testa e então disse:

— A taça não está no castelo, mas está num local aqui perto. Eu lhe darei as orientações para encontrá-la tão logo o estupro se concretize.

Dominic assentiu.

— Imediatamente após o ato ser realizado e confirmado, a senhora me dará as indicações de como chegar até onde a taça está escondida. — Ele fez uma pausa, refazendo mentalmente seu plano, e então perguntou: — Temos um acordo?

Com os olhos brilhantes, Mirabelle fez um gesto afirmativo com a cabeça.

— Sim. Se você agir de acordo com o que disse, eu devolverei a taça.

— McAdie? — Dominic virou-se para o homem mais velho. Os olhos do mordomo estavam arregalados, em evidente choque; mesmo na luminosidade fraca do corredor era possível ver a palidez de seu rosto. Em tom de voz mais ameno, Dominic perguntou: — Você testemunha este acordo?

McAdie piscou e então assentiu.

— Sim, senhor. Eu testemunho.

Dominic olhou para a mãe.

— Pronto. — Ele virou-se de costas e abriu a porta do quarto.

— Quando? — ela quis saber.

Ele olhou para trás e mais uma vez viu no rosto dela aquela expressão que fazia seu estômago revirar.

— Amanhã. — Ele fez uma pausa e acrescentou: — Depois do almoço.

Abrindo a porta o suficiente apenas para passar, Dominic entrou, fechou-a e passou a tranca. Então virou-se e viu Angélica, ainda vestida, deitada na cama. Ela arqueou as sobrancelhas.

— Você escutou? — perguntou, indo até a cama.

— Amanhã, depois do almoço. Mas a porta é muito grossa, não consegui ouvir o resto.

Deitando-se ao lado dela, Dominic repetiu os termos do acordo.

— Então agora precisamos planejar como será esse "estupro".

Angélica aconchegou-se a ele.

— Sou toda ouvidos.

Dominic esticou-se na cama e cruzou as mãos sob a cabeça.

— Com toda a honestidade, eu duvido seriamente que serei capaz de agir conforme o exigido — ele a fitou. — Teremos de nos empenhar muito para fingir a ponto de passar a impressão de que é real.

Angélica arqueou as sobrancelhas, com expressão séria.

— Será muito perigoso, uma vez que não poderemos deixar passar nenhum detalhe. Sua mãe não pode desconfiar, em hipótese alguma, que se trata de encenação. Esta é a nossa última chance... Se falharmos, não teremos outra. Mas depois que estivermos dentro do quarto, pode confiar em mim que farei a minha parte e o ajudarei a fazer a sua.

Os lábios de Dominic se curvaram num meio-sorriso.

— Vamos ver.

— Isso é outro desafio?

— Entenda como quiser...

Angélica riu, baixinho e com doçura, e sugeriu que fizessem alguns ensaios para o dia seguinte.

Mirabelle e McAdie não falaram até chegarem à segurança da torre onde ficavam os aposentos da condessa. Parando na subida da escada, ela virou-se para o mordomo e perguntou, ansiosa:

— E então? Ele está aqui?

— Não. Um garoto trouxe uma mensagem... Aparentemente o senhor retornou da viagem, mas não poderá visitá-la esta noite.

O semblante de Mirabelle ficou sério.

— Maldito... Eu preciso comemorar! Nunca pensei que conseguiria forçar Dominic a concordar comigo, mas finalmente triunfei sobre o intratável do meu filho! Estou a um passo de realizar minha vingança... — Comprimindo os lábios, ela parou e depois sorriu lentamente. — Mas talvez seja melhor assim, sabe... Venha. — ordenou e continuou a subir. — Vou lhe dar um bilhete. Você pode entregá-lo amanhã de manhã, assim ele poderá vir me encontrar no momento da glória final, quando terei ainda mais coisas para compartilhar!

McAdie moveu-se penosamente, subindo com esforço os degraus, atrás de Mirabelle. Sua cabeça girava; ainda não conseguia acreditar no que presenciara e ouvira e que, ainda por cima, fora chamado para testemunhar aquele acordo bizarro. Estava chocado pelo que o lorde havia concordado em fazer, mas compreendia perfeitamente por quê. Não havia espaço para recorrer à moral, naquela situação; ele conhecia muito bem a importância da taça. Por trás de seu ressentimento pelo conde por causa da dispensa de seus serviços, no fundo do coração, ele respeitava Dominic, ainda que a contragosto, pelo homem que ele se tornou.

Era uma pena que não tivesse se lembrado disso antes. Antes de dar a Mirabelle a combinação do cofre.

Embora estivesse horrorizado com o que o lorde havia sido forçado a fazer, estava mais horrorizado ainda com seu papel involuntário no desenrolar daquele drama.

Quanto ao seu papel de intermediário e vigia entre a condessa e o "cavalheiro" que ela tinha como amante... A princípio concordara porque sentira pena dela, sentira-se solidário com Mirabelle, já que, assim como ele próprio, ela também sofrera com a negligência dos Guisachan em não lhe demonstrar o devido respeito; no entanto, com o passar dos meses, se sentira cada vez mais inquieto. Não por causa do interesse da condessa no cavalheiro; os motivos eram claros. Mas o interesse do cavalheiro na condessa...

Para McAdie, os motivos daquele sujeito eram preocupantemente suspeitos.

Claro que não diria nada... *Não podia* dizer nada.

McAdie ficou ao lado da condessa enquanto ela escrevia a carta, sentada à elegante escrivaninha em sua saleta. Ele mesmo escolhera aquela escrivaninha, fazia muito tempo, encantado que estava, pelo rosto bonito, pelo sorriso cativante. A condessa era tão linda quando ele chegara ali para trabalhar... McAdie sentira um ciúme agonizante de Mortimer, mas Mirabelle nunca olhara para ele de modo diferente do que olhava para qualquer outro serviçal; nunca o vira como homem, somente como alguém a quem dar ordens e usar quando precisasse.

Ele não se importara... Até agora.

Agora, começava a se perguntar como é que pudera ser tão tolo e ingênuo.

CAPÍTULO 20

O DESJEJUM NO SALÃO NOBRE foi um evento tenso. Dominic e Angélica cumpriram o combinado. Ele não teve dificuldade em se comportar da maneira adequada; a raiva e a frustração o corroíam, e, deliberadamente, baixou o escudo invisível atrás do qual normalmente escondia seu temperamento, liberando a postura friamente ameaçadora e de malcontida agressividade.

Angélica, por sua vez, manteve-se de cabeça baixa. Embora não mais se mostrasse submissa, retraiu-se, projetando a imagem de uma mulher consciente de que era fraca, de que estava desamparada e potencialmente sujeita a uma ameaça inimaginável; portou-se como se todo o seu ser estivesse focado em esquivar-se despercebidamente de um animal feroz e perigoso.

Ávida, sôfrega e atentamente, Mirabelle a observava e se regozijava, ao passo que todos os demais apenas olhavam, atônitos.

Dominic já falara com Scanlon, Jessup e Mulley, com Brenda, Griswold e com John Erskine e a senhora Mack. Ele e Angélica haviam concordado que ninguém mais precisava saber que algo dramático estava em andamento, e mesmo os auxiliares mais próximos e de confiança sabiam apenas que o conde e Angélica queriam que ninguém mais ficasse no castelo logo após o almoço, além deles, Mirabelle e McAdie. Dominic optara por essa ocasião em especial para garantir que o campo estivesse livre, sem ninguém mais presente ou envolvido de alguma forma.

Tão logo o desjejum terminou, Angélica levantou-se e encontrou Mulley à sua espera, pronto para acompanhá-la até o quartinho e trancá-la.

Lá dentro, ela andou de um lado para outro e pensou, planejou e considerou. Como em nenhuma outra peça até então encenada, aquele seu rapto tinha a vantagem de ter sido planejado e estruturado, e Dominic já se mostrara disposto a seguir suas instruções.

— Ótimo — murmurou. As saias do vestido simples e cinzento que Mirabelle lhe tinha providenciado rodopiaram quando ela se virou e andou em frente à porta trancada. — Obviamente um de nós terá de ficar na liderança, e em vista de como Dominic se sente a respeito disto, não será ele.

Dominic escolheu levar os meninos para caçar com Scanlon e os rapazes; ele deixaria o grupo e voltaria para o castelo a tempo de encontrá-la antes do almoço.

— Então — continuou —, eu tenho três horas para pensar num roteiro plausível e depois decidir o que contar e o que não contar a ele.

Para todos os efeitos, o almoço transcorreu como de costume, um evento corriqueiro e sem surpresas. Na mesa principal, entretanto, sobre o tablado, as emoções fervilhavam. Frustração, raiva e uma expectativa crescente se mesclavam com uma conscientização aguda e uma incerteza inquietante.

Mirabelle atrapalhou o plano de Dominic e Angélica de se encontrarem, insistindo que a garota Cynster passasse o final da manhã com ela, na saleta de estar. Até então Angélica manteve seus encontros com Mirabelle sob controle; dessa vez, no entanto, sabendo o que a condessa tramava, o que exigira que Dominic fizesse e como estava tripudiando e saboreando aquilo tudo, e a forma como exultava com o que esperava que fosse o terror, a aflição e a desolação da filha de Célia. Angélica sentia o estômago revirar, literalmente.

Ela não estava com disposição para conversar quando Mirabelle entrara com ar triunfante no salão e se sentara na cadeira à esquerda de Dominic.

Sem fome, ficou remexendo na comida em seu prato, sentindo-se ansiosa e inquieta; eles não tinham um plano, nenhuma sequência de ações combinada. O que quer que acontecesse a seguir, teriam de representar seus respectivos papéis cada um por si, de maneira espontânea.

Pela primeira vez em toda a farsa, Angélica se sentia nervosa.

Aquela era a última cartada deles, o ato final. Precisavam se lembrar de cada detalhe, fazer tudo direito, cada gesto, cada movimento, e Mirabelle ainda dificultara esta tarefa para eles.

Quando os pratos e travessas foram retirados da mesa, uma estranha sensação de opressão se instalou no peito de Angélica.

Então Dominic empurrou a cadeira para trás e levantou-se. Todos ficaram em silêncio; a atmosfera no salão era de expectativa. Ele percorreu o olhar ao redor, observando os rostos, o seu próprio parecendo uma máscara assustadora. E então falou:

— Como alguns de vocês já sabem, eu decretei que o restante do dia de hoje seja de comemorações e folguedos. Haverá tiro com arco e flecha, e outras competições, junto aos muros do castelo e nas florestas a leste e a oeste. Quero que todos aproveitem a tarde ao ar livre. Não quero ver ninguém dentro do castelo até a hora do jantar. Tenho alguns assuntos para resolver, mas me reunirei a vocês em breve. — Ele ergueu os braços e gesticulou, dispensando a todos. — Agora vão e divirtam-se.

Um burburinho animado e alegre encheu o salão. Aproveitando o ruído de vozes e o movimento das pessoas levantando-se e dirigindo-se à porta principal, Angélica saiu sorrateiramente da cadeira.

— Fique onde está.

Ela parou ao ouvir a voz de Dominic, que soara quase como um rosnado; o último ato da farsa começara.

Ele ficou de pé, observando todos saírem. Imóvel e em silêncio, com os dedos levemente apoiados na mesa, Dominic esperou.

Afundada na cadeira, Angélica esticou o pescoço para olhar além dele. Mirabelle, ainda estava sentada, e olhava para o filho com expressão radiante de expectativa e de um júbilo torpe e maligno.

Reprimindo um calafrio, Angélica baixou os olhos. Já participara de tantas farsas que perdera a conta; mas nunca antes sentira o coração na garganta, nem os nervos travados de tanta tensão.

Finalmente, os últimos remanescentes foram encorajados a sair do salão pela senhora Mack, que os seguiu para o pátio iluminado pelo sol fraco. Pouco a pouco o silêncio caiu sobre o castelo, até que os únicos sons audíveis se tornaram cada vez mais distantes e abafados pelos sólidos muros de pedra.

Dominic virou-se para Angélica, segurou-a pelo braço e a fez levantar-se.

O gritinho de surpresa que ela deixou escapar foi espontâneo. Sua expressão foi de choque quando ele a impulsionou para a frente. Instintivamente, Angelica tentou se desviar.

— Não! O que...

— Cale-se! Se sabe o que é melhor para você, fique quieta.

— Não! Solte-me! — Ela se jogou para trás e acabou derrubando a cadeira, que se quebrou com um estrondo que reverberou pelo salão.

O rosto de Dominic parecia esculpido em pedra, quando a fitou. Com força, a ergueu e, jogou-a sobre o ombro.

Angélica se debateu furiosamente.

— Pare! Você não pode fazer isso, solte-me! — Ela o socou nas costas com os punhos, contorceu-se, dobrou-se para trás e tentou chutá-lo, como se não se importasse se a deixasse cair; sabia que ele não deixaria.

Sem se abalar pela resistência, Dominic desceu do tablado e encaminhou-se para o corredor. Quando Angélica redobrou os esforços, ele lhe deu um tapa nas nádegas, com força suficiente para fazê-la gritar.

— Pare! — esbravejou ele. — Você só vai acabar se machucando!

A palmada foi seguida por uma carícia familiar e reconfortante, que a fez momentaneamente perder o fôlego. Em seguida, porém, retomando sua atuação, Angélica respirou fundo e gritou com todas as forças:

— Socorro! — Mas com os pulmões pressionados contra o ombro de Dominic, seu grito soou como um guincho fraco.

— Grite o quanto quiser — disse ele. — Ninguém vai ouvir.

O olhar dela pousou em Mirabelle. A mãe de Dominic se levantara e vinha atrás deles, o olhar extasiado e os lábios entreabertos, quase sorrindo.

Uma onda de repulsa percorreu Angélica. Ela voltou a se debater, tomando fôlego para apelar para a condessa.

— Socorro, senhora! Não o deixe fazer isto, por favor!

Mirabelle sorriu, e cada centelha de seu despeito, de seu espírito vingativo e venenoso, ficou evidente.

— Ah, deixo sim... Ele está fazendo isso por mim. Gosto de ouvir você gritar. Só lamento que sua mãe não possa ouvir a filha queridinha ser dilacerada, mas espero que você possa descrever todo o horror deste momento para ela, com detalhes.

Angélica ficou emudecida. Conforme Dominic subia as escadas, foi parando de lutar, mas conseguiu deixar escapar um soluço bem realista quando chegaram à porta do quarto.

— Por favor, não... Não faça isso...

— Pare de resistir, seja sensata! Deite-se quieta e aceite, e facilitarei as coisas para você. Não doerá muito. — Dominic escancarou a porta. — Apenas siga o velho conselho: deite-se e pense na Inglaterra. Logo estará terminado e você poderá voltar para casa.

Virando-se, bateu a porta na cara de Mirabelle e fechou a tranca.

E exalou o ar.

Foi até o meio do quarto, parou e tirou Angélica de cima do ombro, deixando-a escorregar para seus braços.

Ela enlaçou o pescoço dele e fitou-o nos olhos.

— Deitar e pensar na Inglaterra? — sussurrou.

Extremamente aliviado por ver a expressão de riso nos olhos dela, Dominic deu de ombros.

— Pareceu-me apropriado.

Angélica sorriu e em seguida arqueou uma sobrancelha.

— Bem... E agora, o que faremos?

— Eu esperava que você tivesse alguma sugestão.

— Ah, isso eu tenho, sem dúvida!

Angélica o abraçou com força, colando-se de maneira sugestiva. Dominic ergueu-a do chão e ela envolveu a cintura dele com as pernas. Impulsionou-se para cima, até que ficassem frente a frente, olhos nos olhos... E então o beijou.

Foi uma questão de segundos para que Dominic compreendesse que seus temores eram infundados. Eles podiam fazer aquilo; juntos,eram capazes de tudo, e no fim, a vida voltaria a ficar bem.

Entre beijos e carícias, com as línguas se entrelaçando, o desejo se inflamou num ritmo crescente, engolfando-os como uma chama invisível porém intensa e palpável. Amparando Angélica com um braço, Dominic levou a outra mão ao seio macio.

Ela murmurou algo desconexo e em seguida recuou, interrompendo o beijo.

— Mirabelle com certeza está com o ouvido grudado na porta, mas será que pode nos ouvir?

— Não, mas ela vai ouvir um grito.

Angélica umedeceu os lábios, confusa, fitando-o nos olhos.

— Normalmente não somos tão espalhafatosos, então teremos de fazer um esforço a mais. — com um risinho e uma leve ondulação, pressionou o corpo ao de Dominic, sentindo a poderosa ereção. — Você vai ter de me dar motivos para gritar... De verdade!

Dominic jamais imaginaria sorrir naquele momento, mas foi o que aconteceu.

— Vamos ver o que consigo fazer.

Ele se apoderou dos lábios femininos num beijo voraz e a paixão se renovou, cada vez mais ardente. As mãos de ambos estavam em toda parte, puxando as roupas, desabotoando, desamarrando, tirando. Ele deu alguns passos cambaleantes até a cama e colocou Angélica no chão. Ela deslizou os braços pelas costas dele e deixou-se cair para trás, no colchão, com a respiração ofegante.

— Não podemos demorar muito — sussurrou.

Angélica já tinha puxado a camisa de Dominic para fora da calça e agora tentava desabotoar o cós, mas ele afastou suas mãos para desamarrar-lhe o corpete.

— Não... Rasgue!

Ele a fitou, confuso, mas Angélica segurou-lhe os pulsos e explicou.

— Foi Mirabelle quem me deu.

Agarrando o tecido, Dominic o rasgou em duas partes e puxou o vestido e a blusa para baixo, expondo os seios volumosos. Em seguida inclinou-se e tomou um mamilo na boca enquanto acariciava o outro com a mão. Angélica pedira para fazê-la gritar e gemer, e ele estava empenhado em conseguir.

Angélica exagerou, claro, mas deixou-se levar pelas carícias que ele ministrava, pelo impacto profundo que isso causava em seus sentidos.

Os sons que saíam dos lábios dela encorajavam Dominic; em poucos minutos os dois já estavam dando sinais que convenceriam o mais cínico dos ouvintes de que um arrebatamento de primeira ordem estava acontecendo dentro do quarto. O primeiro grito veio quando ele a acariciou intimamente com a boca e a língua; o segundo, simplesmente perfeito, quando a penetrou.

Com as saias enroladas na cintura, os quadris suspensos pelas mãos de Dominic, as pernas em volta dele, Angélica entregou o corpo e o coração àquele homem que a possuía com um desejo ávido e urgente. Com os olhos brilhantes, ela fitava o vazio, sem enxergar nada à sua volta, pois era como se o mundo tivesse parado e somente os dois existissem. Cada célula de seu corpo confirmava que estava certa... Nada poderia abalá-los; nenhuma farsa, nenhum fingimento, nenhuma atitude sórdida poderia atrapalhar, muito menos destruir a realidade que tinham criado.

Em perfeita harmonia, eles se concentraram na meta que compartilhavam e se empenharam em alcançá-la.

Angélica não se refreou, nem Dominic. Ele a levou para as alturas num ritmo estonteante, até o topo, e ela se sentiu voando sobre as nuvens. Com a cabeça inclinada para trás, o corpo arqueado, Angélica gritou. Dominic a penetrava e ela o acolhia, com um toque quente e aveludado, apertando, segurando-o dentro de si. E então ambos gritaram, gritos altos, roucos, no ápice da entrega mútua.

Por um abençoado momento de êxtase, ficaram abraçados, ofegantes, os corações disparados. Então Dominic afastou-se, e Angélica passou os dedos pelo cabelo, desalinhando-os ainda mais, deixando as longas mechas caírem sobre o rosto, pescoço e seios.

Depois de vestir a calça e abotoá-la, Dominic foi até a mesinha de cabeceira, pegou a navalha que havia deixado ali e fez um corte no polegar. Em seguida voltou-se para Angélica, esperou o sangue correr e levou o dedo até o centro das pernas dela, deixando o sangue misturar-se à seiva que derramara ali minutos antes.

— Graças a Deus você se lembrou... Eu tinha me esquecido.

— Cada pequeno detalhe — murmurou Dominic.

Em seguida limpou o dedo no lençol, deu um passo para trás e olhou para Angélica. Ela arqueou as sobrancelhas.

— Como estou?

Ele puxou as saias parcialmente sobre as pernas, cobrindo o que não era necessário que sua mãe visse, abriu um pouco mais o corpete rasgado, para que o estrago ficasse mais evidente, e aprovou o que via.

— Parece que foi violentada.

Angélica incorporou o papel, parecendo prostrada sobre a cama desarrumada, a cabeça pendida para o lado, as palmas viradas para cima num gesto de desamparo, as pernas abertas dobradas num ângulo estranho, parte do corpo quase caindo da cama.

Dominic acenou com a cabeça.

— Perfeito. Fique assim... Vou deixá-la entrar.

Ele atravessou o quarto, respirou fundo para manter a sensação de revolta e o senso de proteção sob controle, soltou a tranca da porta e a abriu.

Mirabelle estava tão perto que chegou a dar um passo para trás. A expressão no rosto...

Por um momento, Dominic fechou os olhos. Virou-se para dentro antes de abri-los e gesticulou na direção da cama.

— Como a senhora queria... Angélica Cynster, violentada da cabeça aos pés.

Mirabelle entrou e foi até a cama. Dominic veio logo atrás, para impedir que Mirabelle tocasse em Angélica; isso ele não admitiria.

Mas Mirabelle parou ao pé da cama. Ficou olhando para Angélica, que não moveu nem um cílio. O olhar esgazeado de Mirabelle percorreu o semblante desfigurado dela — sem saber que a expressão de sofrimento era estudada —, os cabelos espalhados ao redor da cabeça, as mechas caindo sobre o rosto, todas as evidências da violência a que tinha sido submetida. E então, as feições de Mirabelle se iluminaram num sorriso radiante, como o de uma criança que tivesse acabado de desembrulhar um presente longamente desejado.

A condessa levantou a cabeça e olhou para Dominic. Ele se esforçou para não registrar o que via no rosto da mãe, mas, se ainda tivesse alguma dúvida de que seu comportamento desprezível era tão importante quanto a ruína de Angélica, a expressão nos olhos de Mirabelle naquele momento a teria dissipado por completo.

— Finalmente, *não*?! Vou buscar as indicações para encontrar a taça. Estão no meu quarto.

— Leve para o salão. — Ele queria Mirabelle fora daquele quarto, longe de Angélica e dele. — Esperarei pela senhora lá.

Mirabelle assentiu com um aceno de cabeça; depois de um último olhar para Angélica, saiu apressada.

Dominic esperou até não ouvir mais os passos e fechou novamente a porta. Passou a tranca e virou-se para ver Angélica sentada, com um sorriso no rosto tão resplandecente que nem os gloriosos raios de sol que se infiltravam por entre as nuvens poderiam ofuscar.

— Conseguimos! — exclamou ela. Seu tom de voz era baixo, mas o entusiasmo era imenso. Saindo da cama, Angélica começou a tirar o vestido rasgado. — Rápido, ajude a me trocar. Vou dar a volta e entrar pela cozinha. Ficarei observando de lá. Assim que você souber onde a taça está, iremos buscá-la.

Parando diante dela, Dominic fitou-a por um momento e em seguida a abraçou, levantou-a do chão e a beijou. Intensamente. Profundamente. Inexprimivelmente grato.

— Obrigado — murmurou e colocou-a de volta no chão. — Do fundo do meu coração, muito obrigado, para sempre.

Angélica o olhou por um instante e depois deu um tapinha no peito dele.

— Eu poderia dizer "obrigada" também, mas você não entenderia. De qualquer forma, você tem de admitir que formamos uma *excelente* dupla.

Nua da cintura para cima depois de se livrar das mangas do vestido, Angélica se contorceu e suspirou.

— Agora termine de rasgar isto, ou desamarre os laços... Escolha.

Dominic terminou de rasgar. Angélica se lavou, colocou outro vestido que já havia deixado separado e juntos, saíram do quarto: ela para a cozinha e Dominic para o salão, onde aguardaria Mirabelle e as orientações para achar a taça.

CAPÍTULO 21

DOMINIC AFUNDOU NA LARGA cadeira entalhada atrás da mesa principal, contemplou o salão vazio e disse a si mesmo que aquilo tudo estava quase acabando. Mais de cinco meses de trama, planejamento, tropeços e fracassos, e agora, finalmente, graças a um anjo extraordinário, em poucos minutos recuperaria a taça.

E seu clã ficaria em segurança. E Dominic devia tudo isso ao seu anjo.

E a perspectiva de ter uma dívida de eterna gratidão com Angélica não o incomodava nem um pouco.

Curvando os lábios, olhou para a passagem em arco que levava à cozinha e a viu espiando. Sorriu e viu-a sorrir de volta.

Sabia que estava enfeitiçado, mas não se importava.

Angélica só faltava saltitar de alegria. Nesse momento, Mirabelle já teria chego ao quarto, e, depois de tudo o que ela passara para mostrar à condessa por que ela não deveria se negar a devolver a taça, ou pelo menos dar as indicações de como encontrá-la, Angélica não acreditava que Mirabelle fosse voltar atrás com a promessa.

Disse a si mesma que deveria seguir seu próprio conselho e ter paciência, mas...

O som de um grito, distante e abafado pelos muros, chegou aos seus ouvidos. Angélica podia ouvir os sons mais amenos do pessoal do castelo aproveitando a tarde nos arredores, mas aquele grito pareceu-lhe familiar. O timbre, a inflexão... De quem era?

Menos de um minuto depois, um dos membros do clã, um dos mais velhos que montavam guarda no portão, entrou correndo no salão.

— Senhor! Tem um grupo de ingleses na ponte exigindo falar com o lorde do castelo.

Dominic olhou para Angélica, sentindo todo o bom humor se esvair, e empurrou a cadeira para trás.

— Já vou.

Angélica o observou enquanto ele atravessava o salão. Ouviu uma saudação familiar... Então virou-se e saiu correndo da cozinha pela galeria que circundava o salão nobre. Mas de repente parou, lembrando-se que não podia se arriscar a encontrar Mirabelle. Deu meia-volta e correu de volta para a cozinha.

Malditos... Por que não a escutaram? E claro, tinham escolhido o pior momento possível... Aquela chegada agora era a última coisa que ela e Dominic precisavam!

No andar de cima, em seu quarto, Mirabelle estava de pé junto à janela, amarrando e cortando fios do bordado no qual vinha trabalhando havia várias semanas. Não estava pronto, mas a parte que Dominic queria estava ali. Ela poderia ter simplesmente contado onde a taça estava escondida, qualquer membro do clã saberia indicar o lugar, mas o bordado era seu orgulho, seu trunfo final. Bordar era a única atividade em que se destacava, a única coisa que fazia com perfeição; parecera-lhe apropriado usar essa habilidade para comunicar ao filho, ou a quem quer que ela decidisse presentear com a taça, onde escondera sua tão conveniente espada de Dâmocles.

O último fio pendente caiu no chão. Colocando a tesoura no parapeito, esticou o retângulo de linho e sorriu para a imagem que havia criado ali. Percebeu que estava feliz. Finalmente encontrara o caminho, se apoderara da taça e a usara para conseguir tudo o que sempre desejara: vingar-se do marido, do filho, e de Célia Cynster por todos os longos e desperdiçados anos de feiura e vazio que sua vida tinha se tornado.

Nunca mais Dominic conseguiria vencê-la. Mirabelle não deixaria que o que ele fizera, o que negociara para salvar seu precioso clã, caísse no esquecimento.

Com o semblante descontraído como havia muito tempo não acontecia, com um sorriso genuíno, ela virou-se para a porta quando esta se abriu.

Seu sorriso se alargou quando viu quem tinha chegado.

— Você não imagina! — exclamou. — Dominic me trouxe Angélica Cynster, mas... Ah, meu querido, isso foi só o começo!

Ela queria gritar de contentamento, de triunfo.

Curvando os lábios num sorriso, o amante de Mirabelle entrou no quarto e fechou a porta.

— Ah, estou vendo... Parece que cheguei na hora certa.

Mirabelle estava exultante como uma criança.

— Na hora certa para comemorar comigo!

— Sem dúvida.

Com passadas largas, o amante atravessou o quarto até ela.

* * *

Dominic encontrava-se nas ameias do castelo, em frente à ponte que ligava a praia sul do lago ao lado oposto, estudando os oito cavaleiros que o observavam furtivamente; seis estavam agrupados sobre a ponte, e outros dois estavam na praia. Os seis em cima da ponte pararam a uma distância segura; um pouco mais próximos e estariam ao alcance de um arma de fogo.

Angélica apareceu ao seu lado; por trás de uma das ameias, ela espiou para fora.

— Imagino que sejam sua família — disse Dominic.

— Oh, maldição... São eles, sim. Os seis na ponte... Meus dois irmãos e meus quatro primos mais velhos. Os outros dois, que estão na margem, são Breckenridge e Jeremy Carling.

Ela virou-se para Dominic.

— Se Mirabelle os vir, não vai gostar. Só Deus sabe o que pode fazer — Angélica olhou novamente para a ponte. — Eles vão estragar tudo!

— Todos eles sabem nadar? — Indagou Dominic.

Angélica desceu da mureta interna e olhou para ele, confusa.

— O quê?

— Todos os seis que estão na ponte sabem nadar? Seus irmãos e primos?

Ela pensou um pouco e assentiu.

— Sim... Por quê?

Dominic olhou por sobre o ombro dela.

— Prontos?

Angélica virou-se e viu três homens enormes nas ameias, não muito longe de onde estavam. Eles manuseavam uma alavanca maciça que se conectava a uma gigantesca roda denteada.

— *Aye*, senhor! — responderam em coro.

Voltando-se de novo para Dominic, ela o viu olhar para a ponte e subiu na mureta para espiar outra vez. Seus irmãos e primos ainda estavam lá, conversando, sondando o castelo, planejando...

— Agora — ordenou Dominic.

Ela olhou para trás a tempo de ver os três homens inspirarem fundo e empurrarem cuidadosamente a pesada alavanca, soltando a enorme roda, que começou a mexer devagar e pesadamente.

— O que...

O grito de Demon assustou Angélica, que se virou para olhar para a ponte.

E seu queixo quase caiu.

— Oh, meu Deus! — Disse incrédula.

Toda a superfície da ponte de madeira foi se inclinando lentamente, derrubando cavalos e cavaleiros nas águas ondulantes do lago. Boquiaberta, Angélica observou enquanto seus irmãos e primos, sem conseguirem levar os cavalos para a margem, foram forçados a pular, um a um, para dentro da água gelada. Todos eles deslizaram de suas selas para em seguida nadar a curta distância até a margem. Um após o outro, eles emergiram, pingando água e praguejando horrivelmente.

Ela cobriu a boca com a mão, tentou reprimir o riso e sentiu os olhos lacrimejarem.

— Oh, Senhor! Eles nunca, jamais, o perdoarão por isso!

Dominic deu de ombros tentando não sorrir com Angélica.

— Eles moram em Londres, eu moro aqui. Sobreviverei ao rancor — depois de um último olhar na direção do lago, ele virou-se. — O mergulho deve arrefecer o sangue deles por tempo suficiente para pegarmos a taça. Minha mãe já deve estar no salão.

Angélica apressou-se para acompanhar os passos largos de Dominic pelas ameias até a escada que levava ao pátio. Desceram depressa e atravessaram a área aberta até o castelo, abrindo caminho em meio às pessoas que começavam a voltar dos folguedos e retomar suas atividades.

— Seja onde for que esteja a taça, eu irei junto com você.

Dominic assentiu.

— Apenas espere eu ter as indicações em mãos. Não deixe que Mirabelle a veja antes disso.

Obediente, Angélica reduziu o passo, deixando que ele subisse na frente os degraus para entrar no castelo. Quando chegou no alpendre, ela recuou para longe da porta até Dominic cruzar o vestíbulo e entrar no salão; em seguida, esgueirou-se para dentro e escondeu-se num canto mais escuro.

— *Aa-aahh!*

O grito sobressaltou a ambos. Dominic parou, deu meia-volta e retornou para o vestíbulo. Os ecos do grito reverberaram nas paredes de pedra, confundindo a origem do som, mas Angélica ouvira nitidamente o grito original. Aturdida, apontou para cima.

— Os aposentos de Mirabelle.

Dominic correu para a escada.

Segurando as saias, Angélica correu atrás. Brenda e Mulley também vieram correndo pela galeria. Ao vê-los, Angélica apontou para cima e disparou em direção à escada. Enquanto subia atrás de Dominic, ouvia soluços horríveis, histéricos, sufocados, vindo de um dos quartos lá em cima.

Angélica seguiu Dominic até o quarto de Mirabelle.

A porta estava escancarada. Elspeth estava logo na entrada, as mãos cobrindo a boca, olhando com ar de incredulidade para o corpo caído no chão.

Dominic agachou-se ao lado da mãe.

As saias escuras estavam espalhadas ao redor dela. Uma das mãos, caída para o lado, segurava um tecido bordado e amarrotado.

Vagarosamente, Dominic se levantou e balançou a cabeça.

— Ela está morta. — Sua voz soou inexpressiva, sem emoção.

Aproximando-se, Angélica olhou para o rosto arroxeado de Mirabelle, a língua projetada para fora, os olhos azuis fixos no vazio; em seguida gesticulou para Brenda para que ajudasse Elspeth; enquanto a criada amparava a chocada e trêmula Elspeth e se afastava com ela, Angélica segurou a mão de Dominic. Ele apertou os dedos com força a princípio, depois com mais suavidade.

— Mirabelle morreu e nós não sabemos onde está a taça. — Ele balançou a cabeça. — Mas quem a matou... E *por quê*?

O bordado na mão de Mirabelle atraiu a atenção de Angélica. Ela se inclinou, retirou o pano bordado dos dedos da condessa e o alisou. E então, seu coração deu um salto.

— É um mapa.

— O quê? — Dominic olhou-a.

Ela estendeu o bordado para mostrá-lo.

— Veja... aqui. Isto aqui é a taça. — Ela tentou compreender o desenho, mas algumas partes do mapa não estavam terminadas. — Você consegue identificar onde é isto?

Dominic pegou o bordado, foi até a janela, examinou-o, virou-o do avesso e por fim praguejou.

— É o moledro perto da queda d'água. Ela escondeu a taça lá.

Angélica olhou para Mirabelle.

— Imagino que seja um lugar bem seguro...

— Não, não é. — Dominic olhou para a mulher que lhe dera a vida e em seguida atirou o bordado para longe e foi em direção à porta. — Seja quem for que a matou, quer a taça... É por isso que Mirabelle foi morta. Mais alguém sabia que minha mãe tinha essas indicações, e essa pessoa sabe onde ela está e também que o futuro do clã Guisachan depende dessa taça.

Ele encontrou Mulley no corredor.

— Cuide disso! Eu vou atrás do assassino e da taça.

— Sim, senhor.

Dominic desceu a escada de três em três degraus. Logo ouviu passos atrás dele.

— Você não pode ir! — gritou, virando-se para Angélica.

— Nem perca seu fôlego! — retrucou ela.

Dominic praguejou novamente, mas não parou; passou pelo andar térreo e desceu direto para o subsolo em direção à despensa, onde ficava o portão dos fundos. Empurrou a porta, atravessou a despensa e quase tropeçou em McAdie.

— Oh, não! — Angélica caiu de joelhos ao lado de McAdie.

Dominic agachou-se do outro lado do homem. O antigo mordomo fora esfaqueado duas vezes perto do coração, ferimentos quase certamente fatais; os olhos estavam fechados, os lábios entreabertos, a respiração laboriosa.

Angélica aproximou as mãos do cabo da adaga enterrada no peito de McAdie e hesitou.

— O que vamos fazer? Puxamos para fora, ou...

— Não. Deixe. — notando a superfície desgastada do cabo, Dominic segurou a mão fria de McAdie na sua.

As pálpebras de McAdie tremularam.

— É o senhor?

— *Aye*. Foi Baine?

— *Aye* — as feições de McAdie se contraíram brevemente. — Foi Langdon Baine.

— Obrigado. Eu vou me assegurar de que você seja vingado.

Dominic moveu-se para se levantar, mas McAdie apertou a mão dele.

— Não, espere... Eu preciso lhe contar... — Com os olhos fechados, McAdie umedeceu os lábios. — Baine era amante da senhora, foi ele que a persuadiu a roubar a taça. Agora, disse que ia buscar a taça e livrar as terras altas dos Guisachan de uma vez por todas.

— Terão de passar sobre o meu cadáver primeiro — respondeu Dominic com voz cáustica, mas logo em seguida abrandou o tom. — Descanse. Os outros estão vindo, mas eu preciso ir se quiser alcançar Baine.

McAdie moveu a cabeça quase imperceptivelmente, e liberou a mão de Dominic.

— Quem é Baine?

Dominic olhou para Angélica.

— O lorde de um clã vizinho. — Ele se levantou. — Chame Griswold, Erskine ou a senhora Mack para cuidar de McAdie.

Ela se pôs de pé e correu para a porta. Olhou para trás por um instante a tempo de ver Dominic abrir o portão dos fundos e sair. Então praguejou, não em gaélico, olhou para McAdie e subiu as escadas correndo.

— Griswold! Erskine! Senhora Mack! — Ela sabia aonde Dominic ia; podia perder um minuto e buscar ajuda para McAdie.

* * *

Dominic atravessou o túnel correndo e passou pela grade que Baine deixou aberta. Desembocando na pequena clareira no final do túnel, olhou para baixo, prestando atenção no solo pedregoso onde pisava e mentalmente já seguindo Baine trilha acima; por isso não viu os oito homens em seu caminho até quase trombar com eles.

A presença de alguns homens naquela área chocou Dominic, mas eles pareciam mais chocados ao vê-lo. Porém, Dominic não podia perder tempo, por isso tentou abrir caminho por entre os homens, afastando-os para trás e para os lados. Mas eles estavam em maioria e bloquearam a passagem.

Dominic parou, e eles também. Por um breve instante o olharam, avaliando-o. E foi só então que Dominic os reconheceu...

Os homens Cynster avançaram para Dominic e o agarraram e seguraram, tentando contê-lo, jogando-se contra ele com os corpos molhados. Mas Dominic os empurrou, lutando para libertar-se e prosseguir pela trilha.

Socos surgiam de todos os lados, mas não partiam de Dominic, que os recebia no peito e mal sentia. Ele preocupava-se apenas em evitar que atingissem o seu rosto. Conseguiu passar uma rasteira em três deles, e quase conseguiu se livrar, mas os outros se atiraram por cima e, por pouco, não o derrubaram no chão.

Ele precisava lutar com aqueles homens e vencer. Se fosse uma briga no mano a mano, ou até mesmo dois ou três contra ele, Dominic daria conta. Mas oito contra um era uma missão quase impossível.

Por fim, dois dos homens Cynster o seguraram pelos braços e o imobilizaram, todos estavam respirando ruidosamente, arfantes.

— *O que vocês acham que estão fazendo?*

Todos pularam sobressaltados quando um grito estridente cortou o ar. Viraram-se na direção do som, que viera da boca do túnel, mas Angélica já estava subindo apressada a trilha para a cachoeira.

Dois dos homens que estavam enfrentando Dominic viraram-se e começaram a correr atrás dela. O que possuia cabelos castanhos, segurou-a pelo braço.

— Angélica...

Ela parou abruptamente e deu uma cotovelada para afastá-lo.

— *Angélica* uma ova! Me solte!

O irmão dela cambaleou e ela se libertou. Com a velocidade de um raio, subiu a trilha, esquivando-se do homem de cabelos escuros que se movia em círculos para detê-la. Mas sem conhecer o relevo local, acabou se deparando com uma parede de pedra e foi obrigado a voltar.

Enquanto isso, Angélica prosseguia em frente.

— Oh, Senhor... — De repente Dominic compreendeu o que ela iria fazer: confrontar Baine sozinha. — *Angélica*! Pare! Volte aqui!

O olhar que ela lhe lançou enquanto corria pela curva ascendente da trilha mostrava claramente que os apelos seriam em vão. Seus irmãos e primos, confusos e aturdidos, hesitaram, sem saber se deviam ir atrás dela, e com isso Angélica ganhou tempo e terreno.

Dominic praguejou e tentou mais uma vez se libertar, mas os homens o seguraram com força.

Logo antes de completar a curva e desaparecer de vista, Angélica virou-se e apontou para os irmãos e primos.

— Se vocês querem me proteger soltem Dominic e terão feito a sua parte! — esperou um momento para ver se iriam obedecer. Quando eles permaneceram irredutíveis, Angélica balançou os braços no ar. — *Idiotas*! — Então virou-se e continuou a correr.

Dominic ficou apenas olhando. Não imaginava que Angélica corresse tão rápido... E então lembrou-se do que esperava por ela no final da trilha. Forçando-se a ficar calmo, controlando seu instinto e suas emoções, olhou para os homens que o rodeavam; como líder que era, identificou facilmente quem liderava o grupo.

Os olhos verdes muito claros o fitaram, com expressão de curiosidade e escrutínio.

— Angélica está correndo atrás do homem que acabou de estrangular minha mãe, apunhalou meu mordomo e o deixou para morrer. Podemos resolver isto agora e perdê-la, ou podemos deixar para outra hora e alcançá-la, mas vocês não a encontrarão sem mim. — Ele fez uma pausa. — Escolham.

O homem de cabelos pretos, muito provavelmente Devil Cynster, hesitou, mas apenas por um segundo. Ele acenou para os outros.

— Podem soltá-lo.

Os outros hesitaram também, mas acabaram obedecendo.

No instante em que se viu livre, Dominic tratou de subir a trilha atrás de Angélica.

Os Cynster o seguiram.

CAPÍTULO 22

Angélica diminuiu o ritmo ao se aproximar da queda d'água. O rumor da cascata abafou o som de seus passos quando alcançou a última curva na trilha rochosa e engatinhou pela curta distância até a borda.

O homem ajoelhado ao lado do moledro parecia absorto demais para notar sua presença; a atenção estava focada na face posterior da pirâmide de pedra. Os ombros eram largos, mas não tanto quanto os de Dominic, os cabelos eram castanhos e encaracolados. Embora fosse difícil ter noção da estatura com ele de joelhos, certamente seria bem mais alto do que ela.

Angélica tinha sérias dúvidas de que uma discussão racional levasse a um resultado positivo.

Inclinando-se silenciosamente, ela escolheu uma pedra, a maior que conseguiu pegar e carregar. Movendo-se com cuidado, aproximou-se devagar. Foi até a borda, mas ainda estava fora do campo de visão do homem enquanto ele cavucava e afastava as pedras da parte de trás do moledro. O estranho, que Dominic disse se chamar Baine, usava casaco de couro de carneiro, calças até os joelhos e botas de montaria. O que ela conseguia ver do rosto masculino eram feições rudes, com a pele esburacada.

Inutilmente, seu pensamento escolheu aquele instante para lembrar que Mirabelle era... fora maior e mais forte que ela, pelo menos no momento do desespero final, e ainda assim Baine a estrangulara sem dificuldade.

De repente ele parou, ainda de joelhos, e inclinou-se para dentro do moledro.

— Isso! — Retorcendo-se e mudando de posição, retirou o braço aos poucos, trazendo um objeto nas mãos. Sentando-se sobre os calcanhares, ele segurou e contemplou uma taça de ouro.

Angélica parou de tremer. Levantou a pedra, deu um passo à frente e golpeou a cabeça de Baine sem hesitar.

Ele cambaleou e perdeu o equilíbrio. Largando a pedra e agarrando a taça com as duas mãos, Angélica a arrancou das mãos dele.

Baine soltou um grito rouco, mais parecido com um rugido. Angélica deu meia-volta e correu, mas ele conseguiu pular para a frente e agarrar a barra da saia. Angélica se virou, puxou, mas ele não soltava. Segurando o tecido desajeitadamente, Baine se levantou cambaleante e puxou-a para perto. Foi então que olhou para o rosto dela e para os cabelos, e a expressão perplexa evaporou.

— Você é a Cynster... a mulherzinha de Dominic.

Angélica chutou-o no joelho, mas ele conseguiu se desviar no último segundo e o pontapé acertou sua panturrilha.

— Ora, ora...

Baine aproveitou o momento para soltar o tecido da saia e segurar o bojo da taça. Tentou tirá-la das mãos de Angélica, mas os dedos dela estavam apertados ao redor da haste espiralada.

— Não! Não é sua...

— Ah, mas vai ser...

Baine compreendeu que, se Angélica estava ali, Dominic não devia estar muito longe; ela notou a mudança nos olhos escuros, o mal vindo à tona.

— Largue, sua tola! — Ele ergueu a taça o mais alto que pôde, com Angélica pendurada, e sacudiu como se fosse um pedaço de osso na frente de um cão.

Teimosamente, com os dentes apertados, Angélica segurou firme; Baine olhou para o lado, para a borda da queda d'água, e de volta para ela.

— Uma pena, mas...

Usando a taça, balançou e puxou Angélica, passo a passo, para mais perto da borda.

Ela resistiu, puxando a taça, tentando recuar, mas Baine mantinha uma distância segura para garantir que não houvesse um novo chute.

A cada passo, Angélica ficava mais perto da cascata.

— Solte! — ordenou Baine furioso.

— Não!

— Quanto tempo você acha que vai conseguir segurar a taça quando não tiver mais chão sob seus pés? — abruptamente, ele deu um puxão na taça.

Pega de surpresa, Angélica gritou, perdeu o equilíbrio e tropeçou, caindo em cima daquele homem. Absorvendo o impacto, ele firmou os pés no chão e tensionou-se para arrancar a taça das mãos femininas...

O rugido primitivo que soou acima fez com que ambos pulassem para trás. Dominic tinha pulado da pedra para a borda da cascata. Ele tomara um atalho por um terreno mais acidentado, ouvira o grito de Angélica no instante em que chegara ao topo e vira os dois lutando lá embaixo. Sem pensar no joelho, ou em qualquer coutra coisa, pulou e aterrissou cara a cara com Baine.

Instintivamente, Baine soltou a taça e Angélica. Dominic era uma ameaça bem maior.

Nenhum dos dois homens perdeu tempo. Dominic avançou para agarrar o pescoço daquele assassino, e Baine fez o mesmo com ele.

Os dois lutaram e se engalfinharam, mas não conseguiram derrubar o oponente. Mesmo sem olhar, Dominic sabia onde Angélica estava. Tinha sentido que ela recuara para trás do moledro, segurando a taça.

Com Angélica a salvo, e cuidando da taça, Dominic estava livre para direcionar toda a sua força para Baine, para vingar McAdie e sua mãe.

Eles se moviam um contra o outro, cada um tentando subjugar o oponente, mas a força dos dois se equiparava; Dominic era mais alto e tinha braços mais longos, mas Baine era mais pesado e massudo. Dominic sabia que o equilíbrio era seu ponto fraco por causa do joelho, mas concentrou-se para manter-se firme. Até aquele momento, estava conseguindo.

Com feições contraídas e olhares fulminantes, eles rodeavam um ao outro, movendo-se, avançando e recuando, tentando atacar e se defender, sem não dar espaço ao oponente. Ambos estavam determinados a vencer.

Aquela briga só poderia ter um fim trágico: ou Dominic mataria Baine, ou Baine mataria Dominic. Seria o fim de uma disputa que perdurava desde os tempos de juventude. Dominic nunca entendera o porquê; Baine era sete anos mais velho, e, competitivamente falando, os caminhos de ambos não deveriam ter se cruzado. Mas acontecia, e com constância.

De costas para a cachoeira, Dominic escorregou ligeiramente na encosta molhada. A batalha prosseguia sem uma definição, mas quanto mais durava, mais Dominic ficava em posição de vantagem, pois no quesito energia, Baine não conseguia superá-lo. E o próprio Baine tinha noção disso.

Estreitando os olhos, ele atacou:

— Eu deveria ter acabado com você quando te joguei naquela ravina!

Um instante de choque — Dominic nunca sonhara que aquela queda, tanto tempo atrás, tivesse sido outra coisa que não um acidente — era tudo que Baine precisava. Em vez de segurar Dominic, ele avançou, firmou os pés no chão, tomou impulso e o empurrou.

Ao sentir que se inclinava para trás, Dominic soube que o chão fugiria sob seus pés. Confiando em sua intuição, se jogou para o lado e aterrissou sobre a pedra vertical na borda da cachoeira... Sem, no entanto, deixar de segurar os ombros de Baine. No instante em que suas costas colidiram com a pedra, jogou Baine para o outro lado, em direção à borda da cachoeira,e o soltou.

O resto aconteceu num piscar de olhos.

Baine passou do ponto de retorno. Com um grito de pavor, soltou uma das mãos, debateu-se desesperadamente... E caiu levando Dominic junto, agarrado pelo casaco.

O apertão súbito dos dedos de Baine no casaco, antes de se soltarem, fez com que Dominic rolasse para fora da borda. Ele não conseguiu fixar os pés no solo molhado e instintivamente agarrou-se à pedra vertical, mas seu corpo estava pendurado sobre o precipício.

Mesmo acima do rumor da cascata, Dominic conseguiu ouvir o grito de Angélica, que apareceu acima dele. Debruçando-se sobre a pedra, ela estendeu os braços para segurá-lo pelas mangas do casaco. Não iria deixar Dominic cair.

Até quando ela aguentaria, não sabia.

Ele estava suspenso cem metros acima das pedras escuras e chanfradas onde Baine jazia espatifado. Ao lado, a cascata retumbava num rumor ensurdecedor, encharcando a ele e a pedra onde se segurava.

Seus dedos escorregavam, e Dominic os tensionou e pressionou, o que parecia só piorar a situação. Ele praguejou e forçou-se a relaxar os músculos. Tentaria, a todo custo, manter aquele contato dos dedos com a pedra.

Olhando para os lados, Dominic procurou por apoios para os pés, mas o penhasco era recortado para dentro. Impossibilitado de afastar o cabelo molhado do rosto, ele inalou o ar, piscou, apertou os olhos e então avistou uma pequena saliência na pedra à sua esquerda.

Seu lado mais fraco.

No momento seguinte, Angélica deu um tranco e soluçou. Dominic olhou para cima e viu que os pés dela haviam escorregado. Angélica estava ajudando a suportar o peso dele, que não era pouco; mas ele sabia que gradativamente a puxaria sobre a pedra e ambos cairiam.

Olhando para a saliência na pedra, com um esforço que deixou seus ombros e quadris doloridos, Dominic conseguiu levantar a perna esquerda, sem puxar Angélica, e apoiar a ponta da bota na protuberância. O contato permitiu que ele aliviasse um pouco a pressão nos braços. Mesmo assim, Angélica escorregou novamente.

Uma consciência horrível se apoderou dele. Não seria possível Angélica continuar a segurá-lo, assim como não havia possibilidade de ele subir.

— Angélica, meu anjo, você precisa me soltar. — se recusava a pensar sobre o que estava dizendo. Apelaria para a razão com todas as forças do seu ser.

Pálida, com as feições tensas, ela o fitou.

— Não.

Dominic suspirou.

— Querida, você não consegue me segurar. Se continuar tentando, nós dois cairemos. Por favor, me solte!

Angélica empinou o queixo daquele jeito que ele passara a admirar, mas que agora não queria ver.

— Você não está entendendo... Não vou soltar você. Nem agora, nem nunca! *Não* é deste jeito que isto vai terminar...

Dominic não sabia quanto tempo mais ele tinha. Seus dedos estavam entorpecidos, faltava pouco para escorregar e cair, e levar Angélica junto. Respirando fundo, voltou a olhar seriamente para ela.

— Eu te amo. Você é tudo para mim, o sol, a lua, a minha vida! Eu lhe disse que não mereço você, e não espero que retribua o meu amor, mas sei que se importa comigo, por isso eu lhe peço, *por favor*, porque eu te amo... me solte! — Ele hesitou, com o olhar perdido no dela, e então acrescentou: — Eu posso enfrentar a morte, mas não quero morrer sabendo que causei o seu fim também.

— Então é melhor você não cair, assim você não morre! — Angélica engoliu em seco, escorregou de novo e murmurou por entre os dentes: — Por que os homens são tão idiotas?

Dominic sentiu uma estranha calma dominá-lo, com a proximidade do fim.

— Ang...

— *Não!* — A negativa foi veemente. Ela o fulminou com os olhos brilhantes. — Sua *besta*... Nunca passou pela sua cabeça que eu amo você? O que significa que nunca, jamais, nem em um milhão de anos, vou te soltar!

Angélica viu-o piscar vagarosamente e percebeu que ainda não assimilara suas palavras.

— *Arrgh!* — Se pudesse, bateria nele naquele momento... mas então se lembrou. — Onde estão meus irmãos e meus primos?

Os lábios de Dominic se retorceram.

— Vinham atrás de mim, mas eu peguei um atalho. Devem estar perdidos e longe daqui. Não conte com a ajuda deles...

Angélica encheu os pulmões de ar, inclinou a cabeça para trás e gritou com todas as forças para o céu:

— Rupert!

Angélica respirou fundo novamente e voltou a gritar:

— Alasdair! *So-cooor-rooo*!

Seus gritos ecoaram nas montanhas ao redor e se extinguiram no forte rumor da cachoeira. E seu corpo moveu-se para a frente mais uma vez. Ela olhou para baixo, ciente de que era muito possível que os dois caíssem e morressem. Seus seios estavam achatados contra a pedra, a parte da frente do vestido estava ensopada, os sapatos com sola de couro molhados... e somente a parte lateral interna de seus pés estava em contato com o chão.

Com a expressão determinada e muito séria, Dominic olhou para ela. Embora Angélica continuasse segurando-o pelas mangas, ele não ousava tirar o pé da saliência rochosa e tentava agarrar-se à pedra da melhor maneira possível. Ela viu-o abrir os lábios, mas antes que Dominic dissesse qualquer coisa ela se antecipou. E com veemência.

— Não *se atreva* a discutir! Você tem de aguentar firme... Nós temos uma vida juntos pela frente, caso tenha se esquecido. Você prometeu casar-se comigo se eu o ajudasse a recuperar a taça, e eu ajudei, portanto você não pode faltar com sua palavra e me deixar uma mulher arruinada.

Dominic olhou para ela, e Angélica viu o brilho puro e simples de amor nos olhos do seu herói.

— Angél...

— *Não* — Ela queria menear a cabeça, mas tinha medo de se mexer. — Eu decidi que você seria meu no instante em que o vi no salão de lady Cavendish. Disse para mim mesma, naquela ocasião, que faria tudo para você se apaixonar por mim, e agora que consegui não vou largá-lo, nem agora, nem nunca. No que depender de mim, nem a morte irá nos separar... Não agora, e por muito tempo ainda.

Ela ouviu o som de passos no cascalho acima deles.

— Angélica?

— Aqui embaixo!

Segundos depois, seus irmãos, primos, Breckenridge e Jeremy estavam todos ali. E pela primeira vez em sua vida, sentiu que não podia confiar neles. Havia algo precioso demais em jogo.

— Solte-o, nós o puxaremos para cima — as mãos de Gabriel estavam em sua cintura, ancorando-a.

Confiante que nenhum deles *a* deixaria cair, Angélica empinou o queixo e meneou a cabeça.

— Não vou soltá-lo. Vocês podem se organizar e puxá-lo, mas eu só solto depois que Dominic estiver com os pés em terra firme.

Um silêncio mortal seguiu-se ao pronunciamento. Nenhum dos rapazes era ingênuo; compreendiam muito bem o raciocínio dela.

Devil, que estava de pé ao lado da pedra, trocou olhares com os outros, depois a fitou e suspirou, irritado.

— Está bem.

A estruturação para efetuar o resgate não foi uma tarefa simples. Dominic pesava mais do que qualquer um deles, e com a encosta tão escorregadia, não podiam se arriscar a descer para puxá-lo, mesmo que fosse um homem de cada lado. No final, Devil foi sustentado por Richard e Lúcifer, e Vane por Demon e Gabriel.

Breckenridge e Jeremy seguraram Angélica enquanto Devil e Vane, um de cada lado da pedra, se inclinaram e seguraram os pulsos de Dominic. Devagar, eles se inclinaram para trás, puxando Dominic até ficarem totalmente de pé e o peito dele ficar no nível da beira da pedra. Quando todos estavam firmes e preparados, contaram até três e andaram um, dois, três passos para trás, para longe da pedra e da cachoeira, e então terminaram de puxar Dominic completamente.

Com os pés finalmente no chão, Dominic respirou fundo várias vezes e acenou com a cabeça para os homens que os tinham salvado.

— Muito obrigado...

Angélica jogou-se nos braços dele, segurou-lhe o rosto com as duas mãos, o fez inclinar a cabeça e o beijou.

Avidamente. Longamente. Profundamente.

Ele a estreitou nos braços e ela se aconchegou, à vista de todos — irmãos, primos e futuros cunhados. Seu coração rodopiava de alegria.

Finalmente Angélica interrompeu o beijo, afastou-se, desvencilhou-se dos braços dele e socou-o no meio do peito com o punho cerrado.

— Que fascínio é esse que você tem por cair de penhascos?

Aturdido, Dominic esfregou o peito.

— Eu não tenho nenhum fascínio...

— Este não foi o segundo... — Com os olhos brilhantes, gesticulou na direção da encosta íngreme. — Não, espere! O que foi mesmo que Baine disse, que ele empurrou você de um penhasco anos atrás, não foi?

— Foi numa ravina.

— Não distorça as coisas! Foi num penhasco, outro penhasco, o que faz deste o terceiro em que você caiu!

O tom de voz dela se elevava aos poucos. Constrangido com os olhares dos curiosos em volta, Dominic tentou acalmá-la.

— Estamos na Escócia. O que mais existe por aqui são penhascos.

— Mas você não precisa ter o maldito hábito de cair deles! — Angélica apontou mais uma vez para a borda — Esta foi a segunda vez em poucos meses!

A voz dela, cada vez mais aguda, tremeu. Se Dominic dissesse que ela estava ficando histérica a situação só iria piorar. Muito pior. Então ele assentiu.

— Está bem. Tentarei ficar longe deles daqui por diante. — Dominic ouviu uma risada abafada ali perto, mas ignorou e arqueou as sobrancelhas, olhando para Angélica. — Certo?

Ela o fulminou com o olhar, mas ergueu o queixo e assentiu.

— Certo. Acho bom mesmo, portanto fique atento.

Angélica deu um passo à frente. Dominic passou um braço ao redor dos ombros delicados e ela encostou a cabeça em seu peito. Por sobre a cabeça de Angélica, ele olhou para os oito homens que os observavam. Depois de um momento de silêncio, Devil Cynster virou-se e começou a descer a trilha. Um por um, os outros o seguiram, a maioria com um sorriso nos lábios, cujo motivo ele não conseguiu atinar, até que restaram somente os irmãos dela.

O de cabelos pretos, Lúcifer Cynster, continuou a observá-lo por mais um momento, mas então Angélica virou-se e olhou para os dois; depois de estudá-la por alguns segundos, Lúcifer também curvou os lábios num sorriso e afastou-se, deixando Gabriel com uma expressão impassível para a irmã mais nova.

Angélica estreitou os olhos para seu irmão mais protetor, numa clara e inequívoca advertência.

Depois de alguns instantes, Gabriel moveu-se. Seu olhar transferiu-se para Dominic e ele meneou a cabeça.

— Ela é toda sua. Desfrute o momento com ponderação.

Depois que Gabriel também se afastou em direção à trilha, Dominic sussurrou, somente para Angélica ouvir:

— É exatamente o que pretendo fazer.

Ela o fitou e sorriu, radiante. Ainda estava assimilando tudo o que acabara de acontecer. Então lembrou-se e olhou em volta.

— Onde está a taça? — indagou-se Angélica.

Ambos olharam na direção do moledro de pedra.

— Ah, está ali...

Ela pegou a taça de ouro do lugar onde deixara cair, quando correu para ajudar Dominic. Tirando a poeira, voltou para perto dele. Examinou as pedras incrustadas em círculo ao redor do bojo, a haste trabalhada em espiral, os refinados relevos no interior, e em seguida entregou-a a Dominic.

Ele sorriu, pegou a taça e, com um braço nos ombros dela, conduziu-a ao longo da borda da queda d'água e então seguiram os homens trilha abaixo.

Lúcifer olhou para trás e, ao vê-los, parou para esperá-los. Ele acenou com a cabeça, indicando a taça.

— O que é isso?

Dominic hesitou, mas ele conhecia a reputação de Lúcifer Cynster e entregou-lhe a taça.

— É a Taça de Coroação da Realeza Escocesa. Toda esta saga foi por causa disso.

— É mesmo? — Andando ao lado deles, Lúcifer examinou a taça. — Como assim?

Dominic acenou para os outros, que caminhavam mais adiante.

— Vamos voltar para o castelo, lá nós contaremos tudo.

Lúcifer devolveu a taça e estremeceu.

— Não recusarei um banho quente e roupas secas. — Ele sorriu para Dominic. — Pelo menos suas roupas não ficarão apertadas em nós, quando nos emprestar...

Dominic sorriu também.

Devil, Vane e Richard estavam um pouco mais distantes à frente, e Devil apontou para fora da trilha quando eles se aproximaram.

— Imagino que aquele seja o assassino que você estava perseguindo?

Através de um véu de espuma turva, era possível divisar o corpo de Langdon Baine, esparramado de costas nas pedras irregulares na base da queda d'água.

Dominic acenou com a cabeça.

— Sim, é ele.

— Baine encontrou a taça primeiro — explicou Angélica. — Estava escondida no moledro, e quando a peguei ele tentou me jogar lá de cima. Dominic chegou na hora certa.

Devil assentiu.

— Nós vimos essa parte, mas nos perdemos na subida da trilha. — Ele virou-se para Dominic. — Quem ele era?

— Langdon Baine. Ele é... era... lorde do clã Baine. São os donos das terras ao sul das nossas. — Dominic acenou com a cabeça na direção oposta ao vale onde ficava o castelo. — Do outro lado da cordilheira. Ficam no planalto e não são particularmente férteis.

— O que ele tinha contra você? — indagou Vane.

— Eu não sei... — Dominic ergueu a taça e a estudou — ...Mas desconfio que não seja exatamente contra *mim*, e sim com uma contenda não declarada entre clãs. Aparentemente ele queria expulsar todos os Guisachan das terras altas.

Gabriel contemplou a taça.

— E ele conseguiria isso roubando a taça?

— Conseguiria. — Dominic olhou rapidamente para Gabriel. — Mais tarde eu explico.

Ele observou mais uma vez o corpo nas pedras e então todos se viraram e prosseguiram pela trilha.

Angélica lançou-lhe um olhar de esguelha.

— Vou mandar um grupo de homens do castelo vir buscar o corpo e levar para Baine Hall.

Ela concordou com um aceno de cabeça, e então pensou nos outros corpos que esperavam no castelo.

Mantendo-se atrás do grupo, voltaram para casa em silêncio.

Voltaram para casa...

Quando eles chegaram ao cume da cordilheira, depois de subirem o caminho sinuoso , viram a imagem do castelo acima do lago, posicionado na encosta da colina e rodeado por bosques verdejantes. Maravilhada, Angélica sentiu seu coração se alegrar. Fazia apenas alguns dias que viera parar ali, e no entanto já se sentia em casa.

Era curioso, mas não surpreendente. Olhou para o homem ao seu lado. Aquele era o lugar que Dominic chamava de lar, o único lugar do mundo ao qual se sentia pertencer. E ela, bem como seu coração, pertenciam a ele, agora e para sempre.

Olhando para a taça, Dominic parou e entregou-a a Angélica.

— Leve-a, você. Sem a sua ajuda, eu nunca teria conseguido recuperá-la.

Angélica sorriu e continuaram andando, a taça aninhada em seu colo.

— Você pode dizer também que, se seu pai não a tivesse penhorado, se sua mãe não a roubasse e se você não se empenhasse em recuperá-la, nunca teríamos nos conhecido.

Angélica o fitou e viu, ainda brilhando nos olhos dele, a mesma emoção que vira com tanta nitidez acima da queda d'água.

Dominic afastou uma das mãos dela da taça e entrelaçou os seus dedos.

— Frequentemente, na minha vida, vi os sinais, os caminhos, o suficiente para saber que o destino tem meandros misteriosos... E seus próprios planos.

Angélica riu, um som melodioso que ecoou nas colinas e encheu o coração dele de júbilo.

Sorrindo, Dominic a levou consigo pelo caminho para o castelo. Quando percorreram o declive para o portão dos fundos, ele chegou a ousar acreditar que, finalmente, o destino cumprira sua missão com ele.

As explicações tiveram de esperar. No instante em que entraram na despensa, com os curiosos Cynster atrás, haviam decisões a tomar, ordens a dar, arranjos a fazer e todo tipo de providências a pensar.

Entretanto, por consenso geral, o primeiro assunto a ser resolvido era a taça. Com seus familiares observando, Angélica viu-se ao lado de Dominic no pórtico do castelo, segurando a taça para o clã que aplaudia e dava vivas.

Eles se olharam e, em seguida, Dominic deu um passo para trás e envolveu a cintura dela com os braços.

— Venha cá. — Ele a suspendeu e sentou-a em seu ombro.

Angélica riu e levantou a taça mais alto ainda... E o clamor de aprovação dos membros do clã foi ensurdecedor.

Algum tempo depois, eles voltaram para o salão nobre. Um lanche com bebidas quentes foi servido, enquanto os quartos de hóspedes eram preparados e água era aquecida em caldeirões. Dominic mandou Jessup e seus cavalariços saírem pelo portão dos fundos e contornar o lago para recolher todos os cavalos, e depois, com os Cynster, Breckenridge e Jeremy em seus calcanhares, foi supervisionar o conserto da ponte para que os animais pudessem ser trazidos para o castelo.

Embora curiosa para ver o andamento das coisas, Angélica deixou-os ir e foi ver Elspeth, que tinha se recuperado o suficiente para pedir permissão para ajudar Brenda a arrumar a condessa, e depois foi procurar Mulley e John Erskine para tratar das providências para o funeral da mãe de Dominic e de McAdie. O pobre homem aguentara tempo suficiente para ouvir os aplausos no pátio.

— Depois disso, McAdie deu um sorriso e se foi — contou Mulley. — Imagino que esteja em paz agora.

Os irmãos e primos de Angélica, todos muito cavalheiros, insistiram que ela fosse a primeira a tomar um banho quente, porque estava toda ensopada, apesar de eles estarem molhados também. Sentindo-se renovada, com os cabelos já secos e escovados, Angélica vestiu um de seus vestidos novos, de seda verde-azulada, e apressou-se em cuidar da organização de sua nova casa.

Em meio à algazarra, Angélica encontrou Gabriel, Lúcifer, Devil e Vane no corredor do andar de cima, do lado de fora dos quartos que ocupavam. Estavam conversando, mas ficaram em silêncio quando ela se aproximou. Parando ao lado deles, estudou o rosto de cada um, respirou fundo e disse:

— Obrigada. Se vocês não fossem os cabeças-duras que são e não tivessem vindo correndo até aqui... — Só de pensar no que poderia ter acontecido, sentia um nó na garganta. Piscando, acenou com a mão.

Os rapazes a olharam com expressão ligeiramente horrorizada. Gabriel deu um passo à frente e a envolveu num abraço.

— Se você quer nos agradecer, pelo amor de Deus não chore...

Ela esfregou o nariz.

— Está bem. — Ela deu um tapinha no braço dele que a soltou. — Não pensem que eu aprovo o motivo pelo qual vocês vieram, mas estou grata por terem vindo.

Angélica beijou cada um deles no rosto e se afastou, deixando-os olhando para ela, mais confusos do que nunca.

Era hora do jantar. Os meninos e os cães já tinham retornado da excursão com Scanlon e sua equipe, com um cervo para a cozinha e contando histórias da caçada. Descobrindo de repente um grupo de homens muito parecidos com seu primo, e dispostos a conversar e interagir com garotos mais jovens, Gavin e Bryce não sabiam a quem dirigir-se primeiro para fazer perguntas, ouvir histórias e experiências de vida.

Os cães circularam um pouco e por fim se deitaram ao lado das cadeiras que seriam de Dominic e Angélica. Ela subiu no palanque, hesitou e depois olhou para Dominic, que já estava ao lado da cadeira do conde; percebendo que ele não lhe indicaria onde se sentar, pensou um pouco e então foi até a cadeira à direita dele, a que era reservada para a condessa. Dominic sorriu, ajudou-a a sentar e acenou para Devil, indicando a cadeira à esquerda da sua.

Gavin e Bryce, mal cabendo em si de tanto orgulho, foram convidados a se sentar na mesa principal. Gavin sentou-se à esquerda de Devil, com Lúcifer do outro lado, ao passo que Bryce foi timidamente ocupar a cadeira ao lado de Angélica. Gabriel sorriu para ele ao sentar-se à sua direita. Os outros Cynster, com Breckenridge e Jeremy, foram acomodados em outras mesas do salão.

A refeição transcorreu numa atmosfera de bom humor, conversas e risadas.

Observando as pessoas à sua volta, Dominic deu-se conta de como fazia tempo que seu povo não se sentia tão descontraído e feliz. Era como, de repente, se o sol tivesse surgido entre as nuvens e banhado o clã Guisachan com seus raios de calor e luz, transmitindo alegria, paz e esperança aos corações de todos.

Dominic olhou para a mulher sentada à sua direita.Aquele anjo de 21 anos que ficara a seu lado e enfrentara cada desafio que o destino colocara em seu caminho. Ele pensara nela como sua salvadora e futura noiva, e era exatamente isso que Angélica fora, ainda era e com certeza continuaria sendo.

Ela estava conversando com Bryce e Gabriel. Estendendo o braço, Dominic cobriu a mão dela com a sua e apertou-a de leve. Sem se virar para ele, Angélica acolheu os dedos fortes, apertou-os também e deixou as mãos descansarem entrelaçadas. Ele sorriu, recostou-se na cadeira, percorreu o olhar pelo seu clã e se regozijou em silêncio.

No final da refeição, Dominic, Angélica, os familiares dela, mais os meninos e os cães, foram para a biblioteca e finalmente trataram das explicações necessárias. A primeira revelação, contudo, não tinha nada a ver com eles nem com a aventura daquele dia. Quando Dominic serviu o uísque do clã em copos de cristal, um silêncio de apreciação pairou no aposento.

Os outros homens tomaram o primeiro gole, saborearam e depois, lentamente e quase com reverência, beberam outra vez.

Segurando o copo contra a luz e examinando o líquido cor de mel, Devil perguntou:

— De onde vem isto?

Segurando seu copo, Dominic sentou-se numa poltrona ao lado da imensa lareira.

— Da destilaria do clã, perto da cabeceira do lago.

Os outros homens se entreolharam, e Devil arqueou as sobrancelhas.

— Você tem uma destilaria que produz *isto*?

— Sim... O clã possui.

— Humm. — Devil tomou outro gole e murmurou: — Tenho de admitir que os homens da família perdoariam muita coisa em troca desta bebida.

É claro que ele e os outros já tinham visto bastante de Dominic Lachlan Guisachan para saber que o acolheriam de braços abertos à família, e até com um certo alívio. Eles tinham ficados travados, impossibilitados de fazer qualquer coisa, quando Angélica, por causa da habitual teimosia, tinha ido diretamente para o perigo. Eles tinha escapado por muito pouco de serem arremessados, junto com ela, para o fundo do penhasco.

Dominic correra muito na frente e acabara deixando-os para trás, a fim de alcançar Angélica a tempo; e tivera de fazer um esforço sobre-humano para salvá-la. E a atitude dela para com Dominic depois havia selado a aprovação de Devil e dos outros. Daqui por diante, a encrenqueira mais mandona da família, a mais teimosa e inteligente demais para o próprio bem, era responsabilidade de Dominic.

— Muito bem. — Relutantemente afastando as preocupações da mente, Devil olhou para o anfitrião. — E então, onde essa história toda começa?

Dominic contou a eles, explicando o que começou aquela aventura, da mesma forma como contara a Angélica naquela primeira noite. Face à pendente ligação das duas famílias, parecia não fazer muito sentido ater-se aos pormenores sociais. Quando eles perguntavam, Dominic respondia, mas de forma geral os Cynster compreenderam as razões dele sem dificuldade ou disputa.

Antes de a reunião chegar à metade, os meninos adormeceram. Angélica saiu discretamente, chamou Mulley e Erskine e pediu que os carregassem para a cama. Balbuciando um sonolento "boa-noite", eles se deixaram levar.

Conforme a história de sucessivos meses se desenrolava, primeiro Breckenridge e Richard, e depois Jeremy Carling, ajudaram Dominic a preencher as lacunas da narrativa até o ponto em que havia viajado para Londres com o intuito de raptar Angélica.

— Uma pergunta — disse Devil a certa altura. — Por que você simplesmente não nos pediu ajuda?

Dominic virou-se para ele.

— Se eu tivesse ido procurar vocês, ou lorde Martin, o que responderiam se eu dissesse o seguinte: "Por favor, confiem em mim quando eu fingir que raptei sua irmã e a levar para as terras altas e fingir arruiná-la a fim de convencer minha mãe, que quer se vingar de lady Célia por causa da obsessão do meu pai, a me devolver a taça escocesa da coroação, porque se eu não tiver a taça para levar numa reunião de banqueiros no dia primeiro de julho eu perco minhas propriedades e meu clã ficará arruinado."

Devil retribuiu o olhar e então suspirou.

— Entendo... — Ele gesticulou. — Por favor, continue.

Dominic, agora auxiliado por Angélica, relatou como a tirara do salão de lady Cavendish e a levara para Bury Street.

Nesse ponto Gabriel e Vane também colaboraram, intercalando relatos de como a família reagiu e de como no final a tia-avó Clara havia desvendado o enigma de quem era o visconde Debenham. Mas assim que chegaram à parte das terras altas, foram Dominic e Angélica que contaram a história, e embora recontassem todos os pontos importantes, houve outros que omitiram.

Quando chegou o momento de explicar o que tiveram de fazer para convencer Mirabelle a devolver a taça, Angélica disse apenas que, depois de vários dias de soberba encenação e dramática representação teatral, a condessa tinha finalmente concluído que ela estava suficientemente arruinada e concordara em entregar as indicações da localização da taça, ponto em que a participação de Langdon Baine na trama toda viera à luz.

Eles falaram sobre Baine e seu anterior atentado à vida de Dominic, consideraram os prováveis motivos, e então passaram à história da taça propriamente dita.

Lúcifer escutava fascinado, e Gabriel também.

— Se você estiver de acordo, eu gostaria de ver aquele contrato com os banqueiros... Nunca ouvi falar de algo assim, pelo menos não expresso dessa forma. Eu gostaria de estudar essa estrutura para referência futura.

Dominic concordou.

Demon, depois de circular o aposento com o decantador e servir mais uma dose de uísque a convite de Dominic, voltou a sentar-se.

— Ouvi falar tanto daquele seu cavalo que fui dar uma olhada no estábulo. Seu cavalariço mostrou-o para mim... É um puro-sangue árabe. Mas fiquei pensando, você tem outros cavalos da mesma linhagem?

Dominic hesitou e depois admitiu:

— Eu consegui alugar duas éguas.

Quando Demon fez uma imitação perfeita de um menino esperando um presente, Dominic sorriu.

— Elas não estão no castelo, mas em uma das fazendas. Amanhã levo você para conhecê-las.

Demon sorriu também e fez um brinde.

— Excelente.

Jeremy já estava vasculhando as prateleiras de livros. Breckenridge e Vane queriam saber sobre os rebanhos e as colheitas. Richard perguntou sobre a caça, um assunto que interessou a todos e se tornou o centro da conversa por algum tempo.

Sorrindo, Devil recostou-se e deixou que os outros conduzissem o interrogatório, apesar de ele próprio já ter tomado sua decisão e de saber que os outros tinham a mesma opinião. Embora não pudessem aprovar abertamente o plano de Dominic para recuperar a taça, no lugar dele provavelmente teriam feito a mesma coisa, e talvez não tivessem se saído tão bem. Podiam não pertencer a um clã, mas entendiam o conceito de família e que às vezes era necessário desviar-se das regras para levar todo mundo ileso para o outro lado. Se era *isso* que era preciso, era *isso* o que seria feito. Eles não podiam julgá-lo nem condená-lo.

Tomando mais um gole, saboreando o suave gosto maltado, Devil escutava a conversa e observava Dominic e Angélica, reparando nas reações deles. Seu sorriso se aprofundou. Ao "raptar" Angélica, Dominic Lachlan Guisachan fizera a própria cama, e a família inteira, refletiu, ficaria tão contente e aliviada com o resultado que todos seriam capazes de ajudá-lo na mentira.

Por fim, eles consideraram os dias que viriam pela frente e fizeram o planejamento necessário.

Angélica sugeriu — e seus irmãos e os outros concordaram prontamente — que deveriam permanecer no castelo por pelo menos um dia a mais do que o planejado antes de voltar para Londres.

Sentada no braço da poltrona de Dominic, Angélica olhou-o.

— Precisamos ficar aqui para o funeral. Mulley disse que será daqui a três dias.

Dominic assentiu, com expressão impassível.

— Se partirmos no dia seguinte ainda teremos tempo suficiente para chegar a Londres até o fim do mês. Enviarei uma mensagem aos banqueiros para que marquem nossa reunião para o dia primeiro.

— E pegaremos o coche de passageiros de Edimburgo, não o do correio — avisou ela. — Precisamos do coche maior porque os meninos irão conosco.

Dominic franziu a testa.

— Nós vamos levá-los?

— Claro! Eles precisam encontrar a minha família.

Richard suspirou.

— Antes de vir para cá, fui informado de que depois que tudo aqui estivesse resolvido, eu deveria voltar para o Vale e, junto com minha esposa bruxa, viajar para Londres com os gêmeos. — Ele olhou para Angélica e arqueou as sobrancelhas. — Ela disse que você saberia por quê.

Angélica olhou em volta e viu a mesma indagação na maioria dos rostos.

— Bem, é claro que haverá um jantar familiar, provavelmente na segunda noite depois de nossa chegada à cidade. Então, depois que Dominic entregar a taça aos banqueiros, na noite de primeiro de julho... — ela o olhou de soslaio — ...Mamãe e papai, e Honória, claro, oferecerão um baile para comemorar o nosso noivado.

Dominic olhou para ela e ergueu o copo como que para encobrir sua reação.

Breckenridge estreitou os olhos.

— Você acabou de decidir isso. — Ele gesticulou para Dominic. — Não acha melhor consultá-lo primeiro?

— Nós já falamos sobre isso — retrucou Angélica. — Ele disse que a decisão é minha, de onde e quando.

— Mas... — Jeremy franziu a testa. — Certamente não há motivo para tanta pressa...

— É claro que há. — Angélica arqueou as sobrancelhas. — Primeiro, todos estarão prontos para deixar a cidade no final de junho... Eles ficarão por causa do baile, mas não muito tempo depois disso. Não faz sentido deixar mais para a frente e obrigar todo mundo a viajar de volta para o baile. Claro que nem todos iriam, mas eu achei melhor fazer logo. Depois, em agosto, tem a celebração do verão em Somersham, e iremos todos para lá. E em setembro, caso tenham se esquecido, teremos três casamentos na família e muita coisa a ser organizada até lá.

Todos os rapazes pareciam um pouco perplexos; alguns abriram a boca para falar, mas desistiram.

— Ora, vocês sabem perfeitamente bem que noivados e casamentos são da competência das mulheres da família, e vocês podem... — Ela se interrompeu quando Devil levantou a mão.

Em seguida virou a palma, acenou como um condutor e entoou em coro com todos os outros:

— Deixar para você e nossas esposas.

Breckenridge e Jeremy disseram “futuras esposas”.

Angélica sorriu.

— Exatamente.

Gabriel olhou para Dominic.

— Bem-vindo à família.

Dominic emborcou o copo.

Mais tarde, depois que anoiteceu e o castelo estava mergulhado no silêncio, Angélica deitou-se na cama espaçosa no quarto superior da torre leste e observou seu lorde das terras altas despir-se, iluminado pela claridade prateada do luar, uma visão da qual ela duvidava que algum dia se cansasse.

A brisa trazia para o quarto o perfume inebriante das rosas que floresciam no jardim ao redor da base da torre.

Finalmente despido, Dominic virou-se e foi até a cama, com passos fluidos e graciosos, e a lua prestou sua homenagem, iluminando com sua luz etérea os ombros largos, o peito musculoso, o abdômen e fazendo brilhar os pelos escuros que adornavam o corpo magnífico.

Afastando as cobertas, ele deitou-se ao lado de Angélica, apoiou-se num cotovelo e passou o outro braço pela cintura feminina, trazendo-a para mais perto.

Ela levou a mão ao peito largo antes que Dominic a beijasse e ela perdesse a oportunidade de falar.

— Seu joelho. Fiquei com medo que você o tivesse machucado outra vez quando ficou pendurado na borda da cascata, mas você não está mancando.

Devorando-a com os olhos, ele meneou a cabeça.

— Não. Eu também achei que ia lesionar de novo, mas não aconteceu nada. Sinto-me mais forte que nunca... Bem, pelo menos desde que caí naquela ravina anos atrás.

Angélica sorriu.

— Que bom! — Ela tivera um motivo para perguntar, por causa de algo que estava planejando, mas ainda não era hora de contar.

— Eu presumo que o anúncio que você fez aos seus familiares do nosso noivado signifique que você finalmente aceitou se casar comigo.

— Eu garanto que você está inteiramente certo em presumir isso.

— Graças a Deus...

— Você nunca acreditou de verdade que eu recusaria.

— Não, mas eu não sabia qual seria o seu preço.

Angélica hesitou por um segundo antes de retrucar:

— Você pagou esse preço hoje. Abundantemente, extravagantemente, de diferentes maneiras.

Dominic continuou a observá-la, como se esperasse por uma elaboração do assunto. Angélica o fitou nos olhos, e embora o rosto dele estivesse nas sombras, podia sentir a emoção que fazia os olhos dele brilhar. Fascinada, levou a mão ao rosto masculino e acarinhou-o com a ponta dos dedos.

— Hoje, você teria, de boa vontade, morrido para me salvar.

Ele virou o rosto e beijou-lhe a palma da mão.

— E morrerei por você amanhã, se o destino assim exigir. — Ele retorceu os lábios. — Mas você não me deixaria...

— Nem hoje nem amanhã. Você é meu, e não pretendo entregá-lo, nem ao destino nem a qualquer outra força ou autoridade.

Dominic sorriu.

— Pensei que esse fosse o meu jeito de ser.

— Pode ser o nosso jeito de ser. Estou disposta a compartilhar!

— Eu também. — Ele a fitou com os olhos semicerrados. — Para todo o sempre, tudo o que eu tenho, tudo o que eu sou, é seu, meu anjo.

— E eu serei sua, e você será meu, até o fim dos nossos dias.

Dominic inclinou a cabeça, e Angélica o puxou para si, os lábios se encontraram numa carícia lenta e repleta de ternura.

À luz do luar prateado, com o perfume de rosas a envolvê-los, eles reviveram e revisitaram tudo aquilo que eram, tudo o que já haviam desejado e descoberto. Com vigor e sem inibições repetiram tudo outra vez, com confiança um no outro, na felicidade, no amor; saborearam, se regozijaram, entregaram-se um ao outro com reverência e excêntrica harmonia; com promessas que não precisavam ser ditas, compreendidas pela alma, num comprometimento inabalável. Reafirmaram sua fé em tudo o que havia florescido entre eles, em sua união, sua proximidade, sua intimidade que era também espiritual.

Foi uma celebração simples, porém livre e irrestrita. Eles conquistaram tudo que seus corações sempre desejaram, e no entanto ambos sabiam que sua vitória mais surpreendente não se dera no plano físico. Os dois haviam ansiado e procurado, e por fim foram recompensados com o maior prêmio do mundo e da vida.

Eles se amaram.

Amaram, veneraram e se doaram, até que alcançaram o ápice da mais pura e plena emoção, resplandecente como o sol.

E a beleza daquilo tudo os dominava, fundia-os e fazia-os renascer. Seus corpos se uniram, dois corações batendo em uníssono, duas almas em perfeita comunhão.

E então a magia do amor os arrebatou e os completou, com a suave bênção do luar.

Afundando na maciez do colchão, aninhados nos braços um do outro, foram envolvidos por uma nuvem de amor que havia brotado e florido no coração, no corpo e na alma de ambos, e que através daquela entrega tornara-se a verdade maior, o triunfo final.

CAPÍTULO 23

TRÊS DIAS DEPOIS, DE pé ao lado de Dominic no pequeno cemitério da igreja local, na aldeia vizinha de Cougie, Angélica viu os três caixões descerem para seus túmulos.

O novo lorde do clã Baine, o irmão bem mais novo de Langdon Baine, chegara ao castelo no dia seguinte às mortes. Ele não tinha nenhuma ilusão quanto à falta de caráter do irmão mais velho.

— Ele herdou isso dos parentes mais velhos, que sempre se ressentiram do clã Guisachan por causa das terras mais vastas e férteis e da fortuna maior, e costumavam apregoar à maneira antiga, dizendo que devemos simplesmente tomar aquilo que queremos. — Hugh meneara a cabeça. — Mesmo depois que esses parentes idosos faleceram, Langdon nunca deu ouvidos a conselhos.

Hugh agradecera a ele por ter mandado o corpo de seu irmão para casa. De sua parte, Dominic se oferecera para ajudar o clã Baine no que precisassem, e Hugh em particular, a assumir sua inesperada nova posição.

Eles tiveram a postura de vizinhos decididos a cooperar para o bem comum. Como parte desse objetivo, concordaram em solicitar uma cerimônia conjunta na igreja, por comum acordo, atribuindo as três mortes a um desafortunado pacto entre personalidades instáveis, esperando dessa forma limitar a possibilidade de desavenças.

Mirabelle, a condessa de Glencrae, foi enterrada primeiro, numa sepultura de pedra ao lado do marido. O grupo foi então para o mausoléu dos Baine, onde Langdon foi sepultado, e por fim para a área dos Guisachan para acompanhar o sepultamento de McAdie.

Foi o enterro que mais arrancou lágrimas dos presentes.

Angélica ficou ao lado de Dominic e do pároco, com Hugh e sua jovem esposa do outro lado do reverendo, e agradeceu àqueles que compareceram, a maioria vizinhos e pessoas da aldeia, mas também alguns moradores dos vales ao redor e membros de clãs conhecidos. Aparentemente, todos sabiam que ela se casaria com Dominic; já era tratada como se já fosse a nova condessa. Ela esperara, em parte, que seus irmãos tentassem convencê-la a voltar com eles para Londres, mas embora Gabriel tivesse chegado a mencionar a possibilidade, não a pressionara, tendo já compreendido a realidade de sua posição dentro do clã e que era mais importante, para ela e para os outros, que ficasse ao lado de Dominic.

Angélica e Dominic foram os últimos do clã Guisachan a montar novamente em seus cavalos para voltar ao castelo.

Dominic conduziu Hércules num trote tranquilo pelas veredas estreitas, mas quando chegaram à bifurcação perto do castelo, ele contemplou o grande cavalo castanho e em seguida olhou para Angélica, que vinha a seu lado na irrequieta Ebony.

— Vamos cavalgar um pouco?

Ela sorriu.

— Mostre o caminho.

Hércules saltou para a frente. Rindo, Angélica guiou Ebony para segui-lo.

Dominic manteve um ritmo mais lento até sair da trilha e chegar a uma pradaria relvada; ali, deixou Hércules sair galopando. O cavalo percorreu a linha reta já familiar, depois virou para contornar a margem do lago. Ebony acompanhava de perto, as pernas negras parecendo correr acima do solo, a crina brilhante esvoaçando para trás. Angélica deixou escapar um gritinho alegre.

Incitando Hércules, sentindo o ritmo dos pesados cascos ecoar em seu próprio sangue, Dominic cavalgou até a extremidade da praia do lago, somente no último momento reduzindo a velocidade. Então fez Hércules virar e respirou fundo, sentindo-se vivo e livre como há anos não se sentia.

Angélica puxou as rédeas de Ebony a uma distância um pouco maior da ponta da praia e também deu a volta até a égua preta ficar lado a lado com Hércules. Ela estudou o semblante de Dominic e, estendendo a mão, acarinhou o rosto másculo. Fitou os olhos penetrantes e então puxou-o para si e o beijou com ternura.

Quando ela se afastou, Dominic a segurou, passou um braço por sua cintura e encostou a testa à dela.

— Mal posso acreditar que tudo acabou.

Angélica sorriu.

— Vamos para casa.

Eles trotaram de volta, lado a lado, sob o brilho do cálido sol matinal e por entre os aromas da floresta. Quando o castelo surgiu adiante, com seus majestosos muros de pedra atenuados pela luz dourada, o fundo formado pelos tons de verde e marrom da floresta, as águas cintilantes do lago proporcionando movimento à paisagem, Angélica contemplou, escutou, e sentiu a paz, a tranquilidade que retornava àquele lugar, subindo lentamente pelas montanhas, rolando sobre os arvoredos e o lago, envolvendo o castelo e espalhando-se pelo vale.

Eles podiam ter alcançado um fim, mas junto com este, vinha um recomeço, o início de sua própria história, o princípio de sua vida juntos.

Dominic a observou, e quando Angélica o fitou, ele arqueou uma sobrancelha.

— Um guinéu por seus pensamentos.

Ela sorriu.

— Estava pensando que estes últimos meses foram, em essência, o epílogo da vida de seu pai... E o prólogo da sua.

Dominic assentiu.

— E daqui para a frente esta história é nossa.

— Nossa para criar... e viver.

— Nossa para desfrutar e apreciar.

Angélica sorriu e cavalgou ao lado dele pela ponte levadiça, para dentro do castelo, para dentro de seu lar.

O dia continuou com a mesma sensação de liberdade recém-descoberta, de novas direções e de primeiros passos rumo a uma estrada que percorreriam juntos.

No meio da tarde, Dominic e os meninos encontraram Angélica no corredor e a convenceram a deixá-los raptá-la novamente, dessa vez para um longo passeio pelo bosque a oeste do castelo.

Caminhando ao lado de Dominic, de mãos dadas, ela observava os meninos correndo na frente com os três cães. Tudo indicava que Nudge havia escolhido Angélica como sua dona favorita, voltando frequentemente para perto querendo que Angélica lhe fizesse festa, antes de correr para juntar-se aos meninos e aos outros cães.

Quando estavam na igreja mais cedo, naquela manhã, Dominic havia se afastado por um instante para observar um túmulo duplo junto ao muro, na área dos Guisachan. Ela o seguira, parara ao lado dele e lera a inscrição na lápide.

— São os pais dos meninos?

Dominic assentira.

— Krista foi carregada por uma enchente. Mitchell tentou salvá-la, mas feriu-se gravemente. Morreu uma semana depois, em consequência dos ferimentos. Eu jurei cuidar dos filhos deles como se fossem meus.

Ela apenas acenara com a cabeça, porém mais tarde, enquanto Dominic conversava com um grupo na frente da igreja, Angélica voltara para perto do túmulo e fizera um juramento: "Eu cuidarei dos três como se fossem meus. Podem confiar em mim e descansar em paz."

Agora, conforme caminhava sob a luz do sol que se infiltrava por entre as copas das árvores frondosas, a promessa ecoou em sua mente.

Por fim, eles chegaram à extremidade oeste da ilha. Angélica e Dominic se sentaram na encosta e observaram os meninos e os cães brincando na parte rasa. Os meninos atiravam gravetos na água e os cães mergulhavam para ir buscá-los, sacudindo-se e borrifando água para todos os lados quando saíam, para alegria de Gavin e Bryce, que gritavam eufóricos, quase tão molhados quanto os cães.

O sol começava a se pôr, ainda quente e dourado, lançando uma bruma clara no ar de verão.

— Um cervo — disse Dominic de repente, em voz baixa.

Os dois meninos pararam e olharam em expectativa. Para Angélica, ele sussurrou:

— Não se mexa.

Então, vagarosamente, apontou para a praia à direita.

Seguindo a direção indicada, Angélica viu a cabeça altaneira e um par de galhadas maciças erguer-se conforme o cervo levantava o focinho de dentro da água. Cercado pela vegetação densa, o animal olhou na direção deles, para os cães que ainda brincavam em volta dos meninos, e depois para Dominic e Angélica. Estudou-os por um longo momento e então virou-se e se afastou, farfalhando as folhagens.

— Oh... — ela suspirou. — Que lindo!

Dominic sorriu. Abraçando os joelhos dobrados, olhou para os meninos.

— Eu o cacei durante anos. Ele me conhece. Já o tive sob minha mira inúmeras vezes, mas nunca consegui atirar. Ele agora sabe que está seguro nestas terras.

Angélica deitou a cabeça no ombro largo. O cervo a fizera lembrar do próprio Dominic... Possuía o mesmo tipo de beleza, régia, magnífica, e ao mesmo tempo selvagem, um encantamento visceral, poderoso, indomado, e só um pouquinho perigoso. Seu herói era um verdadeiro filho das terras altas.

Sentada ao seu lado, Angélica observou os meninos, rindo das palhaçadas que faziam, enquanto o sol descia aos poucos no horizonte.

Quando as sombras se alongaram, ela respirou fundo, sentiu o coração se expandir e soube que tinha encontrado seu lugar no mundo. O destino e a Senhora a haviam levado para aquele lugar longínquo, distante de sua terra, de Londres e da vida que conhecia. Levaram-na para ali porque era àquele lugar, perto de Dominic, do clã e dos meninos, que ela pertencia.

* * *

Uma semana depois, Dominic seguiu Angélica para o hall de entrada da casa de lorde Martin Cynster, em Dover Street.

Aguardando enquanto o mordomo fechava a porta, ele se sentiu nervoso como não se sentia desde os tempos de estudante, e não era por causa da perspectiva do encontro com o pai dela.

Ele e sua futura condessa, juntamente com um grupo de cinco empregados e os meninos, tinham chegado a Londres na noite anterior. E Angélica não deixara dúvidas quanto à sua intenção de ficar com ele em Bury Street; eles haviam passado aquela noite na suíte da condessa.

Naquela manhã, enquanto ela se dedicara a arrumar e transformar sua casa, Dominic saíra e fora visitar o pai dela. Lorde Martin, sem dúvida prevenido por Gabriel, Lúcifer e muito provavelmente Devil, mostrara-se austero a princípio, embora cortês, mas por fim sua atitude tinha sido compreensiva, acolhedora e até de aprovação. A garrafa do mais fino malte do clã que Dominic levara como oferta de paz selara o que ele esperava que fosse um acordo duradouro com o futuro sogro. Os Cynster eram grandes admiradores de uísque de qualidade.

Portanto, quando o mordomo os conduziu para uma espaçosa sala de visitas, não era por causa do encontro com nenhum dos homens da família que Dominic estava nervoso. Seguindo Angélica para dentro da sala, ele avaliou rapidamente os presentes.

Gabriel estava lá, sorridente, ao lado de uma moça alta de cabelos castanhos, presumivelmente sua esposa, Alathea. Lúcifer estava do outro lado dela, com uma mulher miúda de cabelos pretos, sua esposa Phyllida; Angélica o informara previamente de todos os nomes, e das respectivas descrições.

A dama que estava ao lado de Devil Cynster, sua esposa Honória, era exatamente como Dominic tinha imaginado: uma duquesa da cabeça aos pés. Breckenridge também estava lá, de braço dado com Heather, ao lado de Jeremy e Eliza.

As duas últimas Dominic conhecia de vista, mas nenhuma delas o tinha visto antes, a não ser à distância. Ambas o estudaram de cima a baixo, sem disfarçar; seus olhares se transferiram para Angélica e elas sorriram. Dominic não tinha certeza do que estavam pensando e achou melhor não saber.

A última mulher presente na sala estava sentada em uma poltrona ao lado da lareira, mas devido à posição dos demais, Dominic não podia vê-la com clareza.

Gabriel era o que estava mais próximo da entrada; Angélica parou diante do irmão, esticou-se e o beijou na face, depois segurou o rosto de Alathea entre as mãos antes de apresentar Dominic.

Apertando a mão que Alathea lhe estendia, Dominic curvou-se e murmurou um cumprimento. Então endireitou-se e encontrou um par de olhos astutos cor de avelã; depois de uma breve pausa, os olhos brilharam e Alathea sorriu.

— Seja bem-vindo, senhor. Acredito que se dará muito bem com esta família.

— Dominic, por favor — ele retribuiu o sorriso com certo charme, mas sua mente estava atenta à senhora sentada na poltrona.

Antes, porém, de chegar perto dela e encará-la, tinha de cumprir todas as apresentações. Phyllida, que o cumprimentou com um sorriso e perguntou por seus pupilos; Honória, a duquesa de St. Ives, que primeiro o estudou com expressão séria, mas depois esboçou um leve sorriso e lhe deu boas-vindas ao "nosso clã".

Heather e Eliza estavam evidentemente curiosas, e ele as achou simpáticas, mas ficou com a sensação, como Angélica lhe dissera, de que, dentre todas as tentativas de raptar uma das filhas de Célia, o destino atendera aos melhores interesses de todos.

Finalmente, depois que ele cumprimentou Breckenridge e Jeremy, Angélica o conduziu para a dama sentada na poltrona. Martin estava de pé ao lado dela; quando Angélica e Dominic se aproximaram, a mulher levantou-se.

Célia Cynster, Dominic avaliou, era uma matriarca discreta, aquele tipo de mulher forte que, por seu comportamento natural, não aparentava ser tão enérgica. Mas não tinha sido do pai que Angélica herdara a personalidade forte e o temperamento espevitado.

Um pouco mais alta que Angélica, com os cabelos da mesma cor dos da filha começando a ficar grisalhos, Célia o recebeu com postura altiva, o queixo empinado e um brilho intenso nos olhos.

Dominic parou diante dela e aguardou o veredito; a censura, o repúdio, se ela assim decretasse.

Angélica percebeu a tensão dele. Olhou para a mãe e de volta para ele.

Martin deu um passo à frente e fez as apresentações. Célia e Dominic se cumprimentaram formalmente, mas quando ele ia soltar a mão dela, Célia o segurou. Com a outra mão, fez um sinal dispensando Martin e Angélica. Virou-se para Dominic e disse:

— Venha comigo.

Educadamente Dominis estendeu o braço e ela o segurou. Juntos, atravessaram a sala até o nicho de uma *bay window*. Lá, Célia parou e voltou-se para ele. Estudou atentamente seu rosto antes de falar:

— Você não se parece com seu pai, e ainda assim vejo algo dele em você.

Ele reprimiu uma careta.

— Os olhos.

Ela olhou novamente e assentiu.

— Sim, mas... Os seus são mais complexos, eu diria. — Ela avaliou mais uma vez a fisionomia de Dominic. — Você se parece com sua mãe, então?

— Não. Quero dizer, ela, pelo menos, não achava. Só a cor do cabelo — depois de um momento, acrescentou: — Sempre me disseram que sou a imagem do meu bisavô... O pai do pai do meu pai, só que com cabelos escuros.

Com a mão ainda na manga do paletó de Dominic, Célia recuou um pouco e inclinou a cabeça para trás, com os lábios ligeiramente comprimidos, um gesto que certamente passara como hábito para a filha caçula. Depois de um momento de intenso escrutínio, durante o qual Dominic teve de se esforçar para não ficar inquieto, ela disse:

— Por tudo que ouvi, e pelo que posso ver, você não é nem um pouco como seu pai, e nem como sua mãe. Acredito, sim, que seja uma versão de um ancestral mais antigo, possivelmente seu bisavô, da época em que os chefes de clã regiam com punho de ferro e realizavam façanhas grandiosas... — Os lábios se curvaram. — E se você vai se casar com Angélica, precisará ser capaz de fazer as duas coisas.

Aproximando-se e colocando-se na ponta dos pés, ela puxou a cabeça dele e beijou-o no rosto.

— Bem-vindo à família, querido... Eu espero que não nos ache dominadores demais. Caso achar que somos, recorra a Angélica... Ela o ajudará.

Dominic piscou, confuso. Não se moveu quando Célia fez menção de voltarem para junto dos outros. Quando ela arqueou uma sobrancelha, Dominic disse:

— A senhora... Não se opõe?

— Nem um pouco. — Segurando-o pelo braço, Célia o fez virar-se e o conduziu de volta para perto dos demais. — Eu ensinei bem minhas filhas... Angélica jamais teria deixado você se aproximar se não fosse um homem digno. E se você acha que posso me ressentir com o que aconteceu no passado, e posso ver que provavelmente acha, então, como já é quase hora do jantar, enquanto jantamos, eu contarei a você e a todos a história que ninguém sabe ainda. — Ela olhou para ele. — Seu pai era um homem bom, gentil, possivelmente fraco, mas sempre foi um cavalheiro comigo.

Célia olhou para a frente e parou, e Dominic parou também.

Depois de estudar por um momento o grupo diretamente à frente deles — Heather e Breckenridge, Eliza e Jeremy, e Angélica, que olhava na direção deles —, Célia suspirou.

— E para ser bem franca, por mais que eu abomine as atitudes de sua mãe, depois de todas as tramoias e ardis, o meu maior desejo foi realizado, o de ver minhas três meninas bem casadas e felizes, então não tenho do que me queixar!

Angélica afastou-se do grupo e se aproximou. Olhou para a mãe com uma ruga na testa fingindo-se de brava.

— A senhora já ficou tempo demais com Dominic... Ele é meu.

Célia riu.

— Tem razão, minha querida... E isso me deixa muito feliz.

No dia primeiro de julho, às onze horas da manhã, Dominic entrou em uma sala com paredes revestidas de madeira, num prédio discreto no centro da cidade. Elegantemente vestida e com os cabelos graciosamente penteados, Angélica vinha junto, de braço dado.

Devil Cynster, duque de St. Ives, o senhor Rupert Cynster, célebre investidor, e o senhor Alasdair Cynster, renomado especialista em antiguidades, seguiu-os para dentro da sala.

De pé em volta da cabeceira da grande mesa retangular no centro da sala, os sete banqueiros que representavam os sete maiores bancos da cidade ficaram simultaneamente surpresos e impressionados.

Parando na extremidade oposta da mesa, Dominic inclinou a cabeça.

— Senhores. Aqui estou, conforme o combinado, no quinto aniversário da morte de meu pai, para lhes entregar a última peça da realeza escocesa... a Taça da Coroação.

Lúcifer deu um passo à frente, segurando a alça de cordão de seda de uma sacola de veludo azul-royal. Angélica pegou a sacola da mão dele, abriu-a e tirou a taça, diante de um coro de exclamações de reverência.

Ela entregou-a a Dominic.

Segurando-a, ele a equilibrou na palma da mão e olhou para os banqueiros, com uma sobrancelha arqueada.

— As escrituras?

Sua voz tirou os banqueiros daquela espécie de transe induzido pela visão da taça. O que não era de surpreender, pois Lúcifer a havia limpado e lustrado até ela ficar resplandecente.

Afobados, os banqueiros remexeram em várias pilhas de papéis que estavam sobre a mesa. Um por um, atravessaram até o outro lado da sala para apresentar as respectivas escrituras. Gabriel recebeu todas, examinou-as, verificou o selo de autenticidade e olhou para Dominic.

— Tudo em ordem, tudo certo.

Dominic sorriu.

— Excelente. — Ele colocou a taça na mesa, pegou o maço de documentos das mãos de Gabriel e guardou-o em uma bolsa de couro pendurada em seu ombro. Em seguida olhou para os banqueiros. — A taça é toda vossa, senhores.

Segurando o braço de Angélica, ele se virou para a porta.

— Façam um bom e saudável uso dela — acrescentou.

Assim que saíram da sala, eles ouviram o som de passos apressados conforme os banqueiros se agrupavam sobre seu tesouro.

Angélica e Dominic se entreolharam e sorriram.

— Pronto. Acabou.

— Livre, finalmente!

Dominic parou na calçada em frente ao prédio e apertou a mão dos outros homens. Gabriel sorriu para Angélica e beliscou-lhe a ponta do nariz. Ela fez cara de brava, e Lúcifer riu e a abraçou. Sorridente também, Devil cumprimentou a ambos, e então os três Cynster se afastaram a pé enquanto Dominic e Angélica se dirigiam à cocheira de cavalos de aluguel para voltar a Bury Street.

Mas não fizeram isso imediatamente. Dominic parou na calçada e olhou para sua futura noiva, ignorando o movimento de pedestres, cavalos e coches na rua. Inclinando a cabeça para trás, ele respirou profundamente.

— Acabou mesmo... De verdade. Finalmente o passado ficou para trás, enterrado, e o futuro é todo nosso.

Angélica sorriu, estendeu os braços, e puxou-o para beijar-lhe os lábios.

— Por falar em futuro... — ela recuou e passou o braço pelo dele — ...Eu quero contratar mais jardineiros. Não ficaremos aqui muito tempo, e quero dar um jeito naquela selva antes de voltarmos para o norte.

Dominic segurou a mão dela.

— O que você quiser... Tudo que você precisar.

Ela arqueou as sobrancelhas.

— É mesmo? Nesse caso vamos logo alugar o coche para voltar a Bury Street o quanto antes e ter uma conversa séria sobre *tudo* o que eu preciso!

Dominic riu, e foi o que eles fizeram, para profunda satisfação de ambos.

Naquela noite, todas as janelas de St. Ives House estavam vivamente iluminadas contra o céu estrelado. O movimento de carruagens em volta de Grosvenor Square era grande, com lacaios de libré e cavalariços em franca atividade para manter a organização.

Os veículos não paravam de chegar diante do toldo de dossel, desembarcando passageiros ricamente vestidos, para a alegria do povo que se aglomerava nas calçadas próximas, ansiosas para ver o resplendor das joias e o brilho das sedas e cetins.

Dentro da mansão estavam todos os membros da família Cynster e alguns conhecidos mais próximos, brindando em honra ao feliz casal de noivos.

Já com o anel de esmeraldas no dedo, combinando com o belíssimo colar no pescoço, Angélica deixou Dominic em companhia de sua tia Helena, de lady Osbaldestone e de sua tia-avó Clara — mais cedo ou mais tarde ele teria de lidar com as senhoras idosas de sua família — e rapidamente foi abrindo caminho entre o fluxo de pessoas que se dirigiam para o salão de baile. Estendendo a mão, ela segurou a manga de Henrietta e a puxou.

Quando sua prima olhou para trás, Angélica acenou com a cabeça na direção da parte lateral do salão.

— Venha cá... Tenho uma coisa para você.

Henrietta saiu do meio da multidão e seguiu Angélica para um canto livre do tumulto. Parando ao lado de um aparador, Angélica abriu sua bolsinha prateada.

— Aqui. — Com cuidado para não emaranhar, tirou de dentro da bolsa a corrente de ouro e ametista com o pingente de quartzo rosa. — Agora isto é oficialmente seu.

Ela colocou o colar na mão de Henrietta.

— Eu tenho o meu herói agora, e Heather e Eliza também. Use isto e as chances de você encontrar o seu serão grandes.

Henrietta olhou para a delicada joia em sua mão. Lendo a expressão da prima, e sabendo que Henrietta tinha uma propensão para o drama, Angélica acrescentou:

— Veja bem, você precisa acreditar, nem que seja um pouquinho, que vai funcionar. Se acreditar, existe a possibilidade de dar certo, assim como deu para nós três.

— Obrigada. — Henrietta abriu sua bolsinha cor de ameixa e guardou o colar dentro.

— Ah... E assim que você encontrar o seu herói e estiver comprometida, Mary é a próxima da fila. Mas até onde eu sei, ela não pode usar o colar até que tenha dado certo com você. — Angélica franziu a testa. — Se tiver alguma dúvida, pergunte à Catriona.

— Está bem. — Henrietta puxou o cordão para fechar sua bolsinha de festa e olhou em volta. — Venha, é melhor você se apressar. Precisa receber os convidados.

Angélica deu meia-volta e apressou-se em direção ao saguão de entrada; todo mundo sorria e se afastava para dar passagem. Dois minutos depois ela estava de pé ao lado de Dominic quando os primeiros convidados — lorde e lady Jersey — foram anunciados.

Em pouco tempo Dominic se perdeu em meio a tantos nomes e títulos e decidiu que, já que Angélica conhecia bem todo mundo, simplesmente sorriria e deixaria que ela mencionasse os nomes.

Angélica estava deslumbrante em um vestido de seda verde, em tom sobre tom com o turquesa que sua mãe usava, em uma versão mais escura — mais intenso, mais vibrante, mais Angélica. Ela sorria e ria, os olhos brilhantes de felicidade e claramente à vontade em seu ambiente. De vez em quando, porém, fazia uma pausa para falar com ele e concentrava-se somente nele.

Dominic ainda sentia uma ponta de apreensão, mas quando perguntou a Angélica se sentiria falta, ela o fitou, genuinamente perplexa e perguntou:

— Sentir falta de quê?

Então ele sorriu e fez um gesto para que deixasse para lá. E tentou afastar as dúvidas da mente.

Ela era sua, tão devotada a ele quanto Dominic era a ela... Relembrando a noite em que pedira a ela que o ajudasse, Dominic compreendia que eles se pertenciam desde o início.

Ele ouviu os músicos ajustando o som, mas estava tão acostumado a ignorar os ruídos de fundo que não registrou a implicação do fato. Não se lembrou que, segundo o costume dos saxões, era esperado que ele e Angélica abrissem o baile dançando a valsa de noivado.

Então os primeiros acordes soaram no salão e Angélica virou-se para ele. Ao redor, os convidados recuaram, e em poucos segundos eles se viram, somente os dois, no centro espaçoso do salão.

Angélica olhou-o; se ela notou seu súbito pânico, não demonstrou. Em vez disso, sorriu e estendeu-lhe a mão.

— Confie em mim. Você pode se apoiar em mim, e eu em você. Não lhe deixarei cair, nem você me deixará cair.

Confiança e amor brilhavam nos olhos dela. Dominic sabia que Angélica planejara aquilo, mas acreditava e confiava nela.

O horror do que aconteceria se seu joelho cedesse surgiu em sua mente, mas afastou o pensamento.

Perdido no olhar apaixonado de Angélica, Dominic segurou a mão dela, puxou-a para si e, quando a música soou mais alta, eles deram o primeiro passo.

Juntos.

Devagar, a princípio com certa rigidez, mas pouco a pouco com crescente confiança e uma alegria esfuziante, eles dançaram sua valsa de noivado. Estavam tão envolvidos pelo momento, pelo significado daquilo tudo, que nenhum dos dois ouviu o ressonante aplauso. Mal registraram quando, na metade da valsa, outros casais, liderados por Célia e Martin, Heather e Breckenridge, e Eliza e Jeremy, começaram a rodopiar no salão.

O coração de Angélica estava tão enlevado que ela não tinha certeza se conseguiria conter as emoções que afloravam.

Então os lábios de Dominic se curvaram e ela se concentrou em seu rosto.

— O que foi?

Ele hesitou por um segundo e então falou:

— Durante a viagem para cá, vinha me perguntando se o destino realmente permitiria que eu fosse tão feliz. Quero dizer, feliz como eu me sentia naquela ocasião. Agora tenho a resposta... Está claro que o destino pretende me esmagar de felicidade. Não sei se tenho capacidade de aguentar mais do que isto.

Angélica riu, feliz.

Ela possuía tudo o que desejava, agora e para sempre.

Angélica conseguira o que se propusera a fazer: ela capturara o conde de Glencrae.

EPÍLOGO

O ALVOROÇO TOMAVA CONTA DE Dover Street naquela manhã de meados de setembro. Os curiosos se agrupavam, ansiosos para ver o cortejo nupcial, o distinto pai e seus filhos bem-apessoados, as senhoras mais velhas em seus trajes de gala e, principalmente, as noivas.

Lacaios e cavalariços de outras residências foram convocados para manter a passagem livre. Alguns formavam barricadas, bloqueando uma parte da calçada de um lado da rua, ao passo que outros se empenhavam em conter a multidão, cada vez mais numerosa.

Quando três carruagens pretas com adereços dourados e plumas brancas no teto, cada uma puxada por quatro cavalos de pêlo negro lustroso e andar elegante, também paramentados com plumas brancas, viraram de Piccadilly para Dover Street, a multidão aplaudiu empolgada, em crescente expectativa, obrigando os lacaios e cavalariços a empurrar as pessoas para trás para dar passagem às carruagens e abrir espaço para que parassem, uma atrás da outra, junto ao meio-fio da calçada em frente à casa de lorde Martin Cynster.

— É o casamento do ano!

— Nunca mais haverá outro igual...

Os comentários percorriam a multidão. O evento incendiou a imaginação de todos em Londres, desde a alta sociedade até as classes mais simples, e embora somente um grupo seleto da nobreza tivesse sido convidado, toda a população da cidade estava determinada a ver o que fosse possível. Como se tratava de um casamento triplo de uma das famílias mais tradicionais e respeitadas do país, o consenso geral era de que valia a pena estar presente.

No interior da residência de lorde Martin, a atmosfera era de pura agitação. As três filhas não só insistiram em se casarem no mesmo dia, mas também numa cerimônia única. A logística envolvida fazia a cabeça de Martin doer, apesar de ele não precisar lidar pessoalmente com nenhum detalhe. Mas o simples pensamento de que seria muito fácil algo dar errado em tamanha miríade de preparativos o deixava bastante apreensivo. Entretanto, ele fora aconselhado a deixar tudo nas mãos da ala feminina da família, e como um Cynster que se prezava, Martin sabia quando concordar e não discutir.

Ele e os filhos, igualmente dispensados, se retiraram para a biblioteca, onde se sentaram para degustar a última garrafa de uísque que chegara da destilaria Guisachan. Nem Rupert nem Alasdair sabiam exatamente onde estavam suas esposas e filhos; quando perguntaram, as esposas disseram que não se preocupassem porque todas sabiam o que estavam fazendo e o que deviam fazer. Não que isso os tivesse tranquilizado, mas tiveram o bom senso de não perguntar mais nada.

A porta abriu-se abruptamente. Célia, resplandecente num vestido de sua cor predileta, azul-turquesa, e usando joias de ouro, diamante e água-marinha, apareceu no umbral.

— Ótimo... Comecem a contar a partir de agora. Esperem exatamente dez minutos e vão para o saguão. As meninas descerão nesta hora.

Célia baixou o olhar para sua neta Juliet, uma das três daminhas, que se pendurava em sua saia.

— Horatia, Catriona e eu levaremos as crianças conosco para a igreja.

Martin granziu a testa e olhou na direção da rua.

— Nossa carruagem está aqui?

— Está aguardando na estrebaria. Está contando o tempo?

— Sim. — Rupert segurava seu relógio de bolso na mão. — Mais nove minutos.

— Vamos, Juliet. Estão nos esperando, mas sem correr! — Célia afastou-se, seguindo a saltitante Juliet.

Rupert, Alasdair e Martin se entreolharam, preocupados. Alasdair meneou a cabeça.

— Não me lembro de ter sido assim quando nos casamos.

— *Não foi* assim. — Martin inclinou-se para a frente e colocou de lado seu copo vazio. — Mas foi diferente. Elas são mulheres... Para elas, o mundo inteiro para.

Os rapazes retorceram os lábios e reviraram os olhos, mas se levantaram quando o pai ficou de pé. Esticaram os coletes, ajeitaram as gravatas e puxaram as mangas dos fraques cinza-claros.

Exatamente na hora certa, Martin e os filhos saíram da biblioteca e foram para o saguão.

Ouviram passos e o farfalhar de saias na escada. Os três se viraram e olharam para cima.

E o mundo *deles* parou.

Após um momento de imobilidade, Alasdair murmurou:

— E nós somos irmãos... Como elas esperam que Breckenridge, Carling e Glencrae encontrem sua voz para dizer "sim"?

Rupert meneou a cabeça.

— Será interessante ver se vão conseguir — retrucou.

Martin ficou em silêncio, observando as filhas sorridentes descerem a escada. Heather vinha na frente, depois Eliza, e por fim sua caçula, Angélica.

As três estavam de vestido branco, mas cada um era bem diferente do outro. O de Heather, da mais fina seda, tinha a saia rodada e o corpete ricamente bordado com pérolas; o de Eliza era mais reto, de cetim com discretos apliques de renda; e Angélica parecia uma princesa de conto de fadas, num gracioso vestido de tule branco, bordado com esparsas folhas douradas. Heather usava uma gargantilha de pérolas, combinando com o bordado do vestido; Eliza tinha no pescoço um lindo colar de duas voltas que chegava quase à sua cintura, e Angélica usava uma correntinha com um pingente de pérola, combinando com os pentes de pérolas que enfeitavam seus cabelos.

Estavam deslumbrantes.

Martin sorriu, mas seus lábios tremeram.

— Não tenho palavras.

Heather sorriu.

— Não faz mal, papai! Nem temos tempo mesmo para um discurso agora... — Ela passou o braço pelo de Martin e foi com ele em direção à porta. — Precisamos ir!

Engolindo em seco, ele compreendeu que as filhas estavam ansiosas para sair daquela casa. Rupert deu o braço a Eliza, e Alasdair conduziu Angélica. Os três casais se aprumaram diante da porta, e então, com uma mesura, Abercrombie a abriu, cheio de orgulho, e Martin levou suas filhas para que se casassem.

Os convidados dentro da igreja souberam que as noivas tinham chegado pelo alarido do lado de fora.

De pé no altar, os três noivos se entreolharam. Não haviam padrinhos no altar, já que os três optaram por um ser o padrinho do outro, entre si. Além disso, como muitos tinham bem observado, mesmo a igreja sendo espaçosa, com três casais de noivos, o altar ficaria congestionado demais se houvesse mais gente.

As grandes portas duplas da igreja estavam fechadas, portanto ninguém podia ver os preparativos de última hora no átrio. Então os sinos tocaram em júbilo por alguns longos segundos; quando a agitação dentro da igreja atingiu o ponto máximo, os primeiros acordes do potente órgão soaram, seguidos imediatamente pelos violinos, e então iniciou-se a música. Todos se puseram de pé e olharam para a entrada da igreja, prendendo a respiração. E então, quando o coral começou a cantar, com vozes angelicais, as portas foram abertas por Henrietta e Mary, uma de cada lado.

As três daminhas entraram acompanhadas pelos três pajens: Gavin e Prudence Cynster na frente, seguidos por Bryce e Juliet, e os gêmeos Marcus e Lucilla na retaguarda. Cada um dos meninos trazia uma cestinha dourada cheia de pétalas de rosas, onde cada uma das meninas mergulhava a mãozinha e depois espalhava as pétalas com gestos floreados, arrancando risos e sorrisos dos convidados, que mal cabiam em si de ansiedade pelo que estava por vir.

Quando Henrietta e Mary desceram a nave atrás das crianças, a organista emendou magistralmente uma nova música com a inicial, e lorde Martin Cynster entrou com a filha mais velha. Os convidados mal podiam conter os murmúrios e exclamações de admiração, conforme Eliza e depois Angélica entraram também, pelo braço dos irmãos.

Todos contemplavam, fascinados, enquanto as noivas percorriam a nave em direção a seus respectivos noivos, que subiram com elas para o altar.

Quando o sacerdote levantou as mãos, a multidão se sentou e ficou em silêncio.

Com voz sonora, ele iniciou a celebração com um discurso comovente e depois guiou os casais na recitação dos votos. Um após o outro, eles fizeram o juramento ao som de uma música suave de fundo, para que todos pudessem escutar, até mesmo quem estava no fundo da igreja lotada. Então o celebrante convocou Deus e a congregação como testemunhas e levou os três casais até a sacristia para que assinassem o registro, enquanto o coral entoava uma música celestial, acompanhado do órgão, violinos e carrilhão.

Quando voltaram para o altar, o celebrante pronunciou a bênção final e os três casais se viraram de frente para os convidados, mas era como se não houvesse ninguém ali; cada casal tinha olhos somente um para o outro. As mulheres da congregação enxugavam os olhos, emocionadas.

E então, ao som das vozes do coral e dos instrumentos, os três casais iniciaram o percurso de volta pela nave da igreja, na ordem inversa à que haviam entrado. Angélica e seu formoso conde foram os primeiros a descer os degraus, e logo atrás vieram Eliza e seu garboso intelectual, e Heather e seu atraente visconde.

Quando eles saíram para o pórtico da igreja, a multidão aplaudiu, gritou vivas, bateu palmas, jogaram arroz e pétalas de flores, chapéus voaram, e rindo e inclinando-se para a frente, os três casais correram para a carruagens que os aguardavam no gramado logo ao lado.

E então, partiram.

Uma recepção semelhante esperava por eles ao lado de fora de St. Ives House. Mas assim que chegaram ao quarto no andar superior reservado para uso dos noivos enquanto esperavam todos os convidados chegar para o *brunch* de casamento, todos os seis se entreolharam e deixaram-se afundar nos três sofás ali dispostos.

Sorrindo, Heather deixou escapar um longo suspiro.

— Ah, foi...

— *Simplesmente glorioso!* — Eliza estendeu a mão para segurar a de Jeremy. — Todos se saíram muito bem.

Dominic olhou para Breckenridge e moveu as sobrancelhas.

— Como se nós fôssemos ousar falhar justamente hoje...

Angélica pousou a mão na perna dele.

— Ah, nós acabaríamos perdoando vocês... Algum dia.

Dominic sorriu e levou a mão dela aos lábios.

Sligo apareceu com duas garrafas de champanhe e um lacaio trazendo uma bandeja com taças de cristal.

— Aceitem os sinceros votos de felicidades de nós todos da criadagem!

Eles estouraram as rolhas, encheram os copos e então se sentaram, bebericaram, colocaram os pés para cima e relaxaram.

Alguns minutos depois Célia foi chamá-los. Ela parecia tão eufórica quanto as filhas.

— Bem, meus queridos e queridas... — Ela olhou para todos. — Está na hora. Lembrem-se, só mais três horas e vocês poderão ir embora!

Todos os seis resmungaram, mas da parte das moças, pelo menos, a reclamação era fingida. Elas estavam ansiosas pela festa, e afinal, três horas passariam num piscar de olhos.

Deixando a porta aberta, Célia afastou-se. Heather, Eliza e Angélica se levantaram, ajeitaram os vestidos e então, sob os olhares fascinados dos maridos, que também se puseram de pé e alisaram seus fraques, encaminharam-se para a porta.

— Como nós vamos fazer? — perguntou Angélica.

— Acho que temos de levar em conta o tamanho do salão — disse Heather. — Vamos nos separar, um casal de cada lado do salão e outro no meio. Se não fizermos assim, nem em três horas teremos cumprimentado todo mundo.

— Humm... Mas será que vai dar? — perguntou Eliza. — Alguma de vocês pensou em seguir o planejamento de mamãe, para sentar nas mesas?

As três saíram do aposento, deixando os maridos para trás.

Dominic foi o primeiro a romper o silêncio; rindo, meneou a cabeça.

A um mero trocar de olhares, Breckenridge e Jeremy já estavam rindo também.

— Vocês têm noção, não têm... — disse Dominic, arqueando as sobrancelhas — ...De que de hoje em diante é assim que será a nossa vida?

Jeremy assentiu.

— Elas mandam... Nós obedecemos. Aparentemente é o jeito Cynster de ser.

— Ah, bem... — murmurou Breckenridge. — E o que mais nos resta fazer?

E assim brincando, com sorrisos bem-humorados, os três saíram para o corredor e se apressaram a alcançar suas noivas... E seu futuro... Seguindo nos calcanhares da Viscondessa Breckenridge, da senhora Jeremy Carling e da condessa de Glencrae.

Publisher
Omar de Souza

Gerente editorial
Mariana Rolier

Assistente editorial
Tábata Mendes

Copidesque
Camilla Savoia

Revisão
Daniel Borges
Alessandra Libonatti

Diagramação
Abreu's System

Capa
Miriam Lerner

Este livro foi impresso em 2017,
pela Intergraf, para a HarperCollins Brasil.
A fonte usada no miolo é Fournier MT Std, corpo 11,5/14,1.
O papel do miolo é Pólen soft 80g/m², e o da capa é cartão 250g/m².